CHRISTINA DODD

Betörende Küsse

Buch

Prinzessin Laurentia führt ein Leben in Prunk und Pracht, mit großen Bällen und vielen anderen Zerstreuungen. Aber wenn die Feste vorüber sind, ist sie einsam und allein. Pflichtbewusst stimmt sie der Suche nach einem Ehemann zu, aber keiner der Bewerber gefällt ihr auch nur ein bisschen. Als immer deutlicher wird, dass ihr Leben in Gefahr ist, stellt ihr Vater ihr einen Leibwächter zur Seite, den faszinierenden, athletischen Dominik. Und plötzlich erwachen in Laurentia prickelnde Gefühle. Dominik jedoch macht ihr trotz aller elektrisierenden Küsse keine Versprechungen – denn er verbirgt ein düsteres Geheimnis, dem nicht nur ihr Königreich zum Opfer fallen kann. Womit er aber nicht gerechnet hat, ist, dass seine Geliebte die Sache ganz anders sieht: Trickreich und verführerisch beginnt sie gegen ihn – und um ihn – zu kämpfen …

Autorin

Christina Dodd erhielt für ihre Romane zahlreiche Preise – eingeschlossen den »America's Golden Heart« und den »RITA Award«. Regelmäßig krönt sie die amerikanischen Bestsellerlisten. Sie lebt mit ihrem Mann und ihren zwei Teenager-Töchtern in Texas.

Von Christina Dodd ist bereits erschienen

Widerspenstige Herzen. Roman (35383)

CHRISTINA
DODD

Betörende Küsse

Roman

Aus dem Amerikanischen
von Sabine Reinhardus

BLANVALET

Die Originalausgabe erschien 1999
unter dem Titel »Someday My Prince«
bei Avon Books, Inc., New York.

Umwelthinweis:
Alle bedruckten Materialien dieses Taschenbuches
sind chlorfrei und umweltschonend.
Das Papier enthält Recycling-Anteile.

Blanvalet Taschenbücher erscheinen im Goldmann Verlag,
einem Unternehmen der Verlagsgruppe Bertelsmann.

Deutsche Erstveröffentlichung April 2001

Umschlaggestaltung: Design Team München
Umschlagfoto: Agt. Schlück/Daeni
Satz: deutsch-türkischer fotosatz, Berlin
Druck: Elsnerdruck, Berlin
Verlagsnummer 35361
Lektorat: Maria Dürig
Redaktion: Ilse Wagner
Herstellung: Heidrun Nawrot
Made in Germany
ISBN 3-442-35361-0
www.blanvalet-verlag.de

1 3 5 7 9 10 8 6 4 2

1

Bertinierre
Mai 1829

Es war das Fest zur Feier ihres fünfundzwanzigsten Geburtstags. Kronprinzessin Laurentia ließ den Blick über die wogende Menge der lüsternen, schüchternen, prahlerischen, unterwürfigen, wortgewandten, stotternden, in schwarzweiße Abendkleidung gehüllten Vertreter des männlichen Geschlechts schweifen und dachte bei sich, dass sie in ihrem ganzen Leben noch keine so jämmerliche Schar von Verehrern gesehen hatte.

Die ihr allesamt zu Füßen lagen. Einer wie der andere.

»Liebes Kind, dein Lächeln sieht verdächtig nach dem Lächeln aus, das du aufsetzt, wenn du Kopfschmerzen hast und noch eine offizielle Schiffstaufe überstehen musst.«

Laurentia blickte ihren Vater nicht an, genau wie es das Protokoll vorschrieb. Jede ihrer Gesten, jeder Blick und jedes Wort waren festgelegt. Sie stand zur Rechten König Jeromes, der auf dem vergoldeten, altehrwürdigen Thron von Bertinierre Platz genommen hatte. Vater und Tochter hatten ein liebenswürdiges Lächeln aufgesetzt. Nacheinander traten die geladenen Herren an den Fuß des Podiums und verbeugten sich vor der Dame – genauer gesagt, dem *Königreich,* das sie zu erobern hofften.

König Jerome hatte so leise gesprochen, dass nur Laurentia ihn verstehen konnte. Er klang überraschend amüsiert. Außerdem wusste sie, dass *sein* Lächeln aufrichtig war. Warum auch nicht? Sie hatte ihrem Vater ein Versprechen gegeben, und er hoffte, dass dieses Versprechen zu der Erfüllung seines größten Wunsches führte.

Laurentia ermahnte sich selbst, dass dies schließlich auch ihr größter Wunsch war. Sie war die einzige Erbin Bertinierres, eines kleinen Königreiches am Mittelmeer. Sie musste ein Kind, oder besser noch zwei, zur Welt bringen, bevor die Blüte ihrer Jugend vorüber war.

Zu dumm, dass sie sich dabei wie ein ungestutzter Apfelbaum vorkam.

»Und das sind die Bienen.« Um ihre bissige Bemerkung zu mildern, belohnte Laurentia einen gewissen Herrn Andrew N. Sharparrow, der ihr soeben von ihrer Hofdame präsentiert wurde, mit einem etwas wärmeren Lächeln.

Er erwiderte das Lächeln und verbeugte sich erneut, während sich Weltrudes sorgfältig gezupfte Brauen fragend hoben.

Wie sie es vorher verabredet hatten, blinzelte Laurentia zweimal, und der Engländer musste seinen Platz dem nächsten Kandidaten räumen.

»Vielleicht hörst du ja auf, Selbstgespräche zu führen, wenn du verheiratet bist«, meinte ihr Vater.

»Wahrscheinlich nicht. Ich habe nun mal eine Schwäche für intelligente Unterhaltungen.«

Ihr Vater kicherte und verbarg seine Heiterkeit hinter einem königlichen Hüsteln. »Du gibst diesen bedauernswerten Burschen nicht den Hauch einer Chance.«

Angelegentlich überhörte Laurentia seine Bemerkung. »Außerdem sprichst *du* auch mit dir selbst.«

König Jerome tätschelte beruhigend die behandschuhte

Hand seiner Tochter. »Deine Mutter war mein bester Gesprächspartner. Ich unterhalte mich immer noch mit ihr, so gut ich eben kann.«

Laurentia gab der Versuchung nach, in seine warmen braunen Augen zu blicken. Nicht zum ersten Mal wünschte sie sich, ihrem Vater ähnlicher zu sein und ebenso viel Intelligenz und Warmherzigkeit zu besitzen.

Ohne sich etwas darauf einzubilden, wusste Laurentia, dass auch sie intelligent war, aber mitunter war ihr Verstand von schneidender Schärfe. Sie hatte viel Geduld mit Kindern und geistig Zurückgebliebenen, aber für all jene, die ihre gottgegebenen Talente in Müßiggang und frivoler Unterhaltung verschwendeten, empfand sie nur Verachtung.

Unglücklicherweise betraf diese Verachtung die Mehrzahl jener reichen Gentlemen aus gutem Hause, die im Dunstkreis des Hochadels ihre Zeit in goldglänzenden Ballsälen vertändelten.

Jetzt verbeugte sich ein Aristokrat vor Laurentia, der ohne weiteres ihr Vater hätte sein können, und verlor bei diesem Manöver das Gleichgewicht. Weltrude, die hoch gewachsene, kräftige und strenge Hofdame, fing ihn auf, bevor er mit der Stirn gegen die Stufe schlug.

Mit einer diskreten Handbewegung sorgte Jerome dafür, dass einer seiner Leibwächter den betagten Verehrer die Stufen wieder hinabgeleitete. »Wie kann dieser alte Mann es wagen, anzunehmen, ich würde ihm meine schöne Tochter zur Frau geben?«

»Nicht jeder ist so überzeugt von meinen äußerlichen Vorzügen wie du, Papa.« Ganz gewiss nicht Beaumont, der englische Earl von Burlingame … ihr erster Ehemann. »Hast du schon einmal bedacht, dass dein Urteil als Vater voreingenommen sein könnte?«

»Du siehst genauso aus wie deine Mutter«, erwiderte König Jerome prompt.

Damit war die Frage ihrer Schönheit in seinen Augen entschieden. Das Porträt von Königin Enid und ihrer vierjährigen Tochter hing in der königlichen Gallerie, und Laurentia war die Miniaturausgabe jener zierlichen, feingliedrigen walisischen Prinzessin, die vor dreißig Jahren das Herz ihres Vaters im Sturm erobert hatte. Die schwarzen Locken, die helle Haut und die schmelzenden grünen Augen, die das gelassene, heitere Gemüt der Königin widerspiegelten, täuschten jedoch über Laurentias wahre Natur hinweg.

Laurentia konnte sich noch gut an das qualvolle Stillsitzen für dieses Porträt erinnern und an ihre lautstarken Proteste, sie wolle herumlaufen und nicht in steife Seide gezwängt werden. Sie erinnerte sich, wie ihr Vater sie mit Süßigkeiten bestach, und an die wütenden Blicke des Malers, wenn sie weinte. Sie wusste, dass ihre leicht vorspringende Unterlippe auf dem Porträt das treffende Abbild einer schmollenden Prinzessin war.

Jetzt schmollte Laurentia nicht mehr, zumindest nicht mehr oft, und sie stampfte auch nie mehr mit dem Fuß auf. Ihr wohlerzogenes Benehmen kaschierte trotzdem ein hitziges Temperament, das sie ständig zügeln musste, abgesehen von jenen Augenblicken, wenn sie sich nach einem langen Tag in der Gesellschaft anstrengender Menschen in ihre Gemächer zurückzog. Stoisch schloss Weltrude die Tür hinter Laurentia und ließ sie mit ihrem Zorn allein.

Es war bereits jetzt abzusehen, dass der heutige Abend auf diese Weise enden würde.

König Jerome hatte wieder das Wort ergriffen. »Wenn dir keiner gefällt, dann kannst du dich immer noch für Francis entscheiden.«

Francis? Ihr Vater würde gestatten, dass sie sich mit Francis, dem Comte de Radcote, vermählte, ihrem früheren Spielkameraden und jetzigem Innenminister von Bertinierre? Laurentia hatte schon einmal den Entschluss gefasst, ihn zu heiraten, aber damals hatte König Jerome Francis als Schwiegersohn abgelehnt. Völlig verwirrt stotterte Laurentia: »Was ... du hast doch gesagt ... aber ... wozu dann dieser Abend?«

»Das weißt du genau.«

Laurentias Blick glitt auf der Suche nach Francis über die schier unendliche Reihe von Freiern, die sich über den polierten, schwarz-weiß gemusterten Marmorboden wand. Schließlich entdeckte sie Francis am Ende der Reihe, wo er durch seine Körpergröße und sein vornehmes Wesen hervorstach, und hatte dabei kaum Augen für den ausnehmend gut aussehenden sizilianischen Herzog, der sich gerade vor ihr verneigte. »Papa, Francis ist ein guter Mann. Er würde sein Leben für mich opfern.«

»Ich weiß.« König Jerome hob die Hand, bevor Laurentia ihm ins Wort fallen konnte. »Er ist durch und durch anständig.«

»Ja, das ist er. Genau das gefällt mir an ihm.«

»*Gefällt*«, wiederholte König Jerome voller Verachtung.

»Genau. *Gefällt.* Wir haben viele Gemeinsamkeiten. Francis entstammt einer der ältesten Familien von Bertinierre. Er versteht meine Pflichten wie kaum ein anderer. Er weiß über vieles Bescheid, und er ist verantwortungsbewusst.«

»Und anständig.« König Jerome hörte sich noch verärgerter an.

»Papa, ich werde mich niemals wieder so verlieben wie beim ersten Mal.«

»Du willst es nicht zulassen.«

»Natürlich nicht.« Sie müsste wahnsinnig sein, um noch einmal einem Mann mit derselben ungezügelten Leidenschaft zu verfallen, die sie für Beaumont empfunden hatte.

»Damals warst du ein junges Ding, das sich in einen gut aussehenden älteren Mann verliebt hatte. Ich hätte es besser wissen müssen.«

»Wie denn? Wie hätte jemand ahnen können, dass Beaumont ein solcher ...« Laurentia hielt inne. Sie wollte es nicht aussprechen, nicht hier und nicht jetzt. Für einen derartig öffentlichen Ort hatten sie sowieso schon zu viel geredet.

Auch König Jerome hielt es für besser, dieses verfängliche Thema nicht weiter zu verfolgen. »Du blickst über die Menge, Laurentia, und bist zu stolz, Beaumont und damit auch mich und meine Unbedachtsamkeit zu verdammen. Aber ich weiß, dass du aus dieser Ehe Wunden davongetragen hast.«

»Wie dramatisch.« Ungeduldig blickte sie auf den Prinzen von Fulda, der sich gerade vor ihr verbeugte und mit seinen in weißen Handschuhen steckenden Händen zierlich gestikulierte. »Beaumont hat mich niemals hart angefasst. Ich bin widerstandsfähiger, als du denkst.«

»Und besser gegen die Liebe gewappnet, als eine Frau sein sollte.«

»*Liebe.*« Darin lag ebenso viel Verachtung wie in dem ›gefällt‹ ihres Vaters. »Du hast alle diese Männer heute Abend eingeladen. Hast du wirklich geglaubt, ich würde einen von ihnen in der Menge erblicken, ein Blitzstrahl würde uns beide treffen, die Geigen würden schluchzen, und ich würde mich in die Arme meines Liebsten stürzen?«

Ihr Vater rutschte unbehaglich auf dem Thron hin und her.

»O Papa!« Zum Teufel mit ihm und seinen romantischen Hirngespinsten! »Ich will keinen Liebsten, ich brauche nur einen Ehemann in meinem Bett.«

»Einen *funktionierenden* Ehemann«, beharrte König Jerome.

»Francis wäre genau der Richtige.« Auch wenn sie befürchtete, dass die körperliche Liebe mit Francis nicht besonders leidenschaftlich sein würde, so war selbst wenig Leidenschaft eine neue Erfahrung für Laurentia.

Sie suchte Francis' Blick und warf ihm ein verschmitztes Lächeln zu. Wie schön wäre es, einen solchen Mann an ihrer Seite zu haben. In den nächsten Jahren würde er ihr eine verlässliche Stütze sein, wenn ihr Vater einmal starb und sie selbst Königin sein würde.

Laurentia stellte sich diesem Gedanken, ohne zurückzuschrecken. Man hatte sie ihr ganzes Leben lang gelehrt, die Augen nicht vor der harten Wirklichkeit zu verschließen.

Inzwischen war die Reihe geschrumpft und Francis gerade vorgestellt worden, als Weltrude sagte: »Euer Hoheit?« Ihr schwarzes Seidenkleid war untadelig und diskret. Die sorgfältig frisierte braune Perücke bedeckte die ersten grauen Strähnen. Obwohl Laurentia vermutete, dass Weltrude um die Jahrhundertwende geboren sein musste, war ihre porzellanfarbene Haut nahezu faltenlos. Sie war die perfekte Hofdame für eine nicht ganz perfekte Prinzessin, und Laurentia fragte sich mitunter, ob Weltrude den Anstrengungen noch lange gewachsen sein würde. Bisher hatte sie jedoch alle Schwierigkeiten mühelos bewältigt. Jetzt stand Weltrude auf der untersten Stufe des Podiums, und ihre rot geschminkten Lippen verzogen sich zu einem maßvollen Lächeln. »Möchten Sie den Ball mit einem bestimmten Gentleman eröffnen?«

Laurentia hatte an Francis gedacht, aber da erhob sich bereits König Jerome. »Ich bitte um den ersten Tanz.«

»Papa«, lächelte sie, entzückt von seiner altmodischen Ritterlichkeit.

»Jeden anderen Mann, den du dir aussuchst, wird man sofort als deinen Favoriten einstufen.« Ihr Vater ließ den Blick über den Ballsaal schweifen und murmelte enttäuscht: »Nichts als blutloses Gewürm.« Er ergriff ihre Hand und führte sie in die Mitte des Saales.

Während aller Augen auf Laurentia gerichtet waren, überrieselte sie plötzlich ein leichter Schauer, als strichen kalte, unbekannte Finger über ihren Rücken. Wie merkwürdig, sich im eigenen Ballsaal so unbehaglich zu fühlen. Ihre Unruhe rührte wahrscheinlich daher, dass die Hoffnungen so vieler verzweifelter, hoffnungsvoller, bedürftiger Verehrer auf Laurentias schmalen Schultern ruhten.

König Jerome verbeugte sich, und während Laurentia in einem Hofknicks versank, schüttelte sie die leichte Verstimmung entschlossen ab. »Papa, du bist wirklich der ansehnlichste Mann im ganzen Saal.«

»Das kann ich ja wohl schwerlich abstreiten.« Er zwinkerte ihr lustig zu, das Orchester intonierte die ersten Walzertakte – ihr Vater war ein großer Liebhaber von Walzern, die in seinen Jugendjahren noch als anrüchig gegolten hatten – und gemeinsam wirbelten sie durch den Saal.

König Jerome war ein vornehmer Mann von sechzig Jahren. Auf seinem Gesicht hatten die vierzigjährige Regentschaft, überstandene Kriegsängste und schwierige diplomatische Verhandlungen ihre Spuren hinterlassen. Dennoch war er mit der kühn geschwungenen Nase über dem Schnurrbart und dem spitz zulaufenden Kinnbart durchaus attraktiv, was auch einigen besonders eifrigen Damen nicht entgangen war. Buschige graue Brauen überspielten die ersten Geheimratsecken des Königs, und seine makellose weiße Uniform war mit den höchsten Orden der Kavallerie dekoriert.

Der Geruch seiner Lieblingszigarre weckte in Laurentia die Erinnerung an jene Zeit, als sie noch auf seinem Schoß gesessen und sich von ihm hatte trösten lassen. Jetzt genoss sie in seinen Armen die wilden Drehungen. Sie war nur noch eine zierliche Prinzessin in einem roséfarbenen Seidenkleid, das Haar zu einer duftigen Frisur aufgetürmt, und tanzte mit ihrem immer noch jugendlichen Vater, der seine Aufgaben als Regent mit Energie und Leichtigkeit bewältigte.

Der Walzer näherte sich dem Ende. Die anderen Paare strömten auf die Tanzfläche, die Weltrude mit einem Nicken freigegeben hatte. Den nächsten Tanz absolvierte Laurentia mit einem Verehrer, den sie ganz zufällig auserkoren hatte. Prinz Germain aus Bayern zeigte sich gleichermaßen bezaubert wie bezaubernd, besonders, als er feststellte, dass sie sich seiner noch vom Wiener Kongress her erinnerte, der vor vierzehn Jahren stattgefunden hatte. Er begriff nicht, dass es zu den Aufgaben einer Prinzessin gehörte, sich an jedermann zu erinnern.

Der kurze Tanz war zu Ende, und ein anderer Herr nahm den Platz des bayrischen Prinzen ein. Er war schüchtern und wortkarg, und Laurentia musste sich anstrengen, damit die Unterhaltung nicht ins Stocken geriet. Ein weiterer folgte und auf diesen wieder andere, bis Laurentias Füße zu brennen begannen und ihre Wangen von dem pflichtbewussten Lächeln schmerzten.

Schließlich war es Francis, der ihr eine kleine Pause gönnte. Er legte einen Arm um ihre Taille und zog sie an sich – allerdings nicht zu eng. »Für mich brauchen Sie sich nicht anzustrengen«, sagte er leichthin.

»Danke.« Laurentia gestattete sich ein entspanntes Gesicht. »Obwohl ich dann das Gefühl habe, Sie finster anzublicken.«

»Nicht im Geringsten. Durch Ihre Grübchen entstehen langsam Falten in Ihren Wangen.«

Unwillkürlich verzogen sich Laurentias Mundwinkel. »Das klingt ja unwiderstehlich.«

»Nun, vielleicht ist es in gewissem Sinn ein Vorbote. Wenn man älter wird, muss man sich damit abfinden, dass der Teint nicht mehr so makellos ist wie früher.«

Offenbar war weder Francis' Bemerkung über ihre Falten ein Scherz, noch sah er ein Problem darin, sie zu erinnern, dass sie bald eine Frau mittleren Alters sein würde.

Nicht mehr ganz so herzlich lachend, gab Laurentia zurück: »Ich bin nicht so eingebildet, dass ich mir deswegen Sorgen machen würde.«

»Sie haben doch auch Ihre kleinen Schwächen, nicht anders als andere Frauen.«

Nicht anders als Francis selbst, übrigens. Hingebungsvoll verwendete er täglich viel Zeit darauf, seine gewellte Stirntolle in Form zu bürsten. Er ritt jeden Tag aus, denn ein Gentleman hatte die Verpflichtung, sein Pferd zu trainieren. Außerdem, versicherte er ihr ernsthaft, kräftigte dies seine eigene Konstitution.

Ja, auch er hatte seine kleinen Schwächen und Fehler. Er hatte zum Beispiel keinerlei Sinn für Humor und quittierte Laurentias Scherze mit verständnislosem Blick.

Zum Ausgleich war er sehr aufrichtig. In Francis' Anwesenheit musste Laurentia sich nicht königlich oder von oben herab geben. Dazu kannten sie einander zu gut, was wiederum erklärte, warum es ihr nicht gelingen wollte, sich ihn nackt, keuchend und leidenschaftlich vorzustellen. Francis würde sich niemals von seinen Gefühlen überwältigen lassen, und der bloße Gedanke an eine Liebesnacht mit ihm brachte Laurentia schon zum Kichern.

»Sie lächeln schon wieder.« Er achtete peinlich genau darauf, dass ihre Körper den protokollarisch vorgeschriebenen Abstand einhielten. »Sie brauchen mich nicht mit Ihrem anmutigen, königlichen Schmunzeln zu beehren, Euer Hoheit. Sagen Sie einfach nur, dass Sie meine Frau werden.«

Das wollte Laurentia nur zu gern, aber sie konnte unmöglich ihren Vater vor den Kopf stoßen, indem sie auf diese Weise alle Feierlichkeiten, die er mit so viel Enthusiasmus vorbereitet hatte, überflüssig machte. Selbst wenn er sich mit der Heirat einverstanden erklären sollte, legte König Jerome großen Wert auf diesen Abend.

Um Francis' durchdringendem Blick auszuweichen, schaute sie wie gebannt auf die gläsernen Flügeltüren, die zur Terrasse führten.

»Ich habe während Ihrer ersten Heirat, der Trauerzeit und während dieser ganzen unerklärlichen Veranstaltung hier, die in meinen Augen nichts als Zeitverschwendung ist, geduldig gewartet.« Er sprach mit Nachdruck, aber seine Stimme blieb ruhig. Francis vergaß keinen Augenblick, dass andere Paare um sie herumwirbelten und die Augen des ganzen Königreiches auf ihnen ruhten. »Ich habe die ganze Zeit gewartet. Wer hier kann das noch von sich behaupten?«

»Niemand«, gab Laurentia zu. »Aber Sie geben mir das Gefühl, als sei ich Ihnen für diese Entscheidung etwas schuldig.«

Er runzelte die Stirn. »Das war nicht meine Absicht.«

Das traf sicher zu. Francis hatte einfach beschlossen, was er für richtig hielt, und konnte nicht verstehen, warum sie ihm in dieser Angelegenheit nicht die Führung überließ. Laurentia hatte man beigebracht, ihre eigenen Entscheidungen zu treffen, und Francis hatte man sein Leben lang gelehrt, dass ein Mann für seine Ehefrau mitdenken musste.

Laurentia ahnte, dass dies Zündstoff für weitere Konflikte bot, aber schließlich war Francis nicht der einzige Mann, der so dachte.

Die Musik verklang. Francis verbeugte sich so steif vor ihr, als habe sie niemals anlässlich ihres neunten Geburtstags eine tausend Jahre alte Ming-Vase auf seinem Schädel zertrümmert.

Laurentia hatte nicht übel Lust, dasselbe auf der Stelle noch einmal zu tun.

Hätte er sie doch nur in einen der Alkoven geführt, sie in die Arme genommen und ihr seine Liebe gestanden oder zumindest seine Entschlossenheit, sie zu heiraten. Einen schrecklichen, unentschlossenen Augenblick lang fragte sich Laurentia, ob sie es wirklich wagen sollte, einen Mann zu heiraten, den sie noch nicht einmal geküsst hatte.

Francis trat zur Seite, und Weltrude winkte den nächsten Kandidaten heran. Das Orchester stimmte die ersten Akkorde eines formellen Menuetts an.

Laurentia verspürte plötzlich nicht mehr die geringste Lust, zu tanzen. Sie formte mit den Lippen ein lautloses »Nein« zu Weltrude.

Die Hofdame gab dem Orchester ein Handzeichen, und die Musik brach so unvermittelt ab, dass alle Gespräche jäh verstummten.

Mit ihrem liebenswürdigsten Lächeln gab Laurentia den Anwesenden zu verstehen, dass die Festlichkeiten weitergehen sollten. Sofort setzte das Stimmgewirr wieder ein, als habe es diese Verlegenheitspause nie gegeben, und Laurentia machte sich auf den Weg zu dem einzigen Ort, wo sie allein und ungestört sein durfte.

Der Toilette mit Wasserspülung. Dort lehnte sie sich gegen die Tür und schloss die Augen. Warum hatte ihr Vater nur auf dieser Farce bestanden? Es war nicht leicht für sie gewesen, sich mit dem zufrieden zu geben, was sie bekommen konnte. Jetzt aber begann sie, ob sie wollte oder nicht, unter den vielen verschiedenen Gesichtern nach jenem einen, besonderen Antlitz Ausschau zu halten, das sie wieder dazu bringen könnte, zu lieben.

Ihre Hände glitten über die bemalte Holztür. Liebe. Als könnte ihr gequältes Herz noch einmal eine solche Tortur überstehen.

Es war ein ausgezeichneter Einfall, vor diesem Ball davonzulaufen. Noch besser wäre es, wenn sie vor sich selbst davonlaufen könnte. Sie hatte das Gefühl, jeden unbegründeten Zweifel verbannen zu können, wenn sie nur einmal in Ruhe nachdachte.

Laurentia öffnete die Tür und spähte den Korridor entlang. Niemand war zu sehen. Im ersten Augenblick wollte sie sich schon auf Zehenspitzen davonschleichen, aber ihr Sinn fürs Praktische veranlasste sie, selbstsicheren Schrittes, als sei es die natürlichste Sache der Welt, sich während des eigenen Geburtstagsfestes heimlich aus dem Staub zu machen, durch das Lesezimmer zu schlendern. Sie drückte die Klinke herunter und trat auf die leere Terrasse, wo die durch die Flügeltüren einfallenden Lichtvierecke und das tiefe Dunkel der Nacht einander abwechselten.

Laurentia legte die Hände auf die breite, kühle Marmorbrüstung und sog in tiefen Zügen die frische Luft ein. Langsam wurde der Geruch nach Parfüm und erhitzten, erregten Körpern überlagert vom Geruch des blühenden Flieders, dem salzigen Tangdunst des weiter unten liegenden Mittelmeerhafens, dem erdigen Geruch der Weinberge, die rund um den Palast angelegt waren, und einem schwachen Tabakgeruch unbekannter Herkunft, der zu ihr herüberwehte.

Einen Augenblick lang hatte Laurentia sich gegen ihr Schicksal aufbäumen wollen, aber ihre Stimmung schlug um, während sie den Palast, die dahinter liegenden Berge und die Stadt betrachtete, die sich wie ein mit bunten Lichtern besticktes Tuch vor ihr ausbreitete.

Sie hing mit jeder Faser ihres Herzens an diesem Palast. Ihre Vorfahren, versprengte Kreuzfahrer, hatten einst eine Burg aus Sandstein auf dem felsigen Boden errichtet. Die nachfolgenden Generationen hatten Seitenflügel aus hellem, kupferrot gestreiftem Marmor und Türme aus Granit und Ziegeln angebaut. Der ganze Gebäudekomplex überragte nun die alte Stadt Omnia wie ein knorriger, schützender Baum. Terrassierte Gärten, die tagsüber das Auge durch ein buntes Blütenmeer erfreuten und nachts betäubend süße Düfte verströmten, führten in geschwungenen Stufen bis zu den Klippen hinunter. Weit unten schimmerte Omnia, und von dort drangen schwache Festgeräusche an Laurentias Ohr. Auch die Einwohner hatten sich einen Tag Erholung von den Mühen des Fischfangs und des Handels gegönnt, um den Geburtstag der Prinzessin zu feiern. Möge Gott sie alle schützen. Laurentia kannte viele der Kaufleute und Geschäftsinhaber persönlich. Sie kannte auch die Landwirte und Weinbauern der ländlichen Regionen und die Schnitter in den Bergen, die seltene Kräuter auf ihren gut bestellten Feldern ernteten. Diesen Leuten verdankte das Königreich seine Lebenskraft. Aber das einfache Volk ahnte nicht, dass König Jerome und Laurentia jeden Tag einen schwierigen Balanceakt auf dem Drahtseil der Politik vollführten, damit alle so sorglos leben konnten.

Wie von selbst glitt Laurentias Blick zum entfernten Ende der Bucht. Die Grenze zu Pollardinien zog sich vom Meer quer durch Bertinierre bis an die Pyrenäen. Die beiden Nationen hatten früher freundschaftliche Beziehungen unterhalten. Jetzt aber hatte sich das geändert …

Im anderen Flügel des Gebäudes öffneten sich Türen, und die Musik aus dem Ballsaal drang plötzlich bis auf die Terrasse. Vielleicht war es den Tanzenden zu warm geworden, vielleicht waren es Liebende, die in die Dunkelheit flohen, um sich dort romantischen Ritualen hinzugeben. Laurentia konnte nicht wissen, was in jenen kurzen Augenblicken geschah, aber sie hatte das katzengleich zufriedene Lächeln ihrer Geschlechtsgenossinnen ebenso bemerkt wie die Konzentration des Mannes auf seine Begleiterin. Wie schön wäre es doch, wenn sich ein Mann einmal so auf sie, Laurentia, konzentrieren würde, statt auf ihr Königreich.

Laurentia wünschte sich – ziemlich heftig sogar –, dass ein solcher Mann auftauchen würde. Die Tür direkt hinter ihr schwang auf. Einen Augenblick lang glaubte sie, ihr Gebet sei erhört worden. Sie fühlte, wie ein Schauer sie überrieselte. Nur ihre Geistesgegenwart rettete sie, und Laurentia begriff, dass man sie einfach nur aufgestöbert hatte, wie es ja wohl unvermeidlich war. Mochte es nun Weltrude sein, einer ihrer Verehrer oder ihr besorgter Vater. Sie wandte sich um und erblickte die an die Glastür gelehnte Silhouette eines Mannes.

»Euer Hoheit?« Er sprach mit einem schwachen ausländischen Akzent, und er trug eine Uniform. Nein, es war eine Livree. Die königliche Livree.

Überrascht musterte Laurentia ihn. Sie war ihm noch nie zuvor begegnet.

»Ja?«

Er näherte sich ihr mit langen, bedächtigen Schritten und erwies sich als ein stämmiger Mann, dessen breite Schultern das Jackett zu sprengen drohten. Er roch durchdringend nach Schweiß. Seine plumpen Finger versuchten, sie zu packen, und während Laurentia seinem Griff auswich, stammelte sie empört. »Was erlauben Sie sich eigentlich?«

Wortlos umfasste der Mann Laurentias Taille, hob sie hoch und warf sie über seine Schulter.

2

Laurentia war vor Schreck wie gelähmt. Ein Mann, ein Fremder, ein Diener, hatte es gewagt, sie zu berühren! Erst als der Unbekannte einen Fuß auf die Brüstung setzte, um in den Garten zu springen, stieß sie einen Schrei aus und packte sein Haar.

Eine staubige Perücke, die in ihrer Hand baumelte, war die Ausbeute. Laurentia schrie erneut und bearbeitete den Rücken des Angreifers mit den Fäusten. Das brachte ihn mehr aus dem Gleichgewicht, als sie erwartet hatte, und er taumelte mit rudernden Armen rückwärts. Durch diesen Erfolg ermutigt, versetzte Laurentia ihm einen letzten Schlag und warf sich dann zur Seite.

Sie flog durch die Luft und landete ziemlich unsanft auf dem Marmorboden. Sie hatte sich den Ellbogen verdreht und schnappte nach Luft. Der Schurke stürzte sich auf sie. Plötzlich landete irgendetwas oder irgendjemand auf beiden.

Dieser Jemand befreite Laurentia mit einem gezielten Schlag von dem ungeschlachten Kerl. Erlöst von dem erdrückenden Gewicht, rang sie nach Luft und bemühte sich, trotz des Dröhnens in ihren Ohren etwas zu hören. In einiger Entfernung, aber immer noch viel zu nah, hörte sie Kampfgeräusche. Füße stampften über die Terrasse. Dummerweise konnte Laurentia nur an eines denken: dass man sie nicht so finden durfte, mit zerknitterten Kleidern und in dieser kompromittierenden Position. Sie setzte sich auf und blickte sich leicht benommen um.

Die Schritte, die sie gehört hatte, waren die ihres Angreifers und ihres Retters. Die beiden rannten über die Terrasse, weg vom Ballsaal und hinein in die Dunkelheit. Der Voraneilende setzte mit einem Sprung über die Brüstung. Der Zweite schickte sich erst an, ihm zu folgen, hielt dann aber inne. Dort ging es steil nach unten, und nur ein Verzweifelter würde diesen Fluchtweg riskieren.

»Feigling«, murmelte Laurentia. Das war ungerecht, aber ihre Rippen schmerzten, ihr Ellbogen tat weh, und schließlich war sie die Kronprinzessin und brauchte nicht gerecht zu sein. Nicht, wenn sie gerade von einem übelriechenden Geschöpf angegriffen worden war und nur ein einziger loyaler Untertan oder vermutlich ein besonders eifriger Verehrer zu ihrer Rettung herbeistürzte.

Der Retter humpelte jetzt langsam in Laurentias Richtung. Großartig. Also war er verletzt und erwartete, dass sie Mitgefühl zeigte. Aber da war er bei ihr an der falschen Adresse. Ihr Retter war ebenfalls breitschultrig, aber nicht ganz so groß gewachsen wie der Schurke. Während er abwechselnd die Lichtvierecke der Flügeltüren und die dazwischen liegende Dunkelheit durchschritt, glich er eher einem Phantom als einem Mann. Laurentia bemühte sich, sein Gesicht zu erkennen, aber alles, was sie sah, war dunkles Haar, an den Schläfen von weißen Strähnen durchzogen, tief liegende Augen über einer markanten Nase und fest zusammengepresste Lippen.

Er trug einen dunklen Frack, ein Halstuch aus schwarzer Seide, schwarze Hosen und schwarze Stiefel. Zwar ließ seine

Farbauswahl ein wenig an Fantasie zu wünschen übrig, aber er war zumindest wie ein Gentleman gekleidet. Gott sei Dank. Wenigstens etwas.

Sobald er in Hörweite gekommen war, fragte der Gentleman in einem ihr bis dahin unbekannten Ton: »Was, zum Teufel, war denn hier los?«

Erstaunt, empört und von Schmerzen gepeinigt stammelte Laurentia: »Wer … was … Wie können Sie es wagen?«

»War das vielleicht ein abgewiesener Verehrer?«

»Ich habe ihn noch nie gesehen!«

»Wenn Sie in nächster Zeit wieder einmal ein Fremder über seine Schulter werfen sollte, dann quietschen Sie nicht wie ein eingeklemmtes Ferkel.«

Laurentia umklammerte ihren Ellbogen und taumelte auf die Füße. »Ich habe geschrien!«

»Ich hätte Sie fast nicht gehört.« Er stand jetzt direkt vor ihr, größer, als es zuerst den Anschein gehabt hatte, mit dichten Brauen, dunklen Augenhöhlen und einer auffälligen Narbe, die von den Schläfen bis zum Kinn verlief. »Dabei stand ich direkt hinter den Blumentöpfen.«

Die hohen, kostbaren Blumenkübel waren entlang der Mauer aufgestellt. Laurentia betrachtete erst die Blumen, dann wieder den Mann. Er sprach mit sereminischem Akzent. Er hinkte. Er war fremd hier. Plötzlich schöpfte sie Verdacht. »Was tun Sie hier?«

»Rauchen.«

Schwacher Tabakgeruch, der fast genauso duftete wie der Tabak ihres Vaters, umhüllte ihn. Obwohl Laurentia wusste, wie unsinnig ihr Verhalten war, machte ihr dieser Geruch den Mann sympathischer. »Ich rufe die Wache. Sie sollen den Schuft verfolgen.«

»Schuft.« Der Fremde stieß ein leises Lachen aus. »Wirklich *jeder* Zoll eine Dame. Aber machen Sie sich nicht die Mühe, ihn verfolgen zu lassen. Der ist längst über alle Berge.«

Laurentia wusste, dass er Recht hatte. Der Schuft – was war übrigens an diesem Wort auszusetzen? – war in den verwilderten Teil des Gartens gesprungen, wo dichtes Gestrüpp die Anpflanzungen überwucherte. Die Wache würde nichts ausrichten können.

Statt also das zu tun, was sie eigentlich hätte tun müssen, ließ sie zu, dass der Fremde ihr die Hand auf den Rücken legte und sie zum Licht drehte.

Er studierte ihr Gesicht eingehend und sachlich und fragte dann in freundlicherem Ton: »Sind Sie verletzt?«

»Nur eine Prellung.«

Der Fremde umfasste Laurentias Handgelenk und streckte langsam ihren verletzten Arm aus. »Gebrochen ist nichts.«

»Ich glaube nicht.«

Er grinste, und die weißen Zähne blitzten in seinem dunklen Gesicht. »Das würden Sie schon spüren. Ein gebrochener Ellbogen macht sich immer bemerkbar.« Geschickt öffnete er den winzigen Knopfverschluss ihrer langen Abendhandschuhe, streifte sie ab und untersuchte die Knochen ihres Unterarms, indem er erst fest mit dem Finger über die Innenseite strich und dann behutsam den Ellbogen abtastete.

Bei dieser Berührung überlief Laurentia eine Gänsehaut. Zerstreut registrierte sie, dass er keine Handschuhe trug. Seine nackte Haut berührte ihre. »Nach welchen Verletzungen suchen Sie eigentlich?«

»Nach gar keinen. Ich dachte nur, wie schön es sein müsste, diese zarte Haut zu berühren.«

Mit einem Ruck entriss ihm Laurentia ihren Arm.

Er lachte. Ihre Empörung erheiterte ihn offenbar, und außerdem hatte er bestimmt gelogen.

Zum Teufel mit ihm.

Sie streifte hastig den Handschuh wieder über, musste jedoch feststellen, dass es ihr einige Mühe bereitete, die Finger in die passenden Fingerlinge zu stecken. Sie zitterten genauso wie ihre Stimme. »Ich weiß nicht, warum jemand ... oder wer es war ...«

»Sind Sie nicht die Prinzessin?«

Laurentias Herz schien plötzlich unregelmäßig zu schlagen. Wieder misstrauisch geworden, trat sie einen Schritt zurück. »Die bin ich allerdings.«

»Dann handelt es sich um einen Entführungsversuch.«

Verständnislos starrte sie den Fremden an und versuchte in der Dunkelheit vergeblich, den Besitzer dieser rätselhaften Stimme genauer zu erkennen. »Das ist doch völlig absurd!«

»Durchaus nicht. Sie sind die einzige Erbin eines ziemlich wohlhabenden kleinen Königtums. Vermutlich würde Ihr Vater jede Summe für Sie bezahlen. Ich bin nur überrascht, dass man es nicht schon früher versucht hat.«

In seiner Gegenwart kam Laurentia sich sehr naiv vor. »Wir leben doch hier im Frieden ...«

»Sie wissen doch, ein einziger wurmstichiger Apfel genügt. Jedenfalls ist Ihrem Entführer die Flucht gelungen, und wenn er verzweifelt genug ist, wird er es vielleicht wieder versuchen. Vielleicht sind es ja auch mehrere Entführer. Sie sollten überlegen, ob Sie nicht doch einen Leibwächter benötigen.«

Für wen hielt sich dieser Mann? Was bildete er sich eigentlich ein? »Und wer sind *Sie*?«

»Dominik von Baminien. Der Name ist mittlerweile natürlich veraltet, es heißt jetzt Sereminien, und alle nennen mich Dom.« Er schlenderte zu den Blumenkübeln und hob seine Zigarre auf, die er beim Kampf auf den Boden geworfen hatte. »Ich bin einer Ihrer Verehrer.«

Laurentia war zwar angeschlagen, aber ihr Verstand funktionierte noch immer einwandfrei. »Sie wurden mir nicht vorgestellt.«

»Unmöglich, Sie hinters Licht zu führen, nicht wahr?« Die Zigarre schwelte noch. Er klopfte die Erde ab und steckte das Mundstück zwischen die Lippen. Dann hob er den Kopf, paffte so lange, bis das Ende der Zigarre zu glühen begann, und blickte schließlich auf Laurentia hinunter. Während Rauch zwischen seinen Lippen hervorquoll, erwiderte er: »Ich konnte nicht rechtzeitig kommen.«

Er war grob, grausam und obendrein unpünktlich, und bei seinen respektlosen Umgangsformen sträubte sich Laurentias Nackenhaar in stummem Protest. Es war an der Zeit, ein ernstes Wort mit diesem Mann zu reden. »Wenn Sie einer Prinzessin den Hof machen wollen, dann lohnt es sich vielleicht, ein wenig auf Pünktlichkeit zu achten.«

»Pünktlichkeit.« Spöttisch imitierte er Laurentias gezierte Sprechweise. »Nun ja, ich konnte wenig Sinn darin entdecken. Sie werden mich ja doch nie heiraten.«

Natürlich würde sie ihn nicht heiraten, aber es ärgerte sie, dass er sich dessen so sicher war. »Und warum nicht?«

»Ich bin der Bruder des Königs von Sereminien.«

Überrascht kramte Laurentia in ihrem Gedächtnis. Der Bruder des Königs von Sereminien? Hatte der überhaupt einen Bruder? Aber warum sollte dieser Fremde ihr eine so leicht zu durchschauende Lüge auftischen?

Wirkte er wie ein Lügner? Ganz im Gegenteil, er machte einen ehrlichen Eindruck. Verdächtig ehrlich. »Nun, das wäre doch keine schlechte Verbindung«, antwortete sie vorsichtig und fragte sich, ob er die Wahrheit kannte. Sie wollte sich nicht verraten. »Unser Land grenzt im Nordwesten an Sereminien.«

»Ich bin sein unehelicher Bruder.«

»Natürlich.« Natürlich. Das erklärte vieles. Es erklärte zum Beispiel, warum er nichts über das Geheimnis zu wissen schien, das Bertinierre und Sereminien teilten. Seine illegitime Herkunft war offenbar der empfindliche Punkt dieses Gentlemans, der sich doch sonst gewiss der Reihe der Heiratskandidaten angeschlossen hätte. »Sie sind nicht das einzige uneheliche Kind hier.«

»Die anderen haben auch keine Chance.« Er trat an die breite Marmorbrüstung und schwang sich hinauf. »Oder sollte ich mich da etwa irren?«

Das würde Laurentia niemals zugeben. »Sie haben die gleichen Chancen wie alle anderen.«

»Aha, dann haben Sie sich also bereits entschieden.« Das Licht, das durch die Flügeltüren fiel, erreichte ihn nicht ganz, als er jetzt die langen Beine ausstreckte und über den Knöcheln kreuzte. »Welchen Glücklichen werden Sie denn in Fußketten legen?«

Es gab überhaupt keinen Grund, weiter bei diesem zynischen Grobian hier draußen zu bleiben. Laurentia würde jetzt hineingehen und ihrem Vater berichten, was vorgefallen war. Stattdessen trat sie näher an die Brüstung und versuchte, ohne dass sie gewusst hätte, warum, einen besseren Blick auf Dominik von Sereminien zu erhaschen. Dabei konnte es ihr doch gleichgültig sein, ob sie jemals noch ein Wort mit ihm wechseln würde oder nicht. »Ich habe mich keineswegs entschieden.«

Er sprach weiter, als hätte sie nichts gesagt. »Ich habe Sie beobachtet, während Sie mit diesen Hampelmännern tanzten.«

War es sein Blick gewesen, unter dem sie erschaudert war?

»Ich würde auf den einen Burschen tippen … Wer war das nur? Der Große mit der pompösen Haartolle.«

Laurentia unterdrückte mit knapper Not ein Kichern. Diese Beschreibung von Francis traf den Nagel auf den Kopf.

»Ja, jetzt fällt's mir wieder ein!«, sagte Dom. »Der kleine Lord Francis de Radcote.«

Laurentia war plötzlich gar nicht mehr erheitert. »Wird etwa so über ihn geredet?«

»Das ist nur ein Bruchteil des Tratsches. Jeder neue Verehrer, der Sie im Saal herumschwenkte, gab Anlass zu den wildesten Spekulationen.« Dom legte den Kopf schief und stieß eine Rauchwolke aus. »Besonders unter den Debütantinnen. Bei denen sind Sie gar nicht beliebt.«

Er sprang von einem Thema zum nächsten und sagte Dinge zu ihr, die keinem anderen auch nur im Traum einfallen würden.

»Wen meinen Sie damit?«

»All die jungen Damen, die an den Wänden lehnen und sich vor den Spiegeln drängeln. Je schneller Sie verheiratet sind, desto mehr wird es Ihnen der diesjährige Jahrgang unverheirateter Mädchen zu danken wissen.« Er klopfte die Asche an der Marmorbrüstung ab. »Von Damen Ihres vorgerückten Alters lassen sie sich nicht gerne in den Hintergrund schieben.«

Laurentia hatte ein merkwürdig schwammiges Gefühl im Kopf, als sei sie zu lange unter Wasser gewesen und litte unter schwerem Sauerstoffmangel »Vermutlich nicht.«

»Obwohl Sie sich für Ihre fünfundzwanzig Jahre recht ordentlich gehalten haben. Sie sind sogar ziemlich hübsch. Ist das wirklich Ihre natürliche Haarfarbe?«

»Was sind Sie nur für ein Flegel!«, rief Laurentia aus und musste doch gleichzeitig ein Lachen unterdrücken.

»Also nicht. Diese Frage hat mich wirklich beschäftigt.«

Laurentia raffte ihren Verstand zusammen und sagte: »Sie müssen zugeben, dass es sehr natürlich wirkt.« Ihr Chignon hatte sich nach dem Sturz allerdings bedrohlich gelockert.

»Nicht ganz. Nicht viele Frauen haben so ebenholzfarbenes Haar und eine so schneeweiße Haut, genau wie im Märchen. Sie benutzen Zitronensaft für den Teint?«

Zumindest damit hatte er Recht. »Es bleicht die Sommersprossen, finde ich.«

Dom nickte. »Es hat doch Vorteile, ein Mann zu sein.«

»Das war schon immer ganz meine Meinung.« Laurentia nestelte an ihren Haarklammern. Einige hatten sich während des Sturzes gelöst. Da nach Weltrudes Anweisung kein einziges Haar der Prinzessin verrutschen durfte, kam es jetzt auf ein paar Haarklammern mehr oder weniger auch nicht an. Ihre klassische Frisur würde auch dies überstehen. Oder sich andernfalls dafür vor Weltrude höchstpersönlich verantworten müssen. »Männer haben alle möglichen Vorteile. Sie können sich kratzen, wenn es sie juckt, können in klobigen Stiefeln herumstampfen und brauchen nicht sämtliche körperlichen Reaktionen zu unterdrücken.«

»Vergessen Sie nicht unsere … unangemessene Reaktion gegenüber Damen der Gesellschaft, selbst wenn wir wissen, dass ihre Haare gefärbt sind.«

Laurentias Hände erstarrten, und sie riss die Augen auf. Verwirrt starrte sie in den langen, mit Kerzen beleuchteten Korridor. Ihre Augen schmerzten, weil sie vergessen hatte zu blinzeln. Hatte sie ihn etwa richtig verstanden? Wollte er ihr auf seine nonchalante, etwas raubeinige Art mitteilen, dass er sie attraktiv fand?

»Darf ich Sie zum Diner begleiten, wenn ich verspreche, nicht zu laut zu rülpsen?«

Langsam ließ Laurentia den Arm sinken. Was tat sie nur hier draußen, warum schwatzte sie mit diesem Mann, der ihr noch nicht einmal offiziell vorgestellt worden war? Weltrude würde der Schlag treffen, sollte sie jemals davon erfahren. »Das halte ich für keine gute Idee.«

»Es würde dem kleinen Lord Francis missfallen.« Aus den Augenwinkeln sah Laurentia Dom mit gespieltem Ernst nicken. »Zweifellos. Ich dachte nur, Sie wären mir dankbar dafür, dass ich diesen Rohling gepackt und verjagt habe.« Er rieb sich die Hüfte, als schmerzte sie.

Erneut spürte Laurentia, wie unwiderstehliche Heiterkeit in ihr aufstieg. Genau in dem Augenblick, als sie sich für völlig verrückt hielt, weil sie mit einem Flegel eine so ungezwungene Unterhaltung führte, entwaffnete er sie durch die Bitte, sich mit ihm in der Öffentlichkeit zu zeigen. Schamlos nutzte er seine Verletzung und ihre Dankesschuld aus, um sein Ziel zu erreichen. »Sie sind tüchtig«, sagte sie bewundernd. »Sogar sehr tüchtig. Aber warum sollte ich Sie als Begleiter zum Diner wählen, wenn es so viele andere Männer gibt, die pünktlich sind, sich nicht hinter Topfpflanzen herumdrücken und obendrein willens sind, sich offiziell als meine Freier zu präsentieren?«

Er schwieg so lange, bis sie schließlich zu ihm aufblickte. Er starrte auf das glühende Ende seiner Zigarre und lächelte dann. »Machen wir uns doch nichts vor, Prinzessin. Das ist wahrscheinlich die letzte Gelegenheit, dass man Ihnen den Hof macht. Warum also nicht das Beste daraus machen? Warum nicht die Verehrer gegeneinander ausspielen, sie necken, mit ihnen flirten, sich amüsieren, wie es jede Frau täte, die weiß, dass eine Vielzahl von Männern sie begehrt? Das alles können Sie mit mir an Ihrer Seite tun, denn ich bin weder ein Prinz noch ein unbescholtener Bürger. Ich bin nichts als ein Puffer zwischen Ihnen und einem echten Antrag um Ihre Hand.«

Leicht verärgert gab sie zurück: »Sie haben ja wirklich eine schmeichelhafte Meinung von meinem Charakter.«

Er zuckte die Achseln. »Ich kann mir einfach nicht vorstellen, dass Ihre Pflichten ein reines Vergnügen sind. Lockern Sie doch die Zügel ein wenig. Außerdem« – er blickte auf sie hinunter, und zum ersten Mal bemerkte Laurentia den Raubtierblick in seinen Augen – »brauchen Sie einen Leibwächter. Ich bin ein Leibwächter. Ihr eigener, ganz persönlicher Söldner, der geschickt worden ist, um Sie vor den Versuchungen dieser Welt zu schützen.«

3

Wäre sie nur ein wenig klüger gewesen, so hätte sich Laurentia jetzt umdrehen und in den Ballsaal fliehen müssen. Das war ihr völlig klar. Aber in einem hatte dieser Mann Recht. Es war nicht immer unterhaltsam, Prinzessin zu sein, und ein Gespräch mit Dominik von Sereminien war belebend für jemanden, dessen Geist durch Zeremonien und Protokolle ein wenig eingeschläfert worden war.

Außerdem musste sie mehr über ihn erfahren. Natürlich nur, um die Sicherheit des Königreichs zu gewährleisten. »Herr …«

»Dom«, erwiderte er. »Einfach Dom.«

»Dom.« Zögernd sprach sie den Namen aus. Es ging einfacher, als sie gedacht hatte. Sonderbar, wie vertraut sie sich mit diesem Mann fühlte, mit dem sie nur ein paar bissige Bemerkungen ausgetauscht hatte. »Sie sind Söldner?«

»Für den unehelichen Bruder des Königs gibt es nicht viele Aufgaben. Von irgendetwas muss ich ja leben.«

Ein Söldner. Ein Mann, der für jeden kämpfte, der ihn bezahlte. Das erklärte die geschickte Abwehr des Angreifers, die Narbe, das Hinken, die Erfahrung mit gebrochenen Knochen und den Zynismus. Die fast greifbare Aura von Gefahr, die ihn umgab.

»Schockiert, kleine Prinzessin?« Wieder dieses leise Lachen in seiner Stimme, während er sie im Sitzen fast um Haupteslänge überragte.

Aber Laurentia würde es nicht zulassen, dass ein Mann sich ihr nur aufgrund seiner körperlichen Dominanz überlegen fühlte. Jedenfalls nicht lange. »Ganz und gar nicht«, erwiderte sie und kam sich außerordentlich scharfsinnig vor. »Ich fragte mich nur, wer mich vor Ihnen schützen sollte, wenn Sie mein Leibwächter wären.«

»Sie sind doch ein kluges Mädchen. Sie werden sich selbst retten.«

»Ich bin kein Mädchen mehr.« Nicht mehr, seit sie ihren ersten Mann geheiratet hatte. »Ich bin eine Frau.«

»Eine Frau im reifen Alter von fünfundzwanzig Jahren.«

Sie blickte ihn zwischen zusammengekniffenen Lidern an. War er am Ende doch ein richtiger Halunke? »Ich weiß genau, dass ich gegen Sie, sollten Sie mich entführen oder verletzen wollen, keine Chance habe.«

Er rührte sich nicht und gab durch nichts zu erkennen, dass ihre Antwort ihm missfallen hatte, aber die Luft zwischen ihnen schien merklich abgekühlt zu sein. »Wenn ich beschlossen hätte, Sie zu entführen oder zu verletzen, Euer Hoheit, dann hätte ich das schon längst erledigt.«

Laurentia rieb sich die Gänsehaut, die sich plötzlich auf ihren Armen gebildet hatte. Dieser Mann verstand es, sein

Gegenüber auf eine Art zu beeinflussen, die sie gerne von ihm lernen würde. Er verstand sein Handwerk. Er hätte nicht alles verpatzt. Er hätte sie verschwinden lassen, ohne dass jemand es bemerkt oder nach ihr gesucht hätte.

Eine hohe, dunkle Gestalt trat jetzt an die Flügeltür des Lesezimmers und spähte suchend hinaus. Es war Francis.

Obwohl sie sich in Doms Gesellschaft merkwürdig unruhig fühlte, wünschte Laurentia doch, Francis möge weggehen.

Das tat er natürlich nicht. Er trat auf die Terrasse und fragte: »Laurentia? Was machen Sie denn hier draußen? Alle fragen sich, ob Sie von Ihrem eigenen Geburtstagsfest weggelaufen sind.«

»Das bin ich auch«, sagte sie.

»Sehr schlechter Stil, meine Liebe.« Dass Francis, der untadelige Gentleman, sie so offen kritisierte, sprach bereits Bände. Dass er mit verletzter Würde auf den Mann neben ihr starrte, war noch viel aufschlussreicher. »Sie stehen hier draußen mit einem … Gentleman.«

Aus Francis' Mund hörte sich das Wort Gentleman wie eine Beleidigung an. Eine Beleidigung, die Dom nicht im Geringsten zu beeindrucken schien, Laurentia jedoch zum Gegenangriff reizte. Francis war entschieden zu eingebildet. Das war er schon immer gewesen.

Sie ließ sich dicht neben Dom auf der Marmorbrüstung nieder und baumelte mit schlecht gespielter Beiläufigkeit mit den Beinen. »Ja, das ist Dominik von Sereminien. Er ist der Bruder von König Danior von Sereminien und einer meiner Freier.«

Kaum hatte sie die Worte ausgesprochen, wünschte Laurentia, sie hätte den Mund gehalten. Der Bruder von König Danior von Sereminien, also wirklich.

Ohne Dom zu beachten, trat Francis näher und sah sie durchdringend an. »Der Bruder des Königs von Sereminien wäre ein Prinz.«

»Nein, Lord de Radcote«, ließ sich Dom vernehmen. »Die Vereinigung meiner Eltern war nicht durch den heiligen Bund der Ehe gesegnet.«

Obwohl Laurentia Dom gezwungen hatte, seine illegitime Abstammung preiszugeben, klang er nicht erbost. Trotzdem legte sie ihm die Hand auf den Arm. Er blickte sie mit einem Ausdruck an, den sie zunächst für Überraschung hielt. Sie sah, wie sich die Schatten um seinen Mund vertieften. Er lächelte ihr zu, und ihr Herz stimmte eine beschwingte kleine Melodie an.

»Die Prinzessin und ich waren gerade dabei, zu erörtern, welche unmittelbaren Auswirkungen der Unstern, unter dem ich gezeugt wurde, auf meinen Antrag hat.« Dom legte seine Hand auf ihre und drückte sie gegen seine warme Haut. »Ich werde besonders galant sein müssen, um Sie davon zu überzeugen, dass ich der Mann ihrer Wahl bin.«

Laurentia starrte ihn an. Es war ihr einfach unmöglich, den Blick von seinem verschatteten Gesicht zu wenden. Sie wusste genau, dass Dom nur so redete, um sich bei ihr einzuschmeicheln, und wahrscheinlich auch, um Francis zu ärgern. Trotzdem übte die Kombination von Gefahr und Charme, die er ausstrahlte, dieselbe Wirkung auf sie aus wie Beethovens Neunte Symphonie. Der Puls ihrer fest gehaltenen Hand beschleunigte sich, und ihr Atem ging schneller. Wenn sie jetzt den Mund öffnete, könnte sie ihre Gedanken am besten durch den Jubelchor »Freude, schöner Götterfunken« zum Ausdruck bringen. Aber sie wollte das Lied nicht entweihen.

»Wie anrührend«, sagte Francis und brachte es, wie zu erwarten, fertig, gleichzeitig ernst und missbilligend zu klingen. »Ich bin sicher, Euer Hoheit werden mir zustimmen, dass es am besten ist, wenn Sie jetzt in den Ballsaal zurückkehren und das Festdiner eröffnen.«

Festdiner. Dom hatte darum gebeten, sie zu Tisch begleiten zu dürfen. Er hielt ihre Hand und wartete geduldig auf ihre Entscheidung. Mochte ihn doch der Kuckuck holen. Dieser Mann verstand sie auch ohne Worte ... genau, wie sie ihn. Er wusste, dass sie sich ihm gegenüber schuldig fühlte und wütend auf Francis war, wenn sie seine Einladung ablehnte.

Was Laurentia noch vor einer Stunde als durchaus erstrebenswert erschienen war – nämlich Francis als ihren Favoriten zu präsentieren –, war mit einem Mal die Entscheidung einer Frau, die der Langeweile und einem geregelten Leben den Vorzug vor allem anderen gab. Plötzlich kam es ihr sogar feige vor. Schließlich musste sie den anderen Bewerbern doch auch eine Chance geben. Manch einer hatte eine beschwerliche, weite Reise auf sich genommen, nur um ihr den Hof zu machen. Mit Dom als Begleiter konnte sie in einer letzten Galavorstellung scherzen und flirten, bevor sie sich dem ernsten Geschäft widmete, Ehefrau, Prinzessin und vor allem Mutter zu werden.

Laurentia übersah dabei großzügig, dass sie sich mit ein wenig Vorsicht auch so hätte verhalten können, ohne dass Dom um sie herumscharwenzelte.

»Ist wirklich schon Zeit für das Festessen? Danke, dass Sie mich daran erinnert haben, Francis.« Sie glitt von der Brüstung und blickte Dom an. »Wollen wir hineingehen?«

Er stieß sich vom Geländer ab und schlug die entgegengesetzte Richtung ein. Laurentia stand da und fühlte sich dumm und verlassen. Aber er drückte nur seine Zigarre in einem der Blumentöpfe aus, bevor er zurückkam und ihr den Arm bot. »Euer Hoheit, Sie erweisen mir eine große Ehre.«

Noch ehe sie den ersten Schritt getan hatten, wurde Laurentia, genau wie sie es befürchtet hatte, beinahe von Schuldgefühlen überwältigt, und sie sagte: »Kommen Sie doch, Francis. Ich muss Dominik Seiner Majestät, meinem Vater, vorstellen.«

»Ja, kommen Sie doch, Francis.« Dom hätte unmöglich noch gönnerhafter und beiläufiger klingen können.

Wenn Francis etwas verabscheute, so war es Nachlässigkeit in Fragen der Etikette, und so schloss er sich ihnen mit eiligem Schritt auf dem Weg durch das dunkle Lesezimmer an. »Euer Hoheit, dieser Gentleman ist Ihnen noch nicht einmal offiziell vorgestellt worden. Sie sollten nicht mit ihm gemeinsam zum Festessen erscheinen.« Plötzlich fiel das Licht auf Laurentia, und Francis stieß ein entsetztes Keuchen aus: »Euer Hoheit!«

Verwirrt blieb sie stehen. »Was ist denn?«

»Sehen Sie doch selbst!« Francis deutete auf einen der Wandspiegel. »Sie sehen aus wie eine Landstreicherin.«

Er hatte Recht. Durch den Kampf mit dem Angreifer war Laurentias Kleid verrutscht, die Handschuhe vom Sturz beschmutzt, und entgegen ihrer Hoffnung war die Frisur mehr als nur gelockert. Strähnen fielen über eine Schulter, und die ganze, ungemein erlesene Pracht saß leicht schräg auf ihrem Kopf.

Fassungslos starrte sie auf ihr Spiegelbild. »Ach du liebe Zeit.«

»Und doch, Lord de Radcote, würde ich zögern, das Wort ›Landstreicherin‹ mit direktem Bezug auf Ihre Hoheit auszusprechen.« Dom klang belustigt, aber seine Stimme hatte einen Unterton, der Francis eindeutig abkanzelte.

Dieser fand sich in der für ihn ungewohnten Position des Angegriffenen, und seiner Entschuldigung fehlte es an Überzeugungskraft. »›Landstreicherin‹ war vielleicht wirklich ein unglücklich gewählter Ausdruck.«

»Ich finde die Unordnung bezaubernd«, sagte Dom.

»Selbstverständlich. Das sieht Ihnen ähnlich. Ich bin froh, dass ich Sie nicht früher gefunden habe, Euer Hoheit. Sonst hätte ich am Ende noch bei den Handgreiflichkeiten zwischen Ihnen und diesem Burschen gestört.«

Einen Augenblick lang begriff Laurentia nicht, was Francis mit Handgreiflichkeiten meinte. Als ihr schließlich ein Licht aufging, war sie zwischen Entrüstung, Belustigung und einem dahinter lauernden, völlig ungerechtfertigten Stolz hin und her gerissen. Sie war noch nie in Handgreiflichkeiten verwickelt gewesen, und das fand sie bedauerlich. Bestimmt war es besser, als angegriffen zu werden und zu hart auf ihrer ... Würde zu landen.

»Nein, Francis! Ich war ...«

»Ihre Hoheit wurde nur knapp davor gerettet, über die Brüstung zu fallen. Von mir.« Dom packte Laurentias Ellbogen. »Vielleicht haben Euer Hoheit ein bisschen tief ins Glas geschaut?«

Empört ging Laurentia zum Angriff über. »Wie bitte?«

»Streiten Sie es ruhig ab, Euer Hoheit.« Respektvoll neigte Dom den Kopf, während er ihr gleichzeitig bedeutungsvolle Blicke zuwarf. »Wie viele Gläser Wein haben Sie denn getrunken?«

Aus irgendeinem Grund wollte er das, was vorgefallen war, geheim halten, aber sein ungerechtfertigter Vorwurf war mit einem Mal bedeutungslos geworden. Dom stand mitten im Lichtschein und Laurentia sah ... sah ...

Seine Stirn war breit, das ausgeprägte Kinn zeugte von Willensstärke, die Wangenknochen waren kräftig und typisch für die Bewohner von Sereminien. Seine Nase sprang herrisch vor. Die Narbe, ein weißer, gezackter Streifen auf der rauen, gebräunten Haut, teilte sein Gesicht in zwei ungleiche Hälften. Man hätte ihn unmöglich als gut aussehend bezeichnen können.

Er war aber gut aussehend. Er war wundervoll. Atemberaubend. Betörend.

Tief in Laurentias Innerstem schrillte eine Alarmglocke.

Schwarze Wimpern, um die ihn jede Frau beneidet hätte, beschatteten seine Augen, Augen von einem ungetrübten Blau, jungfräulich rein, durchdringend in ihrer Intensität und überwältigend sinnlich. In seinen Augen sah Laurentia jede Verletzung, jedes Lob, jeden Kampf, jede Lust, jede Grausamkeit. In diesen Augen konnte eine Frau bis in die Tiefen seiner Seele blicken.

Langsam trat sie einen Schritt zurück.

Sein Mund … dieser breite Mund. Er war wie die Vorahnung eines heißen Nachmittags, wie die Vorahnung all jener langen, langsamen Küsse, in deren Süße man sich verlor.

Sie spürte, wie ihre Handflächen feucht wurden, und ballte die Hände zu Fäusten.

Dass er groß und breitschultrig war, hatte sie schon gesehen. Aber sie hatte nicht geahnt, in welchem Ausmaß seine Figur seine Kleidung als überflüssige Dekoration eines makellosen Körpers erscheinen ließ.

Dieser Mann war ein Fremder, aber Laurentia erkannte ihn sofort als das, was er war. Er bewegte sich, aß und sprach wie jeder normale Mann.

Aber er brach das Herz jeder Frau. Er war der wandelnde, personifizierte Liebeskummer.

4

»Laurentia, sind Sie betrunken?«

Mit einem Schlag riss Francis' wütende Frage sie aus sprachloser Bewunderung, Verzweiflung und Entschlossenheit zurück in die wirkliche Welt.

»Was?« Laurentia wandte mühsam den Blick von Dom und sah Francis an.

»Das kann ich einfach nicht von Ihnen glauben«, sagte Francis aufgebracht. »Was haben Sie sich denn nur dabei gedacht?«

»Gedacht?« Sie hatte gedacht, eine Frau zu sein, die aus ihren früheren Fehlern gelernt hatte.

»Waren Sie wirklich so unklug, auf Ihrer Geburtstagsfeier heute Abend zu viel zu trinken?«

Verdutzt starrte Laurentia Francis an. Dann begann ihr Verstand wieder zu arbeiten. Sie vermied es bewusst, Dom noch einmal anzusehen. Standhaftigkeit war gewiss eine Tugend, aber sie wusste, dass sie Gefahr lief, in seiner Nähe Opfer einer unerklärlichen Idiotie zu werden, die er allein auszulösen vermochte. »Ich *dachte*«, antwortete sie, »oder besser gesagt, ich dachte eigentlich nichts. Jetzt geht es mir besser. Die frische Luft hat mir gut getan, und das Essen wird mich stärken …« Sie plapperte. Das bewies ihre Unsicherheit und rief in Francis ungläubiges Staunen hervor.

Unfähig, der Versuchung noch länger zu widerstehen, warf sie einen hilflosen Blick zu Dom hinüber und vergaß darüber alles andere. Er lächelte sie an, und sie schwankte leicht unter der beinahe körperlichen Auswirkung seines Lächeln. Tief in diesen gebräunten, wettergegerbten Wangen waren Grübchen zu sehen.

Zwei Grübchen.

Hinreißende Grübchen.

Hätte sie vorhin schon gewusst, wie er aussah, wäre sie stumm wie ein Fisch geblieben. Stattdessen hatte sie schnippische Antworten gegeben, ihn geneckt und bewiesen, dass sie über einen klaren Verstand verfügte. Jetzt, wo ihn sanftes Kerzenlicht umschmeichelte, musste ihr Verhalten durch diesen Gegensatz noch dümmlicher erscheinen, so wie das irgendeines verlegenen, schüchternen Schulmädchens.

»Euer Hoheit«, unterbrach Francis in diesem Augenblick Laurentias konfuse Gedankengänge, »ich vermute, Sie möchten Mr. –«

»Dom.« Die breite Hand des Söldners hielt sie immer noch fest. »Nur Dom. Wir Unehelichen haben kein Recht auf einen Nachnamen.«

Francis errötete. Er hasste es, in eine Lage gebracht zu werden, die im Protokoll nicht vorgesehen war. »Euer Hoheit, gehe ich recht in der Annahme, dass Sie von *Dom* zum Festessen begleitet zu werden wünschen?«

»Das wäre sicher das Beste«, sagte Dom. »In solchen Fällen bin ich bewandert.«

Empörung wallte in Laurentia auf. »In welchen Fällen?«

Sie beobachtete Doms männlich-verschwörerisches Nicken zu Francis, das nach einem kurzen Augenblick des Zauderns von Francis erwidert wurde. Dann wandte Lord de Radcote sich militärisch zackig rechts um und verließ Dom und Laurentia.

»In welchen Fällen?«, wiederholte sie, zwischen Ärger und Belustigung schwankend. Obwohl Laurentia wusste, dass sie sich vorsehen sollte, gelang es Dom, sie zu entwaffnen.

Dom wartete, bis Francis verschwunden war. Dann schob

er Laurentia vor den Spiegel und blieb hinter ihrer linken Schulter stehen. Mit der Umsicht einer Kammerjungfer zog er die Nadeln aus ihrem Haar, und sie hielt den Atem an, während sie sich einen berauschenden, unvorsichtigen Augenblick lang fragte, ob es seine Absicht war, sie zu verführen.

Wahnsinn. War ihr Gehirn etwa auch schon davon befallen?

»Halten Sie das bitte.« Dom reichte ihr seine mit Haarklammern gefüllte Hand über die Schulter. »Ich werde Ihre Haare wieder aufstecken. Darin habe ich Erfahrung.«

Erfahrung. Bestimmt hatte er Erfahrung, und Laurentia wusste auch genau, wie er sie sich angeeignet hatte. Der Zynismus half ihr, kühlen Kopf zu bewahren. Sie nahm die Klammern in der hohlen Hand entgegen. »Wie konnten Sie mir nur so etwas unterstellen?«

»Ich wollte Radcote nichts von dem Entführungsversuch erzählen.« Dom raffte ihr Haar zusammen und drehte es am Hinterkopf zu einem Zopf. »Solange wir über die Vorgänge noch nicht Bescheid wissen, möchte ich als Ihr Leibwächter keinen Palastaufstand riskieren.«

Ihr Leibwächter. Laurentia blickte in den Spiegel, und wieder raubte ihr seine kraftvolle Schönheit den Atem. Sie mochte noch so vorsichtig sein oder sich durch Zynismus zu schützen versuchen – wenn sie Dom zu ihrem Leibwächter machte, würde sie, gleich einer in der Meeresströmung treibenden Qualle, nicht in der Lage sein, etwas anderem zu folgen als ihrem Instinkt. Vielleicht überstieg sogar diese grundlegende Fähigkeit einer Qualle ihre Möglichkeiten, da ihr ja selbst das Atmen Schwierigkeiten bereitete. Obwohl Quallen gar nicht atmeten ... Sie unterbrach sich, bevor sie sich in weiteren Ungereimtheiten verlor. »Seine Majestät, mein Vater ...«

»Sollte selbstverständlich informiert werden.« Dom beugte sich vor und fischte mit spitzen Fingern drei Klammern aus ihrer Hand. »Denn wenn es eine ernsthafte Bedrohung gibt, könnte auch er in die Sache hineingezogen werden.«

Daran hatte Laurentia noch gar nicht gedacht. Panik ließ sie alles andere vergessen, und sie machte Anstalten, auf der Stelle zu ihrem Vater zu eilen, um ihn zu warnen.

Dom hielt sie fest. »Still gestanden! Ich will Ihnen nicht das Haar mitsamt den Wurzeln ausreißen.«

Laurentia presste die Finger so fest um die Haarklammern, dass einige davon in die Luft sprangen und auf dem Boden landeten. »Mein Vater …«

»Ihrem Vater geht es gut. Entführer sind vielleicht Feiglinge und Dummköpfe, aber sie würden nicht versuchen, jemanden aus einem vollen Ballsaal zu verschleppen. Man würde sie fangen und zum Tode verurteilen.«

»Ja.« Laurentia schluckte. »Natürlich.«

»Seine Majestät ist in Sicherheit.« Dom hatte jetzt alle drei Haarnadeln in ihrer Frisur befestigt und öffnete Laurentias Finger auf der Suche nach weiteren. »Sie *müssen* doch gewusst haben, dass Sie und Ihr Vater in Gefahr schweben.«

»Ja«, erwiderte Laurentia etwas kleinlaut.

Dom runzelte die Stirn. »Hören Sie zu. Vor der Vereinigung von Seraphinien und Baminien gab es in beiden Ländern verschiedene revolutionäre Gruppierungen, denen es beinahe gelungen wäre, die Regierungen zu stürzen.«

Laurentia kannte die Geschichte. Jeder Regent in Europa kannte sie, genauso wie die Erzählungen von all den Revolutionen, die Napoleon durch den Sturz der alten Könige ausgelöst hatte. »In Seraphinien und Baminien waren die Herrscher korrupt und die Wirtschaft schwach. Das Volk hungerte, und Hunger führt zu Revolten.« Laurentia umfasste

Doms Handgelenk, als er nach weiteren Klammern auf ihrer Handfläche suchte. Ihre Blicke trafen sich im Spiegel, und sie sagte: »Das Volk in Bertinierre leidet keinen Hunger.«

»Sie sind naiv, wenn Sie glauben, es ginge nur darum. Es gibt immer jemanden, der das größte Stück vom Kuchen haben will. In Bertinierre geht es allen gut. Haben Sie wirklich geglaubt, niemand würde das bemerken?«

Auf der Veranda hatte Dom sie mit seinem Geplauder beruhigt. Jetzt aber sprach er so eindringlich, dass sie davon überzeugt war, sich einer Illusion hingegeben zu haben, was die Sicherheit ihres Landes anging.

Schonungslos schob sie alle Gedanken an Begierde von sich, die ihren Verstand zu vernebeln drohten. Sie war die Prinzessin, sie trug die Verantwortung für ihr Land, und Dom war die Stimme der Vernunft. Sie würde ihm zuhören und dann eine Entscheidung treffen. Sie ließ sein Handgelenk los und reichte ihm eine Haarklammer. »Wer steckt dahinter?«

»Ich weiß es nicht.« Er nahm die Klammer und befestigte damit eine weitere Strähne. »Dieser Idiot heute Abend war ein Amateur, aber er hätte beinahe Erfolg gehabt. Hätte er Sie nicht unterschätzt und wäre ich nicht praktischerweise zur Stelle gewesen, dann wären Sie jetzt verschwunden.«

Verdächtig *praktisch*.

Nicht, dass Dom Laurentias nächtlichen Spaziergang hätte vorausahnen können; nicht, dass sie wirklich annahm, er habe alles nur vorgetäuscht, um als Bewerber unter all den anderen hervorzustechen. Trotz seiner Ansichten und ihrer verwirrten Reaktion auf sein allzu hübsches Gesicht war sie nicht auf den Kopf gefallen.

Oder war es zumindest in den vergangenen fünf Jahren nicht gewesen.

Sie hielt eine Haarklammer hoch und warf einen prüfenden Blick auf ihre Hand. Nicht das geringste Zittern. »Sie glauben also, dieser Anschlag war von langer Hand geplant?«

Dom nahm die Klammer entgegen. »Ganz im Gegenteil. Aller Wahrscheinlichkeit nach handelt es sich nur um einen Holzkopf mit einem stümperhaften Plan und ziemlich robusten Nerven.«

Wieder wurde ihm eine Klammer gereicht. Laurentia beobachtete, wie er geschickt Strähne für Strähne drehte und feststeckte und ihre Frisur unter seinen kundigen Händen langsam wieder die vertraute Form annahm. »Das wäre sicher das Beste.«

»Das Allerbeste. Aber dieser Schweinehund … Entschuldigung … *Schurke* …«

Er hielt inne und wartete auf Laurentias Lachen. Forderte sie geradezu auf.

Sie blieb jedoch ernst, und nach einem kurzen, überraschten Blick in ihr Gesicht fuhr Dom fort: »Dieser Schurke versucht es vielleicht ein zweites Mal. Oder es handelt sich hier um die ersten Anzeichen der Unzufriedenheit einiger Untertanen.«

»Vielleicht.« Dies erklärte jedenfalls die Neigung ihres Vaters zu besonderen Vorsichtsmaßnahmen und ausgetüftelten Plänen.

»Oder es handelt sich um den Übergriff eines anderen Landes, das Bertinierre seinen Reichtum neidet.«

Laurentia zuckte überrascht zusammen.

Die Bewegung war so heftig, dass Dom es einfach bemerken musste. Er nahm sie bei den Schultern und drehte sie zu sich um. »Damit habe ich wohl ins Schwarze getroffen, nicht wahr?«

»Vielleicht. Nein, sicher nicht. Das liegt alles schon so lange zurück.« Kurz nach Beaumonts Tod, in einer Zeit, an die sie sich kaum noch erinnern konnte, hatte es eine Unterhaltung zwischen König Jerome und Chariton, seinem vertrauten Kammerdiener, gegeben, die ihr jetzt wieder einfiel.

Dom wartete, aber Laurentia würde die Geheimnisse ihres Landes nicht irgendjemandem anvertrauen, schon gar nicht, wenn alle Vernunftgründe dagegen sprachen.

Er kniff die von schwarzbraunen Wimpern umrahmten Augen zusammen.

»Sie sind gar nicht so unschuldig, wie es auf den ersten Blick scheint.«

»Unwissend«, verbesserte sie freundlich. »Ich bin nicht so *unwissend,* wie es scheint. Ich werde Königin sein. Mein Vater berät sich mit mir in allen Fragen, er bittet mich um meine Meinung und meinen Rat.«

Die leichte Anspannung um Doms Mund verschwand. »Das erklärt vieles.«

»Was denn zum Beispiel?«

»Warum jemand Sie entführen wollte. Sie kennen die Geheimnisse Bertinierres.«

Er hatte leichthin geantwortet, aber sein befriedigter Tonfall, den er rasch zu überspielen versuchte, ließ Laurentia bereuen, dass sie ihre Autorität in Staatsangelegenheiten preisgegeben hatte, obwohl es im ganzen Königreich ein offenes Geheimnis war, dass die Kronprinzessin die beste Botschafterin Seiner Majestät war. Es brachte ihr nichts ein, ihr Licht unter den Scheffel zu stellen.

»Jetzt müssen Sie nur noch einen Augenblick ruhig stehen bleiben. Ich bin fast fertig.« Dom drehte sie wieder zum Spiegel zurück und machte sich erneut an ihrer Frisur zu schaffen. »Ich habe Verbindungen. Ich werde morgen früh in der Bucht Erkundigungen einziehen, und vielleicht bringe ich den einen oder anderen zum Reden.«

»Und wenn Ihnen das gelingt?«

»Dann habe ich mir einen Lohn verdient, der noch ausgehandelt werden muss.« Er grinste sie an, ganz Grübchen und Verlockung.

Wie ein klebriger Liebestrank überwältigte Laurentia erneut ein Verlangen, vor dem es keine Rettung zu geben schien. Beinahe wäre die letzte Haarklammer ihrer Hand entfallen. Aber der Mensch kann auch gegen die mächtigste Anziehungskraft immun werden, wenn er ihr zu häufig ausgesetzt ist. »Demnach sind Sie also kein Freier mehr, sondern ein Diener?«

Ohne dass das Lächeln aus Doms Gesicht verschwand, nahm es plötzlich einen Ausdruck stählerner Kälte an. »Ich werde niemals ein Diener sein. Ein Diener kümmert sich um das Wohl seines Herren. Ich dagegen kann kommen und gehen, wann ich will, ohne mich im Geringsten um ermüdende Protokollvorschriften zu scheren.«

Kalt erwiderte Laurentia sein Lächeln. »Nun gut. Aus irgendeinem Grund haben Sie beschlossen, diese Aufgabe zu übernehmen. Wenn mein Vater zustimmt und wir mit Ihren Referenzen zufrieden sind, werde ich Ihrer Einstellung nicht im Wege stehen.« Sie gestattete ihm einen kurzen Augenblick des Triumphes und verwies ihn dann auf seinen Platz, indem sie sagte: »Ich muss aber zuvor wissen, wie hoch Sie sich Ihre Vergütung vorgestellt haben.«

Laurentia musterte ihn ebenso direkt wie er sie, zwei Feinde, die sich in einem noch unausgesprochenen, unbewaffneten Konflikt gegenüberstanden.

»Ver ...gü ...tung.« Dom wiederholte das Wort so langsam wie ein ungebildeter Tropf, der einen solchen Ausdruck noch niemals gehört hatte. »Sie wollen also wissen, wie hoch ich mir meine Ver ...gü ...tung vorstelle?«

Laurentia schwieg und fragte sich insgeheim, wie er es nur fertig brachte, gleichzeitig bedrohlich und beschützend, verletzlich und einschüchternd zu wirken.

»Euer Hoheit.« Er nahm die Hände aus ihrem Haar und legte sie auf ihre bloßen Schultern. Sie waren rau wie die Hände eines Feldarbeiters, mit langen Fingern ... die Hände eines Liebhabers.

Dom strich über ihre Haut, folgte der sanft geschwungenen Kurve ihres Nackens bis zum Schlüsselbein. Eine Zärtlichkeit, die wie das Versprechen einer künftigen Belohnung war.

Hypnotisiert und von Panik erfüllt ließ Laurentia ihn gewähren und stellte erstaunt fest, dass ihre Haut einen zarten Rotton annahm, der wie ein wortloses Eingeständnis ihrer Erregung und Begierde war.

Sie hatte sich schon einmal in einem Mann getäuscht, aber dieses Mal irrte sie sich nicht. Dieser Mann würde Wort halten. Sein Gesichtsausdruck, seine Berührung und seine Charakterstärke waren wie ein Versprechen ungeahnter Wonnen. Wonnen, unter denen ihr die Sinne vergehen würden.

»Ich werde Ihnen in dieser Runde helfen, Euer Hoheit, und mit offenen Karten spielen, falls Sie das interessiert. Ich werde Sie beschützen und vor Schaden bewahren, und wenn Sie zufrieden sind, weil ich Wort gehalten habe, werde ich Ihnen meinen Lohn nennen.« Er beugte sich vor, legte die Lippen an ihr Ohr und flüsterte: »Ihnen allein. Und Sie werden bezahlen.«

Wo steckte sie nur? Zerstreut plauderte König Jerome mit einigen Heiratskandidaten. Nichts an seinem Benehmen deutete darauf hin, dass er sich um seine Tochter sorgte, die bereits seit einigen Stunden abwesend war, obwohl sie das Protokoll sonst niemals so missachtete.

Er umklammerte die Lehne seines Thrones so fest, dass seine Fingerknöchel weiß wurden. Unaufhörlich suchten seine Blicke im Saal nach Laurentia, in der Hoffnung, sie möge plötzlich hinter einer der Marmorsäulen hervortreten, zum formell gekleideten Orchester schlendern, einen Walzer verlangen und einen kurzen Blick auf ihr Bild in den goldgerahmten Spiegeln werfen.

Warum war Laurentia verschwunden? Ein Anfall von Kopfweh, ein Schwatz mit den anderen Damen, oder ... du lieber Himmel, lag sie etwa in irgendeiner versteckten Ecke des Palastes und verblutete, während er hier Konversation machte?

König Jerome bemühte sich, seine Panik zu unterdrücken. Seit jenem Zwischenfall vor fünf Jahren litt er öfter unter derartigen Vorahnungen. Laurentia wusste nicht, was damals wirklich geschehen war. Es gab nur wenige Eingeweihte.

Natürlich hätte er Chariton bitten können, nach ihr zu suchen, aber dieser war mit den Vorbereitungen für das morgige Fest vollauf beschäftigt.

König Jerome nickte, als verstünde er das Gerede eines französischen Grafen, und beobachtete währenddessen unablässig den Ballsaal. Er war dankbar, dass ihm sein erhöhter Sitz auf dem Podium einen guten Überblick ermöglichte.

Da. Aus dem Korridor betrat jetzt Francis mit gerunzelter Stirn den Saal. Er war weggegangen, um die Prinzessin zu suchen. Hatte er sie gefunden?

Francis blieb stehen und wechselte einige Worte mit einer Dame von tadelloser Abstammung, und König Jerome lehnte sich unendlich erleichtert zurück. Wenn Laurentia tatsächlich in Gefahr gewesen wäre, hätte Francis den König sofort davon unterrichtet.

Aber wo war sie nur? Es trieben sich hier so viele Fremde herum. So viele Bewerber, die auf seine Tochter warteten. Was fiel ihr nur ein? Sogar Weltrude, Laurentias persönlicher Drachen, blickte finster drein.

Dann betrat Laurentia den Ballsaal. Sie ging fast im Laufschritt.

König Jerome erhob sich.

Ihre Wangen waren feuerrot und ihr Kleid zerknittert und unordentlich. Sie warf einen unruhigen Blick in den Saal und tauchte in der Menge unter.

Ihr dicht auf den Fersen folgte ein unbekannter Gentleman.

Zorn und Besorgnis, gefolgt von belustigter Verwunderung, schossen König Jerome durch den Kopf, während er in den Thronsessel zurücksank.

Er hatte den Burschen, der seine Tochter mit hungrigen Augen beobachtete, noch nie gesehen, aber unter der nonchalanten Oberfläche spürte König Jerome heftige Gefühle, und er erkannte die Absichten des Fremden an dem intensiven Blick, mit dem er Prinzessin Laurentia verfolgte.

Ohne die beiden aus den Augen zu lassen, zitierte König Jerome mit einer leichten Krümmung seines Zeigefingers Weltrude herbei. »Warum hat man mir diesen jungen Mann nicht vorgestellt?«

Weltrudes knochige Hände ballten sich zu Fäusten. Sie hasste auch die geringste Anspielung darauf, nachlässig gewesen zu sein. Obwohl sich König Jerome sonst immer Zeit nahm, sie wieder zu besänftigen, hatte er jetzt keine Geduld. Sah diese Frau nicht, dass die Situation ein schnelles Eingreifen erforderte? Dieser Mann heftete sich an Laurentias Fersen, als hätte er etwas Bestimmtes im Sinn. Wollte König Jerome als Vater darüber entscheiden, ob dieser Gentleman ein akzeptabler Kandidat war, musste er ihn sofort auf Herz und Nieren prüfen. Dabei galt es, geschickt vorzugehen. Mit aller gebotenen Gastfreundlichkeit.

»Dominik von Sereminien kam später«, entschuldigte sich Weltrude.

»Führen Sie ihn zu mir.«

Wie immer, wenn Weltrude einen direkten Befehl von König Jerome erhielt, spannte sich ihr Körper an. *Dann* erst machte sie sich daran, den Befehl zu befolgen.

Während sich Weltrude durch den Saal drängte und die dichte Menge wie ein Messer teilte, wunderte sich König Jerome nicht zum ersten Mal darüber, warum er sie am Anfang so falsch eingeschätzt hatte. Wenige Wochen nach dem Tod der Königin hatte sich die einunddreißig Jahre alte Weltrude um die Position der Hofdame der zwölf Jahre alten Prinzessin beworben. Ihre Zeugnisse waren makellos, aber König Jerome hatte den Verdacht gehabt, sie gehöre zu einer ausgestorbenen königlichen Familie. In der Hoffnung, dass Laurentia und Weltrude Freundinnen werden würden, hatte er sie schließlich eingestellt. Aber obwohl Weltrude ihre Aufgabe fehlerlos bewältigte, hatte sie weder Mitgefühl noch Verständnis für Laurentia erkennen lassen, wenn es um den Tod der Mutter ging. Seither waren dreizehn Jahre verstrichen, und Weltrude war in dieser Zeit immer unbelehrbarer geworden. Dennoch bestand Laurentia darauf, dass sie ihre persönliche Hofdame blieb. Genau wie ihr Vater scheute Laurentia davor zurück, Personal ohne einen triftigen Grund zu entlassen.

Unauffällig folgte Weltrude Dominik. Gerade als er Laurentia erreicht hatte, ergriff sie seinen Arm. König Jerome sah, wie er Weltrudes Hand ungeduldig abschüttelte, registrierte seine Anspannung, als die Hofdame das Wort an ihn richtete, und bemerkte, wie er einen Blick zum Thron warf.

König Jerome lächelte freundlich. Er wusste genau, dass Dominik von Sereminien es nicht wagen würde, eine Aufforderung des Königs zu missachten.

Seiner Tochter verhehlte er allerdings nicht das volle Ausmaß seines Missvergnügens und warf ihr einen wütenden Blick zu.

Laurentia sah ebenfalls zu ihrem Vater empor und streckte dann Dom herausfordernd das Kinn entgegen.

Du liebe Zeit, welche Vertraulichkeiten hatte es zwischen diesen beiden gegeben, dass sie bereits ohne Worte miteinander streiten konnten? König Jerome wusste es nicht, und er bezweifelte, dass er es wirklich wissen wollte. Er wusste nur, dass Dominik Laurentia heftig begehrte, mit so viel Leidenschaft und tiefem Gefühl, wie es König Jerome seiner Tochter nur wünschen konnte.

Wenn der junge Mann so viel versprechend war wie seine Gefühle, dann würde König Jerome ihm dabei helfen, Laurentia zu erobern.

5

Hatte der König Verdacht geschöpft? Ahnte er etwas?

Dom schlenderte quer durch den Ballsaal auf den strahlenden Monarchen zu und fragte sich, ob dieser Auftrag sein letzter sein würde. Ja, König Jerome lächelte, aber von der Wiege an hatte Dom gelernt, Königen zu misstrauen. Aus einer Laune heraus konnte ein Aristokrat einen Mann in Stücke reißen lassen.

Diesmal wusste Dom, dass er eine solche Behandlung verdient hatte. Er hatte der Prinzessin erzählt, er sei ein Söldner und unehelich geboren. Das war die Wahrheit … aber nicht die ganze Wahrheit.

Man hatte ihn nach Bertinierre geschickt, um einen Auftrag auszuführen.

Irgendwo in den Pyrenäen
März 1829
»Ich töte nicht mehr für Geld. Ich habe mich zur Ruhe gesetzt.« Dom lehnte lässig an der Wand, die Hände entspannt auf dem Tisch. Er zeigte keinerlei Nervosität angesichts des Mannes, der ihm in militärisch straffer Haltung gegenübersaß.

»Ein Söldner.« Marcel de Emmerich lächelte leicht, und seine Finger trommelten ungeduldig auf den feuchten, wurmstichigen Tisch. »Einer, der für Geld erobert. In dieser Beziehung hast du eher versagt, wie ich höre.«

Natürlich hatte de Emmerich davon gehört. Genau deswegen hatte er Dom in dieses schmuddelige kleine Gasthaus mitten in der Wildnis kommen lassen. Er wusste, dass Dom verzweifelt war, auch wenn er den Grund dafür nicht kannte. Emmerich konnte sich keinen anderen Grund als reine Gier vorstellen, der Dom hierher geführt hatte. In Wirklichkeit aber hatte sich Dom in Gefühlsbindungen und andere Verpflichtungen verstrickt.

Er war für ein Kind verantwortlich. Nicht einmal sein eigenes Kind, aber ein Kind, das Dominik als letzte Chance ansah, seine vielen Sünden wieder gutzumachen.

»Ich glaube dir aber gern, dass du mit Frauen umzugehen verstehst.« Die flackernde Kerzenflamme warf ein mildes Licht auf de Emmerich, verwischte die Pockennarben auf

seiner Haut und verlieh seinem bleichen Gesicht eine leicht gelbliche Farbe. Seine Zähne waren schwarz und voller Löcher. Er trug eine selbst entworfene, mit kostbaren Goldlitzen und Porzellanknöpfen geschmückte Uniform. Er sah aus wie ein heruntergekommener Adliger, der den Titel durch seinen Einfluss auf den Schaumschlägerkönig von Pollardinien erworben hatte.

Und er war durch und durch böse.

»Du hast also jetzt das Söldnerdasein aufgegeben und bist ein Frauenheld geworden«, fuhr de Emmerich fort.

Dom saß unbeweglich da und setzte eine gleichgültige Miene auf. »Meine Abstammung zwingt mich zur Vielseitigkeit.«

De Emmerich beobachtete Dom aufmerksam, suchte nach den Schwachpunkten, die er unter der beherrschten Oberfläche seines Gegenübers spürte. Und natürlich fand er sie auch. »Das letzte Scharmützel in Griechenland hat deine Bande dezimiert.«

Dom blieb unbeweglich. »Ich habe einige gute Leute verloren.«

»Du hast all deine Leute verloren«, korrigierte de Emmerich.

Dom vermutete, dass er de Emmerich in einem fairen Kampf besiegen könnte ... aber er wusste ganz genau, dass de Emmerich kein fairer Kämpfer war.

»Ja. Alle.« Dom ließ ein leichtes Lächeln um seine Mundwinkel zucken, während er diese Lüge bestätigte. »Ich bin also nicht von Nutzen für Sie und werde mich deswegen jetzt verabschieden.« Er legte die Hände flach auf den Tisch und schob die Bank nach hinten. Im gleichen Augenblick sah er etwas aufblitzen und hörte eine Klinge an seinem Ohr vorbeizischen. In der Wand steckte ein kurzer Dolch, dessen Klinge wie der letzte Atemzug eines Sterbenden rasselte.

Mit verschlagenen, bösartig glitzernden Augen beugte sich de Emmerich vor. »Ich brauche deine Leute nicht. Ich brauche nur dich. Ich zahle dir fünfundzwanzigtausend pollardinische Kronen, wenn du diesen Auftrag erledigst. Setz dich.«

Dom nahm erneut Platz.

De Emmerich streckte seinen langen Arm über den Tisch, zog das Messer aus dem verrotteten Holz und ließ es in seinen Ärmel gleiten. Er winkte das Schankmädchen, das sich in eine Ecke gesetzt hatte, heran und sagte zu Dom gewandt: »Ich gebe dir einen aus und erzähle dir, was ich von dir will.«

Für fünfundzwanzigtausend pollardinische Kronen hätte Dom Kopf und Kragen riskiert. Aber de Emmerich wollte nicht, dass Dom sein Leben aufs Spiel setzte, sondern dass er schmählichen Verrat beging.

Als Dom jetzt vor dem Podium stand, fragte er sich, ob das Schwert, das König Jerome trug, nur als Schmuck diente oder ob er schon bald die scharfe Klinge an seinem Hals spüren würde. Er wusste genau, dass er es verdient hätte.

König Jerome hatte sich erhoben und ging auf Dom zu, der an sich halten musste, um nicht zurückzuweichen.

Der König stieg vom Podium herab und ergriff Doms Arm. »Kommen Sie in meine Bibliothek«, lud er ihn ein. »Lassen Sie uns einen Cognac trinken.«

»Einen Cognac.« Hinkend folgte Dom dem König durch den Ballsaal. Seine Hüfte schmerzte vor Anstrengung. Aller Augen waren auf ihn gerichtet, musterten ihn prüfend, taxierten seinen Wert, aber für ihn hatte nur ein einziges Augenpaar Bedeutung.

Überrascht und ungehalten beobachtete Prinzessin Laurentia, wie ihr Vater Dom aus dem Saal führte.

Dom grinste sie an. Wenn es irgendjemanden gab, der diese Entwicklung noch beunruhigender fand als er selbst, so war es Prinzessin Laurentia. Das war immerhin etwas.

»Mögen Sie keinen Cognac?«, fragte König Jerome, als kümmerte ihn tatsächlich eine andere Meinung als seine eigene.

»Doch, Euer Majestät. Ich finde, ein Cognac passt ausgezeichnet zu einer Zigarre.« Zigarren, die sich in einer hübschen Schachtel in der Tasche von Doms gut geschnittenem Anzug befanden, und alles, inklusive des Mannes, der in diesem Anzug steckte, war von de Emmerich selbst gekauft. Dom war sich dieser Ironie bewusst, verbarg sein Misstrauen aber unter leichtem Geplauder. »Ich habe hier ein paar gute Zigarren, wenn Sie möchten.«

Der König klopfte Dom auf die Schulter. »Ausgezeichnet! Während wir rauchen, werden wir uns ein wenig unterhalten.«

»Unterhalten?« *Warum?* Unausgesprochen stand die Frage zwischen ihnen.

»Ich möchte Sie gerne kennen lernen, Dominik von Sereminien.« König Jerome bog in den langen Korridor ein.

Dom ging an seiner Seite und registrierte, wie die Wachen Hab-Acht-Stellung einnahmen, sobald der König an ihnen vorüberschritt. Doms Atem ging leichter, als sie die Wachen passiert hatten – hoffentlich ein Zeichen dafür, dass er sich wieder besser fühlte.

Dennoch war Dom nicht völlig entspannt. Sie kamen vor einer Tür zum Stehen, die von zwei weiteren Posten bewacht wurde, und als einer der beiden vortrat, um ihnen die Tür zu öffnen, zuckte Doms Hand unwillkürlich nach dem Messer, das er in seinem Ärmel versteckt hatte. Glücklicherweise schien es der König nicht bemerkt zu haben, nur der tumbe Wachposten sah verwirrt aus.

Was für ein Land, in dem ein Mann eine Klinge ziehen konnte, wenn er neben dem König stand.

Als sie jedoch das weitläufige, mit Büchern gefüllte Zimmer betraten und die Tür hinter ihnen ins Schloss gefallen war, spürte Dom, wie sich die Finger des Königs um sein Handgelenk schlossen. König Jerome blickte Dominik wütend an. Jede Spur der früheren Freundlichkeit war aus seinem Gesicht gewichen. »Hier drin gibt es nichts zu essen, junger Mann«, bemerkte er. »Messer sind überflüssig.«

Vielleicht war der König doch kein solcher Esel. Aber ahnte er auch, was Dom hierher geführt hatte? Dom glaubte es nicht, sonst hätte König Jerome ihn kaum in die Bibliothek geführt, die verschwenderisch mit kostbaren Holzschnitzereien und dunkelbraunem Brokat dekoriert war. Außerdem gab es einen riesigen Kamin und einen Schreibtisch von wahrhaft königlichen Ausmaßen. Nein, hätte König Jerome etwas von Doms Absichten geahnt, hätte er ihn umgehend in die Verliese befördert.

Also fuhr Dom in seinen Bemühungen fort, sich unentbehrlich zu machen und de Emmerichs Plan voranzutreiben. »Vergeben Sie mir, Euer Majestät, aber nach dem Angriff auf Prinzessin Laurentia bin ich ein wenig beunruhigt.«

Dom hatte damit gerechnet, Fragen beantworten zu müssen. Zu seiner Überraschung stellte er jetzt fest, dass König Jeromes rosiges Gesicht erblasste und der Ältere seinen Arm so fest packte, dass er Dom das Blut abdrückte.

»Angriff?«, fuhr König Jerome ihn barsch an. »Wo? Wann?«

Also täuschte der Eindruck nicht. Der König und die Prinzessin standen sich sehr nahe. Dom notierte sich diese Feststellung insgeheim für später.

»Heute Abend, Euer Majestät. Auf der Terrasse.«

König Jerome marschierte in Richtung Tür. »Ich rufe die Wachen.«

»Nein.« Doms Ausruf war so nachdrücklich, dass der König stehen blieb. »Nein, bitte nicht, Euer Majestät. Im Ballsaal befindet sie sich außer Gefahr, und ich möchte, dass Sie mich erst zu Ende anhören.«

König Jerome hielt inne und murmelte: »Nein, natürlich nicht. Wir dürfen keine Panik auslösen. Nicht jetzt.« Er drehte sich rasch um, ging zur Anrichte und befahl: »Erzählen Sie.« Seine Stimme klang kräftig, aber als er die Karaffe hob, zitterten seine Hände.

Laut Protokoll hätte Dom an seinem Platz bleiben müssen, aber der gesunde Menschenverstand gebot ihm, neben König Jerome zu treten. »Euer Majestät, gestatten Sie.«

König Jerome reichte ihm die Karaffe und sank in den nächsten Sessel, als trügen ihn seine Beine nicht länger. Trotzdem blickte er Dom gebieterisch an und verlangte wortlos eine Erklärung.

»Ein Mann in königlicher Livree hat versucht, Prinzessin Laurentia zu entführen, während sie sich auf der Terrasse aufhielt.«

»Ein einzelner Mann?«

»Keine Komplizen.«

»Und Sie waren Zeuge?«

»Ja, Euer Majestät.« Dom goss Cognac in zwei Kristallschwenker. »Ihre Hoheit schrie und versuchte, sich zu befreien, während ich den Kerl packte. Er ließ die Prinzessin los, und ich verfolgte ihn.«

König Jerome nahm das Glas entgegen. »Natürlich haben Sie ihn erwischt.«

Diese Könige. Sie erwarteten immer, dass alles genauso verlief, wie sie es sich vorstellten. Eine Welle der Bitterkeit stieg in Dom auf und hinderte ihn kurzzeitig am Weitersprechen. »Nein, Euer Majestät. Durch eine Verletzung an der Hüfte bin ich kein schneller Läufer mehr.«

»Wo haben Sie sich eine solche Verletzung zugezogen?«

»Im Kampf, Euer Majestät, in Griechenland.«

Der König lehnte sich im Sessel zurück und musterte Dom so lange prüfend, bis dieser sich unbehaglich zu fühlen begann. »Wer sind Sie, Dominik von Sereminien?«

Ja, wer war er eigentlich? Ein Schuft, der sich in Laurentias Leben einschleichen wollte. Als Dominik in einer dunklen Ecke des Ballsaales gestanden hatte und sie zum ersten Mal mit ihrem Vater tanzen sah, war er kritisch gewesen. Er war zu dem Schluss gekommen, dass Laurentia keine wirkliche Schönheit war. Für seinen Geschmack war sie etwas zu klein, zart gebaut und zierlich, und wenn er sich vorstellte, wie sie im Bett unter ihm lag – ein Gedanke, mit dem er sich bereits viel zu intensiv beschäftigt hatte –, dann würde er sich zügeln müssen, wenn er ihr nicht wehtun wollte.

Aber er hatte es nicht eilig. Er würde seinen Auftrag erledigen wie gewohnt.

Also war er auf die Terrasse gegangen, um eine Zigarre zu rauchen.

Es war reines Glück gewesen, dass Laurentia kurze Zeit später ebenfalls ins Freie trat. Noch größeres Glück war es gewesen, dass sich außerdem noch ein Entführer einstellte. Dom hatte ganz instinktiv reagiert, und wie immer hatte ihm sein Instinkt den richtigen Weg gewiesen. Ihr Leibwächter zu sein war viel besser als ihr vermeintlicher Verehrer. Er war ihr dadurch viel näher, ihr und dem Geheimnis, das sie hütete – und das er herausfinden musste.

Nach der ersten Aufregung hatte er alles darangesetzt, sie, die verwöhnte, privilegierte Prinzessin zu bezaubern.

Er hatte aber nicht damit gerechnet, dass sie ihrerseits ihn bezaubern würde. Sie war schlagfertig und nahm sich selbst nicht sonderlich ernst, ihr Sinn für Humor war bewundernswert, und zu seiner Überraschung hatte Dom entdeckt, dass sie auch noch intelligent war. Als Radcote dazugestoßen war und versucht hatte, Dom mit seinen unverschämten Höflichkeiten zu vertreiben, hatte Laurentia es nicht zugelassen. Sie hatte ihn verteidigt.

Er hätte darüber gelacht, wäre es ihm nicht so nahe gegangen.

Aber als sie in den Palast zurückkehrten, hatte sie sein Gesicht gesehen und mit Entsetzen darauf reagiert. Als sei er verunstaltet, als trüge er den Stempel seiner unrechtmäßigen Herkunft auf der Stirn, als wüsste sie von den Fehltritten in seiner Vergangenheit und könnte den Verrat in seiner Seele lesen. Wie Höllenflammen waren die alten Zweifel wieder in ihm aufgeflackert, und er hatte entsprechend reagiert. Eine instinktive Reaktion, ein schneller Gegenschlag, so hatte er sie vor der Gefahr gewarnt, in der sie sich in seiner Gesellschaft befand.

Aber jetzt hatte er die Möglichkeit, diesen Fehler wieder gutzumachen. Er musste nur König Jerome davon überzeugen, dass es keinen besseren Leibwächter für seine Tochter gab als Dom selbst. … »Wer ich bin?«, wiederholte er. »Ich bin der uneheliche Sohn des früheren Königs von Baminien. Außerdem bin ich Söldner.«

König Jerome kniff die Augen zusammen. »Natürlich. Sie sind ein Sohn des alten Leon. Hat Ihnen schon einmal jemand gesagt, wie sehr Sie ihrem Bruder Danior ähneln?«

Dom holte das mit Schnitzereien verzierte Kästchen aus seiner Tasche. »Ja.« Er hob den Deckel und bot dem König eine Zigarre an.

König Jerome traf seine Wahl. »Ein heikles Thema, nicht wahr? Kein Wunder, dass Sie gekommen sind, um Ihr Glück bei Laurentia zu versuchen.«

»Ich erwarte nicht, dass sie mich heiratet.« Dom entnahm dem Kästchen ebenfalls eine Zigarre und schlug dann den Deckel zu.

»Sie scheuen die große Konkurrenz?« König Jerome schloss die Augen, sog den Geruch der Zigarre ein und lächelte.

»Ich glaube natürlich nicht, dass ...«

Ungeduldig wedelte König Jerome mit der noch nicht angezündeten Zigarre. »Ja, ja, ich weiß. Sie denken, Sie können meine Gedanken lesen. Eine nützliche Gabe, junger Mann, aber ich versichere Ihnen, Sie besitzen diese Gabe nicht.«

»Selbstverständlich nicht, Euer Majestät, das würde ich mir auch niemals einbilden.« Nur dass Dominik verdammt genau wusste, was der König dachte. Ein unehelicher Sohn konnte niemals Prinz werden. Nun, Dom wollte auch gar kein Prinz sein. Er wollte einfach nur wie ein Prinz leben. »Ich brauche Ihnen nicht zu sagen, dass man den Zwischenfall heute Abend ernst nehmen muss. Wäre ich nicht da gewesen, so wäre Ihre Hoheit entführt worden. Ich schlage also vor ...«

»Dass Sie ihr Leibwächter werden sollten.«

Dom atmete ganz langsam aus. Er war seinem Ziel einen Schritt näher gekommen.

6

Dem unerfahrenen Auge musste die im kühlen Mondschein schlummernde Hütte wie das bescheidene Heim eines Landarbeiters auf dem Gut seines Herrn erscheinen. Ein Mann mit kriminellen Absichten mochte sie für einfache Beute halten.

Dom wusste es besser. Bevor er die wacklige Brücke betrat, die die Schlucht überspannte, stieß er den Ruf eines jagenden Falken aus und gab seiner Söldnertruppe damit das verabredete Zeichen.

Obwohl es keine Ursache gab, erschauerte Dom im kühlen Wind, der von den Bergen herüberwehte, und wartete angespannt, bis sich die Tür öffnete. Brat war die einzige Überlebende seiner einstigen Truppe. Dom hatte keine Befürchtungen, was herumstreunende Schurken betraf. Er war mit Brat zusammen aufgewachsen und wusste, dass sie mit Problemen dieser Art im Handumdrehen allein fertig wurde. Aber Dom und seine Leute hatten zahlreiche Feinde, und jetzt, wo nur noch er und Brat übrig waren, warteten diese Leute nur darauf, sie aufzuspüren und ihnen den Garaus zu machen.

Obendrein misstraute Dom Marcel de Emmerich. Dom hatte ihm zwar gesagt, dass die Bande dezimiert worden war, aber de Emmerich hatte seine Spitzel überall. Sollte er etwas über Brat und das Kind erfahren, würde er nicht eine Sekunde zögern und vor keiner Grausamkeit zurückschrecken – weder vor Kindesentführung noch Folter oder Mord –, um Doms Willen zu brechen.

Auf diese Weise würde es ihm todsicher gelingen, Dom in die Knie zu zwingen, denn Brat war Doms Kameradin, Freundin und Herzensschwester.

Nach einem kurzen Augenblick öffnete sich die Tür.

Brat war in dem dunklen Haus nicht einmal als Schatten zu erkennen. »Geh auf der linken Seite.« Sie hatte die Stimme zu einem Flüstern gesenkt, das nur Dom vernehmen konnte, denn unweit der Straße, die sich von der Stadt bis hierher schlängelte, lagen noch drei andere Hütten. Die dort lebenden Familien hatten ihr Leben lang auf diesem Gut gearbeitet und beobachteten ihre neuen Nachbarn voller Misstrauen.

Wenn sie die Wahrheit wüssten, würden sie sich in ihren Betten verkriechen.

Leichtfüßig überquerte Dom die Brücke und betrat die Hütte.

»Warum bist du denn so früh zurückgekommen?« Brat schloss die Tür hinter ihm. »Ich hatte dich nicht erwartet.«

»Ich kann dich immer noch nicht sehen.« Im Stehen wartete Dom, bis sie die Asche von den Kohlen entfernt und die Flammen neu entfacht hatte.

»Was macht die Hüfte?«, erkundigte sich Brat.

Dom rieb über die Stelle, wo die spitze Patrone sein Fleisch durchbohrt hatte. »Ganz gut. Ich hinke nur, wenn ich mir einen Vorteil davon verspreche.«

Im Licht der aufflackernden Flammen war das Zimmer und die Einrichtung deutlicher zu erkennen, und Dom sah das Grinsen auf Brats Gesicht. Während sie Kienholz in die Flammen legte, ging er zu dem breiten Bett, kniete nieder und musterte prüfend das schlafende Kind in den Kissen. Vorsichtig berührte er die dunkelrote Beule auf der Stirn der Schläferin. »Sie hat sich verletzt.«

»Sie ist gestolpert und gegen den Bettpfosten gestoßen.«

Dom blickte auf Brat in ihrem groben, braunen, selbstgeschneiderten Gewand. Söldner trugen niemals Nachtwäsche, denn man konnte ja nie wissen, ob man nicht mitten in der Nacht plötzlich aufstehen und fliehen musste. »Ist sie wieder gerannt?«

»Sie rennt ununterbrochen.« Brats Stimme war voller Mutterliebe. »Sie benimmt sich, als würde ihr das Leben davonlaufen, wenn sie es nicht *auf der Stelle* einfängt.«

Das stimmte genau. Dom ließ Rubys goldene Haarsträhnen durch seine Finger gleiten.

»Ihr gefällt es hier. Wir klettern über die Hügel in den Wald. Die Kinder auf der Wiese lassen sie mitspielen.«

Dom runzelte die Stirn. »Kann man ihnen vertrauen?«

»Alles wohl genährte Bauern.« Brats Stimme schwankte zwischen Verachtung und Neid. »Sie ziehen ihr eigenes Gemüse, fischen und jagen, und es hat seit Generationen keinen Krieg mehr in dieser Gegend gegeben. Sie haben keine Ahnung vom wirklichen Leben.«

»Erzähl ihnen nichts davon. Sie werden es bald genug selbst herausfinden.«

Brat strich sich das kinnlange Haar hinter die Ohren und legte weitere Holzscheite in die tanzenden Flammen. »Das kommt mir nicht richtig vor. Vielleicht könnte ich nur kurz erwähnen …«

»Nein!« Dom sprang entsetzt auf die Füße.

»Psssst.« Brat hatte sich ebenfalls erhoben. Sie war groß und dünn, aber von einer inneren Stärke, die sich die meisten Männer nicht einmal vorstellen konnten. Sie wies auf das schlafende Kind.

Dom senkte die Stimme und flüsterte eindringlich: »Bist du wahnsinnig? Wir brauchen dieses Geld, und wenn wir die Leute warnen, werden wir es nicht bekommen. Wir wissen ja auch gar nicht, was de Emmerich plant, nachdem er meine Informationen erhalten hat.«

»Doch, das wissen wir genau. Auch ohne dass er uns ins

Vertrauen zieht.« Brat klang nicht weniger nachdrücklich als Dom. Sie trat so dicht an ihn heran, dass sie einander Auge in Auge gegenüberstanden. »Er wird bestimmt versuchen, uns um das Geld zu prellen.«

»Er weiß nichts von dir oder dem Kind« – jedenfalls hoffte Dom das –, »also geht es nur um mich, und er muss schon sehr dumm sein, wenn er versuchen will, mich zu töten.«

Das Feuer beleuchtete Brats hageres Gesicht und die tief liegenden Augen, die ein sichtbarer Beweis dafür waren, welchen Hunger sie seit den Kämpfen in Griechenland litten. »Wenn es ihm gelingt, uns übers Ohr zu hauen, dann kann ich immer noch diesen verflixten Diamanten verkaufen, aber …«

»Das ist nicht irgendein verflixter Diamant«, unterbrach Dom. »Es handelt sich immerhin um den heiligen Diamanten von Pollardinien, der unter Einsatz meines Lebens in unseren Besitz gelangt ist.«

»Ich weiß, ich weiß.« Brat bebte vor Gereiztheit über Doms herausfordernde Worte. »Ich kann jederzeit das Geld nehmen und nach Amerika gehen. Aber ich mache mir Sorgen um *dich*.«

Sie war beunruhigt. Dom wusste es. Mehr, als sie jemals zugeben würde. Sie waren zusammen aufgewachsen, beide in Laster und Korruption hineingeboren worden. Er hatte sie beschützt, so gut er konnte, sie hatte ihn gepflegt, wenn es nötig war. Sie waren niemals ineinander verliebt gewesen. Sie waren keine Blutsverwandten, jedenfalls glaubte er das nicht, sondern gemeinsame Erfahrungen hatten sie zusammengeschweißt, und daran konnte niemand etwas ändern.

Seit Rubys Geburt war *Brat* jedoch nicht mehr dieselbe wie früher. Das Mädchen, das immer erbarmungslos gekämpft und bedingungslos ihr Vergnügen gesucht hatte, hatte plötzlich Mitgefühl in sich entdeckt, wo vorher nur Leere geherrscht hatte.

Das war aber noch nicht alles, so viel hatte Dom inzwischen begriffen. Das Kind hatte auch seine eigenen, bis dahin noch schlummernden Beschützerinstinkte geweckt. Er und Brat glichen wilden Tieren, die von den Händchen eines Säuglings gezähmt worden waren.

»Wenn du dir meinetwegen Sorgen machst«, sagte er, »dann solltest du nicht die Bauern warnen und de Emmerichs Zorn auf uns lenken.«

»Die Bauern hier sind einfach solche« – Brat hob hilflos die Hände – »Trottel.«

Dom hörte den Neid in ihrer Stimme und verstand sie. Weder er noch Brat hatten jemals diese Arglosigkeit besessen. »Warne sie trotzdem nicht.«

Sie drehte sich um. »Nein, vermutlich besser nicht. Aber ich habe nachgedacht. Wir könnten hier glücklich sein.«

Dom blickte sich um. Der schwache Schein des Feuers beleuchtete nichts als grobe, gemauerte Wände, einen Boden aus festgestampfter Erde und einfache Holzmöbel. »*Hier*?«

»Ja. Du weißt doch genau, wer wir sind. Zwei uneheliche Kinder, die Nutten bedienen mussten, als sie noch kaum sprechen konnten, und die man in der Horizontalen arbeiten ließ, sobald sie …«

»Ich erinnere mich.« Dom hatte sein ganzes Leben lang versucht, seine Jugend zu vergessen. Noch nie zuvor hatte Brat diese frühen Demütigungen erwähnt. Befremdet und feindselig fragte er sich, was plötzlich in sie gefahren war. »Wieso kommst du ausgerechnet jetzt darauf?«

»Du hast mich vor dem Bordell gerettet. Wenn du mich nicht so schnell herausgeholt hättest, wäre ich vor Wahnsinn schreiend an den Blattern gestorben.«

»Wie meine Mutter.« Dom fühlte Bitterkeit in sich aufsteigen. »Oder deine.«

Brat bemühte sich, Haltung zu bewahren, und blinzelte, um ihre Tränen zu verbergen. Seit Rubys Geburt neigte sie zu sentimentalen Anwandlungen. Das gefiel Dom gar nicht. Bei solchen Gelegenheiten, wenn seine Verfehlungen schwer auf ihm lasteten und der Tod seiner Mitstreiter ihn besonders schmerzte, ging er zum Angriff über, obwohl seine Augen in Tränen schwammen und er eigentlich nichts anderes sagen wollte, als dass es ihm Leid tat, unendlich Leid.

Wenn Dom in Wut geriet, wollte er nicht, dass sein Gegenüber zusammenbrach, sondern wollte im Gegenteil einen streitbaren Widersacher. Mit zusammengebissenen Zähnen wartete Dom, bis sich Brat wieder soweit unter Kontrolle hatte, dass sie sprechen konnte.

»Manchmal haben wir wie die Könige gelebt. Wir hatten schöne Kleider, Kutschen, dinierten mit gekrönten Häuptern.« Brat wischte sich mit dem Ärmel über die Nase. »Die restliche Zeit lebten wir in den Wäldern oder im Gebirge, manchmal hatten wir genug zu essen, manchmal auch nicht. Wir haben in Kriegen gekämpft, sind verwundet worden und haben unsere Toten begraben.«

Dom verschränkte die Arme vor der Brust. »Kannst du vielleicht endlich zur Sache kommen?«

»Verglichen mit unserem bisherigen Leben ist es hier gar nicht so übel. Wir könnten hier bleiben, und Ruby könnte wie ein normales Kind aufwachsen. Ich könnte Feldfrüchte anbauen und auf dem Markt verkaufen, und du könntest ...«

In überschäumender, ungläubiger Wut schnitt Dom Brat das Wort ab. »Du glaubst allen Ernstes, dass wir hier bleiben könnten? Ausgerechnet an diesem Ort? Ich kenne de Emmerich. Seine Spitzel sind überall. Einer dieser Trottel, die dir so Leid tun, könnte ihm einen Tipp geben. Eines der Kinder, mit denen du Ruby spielen lässt, könnte uns an ihn verraten.«

»Nein …«

»Doch! Du weißt genau, dass ich Recht habe. Sie *sind* Trottel und würden jeden Fremden für ein paar Münzen ans Messer liefern.« Dom fuhr sich mit den Händen durch das Haar und murmelte verachtungsvoll: »*Hier* bleiben.«

Brat ging nicht auf seine höhnischen Worte ein. Sie zog mit einer blitzschnellen Bewegung erst an Doms einem Ohr und dann, während das erste noch schmerzte, am anderen. »Wie du willst. Dann eben nicht *hier,* sondern dort, wo wir keinen Pakt mit dem Teufel abgeschlossen haben. Wir haben die Tugend nicht gerade mit der Muttermilch eingesogen. Wir können Unwissenheit dafür vorschützen, dass wir in Baminien gekämpft haben. Aber jetzt sind wir gescheiter geworden. Wir sollten keine Geschäfte mehr mit de Emmerich machen.«

»Dazu ist es zu spät!« Dom drehte sich abrupt um und lief rastlos im Zimmer hin und her, bis er schließlich wieder vor Brat stehen blieb. »Ich habe bereits ein Geschäft mit ihm abgeschlossen. Ich habe ihm versprochen, dass ich das Geheimnis von Bertinierre herausfinde. Ich habe ihm mein Wort darauf gegeben!«

»Dein Wort! Du hast für Geld gekämpft und getötet, ohne dich darum zu kümmern, ob es Recht oder Unrecht war, ohne einen Gedanken daran zu verschwenden, welche Folgen der Krieg für andere haben könnte. Die meisten Menschen halten dich für einen niederträchtigen Schuft ohne jede Moral. Du schleichst dich in den Palast und gibst vor, ein Freund von Prinzessin Laurentia zu sein, um sie anschließend zu betrügen. Du willst vor einer Lüge zurückschrecken? Ausgerechnet gegenüber de Emmerich?«

Brat hatte Recht. Es war unlogisch. Auch Dom wusste das

genau, aber er wagte es nicht, in diesem Punkt nachzugeben. Sonst brach die letzte Stütze seines Charakters zusammen. Dann bestand kein Unterschied mehr zwischen ihm und anderen alten Söldnern, die so schnell für jedes Goldstück die Seite wechselten, bis niemand sie mehr anheuerte. Wenn er dann in den Spiegel blickte, würde er nichts sehen als einen verzweifelten, verachtungswürdigen Mann, der sogar seine Ganovenehre verloren hatte.

Brat machte eine abfällige Handbewegung. »Du hast so wenig Vertrauen zu de Emmerich, dass du dir ein Pfand besorgt hast, um an deinen Lohn zu kommen. Wie ist der Diamant von Pollardinien eigentlich in deine Hände geraten?«

»Ich habe ihn gestohlen.«

»Du bist also auch ein Dieb!«

»Nein. De Emmerich kann ihn zurückhaben, sobald er uns bezahlt hat und wir in Sicherheit sind. Wir brauchen nur noch diesen einen Auftrag, dann können wir für immer aufhören.« Beschwörend hob Dom die Hände. Brat sollte mit ihm zusammen an diesen einen Traum glauben. »Wenn wir das geschafft haben, können wir uns Land kaufen, ein schönes Haus bauen, und zu allen Jahreszeiten, nicht nur im Winter, Eis und alles das essen, was unser Herz begehrt.«

»Das alles brauchen wir doch nicht.«

Aber Doms Zukunftsträume hatten ihn mit sich fortgerissen, und ohne auf sie zu hören, redete er weiter: »Aus Ruby kann eine richtige Dame werden, nicht jemand wie du und ich. Wir sind nur Schauspieler. Nein, sie soll wie eine echte Dame heranwachsen, die nichts anderes zu tun hat, als zu sticken und eines Tages einen Lord zu heiraten.« Brat schüttelte den Kopf. Es war ihr gleichgültig, was er da erzählte. Sie verstand ihn nicht. In einem verzweifelten Appell fügte er hinzu: »Ruby müsste nie wieder hungern.«

Brat zuckte zusammen. »Ich will auch nicht, dass sie noch einmal hungern muss, aber zwischen hungern oder den ganzen Tag auf dem Hintern sitzen und Säume nähen, besteht ein kleiner Unterschied. Glaubst du wirklich, aus meiner lebhaften Tochter würde je eine Dame werden? Das wäre dasselbe wie damals, als ich die Wildkatze fing und sie zu zähmen versuchte.«

Dom hörte ihr nicht zu. Er wollte ihre Einwände gar nicht verstehen.

Er ballte die Hände zu Fäusten, und Brat seufzte. »Wo sollen wir denn dieses Land kaufen, um unser prächtiges Haus zu bauen?«

Eine schwierige Frage. »Ich möchte nach … Baminien.«

Entsetzt schrie Brat auf. »Was?«

Ruby erwachte und begann zu weinen.

»Siehst du, was du angerichtet hast?« Froh über die Unterbrechung eilte Dom zum Bett und hob die Kleine hoch. »Du hast sie geweckt.«

»Das hättest du vorher überlegen sollen.« Verärgert stapfte Brat zu Dom hinüber. »Bist du plötzlich wahnsinnig geworden? Baminien?«

Ruby kuschelte sich in Doms Arme und murmelte verschlafen: »Dom.« Er drückte seine Wange gegen ihren kurz geschnittenen, weichen Schopf. Kinder hatten ihm nie etwas bedeutet, aber Ruby hatte er von dem Augenblick an geliebt, als sie in einer Berghöhle in Montenegro zur Welt gekommen war. Für dieses Kind war nur das Beste gut genug.

»Seit man uns vor dreizehn Jahren aus dem Land geworfen hat, waren wir nicht mehr in Baminien.«

»Dann ist es an der Zeit, zurückzugehen.«

»Wir haben versucht, deinen Bruder zu stürzen.«

»Damals war er noch nicht König.«

»Aber jetzt ist er an der Macht, und er sitzt fest im Sattel. Du hast es doch auch gehört. Das Volk betet König Danior und Königin Evangelina an. Die beiden Länder sind vereint, sie heißen nicht einmal mehr Baminien und Seraphinien, sondern Sereminien, und die Bauern dort sind so fett wie ... wie die Bauern hier! Dom, das ist doch Wahnsinn.« Brat legte ihre Hände um sein Gesicht. »Wir haben dort die Hölle auf Erden durchgemacht. Wieso willst du nur nach Baminien zurückkehren?«

Ruby hob den Kopf. Sie zeigte mit dem Finger auf ihre Mutter und sagte: »Böse Mama. Wir lieben Dom.«

Brat legte die Hände an den eigenen Kopf, als schmerzte er. »Es liegt dir im Blut. Du bist wirklich der Sohn eines Königs.«

Dom hatte sich immer verzweifelt dagegen gewehrt, hatte es nie wahrhaben wollen, dass er etwas von jenem Mann geerbt hatte, der seine Mutter damals so kaltherzig benutzt und dann verstoßen hatte. Aber die Sehnsucht in ihm war geblieben. Er musste es tun, ganz gleich, wer dabei zu Schaden kam.

»Hast du einmal daran gedacht, was die alte Frau sagte?«, fragte Brat. »Du erinnerst dich doch an die alte Frau, oder?«

Dom schluckte. Er brauchte nicht nach dem Namen der Frau zu fragen. Er wusste genau, wen Brat meinte. »Ich erinnere mich an sie.«

»Warte, lass mich überlegen ...« In gespieltem Nachdenken legte Brat den Finger an die Lippen. »Hast du damals, als sie uns aus dem Land warf, etwa keine roten Ohren von dem, was sie zu dir sagte, bekommen?«

Rubys Kopf war auf Doms Schulter gesunken, und er rieb ihr mit der Handfläche über den schmalen Rücken. »Die alte Hexe«, murmelte er.

»Da bin ich ganz deiner Meinung. Sie hat mich zu Tode erschreckt, krumm und verunstaltet, wie sie aussah. Und erst diese Augen!« Brat fröstelte. »Als sie mich ansah, fühlte ich mich von Grund auf durchschaut.«

Es hieß, das alte Weib sei tausend Jahre alt und obendrein noch eine Heilige. Dom wusste nicht, ob dies der Wirklichkeit entsprach, er wusste nur, dass er gezittert hatte, als sie ihn ansah. Damals war er zwanzig Jahre alt gewesen, Anführer der Aufständischen, unehelicher Sohn des Königs, der sich vor nichts, nicht einmal vor Folter oder Tod, gefürchtet hatte. Aber vor der Alten war er wie vor einer Gebieterin auf die Knie gesunken.

»Königssohn«, hatte sie gesagt, »hör mir gut zu. In deinen Adern fließt königliches Blut, aber Hass hat sich in deinem Herzen eingenistet und es schwach gemacht, verdreht und verkrüppelt.« Sie hob ihren gekrümmten Finger und deutete weg von den Bergen in die Richtung der großen, unbekannten Länder Europas. »Nimm deine Söldner und verlasse Baminien. Kehre erst zurück, wenn ein Mann aus dir geworden ist.«

Mit den Worten »wenn ein Mann aus dir geworden ist« stellte die Alte alles in Frage, was Dom bisher zu sein geglaubt hatte: seine Führerschaft, seine Stärke, seinen Mut. Er hasste sie, wie er noch niemals jemanden gehasst hatte, nicht einmal seinen Bruder, den Prinzen, oder seinen Vater, den König.

»Ich werde niemals zurückkommen«, schwor Dom.

Die alten, leuchtend blauen Augen schienen bis auf den Grund seiner Seele zu dringen, und die Alte sprach jene Prophezeiung aus, die ihn seither, in all den Ländern und Jahren, verfolgt hatte: »Doch, du wirst zurückkehren. Das Land wird dich rufen, die Flüsse werden ihr Lied für dich singen, und du wirst zurückkehren. Du wirst zurückkehren – und auf Knien um Einlass betteln.«

Die Alte hatte zumindest teilweise Recht behalten. Das Land rief ihn, die Flüsse sangen ihm ihr Lied – aber Dom würde niemals auf Knien zurückkehren. Er würde seine eigenen Bedingungen stellen.

»Dom, bitte, nicht Baminia«, stöhnte Brat. »Können wir nicht einfach weglaufen?«

Ruby war wieder eingeschlafen, ihr Körper lag schlaff an seinem, und Dom strich ihr ein letztes Mal über den Kopf, bevor er sie wieder ins Bett legte. »Bin ich etwa nicht mehr der Anführer dieser Truppe?«

Brat legte die Hände auf die Brust. »Du weißt, dass ich immer zu dir stehe.«

»Dann sage ich – lass uns nach Baminia gehen.«

Sie senkte den Kopf. »Wie du willst.« Sie blickte noch einmal auf. »Aber du wirst es bereuen.«

Noch nie hatte sich Dom bei einer Entscheidung so sicher gefühlt. Ihre Pechsträhne war zu Ende. Sie würden endlich Erfolg haben. Aber ohne Brat konnte er es nicht schaffen. »Ich brauche deine Hilfe«, sagte er.

Ihr Körper spannte sich an. Sie hatten ihren Streit beigelegt, und sie würde seine Befehle befolgen. »Warum bist du hier? Ich dachte, du wolltest dich im Palast unentbehrlich machen.«

»Das ist mir auch gelungen. Aber heute Abend ist etwas Merkwürdiges geschehen. Mir kam es sehr gelegen, aber ich kann mir einfach nicht vorstellen, dass es sich um reinen Zufall handelt.«

»Du hast noch nie an Zufälle geglaubt.« Brat reckte sich und verwandelte sich vor Doms Augen in eine Kriegsstrategin. Sie deutete auf einen Stuhl in der Nähe des Feuers und zog sich eine Bank heran. »Erzähl mir alles.«

Dom warf einen letzten, langen Blick auf das schlafende

Kind, bevor er sich setzte und Brat in knappen Worten von dem Entführungsversuch erzählte. Er hatte seinen Bericht noch nicht beendet, als sie die Bedeutung des Vorgefallenen bereits erfasst hatte.

»Glaubst du, dass de Emmerich dahinter steckt?«

»Warum sollte er mir Geld geben, um mich als Bewerber auszustatten, und meine Pläne dann durch eine Entführung zunichte machen?«

»Wenn ein Plan scheitert, so hat ein anderer vielleicht Erfolg«, schlug Brat vor. »Oder er denkt, er kann durch Folter erfahren, was er wissen will.«

»Oder indem er den König erpresst.« All diese Möglichkeiten hatte auch Dom bereits erwogen. »Vielleicht ist das Land nicht so stabil, wie mir de Emmerich weismachen wollte. Vielleicht handelt es sich bei den Entführern einfach um ein paar Banditen mit viel Mut und wenig Verstand. Vielleicht wollte einer von Laurentias Freiern sie auf diese altmodische Weise erobern. Ich weiß es nicht genau, und du sollst es für mich herausfinden.«

»Gleich morgen gehe ich in die Stadt. Ich besuche den Markt und spreche mit den Händlern.« Brat runzelte die Stirn. »Sollte es de Emmerichs Absicht sein, dass du scheiterst?«

Dom beugte sich vor und berührte den Knauf des frisch geschliffenen Messers, das in seinem Ärmel verborgen war. »Ich weiß nicht. Es ist schwer, sich in seine Gedanken hineinzuversetzen.« Es war mitten in der Nacht, und bis zur Morgendämmerung musste er wieder im Palast sein, ausgeruht und wachsam. »Ich weiß aber, dass uns reine Spekulation auch nicht weiterbringt.«

Brat lehnte sich zurück, legte die Hände auf die Bank, und ein verschlagenes Lächeln umspielte ihre Mundwinkel. »Du hast es verstanden, die Situation zu deinem Vorteil auszunutzen. Vertraut dir die Prinzessin uneingeschränkt? Hast du schon mit ihr geschlafen?«

»Mir sind da ein paar Fehler unterlaufen.« Weiß Gott!

»Fehler?« Brat richtete sich auf. »Welche Fehler könntest ausgerechnet du dabei begehen?«

»Als sie mich gesehen hat ...«

»Hat sie sich in dich verliebt.«

»Nein.« *Warum nicht*? Dom hatte sein Aussehen immer für seine wirkungsvollste Waffe gehalten. Natürlich auch seine Erfahrung als Liebhaber. Aber vor allem sein markantes Gesicht hatte ihm die Türen vieler Schlafzimmer geöffnet. »Sie konnte es kaum abwarten, sich zurückzuziehen.«

Es war deutlich zu sehen, dass er Brats Vorstellungsvermögen auf eine harte Probe stellte. »Alle Frauen, die dein verletztes Engelsgesicht sehen, verlieben sich in dich.«

»Diese nicht. Sie hat mehr Verstand als normale, müßige Prinzessinnen.« Ja, sie hatte Dom gefallen, und zwar so sehr, dass ihn allein ihr Anblick sichtbar erregt hatte.

Schlimmer noch, untrügliche Anzeichen sprachen auch jetzt dafür, dass es ihn bereits erregte, nur über sie zu reden. Sollte Brat es bemerken, würde sie sich totlachen, aber glücklicherweise verbarg das Dämmerlicht seinen Zustand. Jedenfalls hoffte Dom das. Wie lästig, dass es ein männliches Körperteil gab, das manchmal einen eigenen Willen hatte und sich der Kontrolle seines Besitzers einfach entziehen konnte.

Um etwas bequemer zu sitzen, lehnte Dom sich betont lässig zurück und legte einen Arm auf den Schoß.

»Dann ist sie hässlich«, mutmaßte Brat. »So hässlich, dass du dein Entsetzen nicht verbergen konntest und sie dadurch gekränkt hast.«

»Nein.« Doms Unterleib schmerzte, und in der vergeblichen Hoffnung, dieser Fingerzeig möge verstanden werden, drückte er fest den Arm darauf.

»Ist sie schon älter?«

»Nein.« Dom wollte nicht über die Prinzessin reden, auch nicht darüber, wie sie aussah, mit dem dunklen Haar, das ihr auf die weißen Schultern fiel, und dem zerknitterten Kleid. Normalerweise hätte Dom sich darüber amüsiert, dass Radcote offenbar geglaubt hatte, die Unordnung der Kleider der Prinzessin sei durch Doms Hand hervorgerufen worden, die unter Laurentias Rock steckte, aber leider war es nicht seine Hand gewesen. Dabei wollte Dom nichts lieber als diesen Ort erforschen. »Sie ist … attraktiv.«

Unter der kostbaren Hülle hatte er eine tiefe Furcht verspürt, verdeckt von eiserner Selbstkontrolle. Sie würde seinen Verrat überleben.

Höchstwahrscheinlich.

»Sie ist klug«, sagte er. »Deswegen kennt sie das Geheimnis von Bertinierre. De Emmerich sagt, es gebe dort Reichtümer, deren Herkunft er sich nicht erklären kann.«

»Warum marschiert er dann nicht einfach in Bertinierre ein und erobert das Königreich?«, fragte Bart, ganz praktische Söldnerin.

Dom wusste, warum. Nachdem er den Auftrag angenommen hatte, hatte er sich umgehört. »De Emmerich ist nicht so allmächtig, wie er uns glauben machen will. Wenn er genügend Geld nach Pollardinien schafft, hat er für den Rest seines Lebens ausgesorgt. Falls nicht …« Dom zuckte die Achseln. De Emmerichs Schicksal war ihm gleichgültig. Dennoch hoffte er, dass der Mann sich halten konnte. Dom wollte unbedingt seinen Auftrag ausführen. »Offenbar hat de Emmerich vor ein paar Jahren schon einmal versucht, den

König zu ermorden. Natürlich ein Fehlschlag. Sehr zu de Emmerichs Bedauern.«

»Ein Anschlag auf den König? Davon habe ich noch nie gehört.« Brat blickte ihn zweifelnd an. »Woher weißt du das?«

Ihr Misstrauen beeindruckte Dom nicht im Geringsten. »Nachdem er die Bedingungen festgelegt und mir meine Aufgabe erklärt hat, habe ich einige Fragen gestellt. Um besser vorbereitet zu sein, sagte ich. Er ist schlau und hat mir gerade so viel erzählt, dass es mich in Schwierigkeiten bringen könnte, aber …«

»Sie haben dich also geschickt, damit du Prinzessin Laurentia verführst und sie aushorchst …« Brat dachte nach und schüttelte dann den Kopf. »Was für ein ausgeklügelter Plan. Das passt gar nicht zu de Emmerich.«

Dom rührte sich nicht. Manchmal hatte Brat einen klareren Verstand als er selbst, und irgendetwas war an dieser Sache von Anfang an faul gewesen. Aber wenn ein Mann bis zum Kopf in einer Tonne mit gärendem Abfall steckte, brauchte er eben etwas Zeit, um die Sardine auszumachen, die am meisten stank.

»Stimmt schon. Sonst geht er viel direkter vor. Also stammt der Plan nicht von de Emmerich. Wer aber steckt dann dahinter?«

7

Das direkt an der Terrasse gelegene Speisezimmer war in spätes Morgenlicht getaucht, und eine frische Brise, die nach Rosmarin und Salzwasser roch, wehte durch die geöffneten

Flügeltüren. Mit einer gezierten Handbewegung präsentierte der Koch soeben ein einfaches Frühstück, wie es König Jeromes Geschmack entsprach: Eier und Würstchen, frisch gebackene, dampfende Brötchen, goldfarbene Melonen und Orangen. Ohne auch nur den Blick von der Morgenzeitung zu heben, nahm König Jerome jedes Gericht mit einem zustimmenden Nicken zur Kenntnis. Der königliche Schokoladenkoch erwärmte die Kanne mit dem köstlichen Getränk über einer Flamme. Der nervöse Vorkoster überprüfte jedes Gericht und erklärte es nach kurzer Wartezeit für ungiftig und genießbar. Der Butler stellte die Speisen auf den kleinen runden Tisch zwischen Laurentia und ihrem Vater, und Weltrude legte beiden je nach ihren persönlichen Vorlieben vor.

Dann ergriff sie den Zipfel von Laurentias Serviette, entfaltete sie mit einem energischen Schlag und breitete sie auf dem Schoß ihres Zöglings aus. »Haben Sie noch weitere Wünsche, Euer Hoheit?«

»Das sieht köstlich aus.« Der Schokoladenstrahl, den Laurentia erst in die Tasse ihres Vaters und anschließend in die eigene gelenkt hatte, schwankte ein wenig, aber die Prinzessin lächelte so liebreizend, wie sie nur konnte. »Sie dürfen sich zurückziehen.«

Ein Lakai öffnete die Tür, und vom großen Speisesaal auf der gegenüberliegenden Seite des Korridors drang das Klirren von Tafelsilber und gedämpftes Tischgespräch in den Raum. Laurentia war immer froh darüber gewesen, dass es dem König und seiner Tochter traditionell gestattet war, das Frühstück allein einzunehmen, aber jetzt, wo jede Sekunde des Tages mit Festlichkeiten und Jagdausflügen ausgefüllt war und obendrein noch ihr Geburtstag gefeiert wurde, war sie ganz besonders dankbar dafür.

Sie wollte mit ihrem Vater allein sein. Sie wollte mit ihm reden. Sie musste mit ihm reden, bevor es zu spät war.

Weltrude kannte ihre Aufgaben jedoch ganz genau und war zurückgeblieben, während alle anderen das Zimmer verlassen hatten. Sie hob eine dünne, übertrieben geschwungene und dunkel nachgezogene Augenbraue und inspizierte Laurentia wie ein General seine Truppe.

Eine Truppe, die leider ausschließlich aus Laurentia bestand.

Laurentias Kleid aus rosafarbener Baumwolle war mit Spitzen dekoriert und hatte einen hohen Kragen, der am Vorderteil in lockere Rüschen überging. Eine breite Borte am Saum hielt den weiten Rock in Form. Die Keulenärmel waren zwar ausladend, aber für Weltrudes Geschmack immer noch nicht voluminös genug. Laurentia weigerte sich jedoch standhaft, Ärmel zu tragen, die es ihr durch die Fülle des gerafften Stoffes unmöglich machten, die Arme an die Seiten zu legen. Das Korsett, das sie unter dem Kleid trug, betonte zwar ihre schmale Taille, war aber so weit geschnitten, dass sie ungehindert atmen konnte – ein weiteres Zugeständnis an die Bequemlichkeit, das ein kritisches Stirnrunzeln der gestrengen Hofdame zur Folge hatte. Die drei weißen Unterröcke machten es unmöglich, auch nur einen einzigen Blick auf Laurentias Beine zu erhaschen. Kurzum, an der Kleidung der Prinzessin gab es nichts auszusetzen. Laurentia brauchte sich nicht zu verstecken. Weltrude konnte allerdings nicht wissen, dass die Prinzessin unter dem Tisch ihre schwarzen Halbschuhe ausgezogen und die Beine untergeschlagen hatte, damit sie bequemer saß.

Als Weltrudes Stirnrunzeln gar nicht verschwinden wollte, stellte Laurentia die Füße jedoch wieder auf den Boden und angelte mit den Zehen nach den Schuhen. So beiläufig wie möglich sagte sie: »Gehen Sie nur, Weltrude. Ich bin sicher, Sie müssen noch eine Menge für mein Geburtstagsfest organisieren.«

Wäre das nicht – jedenfalls in Weltrude Augen – äußerst würdelos und gewöhnlich gewesen, hätte Laurentia sich jetzt am liebsten vor die Stirn geschlagen. Wie ungeschickt von ihr. Seit Jahren stand Weltrude nun schon in ihren Diensten und hatte ihr beigebracht, wie sich eine Prinzessin zu benehmen und einem riesigen Haushalt vorzustehen hatte. Mit gefasster Miene hatte Weltrude beobachtet, wie aus der ungestümen Halbwüchsigen eine reife Frau wurde. Weltrude hatte im Lauf der Jahre ebenso viel Starrsinn wie resolute Stärke bewiesen.

Jede Anspielung darauf, dass sie womöglich damit überfordert sein könnte, ein Fest für die lächerliche Anzahl von ein paar hundert Bewerbern sowie deren nahe Verwandte und Dienerschaft auf die Beine zu stellen, vertrug sie nur schlecht.

»Nicht, dass ich an Ihren Fähigkeiten zweifle.« Laurentia hatte ihre Schuhe ertastet und schlüpfte hinein, fest entschlossen, die Bänder um die Knöchel bei der nächsten sich bietenden Gelegenheit zu binden. »Aber ich mache mir ein wenig Sorgen wegen all dieser Männer, die aus so unterschiedlichen Kulturen kommen. Ich fürchte, es befinden sich einige recht flatterhafte Exemplare darunter. Beispielsweise diese gefühlvollen Latinos.«

Etwas, das einem alarmierten Ausdruck sehr nahe kam, blitzte in Weltrudes Augen auf, und sie ging rasch in Richtung Tür. Laurentia konnte hören, wie sie leise und erbittert »Latinos« murmelte.

Laurentia blickte sich um und bemerkte, wie ihr Vater die Zeitung beiseite legte und sie über den Rand seiner Brille musterte. »Was war denn das?«

»Ich wollte allein mit dir reden.« Laurentia lächelte ihm zu und schlug dabei einen so diplomatischen und überzeugenden Ton an, dass sie von sich selbst beeindruckt war. »Papa, ich glaube, dieser merkwürdige Leibwächter taugt nichts. Chariton selbst hat natürlich zu viel zu tun, aber vielleicht könnte er uns jemand anderen empfehlen. Denn wer ist dieser Dom eigentlich? Warum stand er gerade in dem Augenblick auf der Terrasse, als man versuchte, mich zu entführen?«

Mit einem geschickten Messerhieb köpfte König Jerome das weichgekochte Ei und legte die abgeschlagene Spitze zur Seite. »Hat er dir das nicht erklärt? Er hatte sich beim Ball verspätet und war offenbar der Ansicht, seine unrechtmäßige Abstammung würde seine Bewerbung ohnehin aussichtslos machen. Also zog er sich auf die Terrasse zurück und rauchte.«

Dom hatte ihrem Vater genau dieselbe Geschichte erzählt wie ihr selbst. Das sollte sie eigentlich beruhigen. Stattdessen hatte sie das Gefühl, dass man sie ausgespielt hatte. Was ja auch der Wahrheit entsprach.

Gestern Abend hatte Dom Bekanntschaft mit ihrem Vater gemacht. Weltrude hatte die Honneurs erledigt, und nach kurzer Unterhaltung waren die beiden Männer in der Bibliothek des Königs verschwunden.

In König Jeromes Bibliothek! Keiner der anderen Kandidaten war dorthin geführt worden, und Laurentia hatte sich zahlreichen Seitenblicken ausgesetzt gesehen. Dulcet, Countess von Sempere, war sogar zu ihr gekommen und hatte gesagt: »Er muss ja über einige Überzeugungskraft verfügen, um Sie erst von diesem Ball fern zu halten und schließlich in einem solchen Zustand wieder abzuliefern. Würden Sie mir seinen Namen verraten, Euer Hoheit?«

Dulcie war zwar nur ein Jahr älter als Laurentia, dafür aber zweifache Witwe und dreifache Mutter. Schon als Kind war sie ein besonders ungezogener Fratz gewesen. Laurentia wusste genau, dass es unter ihrer Würde war, sich auf Dulcies Niveau zu begeben.

Daher zuckte sie auch jetzt noch bei dem Gedanken an die Antwort zusammen, die sie Dulcie gegeben hatte: »Wickeln Sie sich gefälligst um einen anderen Baum, Sie Giftschlange.«

Nach einem kurzen Augenblick verblüfften Schweigens warf Dulcie den Kopf zurück und brach in lautes Lachen aus. »Wie ich sehe, besteht ja doch noch Hoffnung für Sie, Laurie.«

Laurentia errötete, als sie daran dachte, wie schnell sich die Nachricht verbreitet hatte, dass die Prinzessin bereits einen der Bewerber erprobt und an ihm Gefallen gefunden hatte.

»Ist irgendetwas nicht in Ordnung, Liebes?« König Jerome, dessen Löffel über seinem zur Hälfte verspeisten Ei schwebte, sah seine Tochter besorgt und ein wenig neugierig an. »Du siehst ein bisschen erhitzt aus.«

Eifrig darauf bedacht, sich so zu benehmen wie sonst auch, ergriff Laurentia ihre Gabel und stach vorsichtig in das dampfende Rührei auf ihrem Teller. »Ich glaube nur, dass ich mich bei unserer eigenen Wache sicherer fühlen würde.«

Die königlichen Mundwinkel unter dem Schnurrbart zuckten. »Ein solches Gefolge von Wächtern könnte vielleicht einige Freier abschrecken.«

Zierlich hob Laurentia die mit Rührei beladene Gabel an ihre Lippen ... und verzog angeekelt das Gesicht. Trocken wie Sägespäne. Weltrude hatte wieder einmal das Kommando in der Küche an sich gerissen. Weltrude erfüllte alle Aufgaben zur vollsten Zufriedenheit, nur vom Kochen verstand sie nichts und wollte es daher unbedingt lernen. »Dann sollte ich einen Leibwächter haben, dem ich vertraue.«

»Ich glaube, wir können Dom unser Vertrauen schenken.«

Ausgerechnet Dom. Ihr Vater schien ihm tatsächlich zu trauen, obwohl der Mann vom Scheitel seines glatten, dunklen Schopfs bis zu den Sohlen seiner gewiss makellosen Füße gefährlich war.

Laurentia senkte die Stimme und sagte: »Du weißt, dass ich morgen eine bestimmte Aufgabe zu erledigen habe.«

»Als könnte ich das jemals vergessen.« König Jerome betupfte mit der Serviette seinen Schnurrbart, runzelte die Stirn und sagte dann mit der ruhigen Stimme des erfahrenen Diplomaten: »Ich weiß nicht, Laurie, ich glaube trotz allem, es wäre besser, wenn es dieses Mal jemand anders tun würde.«

Laurentia sträubte ihr Gefieder wie eine aufgebrachte Henne. »Wer denn? Wir gefährden jeden, der darüber Bescheid weiß.«

»Aber es ist auch für *dich* gefährlich, solange all diese Leute hier sind.«

Es gelang Laurentia nicht vollständig, ihr Lächeln zu unterdrücken. »Traust du mir nicht zu, dass ich unsere Gäste für eine Weile abschütteln kann?«

Ihr Vater stieß einen Seufzer aus. Zweifellos erinnerte er sich daran, wie oft und auf welch schlaue Weise Laurentia als Kind ausgerissen war. »Natürlich traue ich dir das zu. Ich fürchte nur, dass irgendjemand plötzlich mittendrin hereinplatzt …«

»Glaub mir, Papa, sollte jemand einfach hereinplatzen, dann tue ich so, als handelte es sich um eine ganz belanglose Angelegenheit. Mein Verstand arbeitet immer besonders schnell, wenn ich in die Enge getrieben werde.«

Es war deutlich zu sehen, dass König Jerome nicht überzeugt war. »Letzte Nacht wollte dich jemand entführen, Laurie, und nicht einmal Chariton hat den leisesten Verdacht, wer es sein könnte. Ich brauche dir ja wohl nicht zu sagen, wie besorgt er um dich ist.«

»Das weiß ich. Ich habe ihn heute Morgen getroffen. Aber er hatte auch keinen anderen Vorschlag und gab mir nur den Rat, mich besonders vorsichtig zu verhalten.« Laurentia streckte ihrem Vater die Hände entgegen, und er umfasste ihre Finger mit väterlicher Zärtlichkeit. »Chariton vertraut mir, und du musst es auch.«

»Das tue ich auch. Ganz bestimmt. Auf deinen Schultern sitzt ein hellwacher Kopf, und ich bin stolz auf dich, Laurie.«

Das sagte er nicht zum ersten Mal, aber sie hörte es nur allzu gerne, denn der Preis für diesen »hellwachen« Kopf war hoch und schmerzlich gewesen. »Ich bin die Einzige, die für diese Aufgabe in Frage kommt, während du unsere Gäste mit königlichem Geplauder ablenkst. Ich verschwinde für ein paar Stunden, und wenn ich zurückkehre, ist das Königreich wieder für ein weiteres Jahr reich. Geld spielt eine zu große Rolle in dieser Angelegenheit, um einen Fremden ins Vertrauen zu ziehen, und außerdem verdiene ich mir gern meinen Lohn als Prinzessin.«

»Den verdienst du dir bereits durch die Erfüllung deiner Pflichten. Du solltest dich nicht in Gefahr bringen.« Aber sie hatte ihn offensichtlich beruhigt. »Wärst du doch nur deiner Mutter nicht so ähnlich. Wie es kommt, dass ich mit zwei solchen Frauen in meinem Leben gesegnet worden bin, geht über meinen Verstand.«

»Denk doch nur, wie sehr du dich ohne uns gelangweilt hättest.« Laurentia drückte ein letztes Mal seine Hand und ergriff erneut die Gabel.

»Ab und zu wäre ein bisschen Langeweile gar nicht so schlecht«, grummelte König Jerome. Während er seinen Löffel in die Melone bohrte, bemerkte er: »Irgendwie musst du dann natürlich auch Dominik abschütteln.«

»Ein weiterer Grund, ihn gar nicht erst einzustellen.«

»Glaubst du, du kannst ihn nicht hinters Licht führen?«

»Natürlich kann ich das, aber …« Laurentia hatte ihren ungestümen Wortschwall zu spät unterbrochen und sich verraten. »Hat er dir gesagt, dass er Söldner war?«

»Ja, natürlich. Er erzählte es mir, als ich ihn nach seiner Eignung als Leibwächter fragte.«

»Macht es dir gar nichts aus, dass er für Geld gekämpft hat?«

Mit unschlagbarer Logik erwiderte König Jerome: »Ich wäre viel besorgter, wenn ich das Gefühl hätte, er sei der Aufgabe als dein Leibwächter nicht gewachsen, meine Liebe.«

Einer Aufgabe nicht gewachsen? Laurentia errötete, als sie sich daran erinnerte, wie Doms Hände über ihre Schultern strichen. Dieser Mann machte den Eindruck, jeder Aufgabe gewachsen zu sein. Jeder Aufgabe im Kampf – und jeder Aufgabe im Bett.

König Jerome lächelte. Er verstand sie nur zu gut. »Dom sagte, dass du zuerst recht angetan von der Idee warst, ihn als Leibwächter einzustellen.«

Laurentia hätte gerne gelogen, aber sie hatte ihrem Vater noch nie etwas vorschwindeln können. Leider spürte er es sofort, wenn sie der Wahrheit ein bisschen nachhalf. Es war besser, alles unumwunden zuzugeben. »Zuerst, ja.«

»Warum hast du deine Ansicht geändert?«

»Es war nur so ein leichtes Unbehagen.« Sie schob die Platte mit Rührei beiseite und nahm sich ein warmes, knuspriges Brötchen. Sie brach es auseinander, beobachtete, wie Dampf aus dem Inneren aufstieg, und knabberte dann am Rand des Gebäcks.

Das Brot schmeckte köstlich. Es musste aus der Bäckerei in Omnia stammen. »Er ist nicht besonders redselig, und seine ständige Anwesenheit würde vielleicht meine Bemühungen vereiteln, einen passenden Ehemann zu finden.« Na also, wenn das kein Argument war.

»Dom sagte, auf der Terrasse hättest du sehr ungezwungen mit ihm geplaudert.«

Die Butter, direkt aus den hoch gelegenen Höfen der Pyrenäen, wurde in Form einer Rose präsentiert. Mürrisch kratzte Laurentia die gelben Blütenblätter ab. »Wahrscheinlich, weil der Entführungsversuch dich schockiert hat.«

»Ich glaube, es hatte mehr damit zu tun, dass es draußen dunkel war«, erwiderte sie.

Laurentia konzentrierte sich völlig darauf, ihr Brötchen mit Butter zu bestreichen.

»Nicht alle gut aussehenden Männer sind wie Beaumont.«

Mit einer heftigen Bewegung warf Laurentia das Messer auf den Tisch. »Doch ... das sind sie.« Sie blitzte ihren Vater an und deutete mit dem Daumen auf ihre Brust. »Du kannst mir glauben, Papa, dort draußen sind die gut aussehenden Männer rar gesät, und die wenigen, die es gibt, bekommen alles, was sie wollen. Die Frauen werfen sich ihnen zu Füßen und halten sie alle für anständige Kerle, denn gewiss würde Gott einem bösen Menschen kein hübsches Gesicht verleihen, und diese Burschen wissen ja gar nicht, was es heißt, hart zu arbeiten, denn jeder will ihnen das Leben so angenehm wie möglich machen.«

Sanft erwiderte König Jerome auf diesen leidenschaftlichen Ausbruch: »Ich sah auch einmal gut aus.«

»Das tust du doch immer noch! Aber du bist eben … anders.«

Ihr Vater hob protestierend eine Hand. »Dom hat keinen besonders verwöhnten Eindruck auf mich gemacht.«

»Er ist verdorben. Ich brauche ihn gar nicht erst kennen zu lernen. Er ist durch und durch verdorben.«

Von der geöffneten Flügeltür erklang plötzlich Doms Stimme. »Vielen Dank, Euer Hoheit. Ich werde mich jedoch bemühen, jeden schlechten Geruch von meiner Wenigkeit abzubürsten, solange Ihre Hoheit unter meinem Schutz stehen.«

8

Dom stand in der Tür. Im Gegenlicht war er nur als dunkle Silhouette zu erkennen. Wo kam er her? Wie hatte er es fertig gebracht, sich so geräuschlos zu nähern?

Warum war Laurentia so verlegen? Sie war die Prinzessin. Hatte sie vielleicht kein Recht, gegenüber ihrem Vater und im privaten Speisezimmer offen ihre Meinung auszusprechen? *Dom* war derjenige, der verlegen sein sollte, weil sie ihn durchschaut hatte.

Trotz all dieser Überlegungen waren es Laurentias Wangen, die sich rot färbten, und sie wünschte, sie hätte nicht gar so vernichtend über Dom gesprochen. Vielleicht hatte dieser uneheliche Sohn ohne Nachnamen ja auch seine Empfindlichkeiten.

König Jerome winkte Dom herein, ohne die Verärgerung und den Kummer seiner Tochter zu beachten. »Guten Morgen, Verehrtester. Ihre Hoheit und ich sprachen gerade darüber, was für eine glückliche Vorsehung es war, dass Sie gestern Abend im richtigen Augenblick zur Stelle waren.«

Ja«, sagte Dom. »Das habe ich gehört.«

Während er eintrat und sich von einer Silhouette in einen lebendigen Mann verwandelte, war sein leichtes Hinken nicht zu übersehen.

Laurentia gestattete sich nicht, die Augen niederzuschlagen. Sonst hätte Dom womöglich noch denken können, sie würde sich ihres ungehobelten Benehmens schämen. Oder noch schlimmer, sie würde sich sonst noch selbst einreden, dass sie einen hübschen Mann nicht anblicken konnte, weil sie für seinen besonderen Charme eine gewisse Empfänglichkeit hatte.

Aber das war natürlich nicht der Fall. Tatsächlich hätte sie ihm am liebsten ins Gesicht gelacht. Bildete Dom sich wirklich ein, sein kurzes, knapp sitzendes, schmuckloses Jackett würde sie dazu verleiten, den Blick nach unten schweifen zu lassen, über seine breite Brust, den festen Bauch und die enge Hose, zu jener Stelle im Schritt, die er mit einer Socke ausgestopft hatte?

Laurentia blinzelte überrascht.

Er musste wirklich unglaublich große Füße haben.

Als sie wieder zu ihm aufsah, konnte sie nicht umhin, Doms höhnischen Blick zu bemerken. Er forderte sie offen heraus mit seinen Augen, blau wie ein Madonnenumhang, den tiefen, verführerischen Grübchen, dem Grinsen auf seinen köstlichen Lippen, den Fäusten, die er, in lässiger Pose, fest in die Hüften stemmte. Es war ihm nicht entgangen, mit welcher Intensität sie seinen Körper gemustert hatte. Er würde nicht versäumen, sich für diese Gunst erkenntlich zu zeigen … später einmal.

Jetzt aber, vor ihrem Vater, war Dom ganz der untadelige

Gentleman. Umsichtig schloss er die Flügeltür hinter sich und verneigte sich vor König Jerome. »Eure Majestät. Eure Hoheit.« Seine Verbeugung vor Laurentia glich einem männlichen Balletttanz voller Anmut und Kraft.

Laurentia begriff plötzlich, dass sie sich nicht in ihm getäuscht hatte. Dieser Mann interessierte sich ausschließlich für sich selbst. Sein Auftritt war genau darauf berechnet, den größten Eindruck auf ihre Sinne zu machen. So verhielten sich die meisten gut aussehenden Männer. Sie benutzten ihre Männlichkeit wie eine Waffe, mit der sie sich rührselige Frauen zu Diensten machten, und sie hatten nicht mehr nötig als ein Lächeln, eine Berührung, eine Geste, um ihren Opfern ein Interesse vorzugaukeln, das in Wirklichkeit nur die unausrottbare Selbstgefälligkeit dieser Geschöpfe verschleierte.

Nicht, dass Laurentia deswegen verbittert gewesen wäre. Sie wollte nur auf alles gefasst sein.

Mit ernster Stimme wandte Dom sich jetzt an den König. »Euer Majestät, darf ich offen über etwas sprechen, das mir gerade heute Morgen zugestoßen ist?«

»Selbstverständlich«, sagte König Jerome. »Dafür bezahle ich Sie ja.«

Wie viel?, hätte Laurentia am liebsten gefragt. *Wie viel bezahlst du ihm*? Dom sollte sie eigentlich beschützen, ohne dafür bezahlt zu werden, dachte sie gegen jede Vernunft.

»Ich muss Ihnen äußerste Vorsicht anraten. Damit meine ich, dass Sie sich vor heimlichen Beobachtern und all jenen, Ihre vertrautesten Dienstboten eingeschlossen, in Acht nehmen sollten, die möglicherweise Ihre Gespräche belauschen könnten.«

Laurentia blickte störrisch. »Wir sind immer vorsichtig.«

Obwohl Dom sich nach ihr umdrehte, richtete er seine Worte weiterhin an König Jerome. »Indem Sie bei weit geöffneten Flügeltüren über die Entführung reden? Ich habe Sie gehört, und niemand weiß, wer Ihr Gespräch noch verfolgt hat, bevor ich kam. Sie müssen wachsam sein, König Jerome, und zwar in jeder Minute.«

»Wie dumm von uns. Dort ist ein Stuhl.« König Jerome machte eine einladende Geste. »Setzen Sie sich zu uns. Erzählen Sie uns alles, während Sie frühstücken.«

Sah ihr Vater denn nicht, dass dieser Mann so verschlagen war wie ein Pirat, der über die Weltmeere kreuzte? Wie viel war eigentlich die sogenannte Menschenkenntnis König Jeromes wert, wenn er sich von Doms Geschwätz genauso beeindrucken ließ wie jedes schwache Frauenzimmer?

»Gewiss hat Dom schon mit den anderen Kandidaten gefrühstückt«, warf Laurentia ein.

Bevor er sich zu einer Antwort herabließ, hob Dom mit einer Hand den massiven Stuhl hoch, rückte ihn an den Tisch zwischen Laurentia und ihren Vater und setzte sich. »Um die Wahrheit zu sagen, nein, ich habe seit gestern Abend nichts mehr gegessen. Ich bin gerade erst von meinen Erkundungen zurückgekehrt. Ich habe gebadet, die Kleider gewechselt und bin sofort hergekommen, um Bericht zu erstatten.«

Laurentia bemerkte, dass Dom tatsächlich schwere Lider hatte. Er würde das Mitleid jeder mitfühlenden Frau wecken. »Hier.« Sie reichte ihm die Platte mit Rührei. »Die sind köstlich.«

Sie beobachtete, wie er die Eier auf seinen Teller löffelte, und wartete, während er den ersten Bissen nahm. Er kaute, schluckte und hob dann, ohne mit der Wimper zu zucken, die Tasse. »Würden Sie mir einschenken, Euer Hoheit?«

Schmeckten ihm die Rühreier etwa?

»Versuchen Sie auch die Würstchen«, forderte König Jerome ihn auf.

»Vielen Dank, gerne.«

Dom schmeckten die Rühreier? Er nahm sich einige Würstchen, von denen Weltrude, Gott sei Dank, die Finger gelassen hatte, während Laurentia den Rand seiner Untertasse fest hielt und ihm aus der schweren Kanne eingoss.

»Ist das Schokolade?« Dom seufzte. »Ich hätte es wissen müssen. Ein Getränk für Damen.«

»Es wird auf Wunsch Seiner Majestät serviert«, erwiderte Laurentia eisig.

»Ich habe herausgefunden, dass der Zucker die Laune Ihrer Hoheit versüßt«, sagte König Jerome.

Laurentia setzte eine störrische Miene auf und blitzte ihren Vater böse an, während die beiden Männer leise lachten. »Du bist der König«, gab sie zurück. »Wenn du etwas anderes trinken möchtest, brauchst du es nur anzuordnen.«

König Jerome tätschelte begütigend die Hand seiner Tochter. »Ich wollte dich doch bloß ein bisschen aufziehen.«

Wenn ihr Vater diesen Ton anschlug, fühlte sich Laurentia sofort wie ein trotziges Kind, das keine Neckerei vertrug. Aber wenn Dom nicht hier gewesen wäre, hätte sie dann nicht gelacht, ihrem Vater einen Klaps auf den Arm versetzt und ihm die passende Antwort gegeben?

Lieber Himmel, natürlich.

Dom war schuld. Er brachte es sogar fertig, dass sie ihren Sinn für Humor verlor.

»Haben Sie eine Ahnung, wer hinter diesem Angriff auf die Prinzessin stecken könnte?«, fragte Dom.

»Nein«, antwortete König Jerome.

»Wer ist Ihnen feindlich gesinnt? Gibt es einen handfesten Grund für derartige Feindseligkeiten?«

Dom wandte sich ausschließlich an ihren Vater und benahm sich, als sei Laurentia nicht anwesend. Hätte sie sich nicht so brennend für die Antwort des Königs interessiert, wäre sie über die ungeschliffenen Manieren ihres künftigen Leibwächters verärgert gewesen. Ihr Vater informierte sie über alles, was in Bertinierre vor sich ging, aber sobald er das Gefühl hatte, dass Laurentia sich unnötig bedroht fühlte oder beunruhigt war, spielte er manches herunter. Seit dem Tod ihres Ehemannes ließ er in dieser Hinsicht besondere Zurückhaltung walten, und sie musste selbst zugeben, dass Beaumonts Tod sie schwer getroffen hatte. Obwohl Laurentia ihren Vater inzwischen mehrfach bestürmt hatte, sie einzuweihen, behandelte er sie in Fragen der nationalen Sicherheit immer noch wie ein Kind.

»Die Welt verändert sich. Traditionen verändern sich. Länder, die seit tausend Jahre unsere Feinde waren, sind es nicht mehr. Länder, mit denen wir freundschaftliche Beziehungen pflegten ...« König Jerome zögerte. »Nun ja, vielleicht wäre es ratsam, unsere Freundschaften einer kritischen Prüfung zu unterziehen. Ich gestehe, dass der Entführungsversuch der Prinzessin für mich gänzlich überraschend kam. Ich fürchte, wir sind ein wenig nachlässig geworden.«

Laurentia beobachtete ihren Vater und versuchte angestrengt, seine Gedanken zu lesen, aber seine Miene ließ nichts anderes erkennen als Besorgnis und milde königliche Verlegenheit. Sie wusste, dass er Chariton ausgeschickt hatte, aber das hatte er Dom verschwiegen. König Jerome fragte nur: »Junger Mann, wie lange werden Sie brauchen, um etwas über diesen Entführungsversuch herauszufinden?«

»Nun, das ist keine einfache Aufgabe.« Dom nahm einen Bissen Rührei und spülte ihn mit einem Schluck Schokolade hinunter. »Unglücklicherweise hat der ganze Trubel um den Geburtstag der Prinzessin nicht nur seriöse Bewerber auf den Plan gerufen. In Omnia treiben sich derzeit Zigeuner,

Händler, Bauern und Diebe herum, die allesamt Fremde sind. Man wird meinen Mann nicht in der Menge bemerken, aber ich fürchte, dass der Entführer ebenfalls nicht auffällt.«

»Sie rechnen also nicht mit einem Erfolg«, fasste Laurentia zusammen.

»Ich rühme mich vieler beeindruckender Fähigkeiten, Euer Hoheit, aber ein Wahrsager bin ich nicht. Das Einzige, was ich im Augenblick mit Sicherheit voraussagen kann, sind Schwierigkeiten.« Dom streckte seinen langen Arm nach dem Brotkorb aus. »Ich habe immer Recht.«

»Ja ja, Schwierigkeiten stellen sich immer dann ein, wenn man am wenigsten damit rechnet«, pflichtete ihm König Jerome bei.

Je hartnäckiger Dom darauf bestand, dass es Schwierigkeiten gab, desto mehr drängte es Laurentia, auf dem Gegenteil zu beharren. Nach dem infamen Entführungsversuch gestern Abend war dies jedoch unmöglich. »Nur ein Unvorbereiteter steckt unversehens in Schwierigkeiten«, brauste Laurentia auf.

»Wollen Sie damit sagen, dass Sie vorbereitet sind?« Dom hatte sich für ein Brötchen entschieden, brach es auseinander und beäugte interessiert das weiße Innere.

In Gedanken an das, was sie in ihrer Handtasche verstaut hatte, antwortete Laurentia entschlossen: »Ja.«

»Ich bin ganz Ihrer Meinung.« Wie ein Schwertkämpfer, der mit einem unterlegenen Gegner tändelt, schlug Dom seine Zähne in das Gebäck und kaute, während Laurentia wartete. Schließlich fügte er hinzu: »Sie *sind* gut vorbereitet. Sie haben mich eingestellt.«

Laurentia verspürte keinen Appetit mehr, aber um irgendetwas zu tun, nahm sie eine Orange aus der Obstschale und beobachtete mit angestrengter Aufmerksamkeit, wie ihre

Fingernägel sich in die dünne, runzlige Schale gruben. Verflucht sei der verkleidete Entführer, dass er ausgerechnet in jenem Augenblick hatte auftauchen müssen! Wäre er nur kurze Zeit früher oder später erschienen, müsste sie sich jetzt nicht mit diesem Dom herumschlagen, der einen zur Verzweiflung bringen konnte …

Nein, flüsterte der letzte Rest von Vernunft, der ihr noch verblieben war, *dann müsste ich mich stattdessen mit diesem schrecklichen, übel riechenden Mann herumschlagen, der mich verletzen oder vielleicht umbringen wollte, unter wer weiß welchen Umständen …* Ihr Verhalten war unvernünftig und unlogisch, das wusste Laurentia genau, aber dieser Dom trieb sie noch in den Wahnsinn.

Laurentias Finger bohrte sich in das Fruchtfleisch, und ein Strahl Orangensaft spritzte ihr auf die Wange.

Doms breite Hand erschien vor ihrer Nase, und Laurentia riss den Kopf hoch. Er strich mit dem Daumen über ihre Unterlippe. »Hören Sie doch auf zu schmollen, Euer Hoheit.«

Zu Laurentias größter Bestürzung fing ihre Lippe plötzlich an zu zittern. Zitterte einfach, durch seine bloße Berührung.

Sie warf Dom einen entsetzten Blick zu. Das hatte er doch nicht etwa bemerkt?

Doch er betrachtete ihren Mund ganz versunken und hingegeben, als hätte ihn der Gedanke, sie zu küssen, von allen anderen Vorhaben abgelenkt.

Wie kam sie nur darauf, küssen und Dom in Gedanken miteinander in Verbindung zu bringen? Was stimmte nicht mit ihr? Ein Mann berührte sie, und sie war wie vom Blitz getroffen, betäubt und unempfindlich gegen alles andere. Dom war ein Söldner und interessierte sich bestimmt nicht für Laurentias Seele.

Er zog seine Hand so langsam weg, dass man hätte meinen können, es widerstrebe ihm, Laurentia loszulassen, und sie starrte auf die langen Finger und die breiten, schwieligen Handflächen. Eine gute Hand. Nicht weich, wie die der anderen Freier, sondern stark und tüchtig. Die Hand eines Soldaten.

Dom blickte jetzt wieder zu ihrem Vater hinüber. Jäh und störend zerriss sein Räuspern die Stille.

Auch Laurentia sah ihren Vater an und stellte fest, dass König Jerome das kleine Zwischenspiel mit unverhohlener Faszination beobachtet hatte. Sie errötete so tief, als hätte ihr Vater sie bei einem verbotenen Vergnügen ertappt.

Dom sagte: »Prinzessin Laurentia, ich werde ein so lautloser Leibwächter sein, dass Sie meine Anwesenheit nicht einmal bemerken.«

Sie konnte nicht anders, als über eine derartige Absurdität laut aufzulachen. Nicht bemerken? *Ihn?* Dom wollte sie wohl zum Narren halten.

Genauso war es auch. Er erwiderte ihr Lächeln, zeigte dabei seine makellosen, weißen Zähne, und kleine Lachfältchen zeichneten sich um seine spöttischen blauen Augen ab. Dann nahm er ihr die Orange aus der Hand und schälte sie mit wenigen, geschickten Bewegungen. Er entfaltete seine Serviette, legte die Orange in die Mitte und trennte die Schnitze voneinander. Mit einer leichten Verbeugung präsentierte er ihr die Köstlichkeit, während Laurentia überrascht auf die Frucht blickte … und auf Dom.

Hübsch. Er war so hübsch. Und dazu noch tüchtig, erfahren und intelligent, kenntnisreich, ein praktisch denkender Mann, der auch noch unter primitivsten Bedingungen in der Lage wäre, für Laurentia zu sorgen. Aber auch wenn Dom jetzt den Eindruck machte, von Laurentia völlig hingerissen zu sein, durfte sie nicht vergessen, dass die Erfahrung gezeigt hatte, dass sie keine Venus war. Sie *durfte* auf keinen Fall den Kopf verlieren.

Als sie keine Anstalten machte, zuzugreifen, schob er die Orange mit einem über ihren Trotz belustigten Lächeln neben ihren Ellbogen. »Wie sieht der Plan für den heutigen Tag aus?«

»Die traditionelle Feier zum Geburtstag der Prinzessin.« König Jerome lehnte sich zurück, den Blick zärtlich in der Erinnerung an diesen lang zurückliegenden Glückstag. »Als Laurentia vor fünfundzwanzig Jahren zur Welt kam, habe ich bestimmt, dass aus diesem Anlass eine nicht kürzer als drei Tage währende Feier stattfinden soll, die seither jedes Jahr als unser eigenes, unvergleichliches Fest begangen wird.«

»Wie ... rührend.« Dom hatte wieder jenes Lächeln aufgesetzt, mit dem er durchblicken ließ, für wie verwöhnt er Laurentia doch im Gegensatz zu sich selbst hielt. »Und mit welchen Feierlichkeiten begehen wir das gesegnete Ereignis?«

»Auf einer hoch gelegenen Wiese vor Omnia treffen sich die Adligen und das einfache Volk und feiern miteinander«, erwiderte König Jerome. »Es wird ein Markt veranstaltet, auf dem man heimische und auswärtige Waren kaufen kann. Außerdem gibt es fahrende Musikanten und Jongleure, und wir halten Spiele ab, bei denen man Preise gewinnen kann.«

Dom hatte inzwischen Rührei und Würstchen verspeist. »Was für Spiele?«

»Bogenschießen, Schießen, Ringen, Wettrennen ...«

Die Orange verströmte einen kräftigen, reifen Geruch. Wenn Laurentia sich beim Essen nicht vorsah, würde ihr der Fruchtsaft über das Kinn laufen. »Dort können sich unsere

Adligen unsterblich blamieren, während sie versuchen, die einfachen Jäger und Arbeiter zu übertrumpfen«, ergänzte sie sarkastisch.

»Euer Hoheit weiß einen guten Wettkampf nicht zu schätzen?«, erkundigte sich Dom.

Laurentia ließ sich nicht provozieren und nahm einen Orangenschnitz. »Wenn ein Adliger geschickter mit dem Pfeil umzugehen versteht als ein einfacher Mann, der von der Jagd lebt, muss man daraus schließen, dass der Adlige zu viel Zeit zum Üben hat. Ein Adliger, der sein reinrassiges Pferd im Wettrennen gegen einen Mann auf seinem Bergpony antreten lässt, verschafft sich hingegen einen ungerechten Vorteil.«

»Heiratsfähige Männer versuchen, auf diese Art Laurentias Gunst zu gewinnen«, erläuterte König Jerome.

»Offenbar ohne besonderen Erfolg«, bemerkte Dom.

»Davon haben sie sich bisher aber nicht abhalten lassen.« Laurentia biss in die Orange und genoss die säuerliche Süße. Es spielte überhaupt keine Rolle, dass Dom diese Orange für sie geschält hatte. Es bedeutete keineswegs, dass sie sich von ihm füttern ließ.

»Dann mache ich beim Schießen lieber nicht mit.«

Obwohl Laurentia nicht aufsah, spürte sie Doms viel zu durchdringenden Blick auf sich ruhen. »Warum nicht? Sie sind von Beruf Soldat. Wenn Sie nicht schießen könnten, wären Sie heute nicht bei uns.«

»Wenn ich nicht schießen könnte, hätte ich nicht einmal meinen ersten Kampf überlebt. Nichtsdestotrotz kann ich Sie nicht beschützen, wenn ich gleichzeitig versuche, der versammelten Damenwelt zu imponieren. Wie steht es mit morgen?«

Voller Schadenfreude teilte Laurentia Dom das Programm mit. »Eine Jagd. Glauben Sie, dass Sie mithalten können?«

»Ich glaube, wenn ich es nicht schaffe, sollten Sie am besten etwas langsamer reiten.« Dom blickte Laurentia direkt in die Augen wie ein Mann, der ihr etwas zu sagen hatte.

Er brachte es auf unmissverständliche Weise fertig. Ihre Nackenhaare sträubten sich, während sie das Gefühl von Gefahr und Bestrafung ertrug.

Nach einer Weile, die Laurentia sehr lang vorkam, bemerkte König Jerome: »Meine Tochter ist eine begabte Jägerin und die beste Reiterin, die ich kenne, wenn man einmal von ihrer Mutter absieht. Außerdem ist sie verteufelt schlau. Sie würde niemals ihre eigene Sicherheit gefährden, indem sie ihrem Leibwächter vorausreitet.«

Laurentia war sich da nicht so sicher. Gerade jetzt erschien ihr diese Idee wie ein ausgezeichneter Einfall. Sie blickte auf und sah, wie die beiden Männer sie musterten, der eine mahnend, der andere so spöttisch, als könne er in ihr lesen wie in einem Buch, obwohl er sie kaum kannte und obwohl es ihn überhaupt nichts anging, was sie dachte und wie sehr sie es verabscheute, wenn man sie in die Enge trieb … aber eigentlich konnte ihr das jetzt völlig gleichgültig sein. Schließlich hatte man sie schon häufiger in die Enge getrieben. »Nein«, sagte Laurentia zögernd. »Das würde ich selbstverständlich nie tun.«

Ihr Vater belohnte sie mit einem raschen, wohlwollenden Lächeln.

»Ich werde mich bemühen, mit Ihrer Hoheit Schritt zu halten«, versprach Dom.

Der Lauscher trat von der dünnen Holzverkleidung zurück, die unsichtbar in die Wand des Speisezimmers eingelassen war.

Ein Entführungsversuch. Jemand hatte die Prinzessin entführen wollen, und im Unterschied zu Dom wusste der Spitzel, wer diesen Versuch unternommen hatte.

De Emmerich war es wieder einmal nicht gelungen, seine Wut zu bezähmen, und er hatte versucht, den Lauf der Dinge gewaltsam zu beschleunigen.

Dieser verdammte Kerl. Statt zu hören und zu vertrauen, hatte de Emmerich geglaubt, es sei eine Kleinigkeit, die Prinzessin zu verschleppen und zu foltern. Eine schnelle Methode, sich wichtige Informationen zu beschaffen, hatte er gedacht. De Emmerich wollte einfach nicht wahrhaben, dass Laurentia allen Schmerzen standhalten würde. Sie würde niemals freiwillig die Quelle von Bertinierres Reichtum preisgeben.

Nein, weder Furcht noch Schmerz konnten Prinzessin Laurentias Willen brechen.

Dieses Ziel war nur mit Vertrauen und Liebe zu erreichen.

Als er Dom angeheuert hatte, hatte de Emmerich endlich einen Schritt in die richtige Richtung getan.

Dom würde Laurentia verführen. Sie würde ihm vertrauen.

Bald würden de Emmerich und sein Spitzel das Königreich mitsamt seinen Reichtümern für sich allein haben.

9

Aus dem privaten Speisezimmer trat Dom auf die Terrasse, nur wenige Meter von jener Stelle entfernt, wo er Laurentia gestern Abend gerettet hatte. Blendend hell und unbeteiligt beschien die Sonne den weißen Marmorboden, die Brüstung und die Stufen, die zum Garten führten. Es war ein herrlicher Morgen … aber Dom hätte sich am liebsten übergeben. Er hatte in seinem Leben ja schon viel schlechtes Essen in sich hineingeschaufelt – zur Hölle, nicht einmal vor Schlangen war er zurückgeschreckt –, aber diese Rühreier waren fast verdorben gewesen. Nur die gespannte Erwartung der Prinzessin hatte ihn davon zurückgehalten, das ungenießbare Zeug auf den Tisch zu spucken.

Das, und die Freundlichkeit des Königs. Vergeblich rieb Dom sich über den Mund, um den schlechten Geschmack loszuwerden. Verdammt, der alte Mann war ein richtiger Einfaltspinsel. Wusste er es wirklich nicht besser, als einem Fremden zu vertrauen, der außer der vagen Erklärung, er sei der uneheliche Bruder eines Königs, keinerlei Referenzen vorzuweisen hatte? Sobald Dom seine Aufgabe erledigt hatte, würde er König Jerome sagen …

»Verzeihen Sie.« Francis' kühle, überlegene Stimme unterbrach Doms Gedankengang. »Haben Sie das Frühstück mit Seiner Majestät und Ihrer Hoheit eingenommen?«

Dom drehte sich um. Das beste Pferd im Stall der Prinzessin lehnte im Türrahmen und musterte den neuen Leibwächter mit zusammengekniffenen Augen. Dieser Kerl war misstrauisch.

Dom lächelte das liebenswürdige, aber knappe Lächeln eines Mannes, der im Begriff ist, sich mit seinem Rivalen auf ein Wortgefecht einzulassen. »Sind Sie königlicher Aufseher?«

»Ich bin Innenminister von Bertinierre«, korrigierte ihn Francis ohne einen Anflug von Humor, »und ein persönlicher Freund Seiner Majestät und Ihrer Hoheit.«

Gestern Abend war Dom mit König Jerome aneinander geraten. Heute Morgen war Francis an der Reihe. Bestens. »Ich bin auch ein persönlicher Freund des Königs und der

Kronprinzessin.« Dom war dicht an Francis herangetreten. Sie waren gleich groß, und Dom blickte direkt in Francis' Augen. »König Jerome hat es gern, wenn ein Mann etwas wagt und sich nimmt, was ihm gefällt. Einer, dessen Unterhosen so eng sitzen, dass er nur noch Sopran singen kann, ist weniger nach seinem Geschmack.«

Das stimmte. Dom hatte den schwachen Punkt des Königs richtig erkannt.

»Es interessiert mich nicht, was dem König gefällt«, erwiderte Francis. »Ich interessiere mich nur für das, was seiner Tochter zusagt.«

Verflixt. Es wäre einfacher für Dom, wenn Francis ein Dummkopf wäre. Natürlich wäre er als Gegner dann auch keine besondere Herausforderung mehr, aber in den letzten Jahren hatte Dom festgestellt, dass er es ab und zu ganz gern hatte, wenn alles schön einfach ging.

»Das mag ja sein«, gab Dom zurück, »aber ich werde trotzdem bei Seiner Majestät und Ihrer Hoheit vorbeischauen und mit ihnen plaudern, wenn es gewünscht wird.«

Leichte Überraschung zeichnete sich auf Francis' überheblichen, hübschen Zügen ab. »Gewiss doch. Wenn Ihre Anwesenheit gewünscht wird, werden Sie dieser Aufforderung selbstverständlich nachkommen. So, wie es sich gehört. Ich kann mir jedoch nur mit Mühe vorstellen, dass dies von Dauer sein wird. In der Tat zieht Seine Majestät mehr den hemdsärmeligen Typ vor, aber Ihre Hoheit ist doch ein wenig zarter besaitet.«

»Auch sie hat es gern, wenn Männer etwas riskieren«, erwiderte Dom glattzüngig. »Sie weiß es nur noch nicht.« Gestern Abend hatte Dom entdeckt, dass Laurentia sich insgeheim nach Abenteuern sehnte, und das musste ihn in ihren Augen einfach unwiderstehlich machen.

Es würde bestimmt nicht schwierig sein, sie zu verführen. Ihr süßer kleiner Mund bettelte ja förmlich darum, geküsst zu werden.

Aber vielleicht konnte Francis erklären, warum dieser kleine, silberne Fisch von einer Prinzessin, der schon an Doms Angelhaken gezappelt hatte, ihm so plötzlich entschlüpft war. Wovor hatte sie sich gefürchtet?

Dom würde Francis dazu verleiten, ihm Laurentias Geheimnisse zu verraten. Das konnte bestimmt nicht schwierig sein. Und dann hatte Dom die Zügel endlich fest in der Hand, und schon der bloße Gedanke hatte einen nicht unbeträchtlichen Reiz. »Vielleicht kennen Sie die Prinzessin nicht so gut, wie Sie denken.«

Francis blinzelte gequält, als bereite ihm allein schon der Gedanke Kopfschmerzen. »Unfug. Ich kenne sie seit ihrer Kindheit.«

»War sie schon immer so zart besaitet?«

»Sie ist es im Lauf der Jahre geworden«, erklärte Francis. »Wie alle Frauen, wenn sie reifer werden.«

»Sie haben nicht besonders viel Erfahrung mit Frauen, oder irre ich mich?« Dom dachte daran, wie sehr er Laurentia gestern Abend durch seinen Beruf und seine Berührung verwirrt hatte ... Er hätte noch viel weiter gehen können, aber er hatte zuerst das Terrain sondieren wollen, um ihr keine Möglichkeit zum Rückzug zu lassen.

Dennoch hatte sie sich zurückgezogen. Schlimmer noch, heute Morgen war sie vom Rückzug zum Angriff übergegangen. Teufel noch mal, vielleicht hätte er gestern Abend doch entschlossener handeln sollen. Sein gewinnendes Geplauder hatte ihn keinen Schritt weitergebracht, sobald sie sein Gesicht gesehen hatte. Ihre Reaktion war so heftig gewesen, als hätte er sie an sich gerissen und bis zur Besinnungslosigkeit geküsst. Und nachdem Dom mit diesem Hanswurst Francis geredet hatte, war er sicher, dass Laurentia unbedingt bis zur Besinnungslosigkeit geküsst werden musste.

Eine Aufgabe, für die niemand besser geeignet war als Dom selbst. Von dieser Überzeugung durchdrungen, sagte er zu Francis: »Meiner Ansicht nach liegt ihre leidenschaftliche Natur bisher noch im Verborgenen. Es fehlt nur der richtige Mann, um sie zum Vorschein zu bringen.«

»Sie belieben zu scherzen.« Francis hätte nicht ungerührter sein können. »Ihre Hoheit« – etwas im Garten schien plötzlich seine Aufmerksamkeit zu erregen – »ist eben früher gereift als andere, die ich nennen könnte.«

Dom wandte sich um und folgte Francis' Blick. Er sah eine üppige Dame zwischen den Hecken mit einem der Bewerber lustwandeln. Es handelte sich um einen hübschen Jungen, der ganz geblendet davon war, dass man ihn gerade für einen Flirt auserkoren hatte. »Manch eine reift nie.«

»Natürlich tun sie das. Es bleibt ihnen gar nichts anderes übrig.« Francis drehte den Rücken zum Garten. »Sie sind schließlich Frauen.«

Der Tonfall, in dem er derartig absurde Erkenntnisse von sich gab, hatte etwas Aufreizendes. Dom wusste nicht, ob er ihm einen Faustschlag ins Gesicht versetzen oder ihn auslachen sollte. »So vernünftig ist Ihre Hoheit gar nicht. Mein Beruf schien sie zu faszinieren.«

»Sie sind Händler.«

Mein Gott, dieser Francis war doch ein richtiger Blödmann. »Ich bin Söldner.«

Francis' Nasenflügel bebten, als habe er etwas Verdorbenes gerochen. »Ist Ihre Majestät im Bilde?«

Dom hätte beinahe gelacht … das war einfach zu albern. »Selbstverständlich.«

»Und er hat zugelassen, dass Sie Laurentia gestern Abend zum Diner führten und heute Morgen mit ihr frühstückten?«

»Er sagt, mein Geld sei auch nicht schlechter als das der anderen.«

Francis gab einen leisen, ungläubigen Laut von sich. »Niemand kann die Hand der Prinzessin kaufen.«

»An ihrer Hand bin ich auch nicht interessiert.« Dom grinste breit, als er Francis' entsetzten Blick sah. »Los, Mann, beichten Sie schon. Sie sind schließlich die Nummer eins im Rudel der Bewerber. Erzählen Sie mir jetzt nicht, Sie hätten noch keinen Gedanken an die Hochzeitsnacht verschwendet.«

»Ich habe nicht die Absicht, diese taktlose Unterhaltung fortzusetzen.« Entschlossen marschierte Francis an Dom vorbei, drehte sich dann aber auf dem Absatz um und sah ihm direkt ins Gesicht. »Niemand sollte auf diese Weise an die Prinzessin denken. Ihnen fehlt jeder Anstand.«

»Wollen Sie damit sagen, dass die Prinzessin niemals ein Stelldichein mit Ihnen im Garten hatte? So wie, äh, wie diese Dingsda dort drüben?« Dom wies auf die Frau, die jetzt den Kopf des jugendlichen Freiers zu sich heranzog.

»Diese Frau heißt Dulcet, Lady de Sempere, eine Frau ohne sittliche Grundsätze, die ausschließlich an rein körperlichem Vergnügen interessiert ist.« Francis warf der Dame einen erbitterten Blick zu. »Sie hält sich viel zu häufig im Park auf, und Ihre Hoheit kann in keinerlei Hinsicht mit Dulcie verglichen werden.«

»Dulcie?« Dom war Francis' jäher Sturz von den lichten Höhen der Wohlanständigkeit nicht entgangen. »Sagten Sie Dulcie?«

Rote Flecken sprenkelten Francis' Gesicht. »Ich hörte, dass man sie so nennt.«

»Darauf würde ich jede Wette eingehen.« Dom würde auch wetten, dass Francis' Interesse an Dulcie stärker war als Protokoll und Ehrgeiz und dass Dulcie, das kluge Kind, sein Interesse erwiderte und Karriere machen würde, indem sie ihn geschickt hinhielt.

Ausgezeichnet. Damit war das Hindernis Francis aus dem Weg geräumt. »Ihre Hoheit war bereits einmal verheiratet. Gewiss hat sie doch auch Gefallen an körperlichen Vergnügungen gefunden.«

Francis erbleichte fassungslos. »Diese Unterhaltung ist einfach unerhört.«

»Vielleicht mangelte es dem Gemahl der Prinzessin an der nötigen Standfestigkeit. Oder er hat sie nicht gut behandelt.«

»Ich kann einfach nicht glauben, dass Sie vulgär genug sind, um Spekulationen über das Eheleben Ihrer Hoheit anzustellen.«

»Ich bin ziemlich vulgär.« Dom ließ Francis' beleidigende Worte mit der Leichtigkeit an sich abperlen, die sie verdienten. »Sie behaupten, Sie seien ein guter Freund der Prinzessin. Sie hat Ihnen doch bestimmt etwas über ihre Ehe erzählt.«

»Ich weiß nicht, welches Geschwätz Ihnen zu Ohren gekommen ist …«

»Unglücklicherweise gar keins.«

»… aber bezüglich ihres Privatlebens übt Ihre Hoheit äußerste Zurückhaltung, und ich versichere Ihnen, dass ihr Eheleben, im Gegensatz zu allen umlaufenden Gerüchten, genauso zivilisiert und über jeden Zweifel erhaben war, wie es sich für eine königliche Vereinigung ziemt.«

»Zivilisiert und über jeden Zweifel erhaben.« Dom konnte es kaum glauben. Laurentia und eine solche Ehe? Kein Wunder, dass sie kinderlos geblieben war. Wahrscheinlich hatte sie ihren Mann einmal im Monat, am protokollarisch festgelegten Tag, in der königlichen Beischlafkemenate getroffen.

War Laurentia mit einem anderen glücklich gewesen? Francis mochte das vielleicht glauben, aber Dom wusste es besser, und ganz sicher würde *er* das niemals zulassen.

»Das war ein sehr aufschlussreiches Gespräch«, sagte Dom. »Aber jetzt sollten wir uns wieder zu den anderen Kandidaten gesellen.« Denen Dom sofort weismachen würde, dass Prinzessin Laurentia besonders großen Gefallen an Männern fand, die sich wie Pfauen vor ihr spreizten, um dann genussvoll zuzusehen, wie sich seine Konkurrenten unsterblich blamierten.

Während Dom selbst sich natürlich als strahlender Held präsentieren würde – auch wenn er dabei dem natürlichen Lauf der Dinge ein wenig nachhelfen musste.

»Sehen Sie doch nur.« Dom, der links neben Laurentia stand, lenkte ihre Aufmerksamkeit auf den englischen Freier.

»Mr. Moneybags Sharparrow gibt sich beim Holzhackwettbewerb die Ehre.«

Der dichte Pinienwald verdeckte den Blick auf das Mittelmeer, aber die kühle Brise aus der Bucht wehte Laurentia den breitkrempigen Hut aus der Stirn. Während sie die Kopfbedeckung wieder fest auf ihren Schopf drückte, um die Augen vor der Nachmittagssonne zu schützen, blickte sie über die Wiese. Bei dem Anblick, der sich ihr bot, hätte sie beinahe aufgestöhnt.

Der eingebildete Mr. Sharparrow bedachte Laurentia mit einem Gruß, den man bei jedem anderen Mann als ein tadelloses Nicken bezeichnet hätte, aber der Aufzug des Mannes machte es unmöglich, ihn ernst zu nehmen. Mr. Sharparrow trug das, was sein Schneider für die passende Kleidung eines Mannes hielt, der im Freien arbeitet. In grober Wollhose, Wollsocken und einem kunstvoll drapierten Arbeitskittel sah er aus wie ein vollendeter Narr.

Soeben schwang er zur Probe die Axt hoch über seinem Kopf, und Laurentia schloss die Augen, als die glitzernde Schneide mit großem Kraftaufwand und ohne jede Kontrolle herabsauste. Als kein Schrei ertönte, öffnete sie vorsichtig erst das eine und dann das andere Auge.

Höchst verwundert blickte Mr. Sharparrow auf die Axt, die tief in dem völlig intakten Balken steckte.

»Hat er wirklich begriffen, dass es darum geht, den Balken zu spalten?«, erkundigte sich Dom.

Laurentia presste die Lippen aufeinander und riss sich zusammen. Sie wollte sich jetzt nicht umdrehen und Dom befehlen, seine groben und äußerst gehässigen Kommentare zu den Tagesereignissen zu unterlassen.

Wie kam es eigentlich, dass er immer genau wusste, was sie gerade dachte?

Seit Laurentia den Palast verlassen hatte, war dieser verflixte Dom nicht von ihrer Seite gewichen. Die berittene königliche Wache begleitete sie und ihren Leibwächter, aber *sein* Pferd war immer auf gleicher Höhe mit ihrem, während sie durch das Tohuwabohu der Hochrufe und Glückwünsche zum Hafen ritt. Dom hielt ihre winzige Handtasche, als sie ein neues Fischerboot auf den Namen *Laurentia* taufte, und verließ sie nur kurz, um mit einer hoch gewachsenen, von der Menge halb verdeckten Bettlerin zu sprechen und ihr ein paar Münzen in die Hand zu drücken. Laurentia konnte schwerlich etwas dagegen einwenden, dass Dom sie für einen Akt der Nächstenliebe vernachlässigte. Außerdem ließ er sie während des Gesprächs leider keine Sekunde aus den

Augen. Dann galoppierte sie mit den Wachposten die Straße entlang, die sich hinter dem Palast den Berg hinaufwand. Aber *Dom* ritt zu ihrer Rechten und ließ sich nicht abschütteln.

Auf den großen Wiesen, die König Jerome Laurentia-Wiesen getauft hatte, herrschte ausgelassene Stimmung. Buden, die Bier, allerlei Gegrilltes und knusprige Brötchen verkauften, säumten den Festplatz. In das Stimmengewirr der Menge hinein erklangen die Ausrufe von Männern mit Handkarren. Der Geruch nach Pinien und Gras mischte sich mit den scharfen Ausdünstungen verschwitzter Körper. Ein Arzt stand vor seiner Bude. Er kümmerte sich um die unvermeidlichen Verletzungen, die aus den rauen Spielen resultierten, und kurierte Leibschmerzen, die vom übermäßigem Essen herrührten.

Weltrude hatte die Wettbewerbe straff organisiert und dafür gesorgt, dass jeder Kampf an einem bestimmten Ort und zu einer bestimmten Zeit stattfand. Jetzt eilte sie rastlos zwischen den Austragungsorten hin und her, kümmerte sich darum, dass jeder Wettbewerb zur geplanten Zeit begann, und rettete kritische Situationen, indem sie hart durchgriff. Laurentia hatte den Verdacht, dass Weltrude einerseits derart frivolen Zeitvertreib missbilligte, es aber andererseits liebte, ihr Organisationstalent zur Schau zu stellen.

Als Laurentia erschien, brach die Menge in Hochrufe aus. Dom lächelte. Offenbar beeindruckte ihn die Popularität der Prinzessin. Die Tatsache, dass sie sein Lächeln bemerkte und es ihr obendrein keineswegs gleichgültig war, ob er beeindruckt war oder nicht, ärgerte Laurentia so sehr, dass sie ihr Schweigen fast gebrochen hätte.

Aber heldenhaft hielt sie ihre Zunge im Zaum. Als Dom ihr beim Absitzen half, hätte sie ihm beinahe den Ellbogen in die Rippen gebohrt. Während Laurentias kurzer Begrüßungsansprache stand er neben ihr, hörte zu, als Gesandte und Adlige ihr langes Leben und Gesundheit wünschten. Den ganzen verflixten Morgen über und bis spät in den Nachmittag hinein ging dieser verachtungswürdige Mann getreulich an ihrer Seite, stand Wache, während sie saß, erfüllte ihr jeden Wunsch, bevor sie ihn auch nur geäußert hatte, und wenn sie allein waren, sprach er so fesselnd über die Wettbewerbe, als sei er in jedem einzelnen davon Experte.

Was er offenbar auch war, wie Laurentia widerwillig zugeben musste.

Weder das eisige Schweigen der Prinzessin noch ihr abweisender Blick schienen Dom auch nur im Geringsten zu stören, und obwohl sie sich alle Mühe gab, sich wie eine Frau zu verhalten, der man gegen ihren Willen die Gesellschaft eines Halunken aufgezwungen hat, erreichte sie damit überhaupt nichts. Dom verhielt sich wie ein Gentleman, der Laurentia, mit der Erlaubnis ihres Vaters, zu unterhalten versuchte.

»Na also, ich habe den Gewinner des Bogenschießens erraten«, nickte Dom selbstzufrieden. Er hatte bereits einiges Geschick darin bewiesen, immer den jeweiligen Gewinner richtig vorherzusagen. »Ich brauche wohl nicht zu erwähnen, dass es sich nicht um Ihren russischen Bewerber, Lord Mischa, handelt.«

Nein, auch Lord Mischa war glatt unterlegen.

»Sie müssen hinuntergehen und den Preis überreichen, Euer Hoheit.«

Doms Hinweis ärgerte Laurentia, und am liebsten hätte sie ihn angefahren: *Natürlich muss ich hinuntergehen und den Preis überreichen, du Dummkopf! Ich überreiche an meinem Geburtstag alle Preise*.

Aber sie gönnte Dominik von Baminien keine leidenschaftliche Antwort. Egal, wie gern sie diesem Wunsch auch nachgegeben hätte, egal, wie sehr ihr dies gegen die sonst eher redselige Natur ging, sie würde kein Wort mit ihm sprechen.

Nicht, dass es ihm etwas auszumachen schien. Ihr Schweigen schien ihn sogar noch zu ermutigen.

»Hier entlang, Euer Hoheit.« Dom verbeugte sich artig, während sie über das zerdrückte Gras auf dem Weg zum Bogenwettbewerb an ihm vorüberstapfte. Er trug Laurentias Schal, den er ihr abgenommen hatte, als es ihr zu warm wurde, so hingebungsvoll, als wäre er entzückt darüber, ihr Diener sein zu dürfen.

Aber Dom war nicht ihr Diener, und niemand konnte sich über diesen Umstand täuschen. Laut ihrem Vater, der sich wohlweislich auf die andere Seite der Wiese zurückgezogen hatte, hatte man Dom als Laurentias Leibwächter angestellt. Als ihren Leibwächter, wohlgemerkt, nicht etwa als Freier. Sie hätte diese Tatsache so gerne laut in die Menge der Adligen und Gemeinen gerufen, die sich vor ihren Augen erging, johlte und amüsierte. Das Einzige, was sie von einem derart unwürdigen Gefühlsausbruch zurückhielt, war die Tatsache, dass ihr sowieso niemand geglaubt hätte.

»Es ist mir eine Ehre, Euer Hoheit.« Der Bogenschütze senkte den Kopf und trat aufgeregt von einem Fuß auf den anderen, als Laurentia ihm die Medaille um den Hals legte. Seine Ohren glühten leuchtend rot, aber er grinste wie jedes männliche Wesen, das einen ersten Preis gewonnen hatte. Als bestätigte der Sieg weniger sein Können als seine Männlichkeit. Laurentia war aufgefallen, dass sich alle Sieger, unabhängig von Stand oder Reichtum, so verhielten.

»Dank sei *Ihnen*, guter Jäger«, erwiderte Laurentia.

»Ohne Ihre Fähigkeiten wäre Bertinierre hungrig und ungeschützt. Wir sind alle dankbar.«

Verlegen erwiderte der Mann: »Wir wollten Ihnen nur sagen, alle Jäger hier, dass wir Ihnen alles Gute zum Geburtstag wünschen.«

Laurentia berührte flüchtig seine Schulter und wollte sich abwenden.

Aus der Menschentraube, die sie umringte, ertönte ein Zischen, und der Jäger fügte hastig hinzu: »Ach, Euer Hoheit? Wir Jäger wollten Ihnen außerdem noch sagen, wie froh wir sind, dass Sie jetzt schließlich doch heiraten werden.« Er blickte Dom direkt in die Augen.

Das war mehr, als Laurentia ertragen konnte. Es war nicht zum Aushalten. »Es steht keine Verlobung bevor.«

Dieser verflixte Dom grinste die Jäger tatsächlich an. Er sprach kein Wort, aber Laurentia und alle Umstehenden lasen seine Gedanken nur zu deutlich. *Noch nicht.*

Mit einer abschließenden Handbewegung entließ Laurentia den Gewinner, der zu seinen Freunden ging, um sich von ihnen necken und beglückwünschen zu lassen.

Während sie den Schießstand verließ, sagte sie kein Wort zu Dom. Sie brachte es einfach nicht fertig. Sie wusste nicht einmal, wohin sie ging. Es war ihr auch gleichgültig, solange sie nur *allein* sein konnte.

Aber das erwies sich natürlich als unmöglich. Mühelos hielt Dom mit ihr Schritt. Er war ihr so nahe, dass sein Arm fast den ihren berührte, und durch seine bloße Anwesenheit strahlte er ein magnetisches Feld aus, bei dem sich die feinen Härchen in Laurentias Nacken sträubten.

Die Worte des Jägers hatten nur bestätigt, was Laurentia insgeheim bereits wusste. Wenn alles hier tatsächlich nur nach ihr ginge, hätten ihre Gefühle den Ausschlag bei der

Wahl ihres Ehemannes geben müssen, aber in Wirklichkeit zählte ausschließlich die Meinung ihres Vaters. Er war der König und ihr Vater und konnte sie wo und mit wem es ihm passte vermählen. Alle, die Dom und seine Schikanen nicht kannten, mussten annehmen, es sei ihm irgendwie gelungen, die Gunst des Königs zu erringen, was die Eifersucht der anderen Freier offenbar anstachelte. Nur so ließen sich ihre außerordentlichen Anstrengungen um Laurentias Aufmerksamkeit erklären.

Doms Hand auf ihrem Ellbogen ließ Laurentia innehalten. Er wies auf den Fluss, der sich durch die Wiese zum Meer schlängelte. »Prinz Germain von Bayern wird am Ruderwettbewerb teilnehmen. Nicht ganz ungefährlich für einen Mann seines Alters.«

»Oder Leibesumfanges«, murmelte Laurentia. Einen Augenblick lang amüsierte sie sich bei der Vorstellung, wie die Korsettstäbe des Prinzen zersprangen und ihn wieder zur Vernunft brachten.

»Wollen Sie dabei zusehen?«

Dom klang nicht so, als interessiere er sich sonderlich für ihre Antwort, und plötzlich übermannte Laurentia die Wut. Der Teufel sollte Dom holen, und ihren Vater, die Jäger und das ganze verfluchte Mannsvolk gleich mit dazu, insbesondere …

»Was haben diese Dummköpfe auf einmal nur?«, explodierte sie.

»Wie darf ich das verstehen?«

Es schien keinen Eindruck auf Dom zu machen, dass sie ihr Schweigen gebrochen hatte. Er klang nur mäßig interessiert. Laurentia hätte nicht weitersprechen sollen, aber die Worte, die sie den ganzen Morgen über krampfhaft zurückgehalten hatte, sprudelten plötzlich hervor. »Für wen halten sie sich eigentlich, dass sie gegen Männer, die im Feld und zur See arbeiten, antreten? Diese dummen Hornochsen haben doch nicht die leiseste Chance.«

»Dieser dumme Hornochse dort bei den Bäumen zieht gerade sein Jackett aus, um am Messerwerfen teilzunehmen.« Doms Blick glitt über die grobschlächtigen Männer, die sich bei der Zielscheibe herumtrieben. »Sein Pech, dass der Bursche in der roten Hose gewinnen wird.«

Dom hatte mit Kennerblick den Sieger des Vorjahres ausfindig gemacht, und das reizte Laurentia noch mehr. »Woher *wissen* Sie das?«, fragte sie.

»Ihre Landsleute sind tüchtige Arbeiter, deren Geschicklichkeit Ihre Bewerber anzuspornen scheint.« Zartfühlend legte Dom eine Pause ein. »Für Adlige, die sich normalerweise nur im Sattel hervortun, schlagen sie sich gar nicht schlecht. Vielleicht können sie morgen, bei der Jagd, noch mehr glänzen.«

Zum ersten Mal seit dem Frühstück blickte Laurentia Dom direkt in die Augen. »Mir wäre wohler, wenn meine Bewerber vor dieser Jagd möglichst keine scharfen Gegenstände mehr berühren würden.«

Dom lächelte sie an.

Er glich einer makellosen Skulptur von Michelangelo, und sein Lächeln war wie der sanfte Schimmer von tausend Kerzen. Er sah so verlockend aus wie Vanilleeis, und sein Lächeln war so süß wie die Erdbeeren dazu. Er war so aufregend wie ein mächtiges Handelsschiff, und sein Lächeln wie der Wind, der in die Segel blies.

Vorsichtig trat Laurentia ein paar Schritte zurück, versuchte, ihren Blick von seinem loszureißen, versuchte, Raum zwischen Dom und sich zu legen, damit sie sich nicht selbst vor ihrem Vater und dem halben Königreich zum Narren machte. Es war die richtige Entscheidung gewesen, Dom die ganze Zeit über nicht anzusehen, und hastig machte sie sich im Geist eine Notiz: *Sage oder tue nichts, was ihn zum Lächeln bringt.*

Aber jetzt war es zu spät.

»Laurentia.« Doms raue Stimme klang tiefer als sonst, viel zu anziehend, viel zu verführerisch. Seine Augen bohrten sich in ihre, als suchte er den heiligen Gral ihrer Seele, und sie fühlte sich fast unwillkürlich gezwungen, nach vorn zu treten, hinein in seine Arme und sein Herz.

Da erhob sich mit einem Mal der dramatische Schrei einer Frau über das Stimmengewirr der Menge.

Der betörende Nebel um Laurentia löste sich auf, und sie betrachtete den Tumult, der keine zehn Meter neben ihr entstanden war.

Jemand rief: »Ein Karren ist umgekippt.«

Immer noch halb betäubt sah sie zu Dom hinüber. Er hatte die Brauen zusammengezogen, und seine Nasenflügel blähten sich. Er glich einem Rassepferd, das für ein Rennen bereit war und plötzlich nicht an den Start gehen durfte, dachte Laurentia verträumt.

Die Frau stieß erneut einen Schrei aus. Die Zuschauer drängten in Richtung der Unfallstelle.

Dom blickte Laurentia finster an und sagte mit unverkennbar gereizter Stimme: »Doch nicht *jetzt*.«

10

»Nicht jetzt«, wiederholte Dom. Endlich hatte er Laurentia genau da, wo er sie haben wollte. Er kannte diesen sanften, sehnsüchtigen Ausdruck, die tiefen Atemzüge, unter denen sich ihre Brust hob und senkte, ihre geöffneten, nach oben weisenden Handflächen. Nur noch eine Minute länger, und er hätte die dünn verschleierte Feindseligkeit in zügellose Leidenschaft verwandelt.

Ungeduldig und fordernd schrie Brat erneut. Dom war gezwungen, die Bühne zu betreten.

Er ergriff Laurentia eilig bei der Hand und zog sie über die aufgewühlte Erde hinter sich her.

Nach einem kurzen, überraschten Keuchen folgte sie.

Nachdem Dom ihr einen Platz verschafft hatte, von dem aus sie das Geschehen überblicken konnte, beugte er sich über den unter dem Rad festgeklemmten Händler.

»Unbequem?«, erkundigte sich Dom.

Der Händler sah ihn prüfend an. »Wird aber auch Zeit … dass du auftauchst.«

»Ich kam so schnell, wie ich konnte.« Leise gab Dom Anweisungen. »Stöhn lauter und krümm dich, als hättest du Schmerzen.«

»Ich kann mich nicht bewegen.« Schweißperlen glänzten auf der Stirn des Händlers. »Ich glaube … ich habe mir eine Rippe gebrochen, als ich den Wagen umkippte.«

»Verdammt.« Noch mehr Pech. Pech, das ihn seit so langer Zeit zu verfolgen schien … Inzwischen war eine größere Menge zusammengelaufen, und am Rand entdeckte Dom Brat, die Ruby an der Hand hielt.

Vor zwei Jahren hatte die Pechsträhne mit Brats Vergewaltigung begonnen. Doch Dom war überzeugt davon, dass sich alles zum Guten wenden würde, sobald er seinen Auftrag ausgeführt hatte. Dann würde er wieder sein eigener Herr sein. Brat würde niemals mehr in Gefahr geraten, und Ruby würde ein besseres Leben führen können als bisher.

Dom richtete sich auf, zog den Mantel aus und krempelte die Ärmel hoch. Kisten – leer, aber wer ahnte das schon? – waren auf dem Brett festgebunden, und das Rad stand genau über einem Kaninchenloch, damit der Händler den Wagen mühelos umkippen konnte. Eine umsichtige Arbeit, die den Eindruck erwecken sollte, als verfüge Dom über die Kraft von zehn Männern und das Herz eines Helden, während er den Karren aufrichtete.

Er warf einen schnellen Blick zu Laurentia hinüber. Sie beobachtete ihn. Er umklammerte die Ecke des Wagens und versuchte, ihn aufzurichten. Das plumpe Gefährt wog mehr, als Dom erwartet hatte. Seine Hüfte brannte wie Feuer. Er hoffte, dass Laurentia nicht entging, wie er sich abmühte, bis es ihm gelang, den Karren aufzurichten und zur Seite zu schieben.

Aber als Dom sich umdrehte, um Laurentias Lob entgegenzunehmen, hatte die Prinzessin ihren Platz verlassen. Sie kniete neben dem Händler und sprach mit leiser Stimme auf ihn ein. Schlimmer noch, auch Brat war dort niedergesunken, Ruby an ihrer Seite, und beide Frauen waren damit beschäftigt, vorsichtig das Hemd des Mannes abzustreifen.

»Euer Hoheit, was tun Sie?«, fragte Dom. Als könnte er das nicht mit eigenen Augen sehen.

Laurentia strafte ihn mit derselben königlichen Missachtung, die sie schon den ganzen Morgen über gezeigt hatte, und Dom hätte zu gern ihre Schultern gepackt, sie geschüttelt und gesagt: *Sieh doch nicht auf diesen übel riechenden alten Mann. Sieh mich an. Ich bin dein fleischgewordener schönster Traum.*

Aber widerwillig musste Dom sich eingestehen, dass Laurentia echtes Mitgefühl gegenüber den vom Schicksal Benachteiligten zu empfinden schien und keinesfalls auf dem hohen Ross saß.

Nicht, dass das eine Rolle gespielt hätte. Sie war eine verwöhnte Prinzessin, und wenn er sein Ziel schneller erreichte, indem er sie hinterging, konnte ihm das nur von Nutzen sein.

Laurentia fragte den Verwundeten: »Wie heißen Sie?«

»Monty, Euer Hoheit.« Er hörte sich vor lauter Schmerz oder Ehrfurcht ganz atemlos an.

Bitter enttäuscht knurrte Dom: »Ich gehe und hole Tücher zum Verbinden.«

»Saubere. Vom Arzt«, ordnete Laurentia an, während sie die Bänder ihres Strohhutes löste und ihn neben sich ins Gras legte.

Sie beachtete ihn nicht mehr, schien ihn völlig vergessen zu haben, während sie ihre ganze Aufmerksamkeit auf den im Sonnenlicht entblößten, verletzten Brustkorb des Mannes richtete. Brat blickte entschuldigend zu Dom auf, aber auch sie war ganz auf den Verwundeten konzentriert.

Um seinem Ärger Luft zu machen, marschierte Dom schnurstracks zur Bude des Arztes, der gerade einen langen, tiefen Schnitt im Arm von Mr. Sharparrow nähte. Aufmerksam hörte er zu, als Dom den Unfall beschrieb, und sagte dann: »Mit dieser Verletzung wird Ihre Hoheit allein fertig. Hier.« Damit reichte er Dom ein Bündel sauberer Tücher. »Bringen Sie ihr das. Sie weiß, was sie zu tun hat.«

Als Dom zurückkehrte, war die Menschentraube noch dichter geworden. Alle wollten sehen, wie sich die Prinzessin mit eigenen Händen um einen Mann aus dem Volk kümmerte. Ungeduldig rief Dom: »Aus dem Weg.« Eine Gasse öffnete sich, und während er hindurchschritt, hörte er, wie jemand sagte: »Der sieht dem Burschen, den sich Ihre Hoheit ausgesucht hat, ganz ähnlich, stimmt's?«

Doms Stimmung hob sich, als er wieder an dem Karren angelangt war.

Die Frauen redeten miteinander. Wenn es eine Person gab, mit der Laurentia nicht sprechen sollte, so war es Brat, aber wie konnte Dom das jetzt noch verhindern. Sollte er sagen: *Sprich nicht mit Brat, die ist plötzlich verweichlicht, vielleicht verplappert sie sich und warnt dich.*

»Wir müssen seine Rippen fest verbinden«, sagte Laurentia gerade. »Es wird lange dauern, bis er seinen Karren wieder ziehen kann.«

»Ja«, antwortete Brat. »Ein hässlicher Bruch. Er kann ein paar Wochen lang nichts tun und wird monatelang Schmerzen haben.«

Dom ließ die Tücher neben Brat fallen und opferte grimmig etwas von de Emmerichs Lohn, um Brats Schuldgefühle zu besänftigen. »Ich sorge dafür, dass man sich um ihn kümmert.«

»Warum? Sie haben doch gar nichts mit diesem Unfall zu tun.« Laurentia hob die zusammengerollten Tücher auf und breitete sie aus. »Sie haben ihn gerettet. Er kann im Palast bleiben und vielleicht einfache Dienste verrichten, bis er wieder arbeiten kann.«

Genau das will ich verhindern, wollte Dom sagen. *Es ist unnötig, dass Sie ausgerechnet den Mann bezaubern, der weiß, was ich für ein Betrüger bin.*

Selbst Monty hatte bemerkt, dass dieser Vorschlag die Durchführung ihres Plans behinderte. »Ich bin Ihnen sehr zu Dank verpflichtet, Euer Hoheit, aber das ist nicht nötig.«

»Im Palast gibt es viele Zimmer, Monty. Sie machen uns keinerlei Umstände, und vielleicht sind Sie uns sogar eine Hilfe.« Laurentia lächelte ihn an, und der große, dumme Kerl schmolz dahin wie Butter an der Sonne.

»Ich hebe ihn hoch, während Sie seine Rippen verbinden, Euer Hoheit«, schlug Brat vor.

»Er ist schwer.« Laurentia runzelte die Stirn, als besorgte es sie, dass die hoch gewachsene, starke Brat einen Mann heben wollte.

»Dann hält Dom ihn, und ich verbinde seine Rippen.« Brat warf Dom einen drohenden, vielsagenden Blick zu, als sorgte *sie* sich, weil die kleine, zierliche Prinzessin sich in derart zweifelhafter Gesellschaft befand.

Nun ja, Dom sorgte sich schließlich auch deswegen. Aber noch bevor er zustimmen konnte, trat ein Mann aus der Menge. »Lassen Sie mich helfen.« Der sympathische, braunhaarige Mann lächelte. Er hatte eine helle Haut, und seine Art zu sprechen überzeugte Dom, dass es sich um einen der Bewerber handelte.

»Ein ausgezeichneter Einfall«, erwiderte Dom, der Laurentia nur zu gerne vom Ort des Geschehens entfernen wollte.

Aber seine Pechsträhne war noch nicht zu Ende. Ruby hatte den Finger aus dem Mund genommen und zeigte auf ihn. »Dom.«

Laurentia lachte übers ganze Gesicht. »Sie ist so klug! Ist sie Ihre Tochter, Gloria?«

Gloria? Laurentia kannte Brats richtigen Namen? Warum nur? Dom konnte sich genau erinnern, wie Brat erwachsene Männer zu Brei geschlagen hatte, weil sie sie Gloria genannt hatten.

»Ja, sie heißt Ruby.« Brat hatte die Tücher an sich genommen, Laurentia sanft, aber bestimmt zur Seite geschoben und legte Monty einen festen Verband um die Rippen an, während der Fremde ihn behutsam anhob.

Laurentia lächelte das Kind freundlich an und streckte die Hand aus. »Sei gegrüßt, Ruby. Gefällt dir das Fest?«

Ruby, plötzlich von der Schüchternheit eines achtzehn Monate alten Kleinkindes überwältigt, steckte den Finger wieder in den Mund und nickte.

Laurentia schmeichelte Ruby schließlich eine Antwort ab, und in Doms Angst mischte sich Stolz, als das Kind auf unsicheren Beinen zu Laurentia stakste. Stolz auf wen? Auf Ruby, die sich an die kniende Prinzessin lehnte und in ihrer glücklicherweise unverständlichen Sprache brabbelte? Oder auf die Prinzessin, die an dem Brabbeln Gefallen zu finden schien und Ruby mit einem Arm fest hielt, als sei sie etwas besonders Kostbares?

Plötzlich versetzte jemand Dom von hinten einen leichten Stoß. Er drehte sich zu einem älteren Ehepaar um, das offenbar seine Aufmerksamkeit erregen wollte. Die Hände des Mannes waren voller Schwielen, die Nägel dick, gelb und abgesplittert. Die Frau, in deren Gesicht die Sonne vorzeitige Falten gegraben hatte, trug ein buntes Tuch, das ihre Zöpfe aus dem Gesicht hielt. Dom, dessen Leben schon so oft von seiner Fähigkeit abgehangen hatte, mit einem Blick zu erkennen, wen er vor sich hatte, dachte bei sich: *Bauern*. Dann blickte er erneut in die wachen Augen und dachte: *keine gewöhnlichen Bauern.*

Dom war überrascht, dass die beiden gewagt hatten, sich ihm bemerkbar zu machen. Normalerweise spürten ehrliche Leute, welche Wildheit von ihm ausging, und selbst in der Menge blieb er immer allein.

In dem lächelnden Blick der Alten war nichts von einem

solchen Misstrauen zu erkennen. »Ihre Hoheit versteht es, mit Kindern umzugehen, nicht wahr?«, fragte die Frau.

»Sehr gut sogar«, erwiderte Dom.

»So ist sie immer, wenn Kinder in der Nähe sind. Unsere Prinzessin liebt Kinder, wahrhaftig.« Der Mann hatte die Daumen unter die Hosenträger gesteckt. »Hab ich nicht Recht, Minnie?«

Seine Frau nickte zustimmend. »Das stimmt, Roy. Junger Mann, Sie müssen sich keine Sorgen machen, dass die Prinzessin ihre Kinder von Gouvernanten erziehen lässt so wie die anderen adligen Damen.«

Dom begann zu ahnen, wohin diese Unterhaltung führen sollte, und war hin und her gerissen zwischen Verlegenheit und kampflustigem Vergnügen.

Genau wie der Bogenschütze glaubten offenbar auch Minnie und Roy, dass die Prinzessin ihn zu ihrem zukünftigen Gatten erwählt hatte, und sie waren den Ereignissen vorausgeeilt und direkt auf jenen Punkt zu sprechen gekommen, der sie an der Heirat am meisten interessierte: die Produktion von Nachkommen.

Ehe die Prinzessin ihr eigenes Kind an sich drücken konnte, musste sie unter einem Mann liegen. In den Augen der beiden war *Dom* dieser Mann.

Wieder warf er einen Blick auf Laurentia. Ohne sich um die Flecken auf ihrem Rock zu kümmern, kniete sie im Gras und lächelte Ruby unbefangen an.

Was für ein Lächeln! Völlig selbstvergessen überschüttete sie ein Kind mit Entzücken und Freude. Sie wusste genau, dass Ruby nichts dafür fordern würde. Laurentia konnte weder ihre Untertanen noch ihren Vater auf diese Weise anlächeln. Sie alle wollten, dass sie heiratete, aus ganz und gar eigennützigen Gründen. Laurentia würde auch ihre Bewerber niemals so anlächeln, da sich diese sonst am Ziel ihrer Wünsche wähnen würden. Weder ihre Diener noch ihre Soldaten noch ihren Leibwächter konnte sie so anlächeln … und doch wünschte sich ihr Leibwächter genau das über alle Maßen. Wenn er dieses Lächeln sah, wollte Dom nichts anderes, als Laurentia unter das Kinn zu fassen und das Lächeln von ihren Lippen zu küssen. Und es danach erneut durch seinen Charme auf ihr Gesicht zu zaubern.

Minnie unterbrach Doms Träumereien. »Für einen Mann wie Sie spielt Familie eine große Rolle.«

Dom trat einen Schritt zurück. Obwohl Laurentia der Unterhaltung nicht zu folgen schien, wollte er sichergehen, dass sie nicht zufällig etwas aufschnappte. »Einen Mann wie mich?«

Minnie wurde etwas verlegen. »Man hat uns gesagt … Sie seien Söldner und unehelich geboren.«

Als Dom sie mit einem zähnebleckenden Grinsen anblickte, dem sein Zorn deutlich anzusehen war, wich sie erschrocken zurück.

»Weib, ich hab dir schon so oft gesagt, dass du nicht auf Gerüchte hören sollst«, sagte ihr Mann aufgebracht, legte ihr gleichzeitig schützend den Arm um die Schulter und blickte Dom gleichfalls böse an.

Schon hundertmal war Dom solchen Männern begegnet, während er sich durch Kriege und Streitigkeiten kämpfte. Um seine Frau zu schützen, würde Roy nicht einmal zögern, einen Kämpfer herauszufordern, der in der Blüte seiner Jahre stand. Er würde für seine Frau kämpfen und sterben, denn die beiden waren eins, zusammengeschweißt durch Zeit, Erfahrung und jenes Gefühl, das Dom bis jetzt, Dank sei dem Schöpfer, erspart geblieben war – das, was Romantiker mit dem Namen *Liebe* bezeichneten.

Dom wusste, wie dumm es von ihm war, sich jetzt über Dinge zu ärgern, die er selbst hinausposaunt hatte. Auf den Straßen von Plaisance hatte er gelernt, sich gegen alle zu verteidigen, die ihn den »Bastard des Königs« nannten. Im Kampf vergaß er den Schmerz, den sein Vater ihm zugefügt hatte, als er ihn verließ, vergaß, wie entsetzlich es gewesen war, seine Mutter sterben zu sehen, vergaß die Hilflosigkeit des Jungen, dessen Jugend Frauen ausgebeutet hatte, um sich für kurze Zeit selbst wieder jung zu fühlen.

Dom war kein Junge mehr, und er musste damit aufhören, harmlose Bauern mit seinem durchdringenden Blick zu erschrecken.

Langsam, um das Paar nicht durch einen unvermittelten Stimmungsumschwung noch mehr vor den Kopf zu stoßen, verzog Dom die Lippen zu einem Lächeln und sagte mit angemessen feierlicher Stimme: »Nein, Ihre Frau hat Recht. Ich bin ein uneheliches Kind.«

Minnie erholte sich als Erste von ihrem Schreck. »Ich halte es für wichtig, dass Ihre Kinder zu einer guten Familie gehören.«

»Sehr wichtig«, stimmte Dom zu. Ruby saß jetzt auf Laurentias Schoß. Laurentia beugte sich zu dem Kind vor, die sanfte Kurve ihres Nackens zeichnete sich unter dem hochgesteckten Haar ab. Brat beobachtete die Prinzessin mit einem sentimentalen Glitzern in den Augen. Das beunruhigte Dom erneut. Sie hatte seine Befehle schon einmal in Frage gestellt. Er wollte nicht riskieren, dass Brat gerade jetzt Zweifel kamen, wo sie bewiesen hatte, dass ihr jener Rachedurst abhanden gekommen war, der lange Zeit die einzige Triebfeder ihres Handelns gewesen war.

Dom legte Minnie die Hand auf den Arm. »Stört es Sie denn nicht, dass Ihre Prinzessin vielleicht einen Bastard heiratet?« Er bereute die Frage, kaum dass er sie ausgesprochen hatte. Aber er wollte zu gerne wissen, was diese beiden Bauern dazu veranlasst hatte, so offen mit einem Mann zu reden, der möglicherweise ihr zukünftiger Prinz sein könnte.

»Papperlapapp«, sagte Minnie verächtlich. »Prinzessin Laurentia ist nicht auf den Kopf gefallen, und mit Ihnen zusammen, der sie so genau beobachtet wie ein Esel, der seine Stute wittert …«

Dom warf den Kopf in den Nacken und lachte lauthals heraus. Als er wieder auf Minnie herunterblickte, sah sie ihn an wie eine beleidigte Monarchin, und zu seiner eigenen Überraschung hörte Dom sich selbst um Entschuldigung bitten. »Es tut mir Leid, aber als Esel hat man mich noch nie bezeichnet.«

»Das überrascht mich«, gab sie schnippisch zurück. Ohne Luft zu holen, fuhr sie fort: »Sobald Sie neben ihr stehen, umgibt Ihre Hoheit dieser besondere Glanz.«

»Weib, du faselst zu viel«, sagte Roy.

»Im Gegenteil, ich bin ganz Ohr.« Dom hatte in seinem ganzen Leben kein wahreres Wort gesprochen.

Minnie achtete nicht auf die beiden. »Als wir Ihre Hoheit heute gesehen haben, habe ich gleich zu meinem Mann gesagt: Prinzessin Laurentia ist alt genug, um ihre eigene Wahl zu treffen.« Sie nickte so selbstsicher wie eine ausgebuffte Heiratsvermittlerin. »Sie sehen zumindest aus, als besäßen Sie genug gesunden Menschenverstand.« Ihr Mann zupfte sie am Ellbogen, aber sie sagte nur: »Stimmt doch, was ich sage.«

Obwohl es ihr sichtlich schwer fiel, kam Minnie schließlich aber doch der unausgesprochenen Aufforderung nach, den Mund zu halten.

Keine gewöhnlichen Bauern, dachte Dom wieder. »Sie scheinen die Prinzessin gut zu kennen.«

»Wir waren jahrelang im Dienst der königlichen Familie. Selbst unser Sohn …«

»Weib, du schwatzt wirklich zu viel …«, schnitt der Mann ihr das Wort ab.

»Ihr Sohn?«, wiederholte Dom.

»Unser Sohn steht auch im Dienst Ihrer Majestät«, erwiderte Roy kurz.

Minnie blickte Dom mit zusammengekniffenen Lippen an, als wüsste sie genau, dass er sie am liebsten bei den Schultern gepackt und mit Fragen bestürmt hätte.

Stattdessen nahm er ihre Hand und drückte einen Kuss auf die geschwollenen Fingerknöchel. »Vielen Dank«, sagte er. »Es war mir ein Vergnügen, mit Ihnen zu reden.«

Wie Dom vorausgesehen hatte, lächelte die alte Frau ihn an, denn es gab nur wenige Frauen, die seinem Charme nicht erlagen. Dann aber tat sie etwas höchst Ungewöhnliches.

Sie knickste.

Vor ihm.

Einige Diener trugen Monty jetzt auf einer provisorischen Bahre davon. Die Menge um Dom zerstreute sich. Ruby stand neben ihrer Mutter und hielt deren Hand, während Laurentia ernst auf beide einredete. Dom starrte auf den Platz, wo gerade noch die alte Bäuerin gestanden hatte, und noch lange, nachdem sie gegangen war, konnte er das Bild ihrer vom Alter gebeugten Gestalt nicht vergessen.

Die alte Frau hatte geknickst. Vor ihm. Als sei es für sie tatsächlich ohne Bedeutung, ob er nun ein Bastard oder ein Söldner war.

Dom sah zu Prinzessin Laurentia hinüber. Sie hatte Rubys andere Hand ergriffen und schwang sie hin und her, sodass Ruby vor Entzücken quietschte. Brat wischte sich schon wieder die Nase an ihrem Ärmel ab. Der Mann, der vorhin

Monty gehalten hatte, stand daneben und betrachtete die Szene mit Interesse. Mit viel zu viel Interesse.

Für Dom war es höchste Zeit, Laurentia auf andere Gedanken zu bringen.

11

Brat nahm Ruby auf den Arm, während Dom mit Laurentia davonging. Sein warnender Blick war deutlich gewesen. *Verpatz es nicht*, hatte er ihr lautlos zu verstehen gegeben.

Brat würde nichts verpatzen, aber der ganze verrückte Plan missfiel ihr.

»Mama.« Ruby legte die Hand an das Gesicht ihrer Mutter und drehte es zu sich um.

Abwesend sah Brat Ruby an. In Gedanken war sie noch bei Dom, an dessen Anweisungen sie sich all die Jahre über gehalten hatte. »Was ist denn, Ruby?«

Ruby lächelte breit. »Liebe Mama.«

Brat konzentrierte ihre ganze Aufmerksamkeit auf ihre Tochter, das süßeste, klügste, liebenswerteste Mädchen der ganzen Welt. »Du bist ein Schatz.«

Ruby. Eine Perle, die mitten in der Wildnis ihres Lebens aufgetaucht war. Brat würde alles für Ruby tun: stehlen, betrügen, morden.

Aber während aus dem Baby langsam ein Kind wurde, das alles, was sie tat, beobachtete und nachahmte, erkannte Brat eine Wahrheit, der sich keine Mutter auf der ganzen Welt verschließen konnte.

Es war allein ihre Aufgabe, Ruby den Unterschied zwischen Gut und Böse beizubringen.

Sie drückte die Kleine fester an ihre Hüfte. »Möchtest du gerne einen Keks?«

»Bonbons!« rief Ruby.

»Keks«, erwiderte Ruby fest und schlug den Weg zum Handkarren des Bäckers ein.

Aus ihr, Brat, einer namenlosen Bastardin, heimatlos und in einem Bordell aufgewachsen, musste eine Frau werden, auf die ihre Tochter stolz sein konnte. Aber wie?

»Sie waren so freundlich, einem meiner Untertanen zu helfen«, hatte Prinzessin Laurentia gesagt. »Lassen Sie mich Ihnen danken, indem Sie zum Palast kommen und Kleider von mir annehmen.« Brats entsetzten Widerspruch hatte sie mit einer Handbewegung abgetan. »Ich habe so viele Kleider, aber Sie sind so viel reicher als ich, Gloria. Ich beneide Sie um Ihre hübsche Tochter.« Mit diesen Worten hatte sie Rubys seidiges Haar gestreichelt und das Mädchen angelächelt, als sei sie der Kleinen aufrichtig zugetan. Vertraulich hatte sie hinzugefügt: »Ich hoffe, dass ich auch einmal eine wenigstens halb so hübsche Tochter haben werde, wenn ich verheiratet bin. Bitte sagen Sie nicht Nein.«

Brats reserviertes, zustimmendes Nicken hatte bei der Prinzessin ein strahlendes Lächeln ausgelöst. Laurentia wusste, wie man anderen eine Freude bereitete. Man hatte es ihr von der Wiege an beigebracht.

Niemand hatte Brat je etwas anderes beigebracht, als zu überleben. Ihr Leben lang hatte sie Leute verachtet, die jeden Sonntag in die Kirche gingen, um einen imaginären Gott um Hilfe zu bitten. Sie waren Betrogene, die nur den Priester, der schnell seine Predigt herunterleierte, unterstützten, damit er nicht arbeiten musste. Brat konnte auch ohne diese geistigen Betäubungsmittel ein glückliches Leben führen.

Sie trank zu viel, lachte zu laut, kämpfte zu wild und fand niemals Frieden mit sich selbst.

Dann war sie vergewaltigt worden.

Auch jetzt sah sie mitunter, wenn sie die Augen schloss, das pockennarbige Gesicht ihres Angreifers vor sich, fühlte den Druck der rauen Hände, roch den säuerlichen Gestank seines Atems ...

Der Geruch nach frischem Brot beschleunigte ihre Schritte.

Misstrauisch beobachtete der Bäcker, wie Brat eine Münze aus der Tasche fingerte und ihm reichte. Dann lächelte Ruby ihn an, und er schmolz dahin wie die Butter auf seinen heißen, knusprigen Brötchen. »Da haben Sie aber mal eine hübsche Tochter«, sagte er und reichte Ruby die größte Apfeltasche aus dem Auslagekasten. Als Brat darauf hinweisen wollte, dass sie nur für einen Keks bezahlt hatte, fügte er hinzu: »Kinder wachsen schnell. Man kann ihnen gar nicht genug zu essen geben.«

Brat lächelte ihn genauso begeistert an wie Ruby.

Auf der Suche nach einem geeigneten Sitzplatz bugsierte sie vorsichtig Tochter und Apfeltasche durch die Menge. Rings um die Wiese hatten sich überall Familien im Schatten der Bäume niedergelassen. Sie aßen oder lagen im Gras, beobachteten ihre spielenden Kinder, plauderten ... waren völlig normal. Ein Grüppchen, das es sich unter einem Eichbaum bequem gemacht hatte, fiel Brat besonders auf. Dort saßen Frauen mit schlafenden Säuglingen. Sie trugen schwarze Witwenkleidung. Sie waren allein.

Die frühere Brat hätte diesen Platz von ganzem Herzen verachtet. Jetzt aber stapfte sie wie von selbst zu der Eiche hinüber. Eine plötzliche, nur schwer zu ertragende Schüchternheit machte sie befangen.

Dumme Geschichte, diese Vergewaltigung. Eine Sekunde der Unaufmerksamkeit, gefolgt von jähem Schmerz, Ekel und qualvoller Erniedrigung. Nicht wert, dass man weiter darüber nachgrübelte.

Aber Brat hatte einfach nicht aufhören können, zu weinen oder sich selbst an allem die Schuld zu geben. Vielleicht hatte sie etwas Falsches gesagt, war falsch angezogen gewesen, hatte dieses Tier von einem Matrosen in irgendeiner Form ermuntert ... Dom und seine Söldner waren über die Maßen wütend gewesen und hatten sich aufgeführt, als könne ihr Zorn Brats seelische Verletzung lindern. Sie hatte zuerst geglaubt, die Truppe würde den Vergewaltiger jagen und töten, und das schien ihr nur gerecht. Wenn je ein Mann den Tod verdient hatte, dann gewiss dieser Matrose. Stattdessen hatten die Söldner, mit der typisch männlichen Unfähigkeit, sich in andere hineinzuversetzen, versucht, Brat ihren Kummer auszureden. Schließlich sei sie ohnehin keine Jungfrau mehr gewesen, hatten sie gesagt. Klar, früher hätte sie sich ihre Männer selbst ausgesucht, aber schließlich mache das keinen so großen Unterschied. Und außerdem habe sie ihre ersten Erfahrungen in einem Bordell gesammelt.

Gezwungenermaßen.

Vergewaltigung war der Unterschied zwischen Vergnügen und Schmerz, Freude und Erniedrigung.

Dieses Wissen veränderte Brats Verhältnis zu der Truppe. Vorher waren sie immer unzertrennlich gewesen, hatten in allen Schlachten gemeinsam gekämpft. Jetzt zwang Brat die Männer dazu, ihre Handlungen mit den Augen anderer zu sehen.

Schließlich hatte sie festgestellt, dass sie schwanger war. Da hatten sich die einstigen Kameraden gar nicht schnell genug in die Schlacht in Griechenland stürzen können.

Als Brat sich den Damen näherte, verstummte die Unterhaltung. Selbst Ruby, die bemerkte, wie angespannt der Körper ihrer Mutter war, klammerte sich an ihr fest. Ohne jemanden direkt anzusehen, fragte Brat lächelnd: »Dürfte ich mich hierher setzen?«

Ihr sereminischer Akzent unterschied sich von dem der Einheimischen, und sie fühlte sich wie eine Zielscheibe, während sie vor den Frauen stand.

Eine alte Frau, die sich gegen einen Baumstamm gelehnt hatte, rückte zur Seite. »Natürlich«, sagte sie mit der überlauten Stimme einer Schwerhörigen. »Setzen Sie sich, und geben Sie Ihrem Kind zu essen.«

Als Brat einen bequemen Sitzplatz gefunden hatte, begannen die Gespräche von neuem. Sie nahm Ruby auf den Schoß und fütterte sie mit Äpfeln und Rosinen, die in einer Art Brotteig gebacken waren. Währenddessen ließ sie unbarmherzig die Erinnerungen an sich vorüberziehen

Nur Dom, der Kämpfer, war zu ihr zurückgekehrt, nachdem er sich unter Leichenbergen hervorgearbeitet hatte und vom Schlachtfeld getaumelt war. Gemeinsam waren sie in die Berge geflohen, behindert durch Brats zunehmende Unbeweglichkeit, gelähmt von der Größe ihres Unglücks und schwer getroffen vom Verlust der Freunde. Sie und Dom waren nichts als lebende Tote gewesen – bis sie Ruby geboren hatte.

Durch Ruby hatten sie beide einen neuen Lebensinhalt gefunden. Einen Lebensinhalt, der in ihnen den Wunsch nach Erfolg weckte.

Brat strebte nicht mehr nach den alten Erfolgen, die sie mit Leichtigkeit hätte erringen können. Jetzt wollte sie das tun, was richtig war.

Wenn sie nur gewusst hätte, wie.

Ruby schlief ein, und Brat bettete sie bequemer in ihren Arm. Während die Kleine schlief, verspeiste Brat die restliche Apfeltasche. Auch ihre Lider wurden bleiern, aber alte Gewohnheiten ließen sich nur schwer ausrotten. Aufmerksam blickte sie über die Wiese, bemerkte, wie dort verliebte Pärchen Arm in Arm spazieren gingen, sah die beiden Männer, die mit bloßem Oberkörper vor einer wachsenden Menge miteinander rangen … und stellte fest, dass keine Spur von Dom und Laurentia zu sehen war. Brat seufzte besorgt auf, aber es blieb ihr nichts anderes übrig, als dem Gelächter der Kinder und den Unterhaltungen in ihrer Nähe zu lauschen.

Dom würde das tun, was er am besten konnte, und versuchen, sein Glück auf die einzige Art zu machen, die er verstand, auch wenn seine Handlungen diese friedliche Szene zerstörten und die Prinzessin, die ihn so faszinierte, unglücklich machten. Er versuchte sich einzureden, dass er sie nur verführte, weil es sein Auftrag war. Um seiner *Ehre* willen. Brat wusste es besser. Er verfolgte Laurentia mit so heftigem Begehren, dass die Luft um die beiden vibrierte.

Brats Lider senkten sich. Sie fiel in einen leichten Schlummer, in Sicherheit und doch auf der Hut.

Plötzlich erwachte sie mit klopfendem Herzen und in Schweiß gebadet. Sie nahm die schlafende Ruby fester in die Arme, als bereite sie sich auf eine Flucht vor, während sie sich schnell nach der Gefahrenquelle umsah. Erneut glitt ihr Blick über die Paare und die Menschenmenge. Die Kinder lachten immer noch, die Frauen waren wie vorher ins Gespräch vertieft, aber irgendwo lauerte Gefahr. Brats Nackenhaare sträubten sich.

Dann sah sie ihn. Einen Mann, der auf der nahen Lichtung stand. Die Sonne schien auf sein braunes Haar und die helle

Haut. Obwohl er nicht größer war als Brat, strahlte er geballte Körperkraft aus.

Sie erkannte ihn sofort. Es war der Mann, der Monty gestützt hatte, als sie dessen Rippen verband, und der Dom und Prinzessin Laurentia so prüfend beobachtet hatte. Seine Blicke hatten sie in Unruhe versetzt.

Jetzt musterte er Brat erneut. Seinen braunen Augen, die gelassen auf ihr ruhten, schien nichts zu entgehen.

Sie hatte ihn nicht bemerkt, war im Schlaf seinen Blicken hilflos ausgeliefert gewesen, und die Art, wie er sie jetzt ansah, löste in ihr unwillkürlich den Wunsch aus, den Knopfverschluss ihrer Bluse zu überprüfen und ihr Gesicht zu verschleiern wie eine Haremsdame.

Er lächelte und schritt auf sie zu.

War er gefährlich? Er sah nicht so aus, aber der Matrose damals hatte auch keinen bedrohlichen Eindruck gemacht …

Die alte Dame neben ihr bohrte den Zeigefinger in Brats Rippen und sagte so laut, dass der Mann es hören musste: »Sie gefallen ihm.«

Brat errötete.

Errötete. Zum ersten Mal seit Jahren, vielleicht in ihrem ganzen Leben, wurde sie rot.

Immer noch lächelnd, kniete der Mann vor Brat nieder. Mit einer Hand stützte er sich auf den Boden, die andere lag locker und geöffnet auf seinem Knie. Er sah harmlos aus, freundlich, offen, und Brat entspannte sich unter den ungewohnten Blicken eines Bewunderers.

Sie entspannte sich, bis er sagte: »Ich habe Sie beobachtet.«

12

»Ich habe Bedürfnisse, die keinen weiteren Aufschub dulden«, sagte Laurentia von oben herab. Sie stand mit Dom am Rand der Wiese, ein wenig abseits der Festlichkeiten, wo sich das flache Land zu den Pyrenäen hin öffnete. In einer Hütte im Schatten des Waldes waren Damentoiletten eingerichtet worden. Die Hütte war Teil eines kleinen Weilers, der vor langer Zeit verlassen worden war, und Laurentia schlug den überwucherten Pfad ein, der sich dorthin schlängelte.

»Einen Augenblick.« Dom legte die Hand auf ihre, eine raue, warme Erinnerung an seine Gegenwart. »Ich überprüfe zuerst die Gegend.«

Er wartete auf ihren Protest, aber Laurentia hatte in den Wortgefechten mit ihm zu oft den Kürzeren gezogen und entließ ihn mit einer stummen Geste. Sie zuckte nicht einmal zurück, als er mit dem Daumen ihre Lippen berührte und sagte: »Kluges Kind.«

Alles an ihm, sein Grinsen, sein herausfordernder Blick, sein Tonfall, war eine bewusste Provokation. Was hatte sie nur an sich, dass er sie wie ein kleiner Junge ständig mit einem Stöckchen stechen musste?

Laurentia lachte leise in sich hinein. Mit einem *großen* Stöckchen.

Sie beobachtete, wie er den unwegsamen Pfad hinaufstieg. Sogar seine schwarze Hose, die Oberschenkel und Gesäß hauteng umschloss und gebieterisch die Aufmerksamkeit des Betrachters forderte, empfand Laurentia als Provokation. Sie brannte darauf, die festen Muskeln, die dort prangten, zu erforschen, und ertappte sich dabei, wie sie sich in Gedanken über das, was sie entdecken würde, verlor.

Es war ein Glück für den letzten Rest Verstand, der ihr noch geblieben war, dass Dom in diesem Augenblick hinter einer eingestürzten Mauer ihrem Blick entschwand. Laurentia wusste, dass das Dörfchen unter dem Blätterdach des Waldes alt und verfallen war. Fast alle Hütten waren im Lauf der Zeit eingestürzt. Welche Geister die Ansiedlung auch heimsuchen mochten, jetzt würde sie der neugierige Leibwächter, der sich zwischen herumliegenden Steinen und herabgefallenen Dachbalken umsah, zweifellos aufscheuchen und vertreiben.

Als Dom wieder auftauchte, fragte Laurentia sich, warum er so hinterhältig lächelte. Er konnte doch unmöglich wissen, dass dieses Lächeln ihre Entschlossenheit erschütterte und ein schwaches, hilfloses Geschöpf aus ihr machte, das jede mitleidige Seele rühren musste. Doch Männer waren keine aufmerksamen Beobachter, und Dom war besonders männlich.

Dennoch schien er mit diesem Lächeln Laurentia und ihre Würde zu verspotten. »Halten Sie sich nicht zu lange dort auf«, sagte er.

»Ich habe keine Eile«, versicherte sie. »Weltrude hat einen Zeitplan für all meine morgendlichen Pflichten aufgestellt, denn Seine Majestät bestand darauf, dass ich auf meinem Geburtstagsfest auch ein paar freie Minuten für mich selbst habe.«

»Trotzdem, halten Sie sich nicht zu lange auf.«

Doms Ton, seine anmaßende, herrische Art und die unerschütterliche, rechthaberische Selbstsicherheit brachten Laurentia in Rage. Sie drängte sich an ihm vorbei, ohne ihn eines weiteren Wortes zu würdigen. Sie war sich darüber im Klaren, dass ihr Verhalten unvernünftig, sogar bedauerlich war, aber war es nicht noch viel bedauerlicher, wenn eine Frau einen hübschen Mann nicht einmal ansehen konnte, ohne auf sündhafte Gedanken zu kommen? Da war es doch besser, er hielt Laurentia für hochnäsig statt für leichtfertig.

Vorsichtig, um nicht auszugleiten und sich zu blamieren, erklomm sie den Hügel, aber jeder Hüftschwung schien ihr wie eine mutwillige Einladung. Obwohl das nicht ihre Absicht war, spürte sie seinen Blick, während sie dem mit Piniennadeln bedeckten Weg folgte. Es war eine solche Erleichterung, um die Ecke zu biegen und seinen Blicken zu entkommen, dass sich Laurentia einen Augenblick lang an einem rauen Baumstamm festhalten musste. Ihr Herz schlug so heftig, als sei sie den Hügel hinaufgerannt, und am liebsten hätte sie sich auf den Boden gesetzt, um Atem zu schöpfen. Aber sie wagte es nicht. Es war Dom ohne weiteres zuzutrauen, dass er seinen Platz am Fuß der Erhöhung verließ und ihr folgte, wenn sie zu lange ausblieb.

Also gönnte Laurentia sich keine Pause. Als sie die letzte Hütte des Dörfchens erreicht hatte, vernahm sie ein Stöhnen. Sie blieb stehen und dachte plötzlich an den verletzten Mann, den sie gerade noch behandelt hatte. Gab es einen weiteren Verletzten? Sie glaubte, das laute Stöhnen hinter den beiden Mauern gehört zu haben, die als Überreste einer einstigen Hütte stehen geblieben waren.

Weiteres Stöhnen war jetzt zu hören, unmittelbar gefolgt vom Aufschrei einer Frau. Jemand … O Gott, wurde dort jemand angegriffen? Laurentia erinnerte sich plötzlich wieder an den gestrigen nächtlichen Anschlag. Sie keuchte vor Panik. Jemand brauchte Hilfe, und sie … nein, sie hatte keine Angst. Sie war die Prinzessin.

In blindem Eifer und wild entschlossen rannte Laurentia los. Im Laufen nestelte sie an ihrer Handtasche. Heute würde niemand entführt werden. Nicht an *ihrem* Geburtstag.

Sie bog um die Ecke der Mauer – und blieb abrupt und gedemütigt stehen.

Dulcie wand sich halb nackt in den Armen eines Mannes, der sie ganz offensichtlich *nicht* angriff.

Kein Wunder, dass Dom gelächelt hatte.

In ihrer Liebesraserei hatten die beiden Laurentia nicht bemerkt. Schweißtropfen perlten von Laurentias Stirn, als sie sich langsam und vorsichtig aus dem Blickfeld des Paares zurückzog. Sobald sie einen großen Felsbrocken erreichte, der in sicherer Entfernung verborgen in einer Mulde lag, sank sie darauf nieder und verbarg den Kopf in den Händen.

Von hier aus wanden sich die Pfade durch die Pinienwälder bis hinauf zu den höchsten Gipfeln der Bergkette. Efeu rankte sich um die dicken Stämme. Je dichter der Wald wurde, desto häufiger durchstreiften Wilderer auf der Pirsch das Dickicht, und Laurentia wusste, dass Wölfe und Bären hier keine Seltenheit waren. Aber in diesem Augenblick fürchtete sie sich weder vor der empfindungslosen Natur noch vor den Tieren, die ihr Instinkt am Leben erhielt. Sie selbst, Laurentia, hatte sich eine tiefe Verletzung beigebracht.

Dumm! Sie war so dumm! Rannte los, um jemanden zu retten, der glücklich genug war, eine leidenschaftliche Umarmung zu erleben.

Nicht glücklich, verbesserte sie sich, lüstern genug.

Aber das glaubte sie selbst nicht. Dulcie ließ bei der Wahl ihrer Partner größte Umsicht walten, und Laurentia beneidete sie darum. Beneidete sie um alles, ehrlich gesagt. Dulcie war früh erblüht, hatte sich gestreckt und gerundet, während Laurentia klein und flach geblieben war. Die körperliche Reife hatte Laurentia zwar ebenfalls mit einer kurvenreichen Figur versehen, aber viel größer war sie nicht mehr geworden. Es blieb ihr nichts übrig, als aufzublicken, während

Dulcie sich in unzählige Ärgernisse hinein- und wieder herausflirtete. Und dann wieder hinein ... Dulcie hatte mit sechzehn Jahren heiraten müssen.

»Aber zumindest«, hatte sie zu Laurentia gesagt und sich dabei über den runden Leib gestrichen, »habe ich mich mit einem Herzog erwischen lassen.«

Der Herzog war gestorben, der zweite Ehemann ebenfalls, und jetzt war Dulcie eine reiche Witwe mit drei Kindern, die sie sehr liebte, und einem losen Lebenswandel.

Vom Pfad her vernahm Laurentia jetzt leidenschaftliches Flüstern, gefolgt vom Stampfen eines Stiefelpaars, als Dulcies Liebhaber davonschritt. Das Liebesabenteuer hatte ihn offenbar in beschwingte Stimmung versetzt. Laurentia machte sich so klein wie möglich und behielt den Pfad genau im Auge.

Deswegen bemerkte sie Dulcie erst, als diese sie von hinten ansprach. »Ihre Hoheit! Sie spionieren mir doch nicht etwa hinterher?«

Laurentia schrak so heftig auf, dass sie mit dem Kopf gegen einen niedrig hängenden Zweig stieß, und Dulcie lachte.

Als Laurentia herumwirbelte, sah sie ihre Rachegöttin und Freundin am Fuß des Hügels neben einer Mauer stehen.

Seit den Tagen ihrer Jugend war Dulcie fülliger geworden, die Kleidung gewagter, und ihr Haar leuchtete so rot, dass Laurentia in seinem Widerschein hätte lesen können. Im Grunde genommen war sie aber immer noch die gleiche Dulcie, die Laurentia jetzt prüfend betrachtete, als sei sie ein dummes kleines Mädchen, das dringend einen guten Rat brauchte.

»Dulcie, wie haben Sie ...«

»Ich war mir sicher, dass Sie zu verblüfft waren, um weit

zu kommen, also habe ich nach Ihnen gesucht.« Dulcie grinste. »Diesmal gab es einiges zu sehen, nicht wahr?«

Da es unmöglich war, so zu tun, als wisse sie nicht, wovon Dulcie sprach, sagte Laurentia: »Das wollte ich nicht!«

»Was haben Sie denn gedacht, was da vor sich geht? Dachten Sie, er würde mich töten?« Als Dulcie den Ausdruck auf Laurentias Gesicht sah, lachte sie noch herzlicher. »Tatsächlich. Sie wollten mich retten!«

»Ich konnte ja nicht wissen, dass Sie dort waren, sonst hätte ich natürlich keinen Finger gerührt!«, murmelte Laurentia.

Darüber lachte Dulcie solche Tränen, dass ihr Schminke in die Augen lief.

Feindselig beobachtete Laurentia diesen Heiterkeitsausbruch. Zumindest eines musste man Dulcie zugute halten: Auch wenn sie jetzt lachen mochte, konnte man sich auf ihre Diskretion verlassen. Das wusste Laurentia genau; schließlich hatte sie sich schon oft genug in Dulcies Gegenwart zum Narren gemacht.

Nachdem Dulcie sich wieder beruhigt hatte, fuhr sie fort: »Sie sollten Ihr Gesicht sehen. Genau wie mein Kammermädchen, als es herausfand, dass ich Sammie sechs Monate nach der Hochzeit geboren habe.«

Aus irgendeinem Grund fühlte sich Laurentia besser, sobald die Rede auf Sammie kam. Sie war die Patentante des liebenswerten Zehnjährigen, der sie und ihre wunderbaren Geschenke vergötterte. »Ich bin sicher, er war eine Frühgeburt.«

»Aber selbstverständlich. Frühgeburten wiegen immer viereinhalb Kilo.« Dulcie machte sich jetzt daran, die Anhöhe zu erklimmen. »Euer Hoheit, wenn Sie gestatten, würde ich mich gerne ein wenig mit Ihnen unterhalten.«

Laurentia wollte sich nicht unterhalten. Sie wollte nichts von dem hören, was Dulcie ihr zu sagen hatte. Aber sie war immer in schwierige Situationen geraten, wenn sie Dulcie den Mund verboten hatte. Bei einer dieser Gelegenheiten hatte Dulcie gesagt, *irgendjemand* müsse die Prinzessin ja schließlich mit den Realitäten des Lebens vertraut machen, und außer ihr habe niemand den nötigen Mut dazu.

Dulcie verfügte über viel Mut und viel Herz, also war es besser, wenn Laurentia ihr gestattete, ihr Herz unter der großzügig wogenden Brust zu erleichtern. Mürrisch erteilte sie die Erlaubnis. »Sie dürfen sich setzen.«

Dulcie sank auf den Stein neben Laurentia nieder, zog ein Taschentuch aus dem Ärmel, betupfte sich die Stirn und wandte sich dann der Prinzessin zu. »Bin ich verschmiert?«

Im einen Augenwinkel war etwas schwarze Schminke, und das Rouge auf Dulcies Wange war durch die Lachtränen fleckig geworden. »Hier.« Vorsichtig legte Laurentia die Handtasche auf den Stein zu ihrer Rechten und nahm das Taschentuch. »Lassen Sie mich das machen.«

Der Respekt für die königliche Familie war tief in der Bevölkerung verwurzelt, und Dulcie zögerte. »Sind Sie sicher, Euer Hoheit?«

»Wenn ich es nicht wollte, hätte ich es nicht angeboten«, erwiderte Laurentia gereizt.

Während Laurentia erst Dulcies eine und dann ihre andere Wange säuberte, sagte diese: »Sie nehmen das alles viel zu ernst.«

»Was nehme ich zu ernst?« Stirnrunzelnd blickte Laurentia auf Dulcies immer noch fleckige Wangen und wischte dann kurz entschlossen das gesamte Rouge ab.

»Die Wahl eines Ehemannes. Sie paradieren auf dem Fest herum wie ein gestrenger Zuchtmeister. Wenn ich es nicht besser wüsste, hielte ich Sie für Weltrude.«

Laurentia kniff Dulcie in die Wange. »Wie ungerecht.«

»Au.« Dulcie zuckte zurück. »Sie brauchen mir nicht so deutlich zu zeigen, welches Vergnügen Sie dabei empfinden.«

»Ich habe nur einen rosigen Schimmer auf Ihre Wangen gezaubert.«

»Rosig ist gut gesagt.« Vorsichtig berührte Dulcie die misshandelte Wange mit den Fingerspitzen. »Ich wollte rosige Wangen, keine blauen Flecken.«

Laurentia grinste, Dulcie erwiderte ihr Lachen, und Laurentia machte sich daran, die schwarze Schmiere unter Dulcies Augen zu entfernen.

»All diese Männer liegen Ihnen zu Füßen, und Sie denken nur an Ihre offiziellen Pflichten.« Dulcie blickte Laurentia direkt in die Augen. »Sie sollten sich lieber amüsieren.«

Das hatte Laurentia schon häufiger gehört. »Das kann ich leider nicht. Ich muss Ihr Gesicht wieder in Ordnung bringen.«

»Dom.« Ein leichtes Lächeln umspielte Dulcies Kirschmund. »Dominik von Baminien, jedenfalls behauptet er das. Von ihm ist hier die Rede. Er ist Ihr Bewerber, und er verfolgt Sie wie ein Hengst, der die Witterung einer Stute aufgenommen hat.«

Zischend sog Laurentia den Atem ein, um Dulcie für die unschicklichen Worte zu tadeln.

Aber Dulcie fuhr ohne Umschweife fort: »Schlafen Sie mit ihm.«

Laurentias Herz stand für einen Augenblick still. Dann setzten die Schläge mit einem so lauten Pochen wieder ein, dass sie fürchtete, der Boden würde davon erzittern. Mit ihm schlafen. Mit Dom schlafen?

»Erzählen Sie mir jetzt nicht, dass Sie das nicht wollen«, fuhr Dulcie fort. »Als Sie gestern Abend in den Ballsaal zurückkehrten, ist mir Ihre Verstörung nicht entgangen. Ich habe auch bemerkt, wie ihr euch heute angestarrt habt, und sobald Sie seinen Namen aussprechen, sehen Sie aus wie meine Tochter, wenn ihr beim Anblick einer Süßigkeit das Wasser im Mund zusammenläuft.«

Laurentia fand diese drastische Beschreibung, von der sie obendrein noch fürchtete, dass sie zutraf, wenig schmeichelhaft. »Sich amüsieren und mit einem Mann ins Bett gehen ist nicht dasselbe.«

»Das ist eine Lüge.« Dulcie lehnte sich zurück, stützte sich auf die Hände und sah so zufrieden aus wie ein Pascha, der gerade von seinem Harem bedient worden ist. »Und wenn ich mich nicht täusche, was ich nur selten tue, dann weiß Ihr Dom ganz genau, was er tut.«

»Er ist nicht *mein* Dom.«

»Wollen Sie denn nicht mit ihm ins Bett?«, fragte Dulcie in ermunterndem Ton.

»Doch.« Laurentia hatte gehofft, sich mit diesem Geständnis eine gewisse Erleichterung zu verschaffen, aber stattdessen kam sie sich nur noch dümmer vor. »Aber so geht es mir mit allen gut aussehenden Männern. Ich will ... sie alle haben.«

»Wirkliche *alle* gut aussehenden Männer?« Dulcies Mundwinkel zuckten. »Wollten Sie Jaime?«

»Wen?«

»Dieser eher kräftige Mann, mit dem Sie mich gerade ertappt haben.«

Laurentia zuckte die Achseln. »Er ist doch kein Mann, er ist ein Junge.«

»Er ist zweiundzwanzig, meine liebe alte Dame, und vor die Wahl gestellt, würde jede Frau auf diesem Fest zustimmen, dass er der hübscheste Junge ist, der Ihnen ins Netz gehen kann.«

Laurentia versuchte, sich zu erinnern, welchen Eindruck Jaime gestern Abend bei der offiziellen Vorstellung auf sie gemacht hatte, als ihm die Hose noch nicht um die Knöchel schlotterte und er seine ganze Ausstrahlung auf sie konzentriert hatte. Hoch gewachsen, dunkel, mit schmelzenden braunen Augen und von einer verletzlichen Schönheit.

»Er ist zu jung.«

»Wie steht's mit dem Perser Kalil? Oder Mr. Shanahan?«

Laurentia wühlte in ihrem Gedächtnis nach dem dunklen Mann aus dem Morgenland und dem rothaarigen Iren. »Sehr angenehm, aber nicht wie Dom.«

Dulcie ergriff Laurentias Arm. »Ja … sehr … angenehm. Sogar besser als Dom, denn sie haben keine Narbe quer über dem Gesicht.«

Entrüstet widersprach Laurentia: »Diese Narbe verleiht ihm Charakter.«

»Wir reden hier nicht von Charakter. Wir reden nur über gutes Aussehen.« Dulcie atmete so tief ein, dass sich ihr eindrucksvoller Busen zu neuen Höhen wölbte. »Wenn wir von gefährlicher Ausstrahlung reden, sieht die Sache ganz anders aus. Ihr Dom ist absolut faszinierend.«

»Er will mich nicht.« Laurentia zerknüllte ihr Taschentuch zwischen den Fingern. »Er ist genau wie Beaumont, nichts als Pulver und kein Schuss.«

»Sie wollen sagen, er liebt Sie nicht, sondern begehrt Sie nur wegen Ihrer … gesellschaftlichen Stellung.«

Laurentia zögerte, als sie Dulcies offensichtliche Verärgerung bemerkte. »Nun … ja.«

»Ich kann mir einfach nicht vorstellen, wie man entweder so naiv oder so verdammt dumm sein kann, Laurie. Ein atemberaubend gut aussehender Mann, der weiß, wie man mit Frauen umgeht, ist hinter Ihrem Geld *und* Ihrem Körper her – glauben Sie mir, *das* ist nicht gespielt –, und Sie wollen es nicht wenigstens mit ihm versuchen.«

»Ich habe schon einmal einen atemberaubend hübschen Mann ausprobiert, und Sie wissen genau, was mir das eingebracht hat.«

Dulcie lächelte hinterhältig. »Ja, ich weiß, was es Ihnen eingebracht hat, Laurie. Auch ich habe versucht, diesen Hengst zu reiten. Ihr Mann war ein Wallach. Wenn ich mich nicht völlig täusche«, sie senkte dramatisch die Stimme, »dann sind Sie immer noch Jungfrau.«

»Schsch!« Entsetzt blickte Laurentia um sich. Halb fürchtete sie plötzlich, Dom könnte aufgebracht hinter einem Baum hervorstürmen, weil sie so lange ausgeblieben war. »Um Himmels willen, seien Sie doch still.«

Dulcie *war* still, viel zu still, und Laurentia begriff, dass sie in eine Falle getappt war. »Sie haben es nicht gewusst«, sagte Laurentia.

Dulcies Gesichtsausdruck war nachdenklich. »Ich war mir nicht sicher. Wie auch? Es tut mir so Leid für Sie.«

Es tat ihr aufrichtig Leid, das konnte Laurentia deutlich erkennen, und am liebsten hätte sie sich auf der Stelle unter den nächsten besten Felsbrocken verkrochen. Aber sie selbst saß bereits auf dem einzigen Felsen hier, und er war zu schwer, um sich darunter zu verkriechen. »Das macht es nur noch schlimmer. Sagen wir, er hat mich nicht im vollen Sinne des Wortes zu seiner Frau gemacht. Mehr kann ich Ihnen nicht verraten, Dulcie.«

»Ganz wie Sie wollen, Euer Hoheit.«

»Ich danke Ihnen.«

»Aber ein bisschen spekulieren werde ich ja noch dürfen!«, fuhr Dulcie munter fort. »Die Hochzeitsnacht muss ja eine furchtbare Enttäuschung gewesen sein.«

»Ich war erst sechzehn und wusste noch nicht alles« – Laurentia warf ihrer Freundin einen grimmigen Blick zu – »aber *irgendjemand* hatte mir vorher eine Entjungferung in allen Details geschildert.«

»Wer hätte es Ihnen denn sonst erzählen sollen?« In gespielter Unschuld hob Dulcie die Hände. »Ich wollte nur helfen.«

»Sie haben mich zu Tode erschreckt.«

»Beim ersten Mal ist es eben ein bisschen schmerzhaft, und Sie waren eine solche Zimperliese.«

»Das war ich nicht!«

»Und ob.« Laurentia wollte hitzig widersprechen, aber Dulcie hob mahnend den Finger. »Wir können nicht hier sitzen und uns wie Kinder zanken.«

»Warum nicht?«, fragte Laurentia. »Genügend Übung haben wir doch.«

Belehrend hob Dulcie den Zeigefinger. »Weil wir versuchen, Sie aufs Kreuz zu legen, und zwar mit einem erfahrenen Mann über Ihnen. Schließlich sollen Sie noch ein bisschen Spaß haben, bevor Sie heiraten.«

»Sie wollen mir das einreden.« Aber Laurentia musste zugeben, dass ihr der Gedanke von Minute zu Minute verlockender erschien.

»Sie sind fünfundzwanzig Jahre alt und Jungfrau, Laurentia. Das ist eine Staatskrise.« Dulcie sah so ernst aus wie noch nie. »Hören Sie mir gut zu. Wenn Sie Jungfrau sind, trifft das, was ich Ihnen zu sagen habe, nur noch mehr zu. In Ihrem Alter hat jede andere Frau ein paar Abenteuer hinter sich. Außerdem einen Ehemann oder zwei und vielleicht ein Dutzend Liebhaber. Sie haben noch gar keine Erfahrung, und Sie schulden es sich selbst, endlich herauszufinden, was Sie alles verpasst haben.«

Laurentia verdrehte gereizt die Augen.

»Nun gut. Sie schulden es einfach Ihrem künftigen Gatten. Er *erwartet,* eine Frau von Welt zu heiraten, keine Anhängerin des Zölibats.«

Dulcies Argumente waren so überzeugend, dass der ganze Plan langsam wie ein reines Gebot der Vernunft wirkte.

»Er *erwartet,* dass er der Vater unseres Kindes ist«, wandte Laurentia ein.

»Es spielt keine Rolle, ob er der Vater des ersten Kindes ist. Hauptsache, Sie sind die Mutter. Sie sind die Erbin des Königsgeschlechtes, nicht er. Lassen Sie sich von keinem Ehemann etwas anderes einreden.«

Mit unerschütterlichem Selbstvertrauen sagte Laurentia: »Ich weiß, wer ich bin, Dulcie.«

»Sie müssen diesen Dom ja nicht für immer nehmen«, fuhr Dulcie in überzeugendem Ton fort. »Versuchen Sie es einfach mit ihm. Es ist wie der Kauf eines Pferdes. Sie reiten ihn, achten auf gute Haltung und Durchhaltevermögen. Sollte er die Anforderungen nicht erfüllen, versuchen Sie es mit dem nächsten Hengst.«

»Was für eine entsetzliche Einstellung!« Ein leises Rascheln ertönte, und Laurentias Nackenhaare sträubten sich. »Still!«

»Warum?«, fragte Dulcie munter und unbeeindruckt. »Genau *das* suchen Sie doch, einen Hengst mit guten Zähnen und starken Beinen, der Ihnen Kinder schenkt. Wenn er außerdem noch ein Tausendsassa im Bett ist, um so besser.«

Misstrauisch nahm Laurentia jeden Busch unter die Lupe, aber sie konnte nichts Verdächtiges entdecken. Kein Dom, dem Himmel sei Dank. So gern sie auch die Ohren vor Dulcies mitreißenden Plänen verschlossen hätte, es wollte ihr nicht gelingen. »Ja, aber wie soll ich …«

»Lächeln Sie ihn an, Laurentia. Machen Sie ihm schöne Augen, zum Beispiel so.« Dulcie klapperte mit den Lidern wie ein Beduine im Sandsturm. »Legen Sie Ihre Hand auf seinen Arm. Lehnen Sie sich an ihn. Senken Sie die Stimme und schnurren Sie wie ein zufriedenes Kätzchen. Lächeln Sie einmal!«

»Ich kann nicht ...«

»Natürlich können Sie. Es wird schon klappen.« Dulcie stieß einen erschöpften Seufzer aus und sagte mit der Geduld einer Mutter, die ihrer begriffsstutzigen Tochter etwas beibringen will: »Das ist Ihre letzte Gelegenheit, Laurie. Sie sind die Prinzessin. Sobald Sie verheiratet sind, müssen Sie ein untadeliges Leben führen, aber niemand wird sich daran stören, wenn Sie sich jetzt einen Liebhaber nehmen. Mein Gott, glauben Sie wirklich, ich wäre die Einzige, die ab und zu mit einem Mann in die Büsche geht?«

Laurentia hätte sich am liebsten die Ohren zugehalten.

»Behalten Sie ihn, wenn er etwas taugt. Wenn nicht, gibt es genügend andere, die sich gerne einer Prüfung unterziehen werden.« Dulcie nahm Laurentia das zerknüllte Taschentuch aus den Fingern, erhob sich und trat einen Schritt zurück. »Vergessen Sie außerdem nicht, dass Sie im Fall der Fälle jederzeit auf Francis, den alten Langweiler, zurückgreifen können.«

Nicht einmal die Erinnerung an Francis lenkte Laurentias Gedanken wieder in die gewohnten, vernunftgesteuerten Bahnen. »Francis würde mich nicht haben wollen, wenn ich so lüstern bin«, sagte sie schwach.

»Francis wird vielleicht etwas ungehalten reagieren, sollten Sie ihn darauf aufmerksam machen, aber wenn Sie schweigen, dann wird er höflich den Kopf abwenden und vorgeben, nichts zu bemerken. Dieser Mann kennt nur seinen Ehrgeiz. Ich habe noch nie mit ihm geschlafen, aber seien wir ehrlich, im Bett wäre er bestimmt ein Versager.« Dulcies Stimme hatte einen merkwürdigen Unterton; energisch rückte sie ihren Rock zurecht und fuhr sich über das Haar. »Kann ich mich so zeigen?«

»Sie sehen sehr schön aus«, sagte Laurentia. »Wie immer.«

Dulcie klopfte Laurentia aufmunternd auf die Wange. »Seien Sie nicht verbittert, meine Liebe. Sie selbst sind schließlich auch sehr attraktiv, und Sie strahlen eine irreführende Jugendlichkeit aus. Männer finden naive Frauen faszinierend, und Sie sollten lernen, das zu Ihrem Vorteil auszunutzen. Währenddessen denken Sie in Ruhe über alles nach, was ich Ihnen gesagt habe.«

Sie angelte die Handschuhe aus dem Dekolleté, zog sie an, knöpfte sie zu, kletterte wieder auf den Pfad zurück und spazierte davon, ein Inbegriff von Eleganz und Weiblichkeit.

Dulcie war eine lasterhafte Witwe mit einem unstillbaren Appetit auf Männer, und sie schreckte vor keinem Mann zurück. Laurentia war zwar aus anderem Holz geschnitzt, aber dennoch musste sie unaufhörlich an Dulcies Ratschläge denken.

Mit Dom schlafen, nur um Erfahrungen zu sammeln? Ihn behalten, wenn er ihr gefiel, einen anderen nehmen, wenn ihr danach war? Das hörte sich gut an, aber Laurentia konnte sich nicht vorstellen, dass Dom einfach eine Zurückweisung hinnehmen und zur Tagesordnung übergehen würde. Nein, wenn sie Dom als Liebhaber nahm, dann würde er etwas erwarten. Heirat. Einen Titel …

Aber … er wäre bestimmt ein wunderbarer Liebhaber, genau der richtige Mann, um sie in alle Geheimnisse und Freuden der Liebe einzuweihen. Warum also nicht mit ihm anbandeln? Nur ein bisschen. Obendrein war er erfahren und strömte eine Sinnlichkeit aus, an deren Feuer Laurentia sich die Hände wärmen konnte. Mit etwas Glück vielleicht sogar mehr als nur die Hände. Es musste doch möglich sein …

Hinter Laurentia knackte ein Zweig. Sie packte ihre Tasche und wirbelte herum.

Nicht schnell genug. Jemand zog ihr ein schwarzes Tuch über den Kopf. Kräftige Arme packten sie und hoben sie hoch wie ein Postpaket. In albtraumhafter Wiederholung der gestrigen Entführung wurde sie über eine breite Schulter geworfen und davongetragen.

13

In stetigem Tempo erklomm Dom den Berg. Vorsichtig achtete er darauf, nicht zu hinken, während er einen abgelegenen Platz im Wald suchte, wo er seiner Wut freien Lauf lassen wollte. In dem schwarzen Sack über seiner Schulter zappelte Laurentia.

Dom vermutete, dass sie es darin nicht besonders bequem hatte. Verdammt, er *hoffte* sogar inständig, dass es so unbequem wie nur möglich war. Noch nie hatte eine Frau ihn derartig in Wut versetzt wie Prinzessin Laurentia von Bertinierre. Dieses verfluchte Frauenzimmer hatte doch tatsächlich die *Frechheit* besessen, sich auf einen gemütlichen Plausch niederzulassen, obwohl sie genau wusste, dass sie so schnell wie möglich zurückkommen sollte. Sie hatte außerdem über ihn geredet und zugehört, wie ihre schamlose Freundin ihn – ihn! – als den typischen Mann für gewisse Stunden beschrieben hatte.

Dom war fassungslos. Er hatte nicht viel von der Unterhaltung hören können, dafür war er zu weit entfernt gewesen, aber das Wenige, das er gehört hatte, reichte ihm vollkommen, und im Übrigen redeten anständige Frauen einfach nicht auf diese Weise über Männer. Dafür trug Dulcie die Verantwortung.

Verflixte Laurentia, ihn so in Angst zu versetzen, dass er die gesamte Anhöhe nach ihr abgesucht hatte. Bis in die Damentoilette war er vorgedrungen und hatte sich von dieser alten Schachtel mit der schrillen Stimme vorwerfen lassen müssen, er sei ein Lüstling. Seine Erklärung, er suche die Prinzessin, hatte sie nicht milder gestimmt, sondern im Gegenteil ihre Entrüstung noch gesteigert, und Dom hatte sich eiligst aus dem Staub gemacht. Sie werde den Leibwächtern von Prinzessin Laurentia unverzüglich über ihn Bericht erstatten, hatte sie hinter ihm hergeschrien.

Aber Dom selbst war ja Laurentias Leibwächter, und zum ersten Mal, seit er diese Arbeit angetreten hatte, hatte er die Prinzessin aus den Augen verloren.

Sie musste sich vor ihm versteckt haben. Das war die einzig mögliche Erklärung. Dieser Dreckskerl, der schon einmal versucht hatte, sie zu entführen, wäre Doms wachsamem Blick nicht entgangen. Er hatte die nähere Umgebung sorgfältig überprüft, bevor er Laurentia allein gehen ließ, und dort war niemand gewesen außer Dulcie und ihrem Galan.

Schließlich hatte ihn Dulcies Stimme zu Laurentia geführt. Laurentia, die sittsam auf einem Felsen saß und laut darüber nachdachte, ob sie sich einen Liebhaber nehmen sollte.

Dom gab zwar nur ungern zu, dass er in Panik geraten war, aber es ließ sich einfach nicht leugnen.

Die Sorge um das Verschwinden dieses Teufelsweibs hatte

ihn fast wahnsinnig gemacht. Er wollte sie in seine Arme reißen und so lange küssen, bis sie ihn nie mehr loslassen mochte.

Dom war entschlossen, ihr eine Lektion zu erteilen, die sie ihr Leben lang nicht mehr vergessen würde.

Er konnte sie nicht umarmen und küssen. Nicht jetzt, solange er so aufgewühlt war. Es musste kaltblütig und vorsätzlich geschehen.

Verdammte Prinzessin!

Dom war losgezogen, hatte einen Sack voll sauberer Tücher aufgetrieben und die Lumpen zur großen Überraschung des Händlers einfach ausgeschüttet. Er war zurückgegangen, hatte gewartet und sich noch Dulcies letzten Ratschlag anhören müssen. Dann hatte er sich an Laurentia angeschlichen, hatte ihr den Sack über den Kopf gestülpt und sie mit der festen Absicht entführt, ihr den größten Schreck ihres Lebens einzujagen.

Inzwischen zappelte sie nicht mehr. Dom hoffte, dass sie nicht in Ohnmacht gefallen war. Das würde die Wirksamkeit der Lektion beeinträchtigen, und außerdem verursachte es ihm Schuldgefühle, die ihn daran hindern würden, seiner Wut freien Lauf zu lassen. Mit einer Frau wie Laurentia wurde man leichter fertig, wenn man zornig war.

Dom verließ den Pfad und kämpfte sich durch den dichter werdenden Wald. Die Bäume dämpften die Festgeräusche der weit entfernten Wiese. Sonnenlicht fiel durch die geknickten Zweige. Pinienrinde bedeckte den Boden, und ein kleiner Bach plätscherte in der Nähe. An diesem einsamen Ort würde niemand Laurentias Schreie hören.

Eine gute Stelle.

Vorsichtig stellte Dom Laurentia auf die Füße und stützte sie, bis er sicher war, dass sie allein stehen konnte. Unter dem Tuch, das fast bis zu ihren Füßen reichte, sah er, wie sie die Hand bewegte. Gut. Sie war bei Sinnen, wachsam, erschrocken und bereit.

Mit einer schnellen Bewegung riss er ihr das Tuch vom Kopf.

Und blickte direkt in den kleinen, gepflegten, auf Hochglanz polierten Lauf einer Pistole, der auf seine Brust gerichtet war.

Als Laurentia abdrückte, warf sich Dom zur Seite. Er landete auf der Erde, und Piniennadeln regneten auf ihn herab.

»Dominik?«, schrie sie entsetzt und ungläubig zugleich.

»Hölle, Tod und Teufel!« Dom setzte sich auf, strich mit der Hand über die Schürfwunde an seiner Wange und betrachtete seine blutigen Finger.

Mit runden, erschrockenen Augen trat Laurentia einen Schritt näher. »Sind Sie verletzt?«

»Sie haben auf mich geschossen!«

Sie schwenkte die Pistole, die mit einer einzigen Kugel geladen gewesen war. »Ich versuchte, daneben zu zielen, als ich … Sie erkannte.« Dann fiel ihr Blick auf den schwarzen Sack am Boden, und sie funkelte Dom an. »Sie!«

Etwas unsicher erhob sich Dom und rieb sich die schmerzende Hüfte.

»*Sie* haben mich entführt? *Sie* haben mich zu Tode erschreckt?« Die Waffe baumelte an ihrem Finger, die Tasche hing an ihrem Handgelenk.

»Was, zum Teufel, tun Sie mit einer Pistole?« Dom marschierte auf Laurentia zu und baute sich drohend vor ihr auf. Das war nicht schwer – sie war ja so klein.

Aber genauso wütend wie er. Sie ballte eine Hand zur Faust und versetzte ihm einen so kräftigen Schlag vor die Brust, dass Dom nach Luft schnappte. »Sie haben mich entführt. Sie haben mich überrumpelt und zu Tode erschreckt. Was haben Sie sich eigentlich dabei gedacht?«

Dom rieb sich die Brust und stellte triumphierend fest, dass Laurentias Finger, die sie stöhnend schüttelte, als sei jeder einzelne Knöchel gebrochen, offenbar ebenfalls schmerzten. »Ich wollte Ihnen eine Lektion erteilen.«

»Eine Lektion erteilen? Welcher Idiot würde mir einen Sack über den Kopf ziehen und mich in die Berge verschleppen, um mir eine Lektion zu erteilen?«

»Jener Idiot, der zugleich Ihr Leibwächter ist und die Prinzessin verloren hatte, die er bewachen sollte.« Dom packte die Pistole in Laurentias Hand und entwand die Waffe ihrem Griff.

»Sie haben mich nicht verloren.« Sie riss die Tasche vom Arm und schleuderte sie auf den Boden. »Ich war die ganze Zeit auf dem Hügel.«

»Aber nicht in Sichtweite. Sie hatten ja einen netten kleinen Schwatz mit dieser Schlampe.«

»Unterstehen Sie sich, Dulcie so zu nennen!«

»Warum denn nicht? Das trifft doch den Kern ihres Wesens.«

»Nun … ich dulde trotzdem nicht, dass Sie Dulcie so nennen.« Laurentias aufgestecktes Haar hatte sich gelöst, und mit einer ungeduldigen Bewegung strich sie sich die lästigen Locken aus dem Gesicht. »Ich dachte zuerst, jemand hätte *Dulcie* entführt.«

»Das ist doch aberwitzig. Warum sollte jemand Dulcie entführen?«

»Ich hörte sie schreien.«

»Das war doch nur, weil …«

»Ich weiß, warum. Ich wollte sie retten.«

»Einen Augenblick.« Dom holte tief Luft und rang um

Fassung. Leider vergebens. »Sie hörten, wie eine Frau schrie, dachten, jemand versuchte, sie zu entführen, und wollten ihr helfen?«

Sie blickte zu ihm auf, keineswegs eingeschüchtert, sondern furchtlos und unversöhnlich. »Selbstverständlich. Jemand hätte sie doch angreifen können. Oder vergewaltigen. Oder ...«

Das war mehr, als Dom ertragen konnte. Er ließ die Pistole fallen und packte Laurentia bei den Schultern. »Oder ermorden? Jemand hätte einen Ihrer Freunde umbringen können ...«

»Ich konnte ja nicht wissen, dass es Dulcie war«, verteidigte sich Laurentia hitzig. Sie musste seinen veränderten Gesichtsausdruck bemerkt haben, denn plötzlich fuhr sie bedeutend ruhiger fort: »Manchmal ist unsere Freundschaft etwas problematisch.«

»Warum sind Sie nicht zu mir gekommen und haben mich um Hilfe gebeten?« Dom sprach betont langsam, um Laurentia genug Zeit für eine wohl überlegte Antwort zu lassen.

Aber sie dachte nicht nach. Gab nicht die richtige Antwort. »Sie waren weit unten am Fuß des Hügels. Die Frau schrie aber *in diesem Augenblick*.«

»Sie sind klein, zart und verwöhnt, Sie sind die Prinzessin von Bertinierre – und ich bin für Sie verantwortlich.« Laurentias Schultern waren so schmal, dass er sie mit beiden Händen umfassen konnte, und bei dem Gedanken, dass sie gleichzeitig so verletzbar und tapfer war, hob sich Doms Stimme erneut. »Wenn Sie wieder einmal in eine schwierige Lage kommen, dann laufen Sie gefälligst so schnell davon wie ein erschrockenes Kaninchen und überlassen die Sache jemandem, der etwas davon versteht.«

Sie schnaubte.

Schnaubte. Ein vulgäres, äußerst undamenhaftes Schnauben. Als zählten seine Worte überhaupt nicht. Als sei sie groß und stark genug, um es mit jedem Schuft zwischen Bertinierre und Transsylvanien aufzunehmen. Laurentias Kopf reichte ihm knapp bis ans Kinn, und sie löste in Dom den Wunsch aus, sie in die Arme zu nehmen, festzuhalten und und ihr die eigene Verletzlichkeit auf so unmissverständliche Weise klarzumachen, dass sie ihr Leben kein zweites Mal aufs Spiel setzen würde.

Sie brauchte diese Lektion dringend. Sie brauchte sie jetzt, um Doms und der Aufgabe willen, die er auszuführen hatte.

Er kräuselte die Lippen zu jenem Lächeln, das er für die wenigen Gegner parat hatte, die vermessen genug gewesen waren, seine Autorität anzuzweifeln. »Prinzessin Laurentia von Bertinierre.« Langsam und genussvoll betonte er jede Silbe ihres vollständigen Titels. »Es gab einmal Zeiten, da hätte ich alles dafür gegeben, eine Prinzessin in meinen Händen zu halten.« Dom strich mit der Handfläche über ihren Rücken.

Er spürte, wie sich ihr Körper unter seiner Berührung spannte, und zum ersten Mal empfand er in ihrer Gegenwart so etwas wie Befriedigung.

»Und zwar keineswegs aus reiner Menschenfreundlichkeit … Euer Hoheit.« Er zog die widerstrebende Laurentia an sich, die vergeblich versuchte, den Ellbogen zwischen sich und Dom zu schieben. Ihre durch die Umarmung zerdrückten Unterröcke raschelten leise. »Ich bin Söldner und weiß genau, warum ein Mann Sie entführen würde. Natürlich in erster Linie wegen des Geldes, aber bei Ihnen käme er vielleicht noch auf andere Gedanken. Sie sind ein erfreulicher Anblick und viel zu klein, um gefährlich zu werden. Manche Männer empfinden Vergnügen dabei, widerspenstige Frauen zu zähmen, und an Ihrer Widerspenstigkeit besteht kein

Zweifel.« Dom erkannte in Laurentias Augen, wie sich ihre leise Furcht in Panik verwandelte.

Dom war zufrieden. Genau das war sein Plan gewesen: ihr unbesonnenes Selbstvertrauen zu erschüttern und durch gesunden Menschenverstand zu ersetzen.

Dennoch gefiel es ihm nicht, dass ihr stolzes Kinn jetzt zitterte und ein furchtsamer Ausdruck in ihren weit aufgerissenen Augen lag. Einen Augenblick lang hatte sie ausgesehen wie eine Frau, die von einem Mann zutiefst gedemütigt worden war.

Warum? Warum sah Laurentia aus, als wisse sie, was es bedeutete, sich zu fürchten?

Obwohl königliches Blut durch Doms Adern strömte, war er kein Aristokrat. Er glaubte nicht, dass manche Menschen von Geburt an besser waren als andere oder dass manche vor der rauen Wirklichkeit des Lebens behütet werden sollten, während andere schwer an ihrer Bürde trugen. Aber Laurentias Tapferkeit und ihre Überzeugung, unbesiegbar zu sein, imponierten ihm. Außerdem gefiel ihm die sonderbare, unangemessene Unschuld, die sie für eine Frau ihres Alters ausstrahlte. Erstaunt stellte Dom fest, dass er Laurentia beschützen wollte.

Hastig rief er sich die Lektion in Erinnerung, die er ihr soeben erteilt hatte. Sie war verängstigt. Sie wusste, dass sie ihm unterlegen war. Sie würde sich von jetzt an vorsehen.

Nein, er wollte Laurentia nicht noch mehr ängstigen, obgleich sie *ihn* geängstigt hatte. Sie hatte ihm einen furchtbaren Schrecken eingejagt, und da er den Grund dafür nicht verstand – schließlich war es nicht dasselbe, als habe man seine professionellen Fähigkeiten bezweifelt –, hatte er das Gefühl, es ihr heimzahlen zu müssen.

Behutsam änderte Dom seine Taktik. Er lehnte sich zurück und unterzog ihr Gesicht einer sachlichen Prüfung. »Na schön. Nach dem, was ich eben mit angehört habe, hält mich Ihre Freundin für einen ganz passablen Liebhaber.«

Laurentia wand sich in seinem Griff und errötete schuldbewusst. »Das haben Sie gehört? Wie viel haben Sie gehört?«

»Genug.« Doms herausfordernder Ton war unmissverständlich. »Ich glaube, Ihre Freundin bezeichnete mich als Hengst.«

»Ist das *alles,* was Sie gehört haben?«

»Reicht das nicht schon?«

Laurentia blickte ihn aufmerksam an und besaß dann die Frechheit, erleichtert auszusehen.

Er versuchte es erneut. »Ein Hengst mit guten Zähnen und starken Beinen.«

Zorn flammte in ihren Augen auf, während sie protestierte: »Das hat *Dulcie* gesagt, nicht ich.«

Diese Mischung aus Entrüstung und Verlegenheit gefiel ihm schon besser. Es bedeutete … »Sie haben es gedacht.«

Er hatte offenbar ins Schwarze getroffen, denn sie wand sich plötzlich wie ein Aal und vermied geflissentlich, ihn anzusehen, während sie sich gegen seinen Brustkorb stemmte. Er hatte sie ertappt.

Erfreut und aus irgendeinem Grund erleichtert, lachte Dom auf und packte Laurentias Handgelenke. Er zog ihre Hände hoch und über seine Schultern und zwang sie, sich eng an ihn zu drängen.

Sie fühlte sich … gut an. Wenn er einer Dame den Hof machte, war Dom im Allgemeinen Herr seiner Sinne. Zu seinem Repertoire gehörten ein paar der erforderlichen galanten Wendungen, die es in der Hitze des Augenblicks zu stammeln galt, und die Frauen liebten es, Gott segne sie alle miteinander.

Aber in dieser Sekunde, in dieser erzwungenen, quälenden Umarmung, war das Einzige, woran er denken konnte, dass Laurentia sich … gut anfühlte. Es fiel ihm nicht das Geringste ein, was er hätte sagen können.

Laurentia war jedoch nicht so benommen. »Sie … Sie gemeiner Kerl«, zischte sie, ganz die entehrte Prinzessin, die noch kein Mann durch seine Berührung beschmutzt hatte. »Lassen Sie mich sofort los!«

»Gemeiner Kerl?« Erstaunen heuchelnd, war Dom zufrieden, dass er ihr die Gefahr bewusst gemacht hatte, ohne sie zu verschrecken. Gleichzeitig aber drängte es ihn, zum Teil aus kühler Kalkulation, aber auch mit jedem einzelnen seiner Sinne, zu jener Wärme und Lebendigkeit, die sie ausstrahlte. »Ist das alles? Ich werde Ihnen schon beibringen, wie man flucht.«

»Sie werden mir überhaupt nichts beibringen.«

Doms Belustigung war plötzlich wie weggewischt. Er hatte es nicht gut geplant, hatte nicht weiter gedacht als bis dahin, ihr einen kleinen Vorgeschmack seiner selbst zu geben. Ihre Arroganz hatte etwas in ihm geweckt. Er würde ihr zeigen, was für einen Mann sie verschmähte.

14

Dom blickte die Prinzessin so lange an, bis sie seinen Stimmungsumschwung bemerkte. Ihr Atem stockte, als sie zu ihm aufblickte, ihre dunklen Wimpern flatterten, die vollen Lippen bebten.

Langsam und sehnsuchtsvoll, als hätten sie alle Zeit der Welt, nahm Dom Laurentias Hände von seinen Schultern, legte sie hinter ihrer Taille zusammen und beugte sich zu ihr hinunter. »Laurentia«, flüsterte er. Ihr Geruch stieg aus dem in Unordnung geratenen Haar auf, eine betörende Mischung aus Zimt, Rosen und *ihr selbst*. »Kleine Prinzessin.«

Er hielt sie zärtlich, als könnte er sie sonst zerbrechen. Ihre Haut leuchtete in einem zarten Pfirsichton, den er bis jetzt nur einmal an einem Trinkbecher aus Muranoglas gesehen hatte. Ihre Lippen öffneten sich, ließen die schimmernden, perlweißen Zähne sehen und weckten in ihm das Verlangen ... das Verlangen.

Hätte sie »Nein« gesagt oder die Nase gerümpft, weil ein derartig Unwürdiger sie zu küssen versuchte, hätte Dom sofort aufgehört. Er hätte über den Gedanken, dass er für einen leidenschaftlichen Augenblick eine Prinzessin begehrt hatte, gelacht und sie dann kühl zur Vorsicht ermahnt.

Aber Laurentia wehrte sich nicht, und dieses Entgegenkommen besiegelte ihr Schicksal. Er presste seine Lippen auf ihre und genoss deren Frische. Offenbar war sie seit dem Tod ihres Mannes mit keinem anderen zusammen gewesen. Sie gab nicht vor, geschickter zu sein, als sie war. Sie versuchte auch nicht, ihre Neugier zu verbergen. Ihre Augen öffneten, schlossen und öffneten sich wieder, als sei sie durch seine plötzliche Nähe völlig verwirrt.

»Machen Sie den Mund auf«, befahl er.

Wieder flatterten ihre Lider. Dann nickte sie und öffnete den Mund mit der tapferen Überwindung einer Frau, der man zum ersten Mal einen Zahn zieht.

Er konnte einfach nicht anders, als sie erneut anzulächeln. »Sie sind entzückend.«

Sie klappte den Mund zu. »Sagen Sie jetzt bloß nicht, ich sei kostbar. Kleine Frauen sind immer kostbar. Ich kann hundert Jahre alt werden und werde doch immer kostbar bleiben.«

Dom legte den Kopf schief und musterte sie. Sie hatte Recht. Sie war kostbar. Daran würde die Zeit nichts verändern. Aber vielleicht hatte man diese Wendung in Bezug auf sie etwas überstrapaziert.

»Sie sind bezaubernd. Keck. Tapfer. Dumm. Betörend schön. Außerdem müssen Sie das Küssen lernen.«

»Das versuche ich doch.« Zum ersten Mal, seit er sie in die Arme genommen hatte, lächelte *sie ihn* an wie eine zur Verführung entschlossene Sirene. »Aber Sie reden ja die ganze Zeit.«

Er lachte leise auf.

Aber … aber wenn sie ihn auf diese Art ansah, verschlug es ihm den Atem. Ja, sie war schön, und obendrein schien sie ihn mit jeder ihrer weiblichen Waffen herauszufordern. Dom war zu sehr Söldner, um sich diese Herausforderung entgehen zu lassen.

Ihr Geschmack verwandelte sein Verlangen in stürmisches Begehren. Als er in ihren Mund eindrang, war er in ihr. Dies war kein Vorgeschmack auf die körperliche Liebe. Es *war* körperliche Liebe. Feucht, intim und so schön, dass ihm Tränen in die Augen traten. Wenn ihre Zunge seine berührte …

Er gab ihre Handgelenke frei. Er wollte ihren Rock hochschieben, seine Hose herunterlassen und den Tyrannen befreien, der ihm so zu schaffen machte, seit er Laurentia zum ersten Mal gesehen hatte. Laurentia, die sich gegen die Mamorbrüstung gelehnt und auf die vom Mondlicht übergossene Landschaft hinabgelächelt hatte, als sei diese ihr einziger Geliebter.

Wenn er sie festhielt, würde er sie nehmen, und wenn er sie in so leidenschaftlicher Stimmung nahm, würde er sie nie wieder gehen lassen.

Aber wenn er sie losließ und sie sich abwandte …

Dom gab sie für eine Sekunde frei. Sie rang nach Atem und blickte zur Seite. Dann umfasste sie die Ärmel seiner Jacke und hob ihm ihr Gesicht entgegen.

Er schob sie gegen einen Baumstamm, drängte sich an sie, presste sie gegen seinen von Verlangen erfüllten Körper. Er legte seine Hände zu beiden Seiten ihrer Taille an den Stamm, und drückte sie gegen die Rinde, als könnten deren lange, tiefe Kerben ihm dabei helfen, Herr seiner Sinne zu bleiben. Die Spitzen ihrer offenen Haare strichen über seine Finger, als wollten sie ihn mit jeder Berührung necken.

Dom küsste sie erneut. Sie war eifrig, ungeschickt, lernwillig, während er mit allen Kräften um Fassung rang. Sie musste doch wissen, was solche Zärtlichkeiten in einem Mann auslösten. Wie ihre begeisterten Erkundungen seine Leidenschaft aufpeitschten. Er war nur noch ein Raubtier, ein Wolf in der Schafsherde, der nahm, was er bekommen konnte. Wie alle Männer. Das *musste* sie doch wissen. Jede Frau kannte die wahre Seite des Mannes, zu nehmen und zu gehen, um wiederzukommen und erneut zu nehmen. Wie eine sanfte, zärtliche Frau so verrückt sein konnte, zu glauben, sie könne jemals einen Wolf zähmen, ging über Doms Verstand.

»Dominik.«

Wieder murmelte sie seinen Namen, verlieh ihm, dem einsamen Wolf, Persönlichkeit und Segen.

»Dom, bitte.« Sie stellte sich auf die Zehenspitzen, drängte sich an ihn, versuchte, ihm so nahe wie möglich zu kommen, wo sie doch ohnehin nur noch durch ihre Kleider voneinander getrennt waren. Laurentias Finger glitten über seine Schulter in sein Haar, strichen über die Strähnen in seinem Nacken, fanden die empfindlichen Stellen, als seien sie schon seit Jahren Liebende.

Ein Schauer überrieselte Doms Rücken. Er berauschte sich an ihrem Mund, der Wärme, dem Geruch, dem reinen, hemmungslosen Vergnügen, sie mit seiner Zunge zu besitzen. Er löste eine Hand von der Rinde und ließ sie einen Augenblick lang unentschlossen direkt neben Laurentias erhobenem Arm über ihrer Brust schweben. Eine sehr empfindliche Stelle, eine, die die harmlosen Küsse der Prinzessin in blinde, hemmungslose Hingabe verwandeln konnte.

Wenn er es wagte.

Dom presste seine Hand wieder gegen den Baumstamm.

Nur ein Dummkopf würde das riskieren. Schon jetzt war sein Verlangen viel zu heftig, zu tief, zu mächtig. Er hatte sich kaum noch in der Gewalt, und sich von solchem Wahnsinn überwältigen zu lassen … nein, der Gedanke war unerträglich.

Er küsste sie jetzt zurückhaltender, zwang sich durch reine Willenskraft zum Rückzug, zwang sich, die Gewalt über sie zu lockern und gab ihr Gelegenheit, wieder die disziplinierte Prinzessin zu werden.

Bauern und Adlige lärmten auf der weit unten liegenden Wiese und in den Wäldern. Jeder Betrunkene, der vom Weg abgekommen war, jedes Liebespärchen konnte ihn hier mit Laurentia erwischen. Ihre Umarmung würde dadurch entweiht werden, beschmutzt vom amüsierten Tratsch und der Neugier des gemeinen Volkes. Von Leuten, die glaubten, sie hätten das Recht, alles über die Prinzessin und ihre Liebschaften zu erfahren.

Oder, noch schlimmer, der Entführer konnte in nächster Nähe lauern und nur darauf warten, den unvorbereiteten Dom zu überrumpeln.

Doms Küsse wurden immer sanfter, während er sich leise wie ein Dieb aus Laurentias Umarmung stahl.

Nichts machte einen Mann so angreifbar wie die Unzucht. Diese Erkenntnis hatte er schon häufig zu seinem Vorteil genutzt und sich dabei immer geschworen, dass er niemals in einem solchen Augenblick ertappt werden wollte. Aber dieses Mal wagte er es nicht, seine Entschlusskraft auf die Probe zu stellen. Seine überaus heftige Reaktion auf einige harmlose Küsse warnte ihn, dass ein Schäferstündchen mit dieser Frau ihn der Übersicht, des gesunden Menschenverstandes und genau jener Wachsamkeit berauben würde, die ihn bis jetzt am Leben erhalten hatte.

Ein Teil von ihm wehrte sich gegen diesen Gedanken – dass eine Frau seinen Schutzwall mit einem Kuss durchbrechen konnte.

Ein anderer Teil von ihm sehnte sich danach – nach rückhaltloser Leidenschaft.

Mit jeder Faser seines Körpers spürte er, dass er es nicht ertragen würde, wenn jemand Laurentia etwas Böses antat. Wie es geschehen würde, wenn de Emmerich seine Pläne verwirklichte.

Dom riss die Augen auf, als ihm diese Tatsache schlagartig bewusst wurde. Wenn er seinen Auftrag erfolgreich durchführte, würde sie leiden müssen. Sie würde allein zurückbleiben, verführt und erniedrigt.

Aber daran durfte er jetzt nicht denken. Dafür war später noch Zeit. Später, wenn sie ihre Hände nicht mehr in sein Haar grub und hingebungsvoll durch die Strähnen strich. Wenn ihre Lippen nicht mehr auf seinen lagen und seinen sanften Rückzug wie ein Vorspiel zu weiteren Genüssen hinnahmen.

»Euer Hoheit«, flüsterte er, und hoffte, dass die formelle Anrede ihre Wirkung nicht verfehlte, wenn mit diskreteren Mitteln nichts auszurichten war. Als auch die Erwähnung ihres Titels nicht jenen dichten Schleier der Wollust zu durchdringen vermochte, der sie umhüllte, griff Dom an seinen Hinterkopf, löste Laurentias Finger und zog ihre Hände weg.

Laurentias Augen öffneten sich, und sie blickte ihn so ungehalten an wie eine plötzlich geweckte Schläferin. Ihr Haar hatte sich in der Rinde verfangen und umstand ihren Kopf wie eine dunkle, zerzauste Wolke. Man sah ihrem Mund an, dass er geküsst worden war, und die Leidenschaft hatte ihre Wangen in zartes Rot getaucht.

Genauso würde sie aussehen, wenn er sie in den Schlaf geliebt hatte und sie aufweckte, um sie von neuem zu lieben.

Bei diesem Gedanken ließ Dom Laurentias Handgelenke los und trat so hastig zurück, dass er über eine hervorstehende Wurzel stolperte.

»Dom?« Ihre Hände sackten herab, dann umfasste sie ihre Schultern, als fröstelte es sie. Ihre Verwirrung war so offensichtlich, dass sie nicht gespielt sein konnte, obwohl Dom das beinahe wünschte.

Laurentias weit geöffnete, traurige Augen und ihre bebenden Lippen brachten ihn fast dazu, sie wieder in seine Arme zu reißen und ihr zu versichern, dass er genau dasselbe wollte wie sie. *Mehr* als sie.

»Prinzessin Laurentia.« Dom verneigte sich steif. »Euer Hoheit. Ich glaube, wir sollten auf das Fest zurückkehren, bevor Weltrude Sie vermisst.«

Sie strich sich mit der Fingerspitze über die Lippen. »Ich will aber nicht zurück.«

»Es ist Ihr Geburtstag.« Er lächelte sie an, bewies ihr, dass sein Verstand auch dann funktionierte, wenn er unter quälend engen Hosen zu leiden hatte. »Wir können nicht einfach verschwinden. Die Leute würden darüber reden.«

Laurentia runzelte die Stirn. Ihr Blick verweilte nachdenklich auf dem Pfad, als erinnerte sie sich an den Aufstieg. Spielte sie mit Rachegedanken? Er an ihrer Stelle hätte es getan. Aber als sie ihn jetzt wieder ansah, stellte er fest, dass Laurentia ihn forschend musterte. »Sie könnten mir ein Geschenk machen. Jetzt auf der Stelle.«

Dom war immer stolz darauf gewesen, ein Frauenkenner zu sein, aber bei Laurentia kannte er sich nicht mehr aus. Noch vor einer Stunde hätte er geschworen, dass ihr jede weibliche Tücke fremd war, und jetzt brachte sie es doch tatsächlich fertig, ihn zu verhöhnen. »Eine Prinzessin sollte über solch niedere Gedanken erhaben sein.«

Laurentia lächelte mit geschlossenem Mund, als lachte sie über sich selbst. »Ich hatte niemals niedere Gedanken.«

Das hörte sich schon vernünftiger an. Dom hoffte, dass seine Erleichterung darüber die Wirkung auf einen besonders störrischen Teil seines Körpers nicht verfehlen würde.

Sie fügte hinzu: »Es ist langsam an der Zeit dafür, würde ich sagen.«

Die Erleichterung verpuffte.

Mit geschürzten Lippen signalisierte Laurentia königliche Ungeduld. »Aber Sie haben Recht. Jetzt ist nicht der richtige Augenblick für uns.« Sie schüttelte den Rock und hob ihn an, als wolle sie die gestärkten, zerknitterten Unterröcke glatt streichen. Mit einem schnellen Seitenblick auf Dom legte sie den Arm vor das Gesicht. Sie strich sich die feuchten Locken aus der Stirn und sagte: »Mein Haar muss wieder aufgesteckt werden, aber die Nadeln sind alle verschwunden.« Dann wandte sie Dom den Rücken zu.

Weil sie ihn verachtete? Oder weil sie Vertrauen zu ihm hatte?

»Möchten Sie es flechten?«, erkundigte sie sich.

Die schwarzen Locken reichten ihr fast bis zur Taille und glänzten im Sonnenlicht, als sie das Haar jetzt mit einer Hand zusammenraffte und über die Schulter zurückwarf. Sie blickte ihn wieder an und bedachte ihn mit einem geheimnisvollen Lächeln, das selbst Mona Lisa zur Ehre gereicht hätte. »Wollen Sie es nicht flechten?«

Damit war Doms unausgesprochene Frage beantwortet. Laurentia hatte ihm den Rücken zugewandt, um ihn in Versuchung zu führen, und sie machte ihre Sache verdammt gut. Der rosarote Rock bauschte sich um die schlanken Hüften. Der für den Aufenthalt im Freien leicht gekürzte Saum erlaubte es ihm, einen Blick auf weiß bestrumpfte Fesseln und die schwarzen Bänder ihrer Halbschuhe zu erhaschen, die geschnürt waren bis ... wohin?

Kurz angebunden erwiderte Dom: »Erledigen Sie das bitte selbst.« Er beugte sich vor, hob den leeren Sack auf und fragte sich, warum er jemals geglaubt hatte, ihr eine Lektion erteilen zu müssen. »Ich sammle unsere Sachen ein.«

»Ganz wie Sie wollen.« Diese kleine Hexe hörte sich plötzlich unterwürfig an, und drehte ihm weiter den Rücken zu, während sie ihr Haar in drei Stränge teilte und diese zu einem Zopf flocht. Je mehr sie ihr Haar bändigte, desto deutlicher zeichnete sich ihre Figur ab, und Doms Suche nach ihren Habseligkeiten wurde immer fieberhafter. Er fand Laurentias Tasche, die zerdrückt und schmutzig am Boden lag, und ließ sie in den Sack fallen. Die Pistole, die er aufhob, war so leicht wie ein Spielzeug, aber er wusste genau, dass eine Kugel aus dem Lauf ein Loch in seine Brust gebohrt hätte. Dom war völlig verblüfft über die Tatsache, dass Laurentia überhaupt eine Pistole bei sich trug. Dabei hatte er doch immer geglaubt, alles über Frauen ihres Schlags zu wissen. Wie gelang es ihr nur, ihn immer wieder zu überraschen?

Abschätzend wog er die Waffe in der Hand. »Tragen Sie immer eine Waffe bei sich?«

»Nein, ganz und gar nicht.« Sie blickte ihn an und hielt dabei den Zopf am Ende mit einer Hand fest. »Haben Sie etwas, um meinen Zopf zu binden?«

Er zog einen Faden aus dem lose gewebten Sack.

»Das gefällt mir an einem Mann wie Ihnen.« Sie lächelte ihn *wieder* an. »Sie finden sich in jeder Situation zurecht.«

»Ja.« Wenn das Leben Dom eines gelehrt hatte, dann war es, sich um diejenigen zu kümmern, die er liebte. *Brat und Ruby*. Das war er ihnen schuldig. Er würde sie und den Auftrag, den er um ihretwillen angenommen hatte, nicht vergessen.

Laurentia nahm den Faden aus seiner Hand entgegen, schlang ihn um ihren Zopf und band ihn fest zu. »Seine Majestät hat mir die Pistole vor einigen Jahren gegeben, kurz nach dem Tod meines Gatten.«

Sie lächelte immer noch, aber Dom hörte ein leichtes Zittern in ihrer Stimme, ein gewisses Zögern, das sie bis jetzt noch nicht gezeigt hatte, und wieder spürte er, dass ein Geheimnis sie umgab.

»Ich kann natürlich damit umgehen«, fuhr sie fort. »Seine Majestät hat mich unterrichtet. Bis jetzt bestand aber noch nie die Notwendigkeit, die Pistole mitzunehmen.«

»Bis jetzt?«

»Jemand *hat* gestern Abend versucht, mich zu entführen. Ich zweifle nicht daran, dass Sie ein tüchtiger Leibwächter sind, aber man weiß ja nie, und in einem Kampf möchte ich nicht hilflos dastehen.« Sie berührte flüchtig seine Schulter und lächelte. Es war ein vertrauliches Lächeln, das andeutete, dass es mehr zwischen ihnen gegeben hatte oder noch geben würde als einen Kuss. »Es *ist* Ihnen doch hoffentlich klar, dass ich kein Dummkopf bin.«

Doms Augen verengten sich zu Schlitzen, als er sie ansah. »Dieser Verdacht beschleicht mich so langsam.«

»Gut.« Sie warf den Zopf über die Schulter und streckte die Hand nach der Pistole aus.

Gegen besseres Wissen reichte er ihr die Waffe, fragte aber: »Was wollen Sie damit anfangen?«

»Sie wieder laden, sobald ich bei meinen Satteltaschen bin«, erwiderte sie.

»Ich würde gern einmal sehen, wie Sie damit schießen.«

»Nicht nur in die Luft, meinen Sie?« Laurentia senkte die Stimme zu einem Flüstern. »Das würde mir auch gefallen.«

Plötzlich machte sie sogar den Gebrauch von Schusswaffen zu einem anzüglichen Vorgang! Er wusste nicht, welche Gedanken sie dabei hatte, aber gewagt waren sie ganz gewiss.

Sie legte ihm die Hand auf den Arm. »Wollen wir uns auf den Weg machen?«

Dom blickte auf ihre Hand, die eine vertraute Wärme verströmte. »Sie gehen voran. Ich sammle noch unsere restlichen Sachen ein und folge Ihnen.«

»Aber Sie haben doch gesagt, ich solle immer in Sichtweite bleiben.«

»Das werden Sie auch.«

Mit merklichem Widerwillen gab Laurentia seinen Arm frei, lächelte ihn erneut an, klapperte mit den Lidern. Als sie schließlich davonging, schwenkte sie die Hüften wie eine Zigeunerin auf Beutezug.

Das war das Letzte, was Dom jetzt brauchte, solange er wie ein Verzweifelter gegen seine körperlichen Bedürfnisse ankämpfen musste. »Haben Sie einen Krampf im Rücken?«

Eine Hand auf der Hüfte, wandte sie sich zu ihm um. »Wie bitte?«

»Es sieht aus, als hätten Sie Beschwerden beim Gehen.«

Sie reckte sich zu ihrer vollen Körpergröße, die nicht sonderlich beeindruckend war, blitzte ihn wütend an und entfernte sich eilig, während Dom hinter ihr her grinste.

Dann erlosch sein Lächeln.

Wo lernten die Frauen nur all diese Kunststückchen? Warum glaubte Laurentia, sich ihrer bedienen zu müssen?

Er stopfte die restlichen Sachen in den Sack und blickte ihr erbost nach, während sie den Pfad hinunterging. Vorsichtig stieg sie die abschüssigen Stellen hinab, geriet einige Male auf dem feinen Staub und den Piniennadeln ins Rutschen und blieb einmal stehen, um einen Stein aus ihrem Schuh zu schütteln.

Obwohl Dom vermutete, dass ihr Lächeln nicht echt war, gefiel es ihm doch, genauso wie ihre zarten Berührungen. Falls er geglaubt hatte, Küsse würden die Kluft zwischen Laurentia und ihm überbrücken und die Prinzessin in eine Welt unbezähmbarer Begierde entführen, sah er sich getäuscht. Sie hatte ihn geküsst wie ein Schulmädchen, ungeschickt, neugierig und voller Eifer. *Dom selbst* war derjenige gewesen, den die Küsse überwältigt und auf einer so heftigen Welle der Leidenschaft davongetragen hatten, dass er nur mit Mühe hatte entfliehen können.

Seine Handflächen brannten. Dom senkte den Blick.

Er hatte seine Hände so fest gegen den Baumstamm gepresst, dass die Haut aufgescheuert war. Unter den Schwielen an den Fingern hatten sich mehrere Splitter tief in die Haut gebohrt.

Ja, er hatte soeben die Qual echter Leidenschaft erlebt. Laurentia hatte seinen Zustand gar nicht bemerkt und gewiss nicht solch überwältigendes Verlangen verspürt. Dom wusste, was das bedeutete. Jeder Einfaltspinsel wäre in der Lage gewesen, daraus die richtige Schlussfolgerung zu ziehen. Die kleine Prinzessin hatte eine unbefriedigende Ehe geschlossen. Jetzt wollte sie die Liebe kennen lernen, genau, wie es de Emmerich vorhergesagt hatte, und ihre Wahl war auf ihn gefallen. Wegen seines Aussehens, der Aura von Gefahr, die ihn umgab, und weil sie ihn für einen erfahrenen Liebhaber hielt. Sie hatte ihn aus denselben Gründen gewählt wie alle anderen Frauen auch.

Laurentia sollte bekommen, was sie wollte. Dom schwor sich, seine Sache so gut zu machen, dass sie ihn anbetteln würde, ihm ihr Staatsgeheimnis anvertrauen zu dürfen. Sobald alles erledigt war, würde er davonschlendern, Herr seiner selbst und ein reicher Mann dazu, ein Ehrenmann, der wieder einmal an einem gekrönten Haupt gerechte Rache geübt hatte.

Dom krümmte die verletzten Hände.

Es spielte keine Rolle, dass er sich für einen kurzen, atemlosen Augenblick gefragt hatte, ob Brat und die beiden Bauern nicht doch Recht gehabt hatten und er ein besserer Mensch sein könnte – und Ehemann einer Prinzessin.

15

Das hatte bestens funktioniert, lobte Laurentia sich selbst. Es war gar nicht so schwer, die Kokette zu spielen. Sie hatte Dom dazu gebracht, sie zu küssen, ihn geneckt und sich selbst bewiesen, dass er sie begehrte.

Daran gab es keinen Zweifel mehr. Laurentia grinste über das ganze Gesicht. Ein Mann, den sie begehrte, begehrte sie ebenfalls. Als Beaumont ihr damals den Hof gemacht hatte, war sie noch zu unschuldig gewesen, um die eindeutigen Anzeichen männlichen Verlangens zu entschlüsseln, aber in den vergangenen Jahren war sie durch Beobachtung klüger geworden.

Dulcie hatte ihr geraten, sich Doms Verlangen zu Nutze zu machen.

Laurentias Lächeln erlosch.

Sie war davon überzeugt, dass es ihr an Kühnheit mangelte, mit einem Mann nur deswegen zu schlafen, weil er gut aussah. Besonders, wenn sie diesen Mann gerade erst kennen gelernt hatte, einen Mann, der es verstanden hatte, sich durch die Gunst der Umstände in ihr Leben zu drängen, und dem Laurentia nicht vertraute.

Sie blieb stehen, um einen Stein aus ihrem Schuh zu fischen, und warf einen Blick zurück. Ja, Dom folgte ihr und sorgte dafür, dass sie in Sichtweite blieb.

Von allen guten Eigenschaften schätzte Laurentia Vertrauenswürdigkeit am höchsten. Als Prinzessin wusste sie nur zu gut, dass viele Leute sie nur so lange mochten, wie sie ihnen nützlich war. In ihrem Leben gab es nur vier Personen, denen sie wirklich vertraute: ihren Vater, Francis, Dulcie und Chariton, Gott segne seine Allgegenwärtigkeit. Erst nach Jahren erwiesener Diskretion und Unterstützung hatte sie gelernt, ihnen zu vertrauen.

Dom dagegen misstraute sie. Trotz all seiner Offenheit spürte sie, dass er ein Geheimnis hatte und dass es dunkle Seiten an ihm gab, die er absichtlich verschwieg. Vielleicht waren es Geheimnisse, wie sie jeder Söldner in seiner Brust verschloss und die bestimmt schlimm genug waren, aber Vorsicht und ihr gut entwickelter Instinkt rieten Laurentia zur Zurückhaltung gegenüber einem Mann mit einer solchen Vergangenheit. Ihre Geheimnisse hatten eine Bedeutung, die seine bei weitem überstieg.

Aber es war Dom, der Monty von dem erdrückenden Gewicht des Karrens befreit hatte. Außerdem ließen die heftigen Gefühle des Söldners Laurentia alles andere als kalt. Und … obwohl sie Francis vertraute, hatte sie nie das Bedürfnis gehabt, mit ihm zu schlafen, und für ein paar Augenblicke, vorhin, auf dem Hügel, hatte sie doch tatsächlich …

Laurentia hörte Doms Ruf in dem selben Moment, als sie niedergeschlagen wurde.

Sie ging unsanft zu Boden. Von einem schweren Körper niedergedrückt, rutschte sie über die Piniennadeln. Der Angreifer war kräftig und stank säuerlich nach schlechten Zähnen und Urin.

Es war der Entführer.

Laurentia schnappte nach Luft. Staub drang in ihre Lunge, und sie hustete.

Der Mann zerrte sie vom Pfad in den dichten Wald und außer Sichtweite.

Dom. Wo steckte Dom?

Er hatte ihr befohlen zu schreien. Laurentia schrie und versuchte, nach dem Angreifer zu schlagen.

Der versetzte ihr einen so kräftigen Hieb auf den Kopf, dass sie halb betäubt war. Während ihr Kopf noch brummte, schwang er sie über die Schulter und begann, durch den Wald zu laufen, den Hügel hinauf und weg von ihrem Geburtstagsfest auf der Wiese.

Dom? Wo war Dom? Er hätte schon längst da sein müssen.

Laurentias Gesicht brannte. Beim Laufen scheuerte ihr Magen gegen die Schulter des Mannes. Ihr Kopf pochte von dem Schlag. Ihr war übel, und sie hätte sich am liebsten übergeben.

Stattdessen hob sie den Kopf und sah sich um.

Hinter sich sah sie den Waldpfad, dem der Entführer folgte. Sie bemerkte, dass die abgeknickten Zweige eine Spur hinterließen.

Sie hätte eigentlich auch Dom erblicken müssen, der sie verfolgte.

Aber es war keine Spur von ihm zu sehen.

Sie hatte sich also nicht getäuscht. Dom hatte ihre Entführung von Anfang an geplant. Welchen Grund gab es sonst für seinen Charme und seine Küsse? Er wusste, dass sie keinen unehelich geborenen Mann heiraten konnte, und kein Mann, der bei Sinnen war, würde ihr den Hof machen, wenn ihn nicht die Aussicht auf Reichtum gelockt hätte. Sie hatte sich zum Narren halten lassen. Wieder einmal.

Dom würde nicht mehr kommen. Sie musste sich selbst helfen. Sie würde sich selbst befreien müssen oder bei dem Versuch sterben.

Die Pistole war nicht mehr geladen, dank Dom und dessen Entführungsversuch. Hatte er es deswegen getan? Um auszuspionieren, wie sie sich verteidigte?

Tränen tropften ihr aus den Augen und rannen ihr über die Stirn. Sie wischte sie ungeduldig weg. Sie würde nicht mehr an Dom denken. Sie musste sich selbst befreien.

Der Entführer war groß und brutal, lief aber schwankend und ungeschickt.

Als Laurentia ein Kind war, hatte sie ihre Fähigkeit, schnell zu rennen, vor vielen Unterrichtsstunden und langweiligen offiziellen Pflichten gerettet. Wenn das jetzt auch möglich wäre …

Im Dickicht warf der Entführer sie so unsanft auf den Boden, dass ihr Rückgrat vibrierte. Sie blickte kurz in die weit aufgerissenen, wilden Augen des Mannes. Ein riesiges Pferd, mit einer Schulterhöhe von bestimmt einem Meter siebzig, ragte bewegungslos und drohend vor ihr auf.

Laurentia dachte nicht einmal daran, zu fliehen, sondern nur, wie sie diesen Hufen ausweichen konnte, aber als sie seitlich wegrollen wollte, packte der Mann sie mit hartem Griff am Arm.

»Bleib liegen«, murmelte er.

Laurentia hatte seinen Dialekt noch nie gehört. Es war ihr im Augenblick auch gleichgültig. Sie wollte nur überleben. »Man wird Sie nicht bezahlen, wenn das Pferd mich tötet.« Für eine Frau, die vollkommen verängstigt war, gelang es ihr einigermaßen glaubhaft, Empörung vorzutäuschen.

»Ist denen doch egal, wenn du verletzt bist. Sie werden dir noch mehr zusetzen.«

»Sie?« Also war er nicht allein. Man hatte ihn angeheuert, und das bedeutete, dass es eine Verschwörung gab. Dom hatte sie gewarnt … Sie schüttelte den Gedanken ab.

»Wer sind *sie*?«

»Das wirst du bald genug merken.« Der Kerl riss sie heftig am Arm und bescherte ihr noch weitere blaue Flecke. »Rühr dich nicht, oder ich tu dir selbst was an.« Er ließ sie los und trat langsam zurück.

Sie senkte den Kopf und raffte ihren Rock zusammen.

Der Mann ließ sie nicht aus den Augen, während er das Pferd losband und vom Dickicht auf den breiteren Pfad führte. Das Pferd war kein Wallach, wie Laurentia zuerst gedacht hatte, sondern ein Hengst mit der typischen Unruhe des männlichen Exemplars. Bei jedem Zweig, der zurückschnappte, schnaubte das Tier und tänzelte herausfordernd.

Laurentia scharrte so lange mit der Hand in der Erde, bis sie den richtigen Stein gefunden hatte: schwer und scharfkantig. Abwartend wog sie ihn in der Hand. Als der Hengst ihr die Flanke zuwandte und nur ein paar Zweige ihr noch die Sicht versperrten, zog sie langsam die Füße unter sich.

»Rühr dich nicht, du Aas«, warnte der Entführer. »Rühr …«

Blitzschnell stand Laurentia auf und schleuderte den Stein mit aller Kraft gegen die Flanke des Tieres. Sie traf ihr Ziel, der Hengst bäumte sich auf, und Laurentia rannte los. Hinter sich hörte sie ein Krachen, gefolgt von einem Schrei, der Schmerz oder Wut signalisierte, aber sie blieb nicht stehen. Sie stürzte vorwärts und schlug den einfachsten Weg ein, während das dichte Unterholz sich in ihrem Rock verfing und Zweige ihr ins Gesicht schlugen. Sie verhakte sich an einem Ast und befreite sich mit einem Ruck. Sie drosselte ihr Tempo erst dann, als sie nur noch ihr eigenes Keuchen hörte. Sie warf einen Blick über die Schulter zurück, aber niemand war zu sehen. Dann arbeitete sie sich kriechend voran und verwischte so gut es ging ihre Spur. Laurentia hatte Angst davor, zur Wiese oder zum Palast zurückzugehen, denn sie war davon überzeugt, dass Dom oder ein anderer ihr dort auflauerte. Stattdessen hielt sie nach einem geeigneten Versteck Ausschau.

Ein großer, von Büschen umstandener Steinhaufen versprach ausreichenden Schutz. Laurentia raffte die Röcke und kletterte über die Steine. Währenddessen sammelte sie einige abgeknickte Zweige und schleppte sie an die undurchdringlichste Stelle des Gebüsches. Sie kauerte sich hin, machte sich so klein wie möglich und breitete die Zweige über sich. Einen besonders spitzen Stock steckte sie seitlich in die Einstiegsluke ihres Verstecks. Dann wartete sie.

Laurentia zuckte bei jedem Vogelruf zusammen, bei jedem Knacken eines Astes, aber niemand war zu sehen, und sie begann sich zu fragen, was mit ihrem Entführer geschehen war. Hatte der Hengst ihn niedergetrampelt? War er in die falsche Richtung gelaufen? Sie begriff nicht, warum alles still blieb.

Die Flucht war so einfach gewesen, dass Laurentia misstrauisch wurde.

Sie misstraute Dom.

Sie konnte ihn nicht verstehen. Warum hätte er diesen Entführungsversuch einfädeln sollen? Wie er selbst schon gesagt hatte, wäre sie längst von der Bildfläche verschwunden, wenn er sie hätte entführen wollen. Aber gerettet hatte er sie auch nicht. Dabei war sie in Sichtweite gewesen. Was hatte ihn davon abgehalten?

Oder war er ebenfalls angegriffen worden? Vielleicht hatte Dom den Schrei ausgestoßen, den sie gehört hatte, während er unter einem Angreifer zu Boden ging. Sie schloss die Augen und unterdrückte den schmerzhaften Stich, den ihr dieser Gedanke versetzte. Lag er womöglich tot auf dem Pfad, Opfer eines gewissenlosen Bösewichts?

Wo aber steckte in diesem Fall der Komplize? Sie alle hätten Laurentia verfolgen müssen.

Die frische Beule an ihrem Kopf schmerzte. Ihre Wange war aufgescheuert und verkrustet von angetrocknetem Blut. Sie sehnte sich verzweifelt danach, aufzustehen, ihre steifen Knie zu strecken und auf die Festwiese hinunterzukriechen, wo sie in Sicherheit war. Aber sie blieb in ihrem Versteck, beschmierte ihren Rock mit Erde, um die leuchtende rosa Farbe zu verdecken, und lauschte angestrengt.

Vermisste man sie bereits unten auf dem Fest, wo das muntere Treiben weiterging, oder hatte bis jetzt noch niemand ihre Abwesenheit bemerkt? Hätte ihr Vater Weltrude gestattet, mehr offizielle Pflichten für Laurentia einzuplanen, hätte die Hofdame längst einen Suchtrupp losgeschickt. Aber aus den vergangenen Jahren wusste Laurentia, dass Menschenmengen ihr eine Anonymität verliehen, die sie normalerweise als angenehm empfand. Wahrscheinlich war sie nicht länger als zwei Stunden verschwunden, und nicht einmal ihr Vater würde annehmen, dass sie etwas Tollkühneres tat, als im Schatten eines Baums ein gegrilltes Hühnerbein abzunagen.

Falls er bemerkte, dass Dom ebenfalls verschwunden war, würde er dann das Schlimmste annehmen? Bei diesem Gedanken stöhnte Laurentia leise, und sie stöhnte erneut, als sie feststellte, dass der Tratsch sie nicht kümmerte, wenn es ihr nur gelang, unversehrt den Palast zu erreichen.

Endlich hörte sie Hufgetrappel.

Als Dom die Zweige auseinander bog, rammte sie ihm den spitzen Stock in den Bauch.

Er grunzte und krümmte sich, aber bevor Laurentia ihm einen zweiten Stoß versetzen konnte, hatte er den Stock gepackt. »Nicht«, keuchte er, »ich habe ihn gefangen.«

Hielt er sie wirklich für eine solche Närrin? Sie schnappte nach einem anderen Ast und schwang ihn über Doms Kopf.

Diesmal duckte er sich rechtzeitig. »Überzeugen Sie sich selbst! Er ist auf dem Pferd festgebunden.«

Laurentia zögerte. Sie misstraute Dom, wusste aber genau, dass sie ihn nicht schwer verletzt hatte. Wenn es seine Absicht gewesen wäre, hätte er sie mühelos niederschlagen können.

Aber sie wollte keine falschen Hoffnungen in sich aufkeimen lassen.

Sie drängte sich an ihm vorbei und sprang von den Steinen hinunter. Dort stand der gewaltige Hengst und verdrehte die Augen. Ein bewusstloser Mann war auf seinem Rücken festgeschnürt. Als Laurentia zu dem Gefesselten ging, erkannte sie ihn an dem säuerlichen Geruch, noch bevor sie ihn sah. Voller Abscheu blickte sie ihm aufmerksam ins Gesicht.

Die bösartigen Augen waren geschlossen. Eines davon war durch einen kräftigen Faustschlag angeschwollen, der auch die Nase und die rechte Gesichtshälfte des Mannes in dunkles Rot tauchte.

»Euer Hoheit, darf ich jetzt endlich hervorkommen?«, rief Dom.

»Sie dürfen.« Laurentia verspürte weder Erleichterung über ihre Rettung noch Wut auf ihren Angreifer. Sie fühlte nichts als tiefe Dankbarkeit dafür, dass Dom sie nicht verraten hatte.

Auf dem Steinhaufen stehend, sagte Dom: »Es tut mir Leid, dass ich so lange gebraucht habe, Sie zu finden, aber Sie sind verdammt gut im Verstecken. Ich musste dreimal auf Ihrer Spur zurückgehen, bis ich Sie entdeckte.«

Laurentia blickte auf. Wachsam spähte Dom zu ihr herunter, und sie konnte den Blick nicht von ihm wenden. Von diesem wunderschönen Gesicht, dass durch die alte gezackte Narbe noch anziehender wurde ... und durch eine neue, frische Schnittwunde.

»Sie sind ganz schön weit gerannt.«

»Ich habe nur Ihren Rat befolgt.«

»Ja. Wahrhaftig.« Er rieb sich den Magen. »Ich hatte Ihnen aber nicht geraten, mich mit einem Stock zu durchbohren.«

Entrüstet blitzte Laurentia ihn mit schmalen Augen an.

»Aber Sie haben natürlich das Richtige getan«, fügte Dom hastig hinzu. »Sie konnten ja nicht wissen, wer vor Ihnen stand. Ich muss Sie besonders dafür loben, dass Sie mir einen Schlag auf den Hinterkopf versetzen wollten. Sie sollten einen Mann nie so leicht verletzen, dass er darüber nur in Wut gerät, Euer Hoheit. Sie müssen ihn vollständig erledigen und dann so schnell wie möglich die Flucht ergreifen.«

»Das weiß ich«, gab Laurentia zurück. »Ich wusste auch, wen ich vor mir hatte. Ich war nur unschlüssig, auf welcher Seite Sie standen.«

Er grinste sie an, während er zu ihr kletterte. Ein riesiger blauer Fleck zierte seine Wange. Direkt darunter kräuselte sich die Haut um eine schmale, nicht sehr tiefe Schnittwunde. Immer noch grinsend, saugte er an seinen aufgeschürften Knöcheln.

Warum sah er bloß so glücklich aus? Hatte sie ihm nicht gerade erzählt, dass sie ihn im Verdacht gehabt hatte?

»Können Sie mir verzeihen, dass ich Sie nicht unverzüglich befreit habe?« Dom wartete Laurentias Antwort gar nicht erst ab. »Ich wollte sehen, wohin dieser ungehobelte Flegel Sie entführen würde und ob er Komplizen hat, aber als er bei dem Pferd ankam, wusste ich, dass ich sofort handeln musste.« Doms Augen leuchteten. »Großartige Idee, den Stein nach dem Hengst zu werfen.«

»Das war meine einzige Chance.«

»Die meisten Leute sind *unfähig* zu denken, wenn sie Angst haben. Dieser Stein verschaffte mir Gelegenheit, dem Mann die Füße wegzuziehen.« Dom berührte sein Gesicht. »Leider hatte *er* ebenfalls ein Messer.«

Laurentia zog Doms Hand von der Wunde und betrachtete prüfend den Schnitt. »Sobald wir auf der Festwiese sind, wird sich der Arzt darum kümmern.« Sie blickte ihn ernst an und fragte: »Sind Sie nicht verärgert, dass ich Sie im Verdacht hatte?«

»Natürlich nicht. In Ihrer Position sollten Sie niemandem vertrauen.« Er wiederholte nachdrücklich: »Vertrauen Sie niemandem, Euer Hoheit.«

»Niemandem«, sprach Laurentia nach. Aber dafür war es jetzt zu spät.

Der gefesselte Entführer wand sich stöhnend auf dem Pferd.

»Wir nehmen ihn mit zum Palast und bringen ihn dort ins

Verlies«, sagte Dom. »Soll das alte Stinktier doch einmal richtigen Gestank kennen lernen. Wir lassen ihn eine Nacht lang schmoren. Morgen früh verhören wir ihn und bringen die Namen seiner Mittelsmänner und den Grund des Entführungsversuchs in Erfahrung.«

Laurentia stellte fest, dass Dom plapperte.

Er strich behutsam mit dem Finger über ihre aufgeschürfte Wange. »Tut mir Leid, dass auch Sie sich verletzt haben, noch dazu an Ihrem Geburtstag. Es sieht zwar nicht hübsch aus, aber gefährlich ist die Wunde nicht. Es ist Ihnen doch sicher klar, dass Sie großes Glück gehabt haben. Ich meine den Entführungsversuch, nicht Ihr Gesicht. Aber von diesem Gefangenen« – er nickte zu dem zappelnden Entführer hin – »werden wir bald die Hintermänner erfahren haben.«

Die Erleuchtung durchfuhr Laurentia wie ein Blitz. Dom stellte seinen männlichen Triumph zur Schau. Den gleichen Triumph, den auch der Bogenschütze empfunden hatte, als er den Wettbewerb gewann. Dom hatte gekämpft, seinen Gegner besiegt, und jetzt brüstete er sich, als sei dies der erste Kampf seines Lebens gewesen.

Dieses seltsame Ritual hatte Laurentia noch nie zuvor beeindruckt. Glaubte Dom, es würde sie jetzt überzeugen?

Sie schenkte ihm ein bebendes Lächeln.

Er glaubte es. Dem Himmel sei Dank, er glaubte es.

»Dom.« Sie ging auf ihn zu, und er öffnete die Arme. »Dom.« Sie schmiegte sich an ihn, spürte seine Stärke, berauschte sich an seiner Männlichkeit … und vertraute ihm.

Während Ruby in ihren Armen schlief, wanderte Brat eilig nach Hause und lauschte, ob sie Schritte hinter sich hörte.

Für Brats Geschmack war die Nacht viel zu schnell hereingebrochen: Sie hüllte die Landschaft in Dunkelheit und machte sie selbst zu einer leichten Beute für jenen Mann, der behauptet hatte, sie zu beobachten.

O ja, er hatte gelächelt und die alten Frauen becirct, sich als Chariton vorgestellt, ein loyaler Diener Seiner Majestät, aber Brat traute ihren eigenen Augen mehr. Aus seinem Satz hatte sie eine Bedrohung herausgehört.

»Ich habe Sie beobachtet.«

Seit wann?, hatte sie fragen wollen. *Warum?*

Jedenfalls nicht, um ihr den Hof zu machen, wie die alten Frauen glaubten. Er hatte sie beobachtet, weil er sie verdächtigte.

Brat wusste, dass sie schuldig war. Sie war mit bösen Absichten in dieses Königreich gekommen, und obwohl sie Vorbehalte gegen Doms Pläne hatte, war sie doch seine Komplizin. Es war auch ihr Werk, wenn Bertinierre in Chaos und Anarchie stürzte.

Sie verlangsamte ihren Schritt und lauschte angestrengt.

Nichts. Sie hörte nichts, aber ihre Nackenhaare sträubten sich. Irgendwo dort lauerte Chariton, drückte sich an der Straße entlang, verbarg sich in Olivengärten, kauerte im Nebel zwischen den Steinen. *Beobachtete sie.*

Er war für den Rest des Tages nicht von ihrer Seite gewichen und hatte seinen *Charme spielen lassen.* Für sie. Für Ruby. Brats Misstrauen war immer größer geworden.

Sie war eine bessere Kämpferin als die meisten anderen Frauen. Erst seit der Vergewaltigung erstarrte sie beim Anblick jedes verdächtigen männlichen Wesens für einige entscheidende Sekunden, die ihre Niederlage bedeuten konnten.

Außerdem trug sie Ruby. Brat schob die Kleine bequemer zurecht. Sie würde wie eine Löwin für Ruby kämpfen, aber das Kind war auch eine Belastung.

Obwohl sie nicht glaubte, dass Chariton sich an einem

Kind vergreifen würde. Den Eindruck machte er nicht. Er wirkte nicht wie ein kaltblütiger Mörder. Aber die Wahrheit war fast noch schlimmer. Wenn er sie ansah, hatten seine Augen einen warmen … ja, interessierten Ausdruck. Als … würde er ihr lieber den Hof machen, anstatt hinter ihr herzuspionieren.

Das verängstigte Brat noch mehr.

Er sah aus wie jemand, der sein Land verteidigen würde und obendrein ein tüchtiger Kämpfer war. Sie hatte ihn nur mit Mühe abschütteln können, bevor sie sich auf den Heimweg gemacht hatte.

Verflixt, was sollte sie nur tun?

Brat konnte jetzt ihre Hütte sehen, niedrig, klein und absolut sicher. Sobald sie die Tür hinter sich schloss, konnte ihr nichts mehr geschehen. Dafür hatte sie gesorgt.

Vorsichtig überquerte sie die Brücke, die über die Schlucht führte. Die Fallen, die sie aufgestellt hatte, waren unberührt, die Straße lag friedlich und ruhig hinter ihr.

An der Tür drehte sie sich noch einmal um.

Nichts. Er war nicht hier. Hatte sie sich alles nur eingebildet? Brat glaubte es nicht, aber wenn sie sich vorsah, konnte sie diesem Chariton von nun an aus dem Weg gehen.

Sie lehnte die Schulter gegen die Tür, drückte sie auf und trat ein.

Als die Tür hinter ihr ins Schloss fiel, hörte sie ihn sagen: »Ich habe auf Sie gewartet.«

Noch vor dem Morgengrauen wurde Dom mit einer Nachricht geweckt. Während draußen vor der Tür Wachen standen, hatte jemand den Entführer vergiftet.

Er war tot.

16

»Laurie.«

Obwohl die Hand auf Laurentias Schulter sie nur sanft berührte und die Stimme die ihres Vaters war, holte die aus tiefstem Schlaf gerissene Laurentia direkt zu einem Faustschlag aus. König Jerome wich aus, bevor sie sein Kinn treffen konnte, und sie brach in Entschuldigungsrufe aus, als sie sein Gesicht im Schein der flackernden Nachtkerze neben ihrem Bett erkannte. Ihre unwillkürliche Reaktion verriet, welch tiefe Unruhe sie erfüllte.

»Mein liebes Mädchen.« König Jerome nahm Laurentias geballte Faust in seine Hand. »Ich mache mir wirklich Sorgen. Du hast ja sogar im Schlaf Angst.«

»Ich bin sogar im Schlaf *vorbereitet.*« Laurentia holte ein paar Mal tief Luft und versuchte, ihr wie rasend pochendes Herz zu beruhigen. »Du hättest jeden aus der Fassung gebracht, Papa! Warum schleichst du dich um« – sie blinzelte auf die Uhr – »halb fünf Uhr morgens in mein Schlafzimmer?«

»Ich wollte mich ungestört mit dir unterhalten.«

Trotz der frühen Stunde hatte König Jerome bereits graue Reitkleidung angelegt. Sein Haar war frisiert, das Halstuch lose, aber stilvoll in den Kragen geschlungen. Er hatte seinen Kammerdiener noch früher als sonst geweckt, um sich auf die heutige Jagd vorzubereiten, und Laurentia wusste genau, warum. Sie wusste auch, warum ihr Vater mit ihr reden wollte. Dom hatte dem König von ihrer Entführung berichtet, und wenn sie ihre Pflicht erfüllen wollte, musste sie sich jetzt schnellstens etwas einfallen lassen, um dem Beschützerinstinkt ihres Vaters zuvorzukommen. »Papa, bist du etwa gekommen, um mir zu sagen, dass du zufrieden mit mir bist?«, fragte sie schnell.

König Jerome runzelte die Stirn und verbarg seine Verblüffung hinter brummelnder Höflichkeit. »Das bin ich doch immer, mein Kind. Aber weshalb sollte ich ausgerechnet jetzt mit dir zufrieden sein?«

Seine Verwirrung ließ Laurentia hoffen, dass es ihr gelingen würde, ihn zu überlisten. »Ich bin diesem Entführer ganz allein entkommen. Ich habe dir ja gesagt, dass ich besonders gut denken kann, wenn man mich in die Enge treibt.«

»Ja.« König Jerome hatte ihre Absicht durchschaut, konnte aber seinen Stolz nicht verbergen. »Deine Geistesgegenwart imponiert mir. Aber du bist auch ein vernünftiges Mädchen, Laurie, und du weißt genau, dass wir unsere Pläne für den heutigen Tag ändern müssen.«

Zuerst würde er also an ihre Vernunft appellieren und seinen Einfluss als der Ältere geltend machen. Aber auch darauf hatte Laurentia die passende Antwort. »Ich bin kein Mädchen mehr, sondern eine Frau. Sogar eine Frau in vorgerückten Jahren.« Sie zog eine Grimasse. »Ich bin schon so alt, Papa. Fünfundzwanzig ist ein reifes Alter.«

»Sei nicht dumm, Liebes. *Sechzig* ist ein reifes Alter, und sechs Jahrzehnte bringen eine gewisse Lebensweisheit mit sich, auf die ich in diesem Fall zurückgreifen muss. Ich wäre ein Narr, wenn ich dich heute, nach zwei Entführungsversuchen, in dein Landhaus gehen ließe.«

»Ich habe schon häufiger Geburtstag gefeiert, Papa, und dabei einige Geschenke erhalten, die mir beim Überleben helfen werden. Erinnerst du dich noch an das Jahr, in dem Beaumont starb? Du hast mir eine Pistole geschenkt. Sie ist gut geölt und geladen, und ich verstehe damit umzugehen.«

»Weder eine Pistole noch deine Geistesgegenwart können dich ausreichend schützen, wenn eine ganze Armee den Befehl erhalten hat, dich zu verschleppen.«

»Weißt du etwas über eine feindliche Streitkraft in Bertinierre?«, erkundigte sich Laurentia und fragte sich insgeheim, ob er sie nur warnen wollte oder ihr tatsächlich etwas verschwieg.

»Nein, aber ich ...«

Laurentia entspannte sich. »Ich habe selbst gehört, was du gesagt hast. Eine größere Streitmacht könnte sich nicht lange in Bertinierre versteckt halten. Unser Land ist zu klein und zu dicht bevölkert. Dieser Feind, der versucht, mich in seine Gewalt zu bringen, arbeitet in aller Heimlichkeit und mit vielen Täuschungsmanövern, und Dom und ich haben ihn unschädlich gemacht.«

Nachdenklich zupfte König Jerome an einem Ende seines Schnurrbarts, wie er es immer zu tun pflegte, wenn er beunruhigt war. »Ich hoffe es, aber ich habe den Verdacht, dass ich den Übeltäter kenne und dass er nicht so leicht zu überrumpeln ist. Seit vielen Jahren sind unsere Beziehungen zu König Humphrey von Pollardinien alles andere als freundschaftlich.«

»Humphrey?« Laurentia versuchte, sich an all die wenig schmeichelhaften Dinge zu erinnern, die sie über den benachbarten König von Pollardinien gehört hatte. »Ich dachte, er sei ein ziemlicher Idiot.«

»Das ist er auch. Ohne die staatsmännische Begabung seiner Frau hätte es in Pollardinien bestimmt schon längst eine Revolution gegeben, denn Humphrey ist ein Dummkopf ohne besondere Talente. Ein Mann, den andere problemlos für ihre Zwecke benutzen können.« Vorsichtig ließ sich König Jerome auf der Bettkante nieder. Er hatte eine Miene aufgesetzt, die seine Tochter nur selten an ihm sah und am liebsten niemals gesehen hätte: Es war der Gesichtsausdruck eines Mannes, der sich eingestehen muss, dass er einen Fehler begangen hat. »Unglücklicherweise wird er von meinem Feind benutzt.«

Laurentia wusste genau, wie dumm die Antwort war, die ihr auf der Zunge lag, aber sie konnte den Gedanken an Feindseligkeiten einfach nicht ertragen. Nicht, wenn sie gegen ihren Vater gerichtet waren. »Du hast keine Feinde.«

Wohlwollend tätschelte er ihr die Wange. »Ein König hat immer Feinde. Aber dieser Hass hat persönliche Gründe. Marcel de Emmerich war früher mein Freund.«

»Marcel de Emmerich.« Laurentia hatte diesen Namen schon einmal in einem Gespräch zwischen ihrem Vater und Chariton gehört. »Ist er nicht auch ein Adliger?«

»Humphrey hat ihm einen Titel verliehen, ja. Manche würden sagen, dass er ein Recht auf den Titel hat, denn er ist der Sohn einer meiner Barone und stammt somit aus einem alten, wenn auch völlig verarmten Adelsgeschlecht. Sein Vater hat Marcel in meine Dienste gegeben, als ich noch in der Wiege lag. Wir wuchsen zusammen auf, und ich hielt ihn für meinen Freund. Bis wir siebzehn Jahre alt waren. Dann fand ich heraus, dass er seine Dienste an andere verkaufte und mich gegen eine bestimmte Belohnung zu beeinflussen suchte.« König Jerome hob die Stimme. »Es war keine Freundschaft. Er war ein Schmarotzer, und ich war jung und taktlos …«

»Und verletzt.«

»Ja, das auch. Also habe ich es ihm gesagt.«

»Ich ahne schon, dass es sich dabei um eine jener Gelegenheiten handelte, wo du mit der Wahrheit besser hinter dem Berg gehalten hättest.«

König Jerome fuhr ruhiger fort: »Seit jenem Tag hasst er mich. Er ist damals einfach verschwunden, und es war mir auch gleichgültig, wohin. Dann sah ich ihn vor sieben Jahren wieder, bei einem diplomatischen Treffen zwischen Humphrey und mir, und er stand lächelnd an Humphreys Seite. Schon damals befürchtete ich … Ich versuchte, Humphrey vor ihm zu warnen, aber das war ebenfalls ein Fehler, ein noch größerer sogar, denn Humphrey *ist* wirklich ein Esel. Vielleicht sind alle Könige Esel, sobald es darum geht, den Charakter anderer zu durchschauen.«

Laurentia lächelte ihren Vater an und versuchte, ihn gleichzeitig zu trösten und zu belehren. »Ich glaube nicht, dass Könige besonders schlecht darin sind, den Charakter ihrer Mitmenschen zu erkennen, aber ich glaube, dass ihre Irrtümer viel katastrophalere Folgen haben.«

»Der Fluch aller Regenten.« König Jerome streichelte ihr sanft die Wange.

Laurentia nickte. Sie war sich der weitreichenden Auswirkungen ihrer eigenen Irrtümer genau bewusst. Trotzdem wollte sie sich nicht von ihrem Entschluss abbringen lassen. »Papa, mir wird schon nichts passieren.«

»Liebes, eher möchte ich mein ganzes Königreich verlieren als dein Leben gefährden.«

»Widerspricht derartige Gefühlsduselei nicht den Grundsätzen eines Herrschers?«

»Ich habe nicht gesagt, ich würde Bertinierre aufgeben, Laurie. Ich würde immer um mein Land kämpfen. Du weißt selbst, was für Sicherheitsmaßnahmen ich getroffen habe.«

»Ja.« Laurentia wusste über die Pläne ihres Vaters genau Bescheid. Sollte Bertinierre von einem Krieg oder einem Aufstand heimgesucht werden, würde König Jerome entsprechende Maßnahmen treffen, bei denen auch seine Tochter eine Rolle spielte. Auch heute hatte sie eine Rolle übernommen, auf die sie keinesfalls verzichten wollte. »In den letzten fünf Jahren haben Pflicht und Ehre eine ganz neue Bedeutung für mich bekommen. Vor meiner Heirat dachte ich immer, meine wichtigste Aufgabe sei es, einen Thronerben zur Welt zu bringen. Als ich langsam zu verstehen begann, dass dies unmöglich war, wollte ich gern eine andere wichtige Aufgabe erfüllen, und als du mir dein Vertrauen geschenkt hast und mich in die Berge gehen ließest, um den Boten aus Sereminien zu treffen, da fühlte ich mich ... anerkannt.«

Seine Stimme polterte in königlichem Protest: »Aber ...«

Laurentias Stimme übertönte seine. »Kein *Aber.* Diese Aufgabe hat für Bertinierre eine größere Bedeutung als meine übrigen Pflichten. Sie macht mich zu einer wichtigen Person. Auch wenn ich kein Schiff mehr taufe und keine weitere Rede mehr halte, ja, selbst wenn ich niemals einen Thronerben zur Welt bringe oder Königin werde, weiß ich doch, dass ich diejenige war, die den Reichtum gebracht hat, der Bertinierre seine Unabhängigkeit verleiht.«

Verdrossen rieb sich König Jerome die Stirn. »Ich rufe Chariton von seinen Nachforschungen zurück.«

»Gestern hat er noch gesagt, er habe eine Spur, die auf die Entführer hinweist. Danach ist er verschwunden. Weißt du überhaupt, wo er steckt?«

»Dann muss eben jemand anders als Chariton den Boten treffen und den Austausch durchführen.«

»Niemand hat mich im Verdacht.«

»Trotzdem wird in diesem Jahr jemand anders deine Aufgabe übernehmen.«

»Du hast mir gegenüber immer wieder betont, wie wichtig es ist, dass niemand das Geheimnis kennt, und der Bote bringt uns viel Gold, Papa. Du kannst niemandem außer mir wirklich vertrauen.«

»Dann muss der Bote aus Sereminien eben warten.« König Jerome hob die Hand, als Laurentia erneut protestieren wollte. »*Jedermann* in Sereminien weiß, dass du dich *jedes* Jahr nach deinem Geburtstag für einen Tag zurückziehst. Die Bewerber wissen es wahrscheinlich nicht, aber die Entführer beobachten dich. Sie warten nur auf dich.«

Also war die Zeit gekommen. Sie musste jetzt eine Entscheidung treffen, und nur ein Feigling hätte gezögert. Laurentia holte vorsichtig Luft und sagte mit fester Stimme: »Ich gebe es nur ungern zu, aber was Dom angeht, hattest du Recht. Er ist ein guter Leibwächter. Gestern hat er mich gerettet.« Der seidene Ärmel fiel über ihre zitternden Finger, als sie sich die losen Haarsträhnen aus dem Gesicht strich. »Würde es dich beruhigen, wenn er mich begleitet?«

König Jerome blickte sie forschend an, als spürte er ein verborgenes Motiv in ihrem Entschluss. »Vertraust du ihm so uneingeschränkt?«

Laurentia erinnerte sich an den ersten Abend auf der Terrasse. Dom hatte ihr gefallen, aber sie hatte namenlose, beängstigende Abgründe in ihm erahnt. Etwas in diesem Mann schien die ungezügelten Seiten ihrer eigenen Persönlichkeit zum Vorschein zu bringen, und wenn sie diese Gefühle einfach unterdrückte, so würde sie sich für den Rest ihres Lebens fragen müssen … »Ja, Papa. Ich vertraue ihm rückhaltlos.«

Hastig trat der Spitzel von der Tür zurück und eilte den Flur entlang. Endlich gab es eine Schwachstelle im Geheimnis von Bertinierres Reichtum. Die alljährliche Abwesenheit der Prinzessin war mehr als nur die Flucht der verhätschelten Tochter, um sich von den sogenannten Verpflichtungen ihres offiziellen Lebens zu erholen. Laurentia ging in ihr Haus in den Bergen, um Ware gegen Geld zu tauschen. Blieb nur noch zu klären, um welche Ware es sich dabei handelte – aber sobald Ort und Zeitpunkt der Transaktion geklärt waren, würde es ein Leichtes sein, an diese Informationen zu kommen.

Der Spitzel lächelte eines seiner seltenen, aufrichtigen Lächeln, und versetzte damit Dominik von Sereminien in Erstaunen, der mit eiligen Schritten den Verliesen zustrebte.

Sollte er ruhig Nachforschungen über den Tod dieses jämmerlichen Entführers anstellen. Der Spitzel musste jetzt Vorbereitungen für den nächsten Todesfall treffen.

Der Bote würde nicht nach Sereminien zurückkehren.

»Guten Morgen, Euer Hoheit.« Weltrude zog die Vorhänge zurück, und das frühe Morgenlicht fiel in Laurentias Schlafzimmer. »Es ist fünf Uhr dreißig. Wenn Sie an der Jagd teilnehmen wollen, sollten Sie jetzt aufstehen.«

Laurentia lächelte verhalten in ihr mit Rüschen besetztes Kissen. Als würden ihr Vater oder die Gäste ohne sie aufbrechen. Aber einer der ehernen Grundsätze, die Weltrude ihr eingehämmert hatte, besagte, dass eine Prinzessin um nichts in der Welt ihre königlichen Privilegien ausnutzen durfte. Laurentia stimmte diesem Grundsatz zu, wenn auch aus anderen Gründen als Weltrude. Laurentia war der Ansicht, dass alle Menschen, die sich ihrem Willen zu beugen hatten, auch Freundlichkeit, Pünktlichkeit und korrektes Benehmen von ihrer Prinzessin erwarten durften.

Weltrude hingegen fand, dass Glanz und Ehre der königlichen Familie schon durch die geringste Nachlässigkeit getrübt werden konnten.

Zwei unterschiedliche Haltungen, die zu demselben Ergebnis führten.

Während sich Laurentia langsam streckte und vorgab, soeben erst erwacht zu sein, erteilte Weltrude den Kammerjungfern Instruktionen. »Heute wird Ihre Majestät das dunkelblaue Brokatkostüm zum Reiten anlegen. Dazu trägt sie einen blauen Hut mit Schleier und schwarze Lederhandschuhe.«

Normalerweise überließ sich Laurentia in Geschmacksfragen dem unfehlbaren Urteil ihrer Hofdame. Heute aber hatte sie ihre eigenen Pläne, und diese berücksichtigten weder Weltrudes unerschütterlichen Ehrenkodex in allen Fragen des guten Benehmens, noch gestatteten sie, dass Laurentia ein konservatives blaues Reitkostüm trug. »Heute«, verkündete Laurentia und setzte sich in ihrem Bett auf, »werde ich zum Reiten das braune Samtkostüm anziehen.«

Bei dieser Herausforderung von Weltrudes Autorität keuchte eine der Kammerjungfern entsetzt auf. Die anderen beiden kicherten entzückt und eilten zu dem geräumigen Wandschrank in Laurentias Schlafzimmer.

Stoisch wie immer ließ Weltrude keinerlei äußere Anzeichen von Erstaunen oder Missfallen erkennen, sondern trat stattdessen näher an das Bett der Prinzessin. Sie senkte die Stimme und sagte: »Euer Hoheit, vielleicht ist es Ihrem Gedächtnis entfallen, dass das braune Kostüm etwas anders ausgefallen ist, als der Schneider versprach. Es ist alles andere als sittsam.«

Nachdenklich zupfte Laurentia an ihrer Unterlippe. »Soweit ich mich erinnere, bedeckt es meinen ganzen Körper, und ich erinnere mich sogar ganz genau daran, wie angenehm das Material war. Ich möchte es einmal anprobieren.«

Weltrude lächelte tadelnd. »Sie haben keine Zeit, den gesamten Kleiderschrank durchzugehen.«

Für gewöhnlich hielt Laurentia Weltrude zugute, dass die

Hofdame sie durch ihre ganze Jugendzeit begleitet hatte, und dafür gestand sie Weltrude einige Freiheiten zu. An diesem Morgen dachte sie jedoch nur daran, dass sie fünfundzwanzig Jahre alt war, Witwe und, tragischerweise, immer noch Jungfrau. Obwohl Laurentia nur selten Gebrauch von ihrer Autorität machte, hieß das nicht, dass sie sich nötigenfalls nicht durchsetzen konnte. Sie schlüpfte aus dem Bett und sagte: »Dann werde ich das braune Reitkostüm tragen.«

Sie hatte eigentlich die Absicht gehabt, Weltrudes dezentes, zivilisiertes Missfallen geflissentlich zu übersehen, aber irgendetwas, vielleicht eine schnelle Bewegung Weltrudes, veranlasste Laurentia zu einem Seitenblick auf ihre Hofdame.

Weltrudes Missfallen war alles andere als zivilisiert. Für den Bruchteil einer Sekunde fiel ihre Maske aus Perücke, Rouge und Freundlichkeit, und Laurentia tat einen Blick in die Abgründe heftiger, gewaltsam unterdrückter Wut.

Dann hatte Weltrude sich wieder im Griff und übte sofort Selbstkritik. »Selbstverständlich, Euer Hoheit, vergeben Sie meine Impertinenz. Mitunter vergesse ich, dass Sie nicht nur meine Schülerin waren, sondern auch die Prinzessin von Bertinierre sind.«

Mit dem merkwürdigen Gefühl, nicht mehr so recht zu wissen, woran sie war, gewährte Laurentia ihrer Hofdame ein verzeihendes Nicken. Sie wusste, wie ernst Weltrude es mit den königlichen Privilegien war und dass sie ihren eigenen Mangel an Respekt bereute. Aber dennoch ... dennoch ...

Weltrude nahm das braune Reitkostüm in Empfang, das die beiden Kammerjungfern ihr reichten. »Hier ist es, Euer Hoheit. Ziehen Sie es an und entscheiden Sie selbst. Man wird selbstverständlich mit der Jagd auf Sie warten.«

»Ja.« Laurentia zögerte einen Augenblick, gerade lange genug. »Ja, gewiss, aber …«

»Gibt es ein Problem, Euer Hoheit?«

»Ich lasse die Jagdgesellschaft nur ungern warten.« Schamlos nutzte Laurentia Weltrudes Pflichtgefühl aus, um sie loszuwerden. »Könnten Sie vielleicht in die Wege leiten, dass man den anderen einen Satteltrunk reicht, bevor wir aufbrechen? Das gäbe mir noch etwas mehr Zeit, um mich vorzubereiten.«

Weltrudes Gestalt straffte sich militärisch. »Ich werde sofort gehen und die Ausführung Ihrer Anweisung persönlich überwachen.«

»Das wäre wunderbar«, sagte Laurentia. »Retten Sie mein Ansehen, wie Sie es schon so oft getan haben, und sorgen Sie dafür, dass unsere Gäste sich den Wein schmecken lassen.«

»Ja.« Weltrude marschierte zur Tür, um den Wunsch der Prinzessin in die Tat umzusetzen. Bevor sie hinausging, warf sie den Kammerjungfern noch einen misstrauischen Blick zu.

»Sie haben den Mädchen alles Wichtige beigebracht«, versicherte Laurentia. »Ich bin in guten Händen.«

Weltrude nickte entschlossen.

Laurentia wartete noch eine ganze Minute, nachdem die Tür ins Schloss gefallen war, bevor sie sich eifrig an die Arbeit machte.

17

Als Laurentia sich dem Vorplatz der Stallungen näherte, der von Bewerbern und Gästen wimmelte, die alle für die Jagd gekleidet waren, verstummten die Gespräche für einen vielsagenden Augenblick. Laurentia bemerkte ein flüchtiges Glitzern, als Mr. Sharparrow seine beringten Finger an die Brust hob. Sie sah, wie sich König Jeromes Brauen überrascht hoben. Dann setzte das Stimmgewirr erneut und noch angeregter ein. Laurentia lächelte und hoffte, dass niemand bemerkte, wie fest sie die Zähne aufeinander biss, um sich nicht von Aufregung und Nervosität überwältigen zu lassen. Wenn sie doch nur Dom sehen könnte, um seine Reaktion einzuschätzen und sicherzugehen, dass sie die richtige Strategie gewählt hatte.

Stattdessen fiel ihr Blick auf Dulcie, die erstaunt die schwarz umrandeten Augen aufriss.

So sollte es auch sein. Das Reitkostüm umhüllte Laurentia von den Schultern bis zu den Knöcheln. Sie trug Handschuhe, und ein kecker, viereckiger Hut saß leicht schräg auf ihrem Schopf. Braune Lederstiefel mit Absätzen reichten ihr beinahe bis ans Knie. Kein Stück Haut war zu sehen, aber unter dem kostbaren Samtmaterial, das ihr so gut stand, zeichneten sich ihre Brüste, die Taille und die Hüften deutlich ab, und im Sonnenschein schimmerte der Stoff bei jeder Bewegung.

Entscheidend war aber das, was sie unter dem Kleid trug – oder besser gesagt, was sie nicht trug. Sanft lag das Hemdchen aus hauchdünner Baumwolle auf Laurentias Haut und verhinderte, dass die Nähte der Jacke scheuerten. Ihr Rock war so eng, dass er ihre Bewegungsfreiheit einschränkte und es ihr unmöglich machte, Unterwäsche zu tragen. Der voluminöse Stoff verdeckte, dass sie weder Unterrock noch Höschen trug. Was das Leibchen betraf, das ihren Körper zwischen Nacken und Taille unter dem Jackett vor den zudringlichen Blicken anderer schützte ... so hing es in ihrem Ankleidezimmer über einem Stuhl.

Hintergedanken? Laurentia hatte nichts als Hintergedanken, bis Dulcie eine absolut unpassende, viel zu auffällige Geste der Zustimmung machte, die Francis nicht entging. Dann bemerkte er Laurentia, und seine runden, schockiert blickenden Augen hätten jedem Priester zur Ehre gereicht. Mit zusammengekniffenen Lippen und allen Anzeichen von Missbilligung machte er Anstalten, auf Laurentia zuzugehen, aber Dulcie legte ihm die Hand auf den Rücken und schubste ihn mitten in einen Pferdetrog.

Das aufspritzende Wasser löste ein dröhnendes Gelächter der Bewerber aus, die Francis immer noch für einen ernst zu nehmenden Gegner hielten. Dulcie grinste hinterhältig und wich vor dem tropfnassen, grimmig aussehenden Innenminister zurück, der jetzt dem Trog entstieg. Ohne Laurentia eines Blickes zu würdigen, stampfte er wütend auf Dulcie zu.

Leise flüsterte König Jerome seiner Tochter ins Ohr: »Ich habe gar nicht bemerkt, dass diese beiden …«

Laurentia drehte sich zu ihrem Vater um und sah, wie er lächelnd Francis und Dulcie beobachtete. »Diese beiden … was ist denn mit ihnen?« Als er keine Antwort gab, blickte sie wieder zurück und sah, wie Francis Dulcies Schultern mit seinen nassen Händen packte und sie unsanft schüttelte. Das war nicht der steife, formelle Francis, den Laurentia kannte, und so wie Dulcie jetzt das Kinn hob und ihn herausfordernd angrinste, hätte man meinen können, dass …

In diesem Augenblick trat Dom auf die Terrasse des Palastes, und Laurentia vergaß Francis und Dulcie und starrte ihn an.

Es kümmerte sie nicht, dass Dulcie die anderen Bewerber für attraktiver hielt. Nur Dom konnte so atemberaubend gut aussehen. Er stand über der Gruppe, eine Hand auf die Brüstung gestützt, die andere in die Hüfte gestemmt. Den einen Fuß hatte er bereits auf die erste Stufe gesetzt, den anderen noch auf der Terrasse. Er trug keinen Hut auf dem schwarzen Schopf, in dem sich erste, verfrühte graue Strähnen zeigten. Sonnenlicht und Schatten betonten seine markanten Gesichtszüge und beleuchteten viel zu deutlich die Schnittwunde, die er sich gestern bei ihrer Verteidigung eingehandelt hatte. Sein schwarzer Reitanzug passte sich jeder Bewegung seines Körpers an. Derartig breite Schultern erwarb man sich nur durch harte körperliche Arbeit, und in Laurentias Welt der Aristokraten und Stutzer bildeten solche Schultern leider die Ausnahme. Wie ein Strahlenkranz leuchtete der weiße Palast hinter Doms düsterer erotischer Anziehungskraft.

Mit schmalen Augen blickte er über die Menge, verweilte, beobachtete, wog ab und nahm mehr wahr als die übrigen Menschen, dachte Laurentia. Als sein Blick schließlich ihren traf, hörte sie für einen langen Augenblick auf zu atmen. Ahnte dieser hinreißende Mann, was sie plante? Erkannte er ihr lüsternes Flehen um Aufmerksamkeit, wenn er sie ansah? Wusste er etwas von ihren Geheimnissen, blickte er bis auf den Grund ihrer Seele … oder glich er wirklich Beaumont und war nur an sich selbst interessiert?

Er lächelte nicht, als er ihren Blick erwiderte, aber Wärme stieg in ihr auf, und eine Hitzewelle färbte ihre Wangen rot.

Er wollte sie. Das Leben hatte sie gelehrt, wie leicht es war, sich in anderen zu täuschen, aber was das anging, war sie sich sicher. Er wollte sie.

»Papa«, flüsterte sie. »Die Jagd kann beginnen.«

»Ja, ich glaube auch.« König Jerome streifte die Handschuhe über, während er sich leise mit Laurentia unterhielt. »Versprichst du mir, dass du Dominik nicht von deiner Seite lässt?«

»Ja, Papa.«

»Wirst du wirklich vorsichtig sein? Beim geringsten Anzeichen von Gefahr ziehst du dich sofort zurück!«

»Versprochen, Papa.«

Er strich sich über den Schnurrbart. »Ich sollte dir das gar nicht erlauben, weißt du.«

»Du vertraust mir zu Recht.« Ohne den Blick von Laurentia abzuwenden, stieg Dom jetzt langsam die Stufen hinunter. Sie wollte noch nicht mit ihm reden. Nicht, solange jedermann hier zusehen konnte. »Nun, Euer Majestät, eröffnen Sie die Jagd und lassen Sie den Reitern keine Zeit, nach mir Ausschau zu halten.«

»Dafür werde ich schon sorgen.« König Jerome war genau wie Laurentia ein ausgezeichneter Reiter und wusste, wie er die Aufmerksamkeit der Jagdgesellschaft fesseln konnte. Niemand würde sich am Ende des Tages darüber beschweren, dass sie mit einem jungen Mann an der Spitze schneller und weiter vorangekommen wären. Bevor der König zu dem Schemel schlenderte, der ihm das Aufsitzen erleichterte, fügte er hinzu: »Was ich dir übrigens noch sagen wollte, meine Liebe … du siehst einfach umwerfend aus.«

Laurentia spürte, dass Dom sie nicht aus den Augen ließ. Ringsum stürmte die Jagdgesellschaft durch die Wälder. Hunde, die die Witterung des Wildes aufgenommen hatten, bellten. Bewerber, Damen und Hofleute jagten den Hunden nach und hatten sich bald meilenweit zerstreut. In schnellem Wechsel folgten Wiesen, Gebüsch und Wald aufeinander. Weit vor ihr führte Laurentias Vater die Jagd voller Eleganz und Entschlossenheit an.

Doms brennender Blick verfolgte Laurentia schon den ganzen Morgen. Er beobachtete, wie sie ihr Pferd in das Zentrum der Jagdgesellschaft lenkte, und folgte ihr vorsichtiger und langsamer. Sie nahm an, dass er versuchte, sich Klarheit über ihre Stimmung zu verschaffen, verstehen wollte, was ihre plötzliche Verwandlung von einer gereizten Frau zu einer, die ihr … Interesse nicht verhehlte, bewirkt haben mochte.

Sie hätte gerne gesagt: *Dulcie hat mich überzeugt.*

Aber das hätte bedeutet, dass sie sich aus der eigenen Verantwortung davonstehlen wollte, ein Verhalten, das Weltrude zutiefst missbilligte.

Wahrscheinlicher war es, dass Laurentia selbst bereit für etwas Neues gewesen war. Sie langweilte sich ein wenig, sehnte sich nach anderen Dingen als nur ihren offiziellen Pflichten, war nicht ganz unbeeinflusst geblieben von den Hoffnungen ihres Vaters, verlor außerdem die Geduld mit dem schwerfälligen Francis, war wie vom Donner gerührt, als sie Dom zum ersten Mal gesehen hatte, und wütend über die Lektion, die er ihr durch die vorgetäuschte Entführung hatte erteilen wollen …

Ja, genau das war der Grund. Dom hatte bei den Proben gut abgeschnitten, und seine Küsse hatten Laurentia in freudigen Überschwang versetzt, ein Gefühl, dass sie seit den Tagen, als sie Beaumont geheiratet hatte, nicht mehr empfunden hatte. Seit jenem Augenblick, als sie feststellen musste, dass nicht alles immer nach dem Willen der verwöhnten kleinen Prinzessin ging und die Leidenschaft, genau wie die Ehre, ihren Preis hatte.

Die Jagd näherte sich langsam der Abzweigung, die Laurentia einschlagen wollte, und der Pfad wurde schmaler. Zu ihrer Rechten erhoben sich jäh die Klippen, während der Boden links steil abfiel. Die Rufe der Reiter wurden leiser, als sie sich jetzt darauf konzentrierten, ihre Pferde über den Engpass zu führen. Dulcie und Francis kämpften um die vorteilhaftere Position, vergebens versuchte einer am anderen vorbeizuziehen, gefangen in einem ewigen Wettstreit.

Laurentia, die Sterling mit scheinbarer Lässigkeit ritt, lenkte ihr Pferd jetzt an den Rand der Jagdgesellschaft. Sie ritt für eine Weile sogar neben Mr. Sharparrow und behinderte auf diese Weise Doms Sicht. Als der Engländer sie bemerkte, lächelte sie ihn an.

Er warf ihr einen überraschten Blick zu, und sie galoppierte an ihm vorbei, ließ einen ihrer eigenen Jäger hinter sich und wechselte am Ende der Klippen auf die rechte Seite. Dort zügelte sie Sterling, drehte ihn in Richtung der heranstürmenden Jagdgesellschaft und brachte ihn hinter einem Baum zum Stehen.

Mr. Sharparrow ritt jetzt vorbei und sah sich hektisch nach Laurentia um, aber ihr braunes Reitkostüm hatte die gleiche Farbe wie ihr Wallach, sodass sie vor den Granitklippen nur schwer zu erkennen war. Die anderen ritten unter Rufen und Gelächter weiter, ohne die Prinzessin zu bemerken. Sie erhaschte auch einen kurzen Blick auf den vorüberjagenden Dom. Er hatte wachsame, schmale Augen.

Er würde zurückkommen. Er war intelligent. Sobald er begriff, dass sie verschwunden war, würde er über ihr Verhalten nachdenken und sich an die Klippen erinnern. Er würde sie verfluchen und sich auf die Suche machen, wieder einmal wütend darüber, dass sie ihn nicht über ihre Absichten informiert hatte.

Laurentia lächelte. Ihre Fingerspitzen prickelten, und Erregung stieg in ihren Lenden hoch.

Ja, Dom würde wütend sein, und sie war zweifellos eine Närrin, ihn so zu reizen. Aber sie wollte beweisen, dass sie zumindest in einem Bereich tüchtig war, und eine Prinzessin lernte früh, ihrem Hofstaat zu entkommen. Nur auf diese Weise konnte sie ungestört sein, und in den letzten Jahren hatte sich diese Fähigkeit als sehr praktisch erwiesen.

Außerdem war auch ein gewisser Eigensinn mit im Spiel, der es ihr unmöglich machte, ihm in allem seinen Willen zu lassen. Wenn sie es bei einem Mann wie Dom versäumte, ihre Unabhängigkeit unter Beweis zu stellen, würde er sie für den Rest ihres Lebens rücksichtslos überrennen.

Für den Rest ihres Lebens. Der Satz klang beunruhigend in ihr nach, und während der Lärm der Jagdgesellschaft langsam in der Ferne verhallte, versuchte sie ihre Gedanken davon abzulenken, indem sie handelte. Sie lenkte Sterling zu einer Felsspalte und trieb ihn vorwärts.

Drei verschiedene Pfade führten zum Landhaus, die Laurentia abwechselnd einzuschlagen versuchte, um keine offensichtlichen Spuren zu hinterlassen, aber diesmal führte sie Sterling, ohne zu zögern, zwischen zwei Felsblöcken hindurch. Der Pfad schlängelte sich plötzlich steil aufwärts, aber Sterling, war nicht nur ausgewählt worden, weil er das schnellste Pferd war. Er verfügte auch über geschickte Beine und hatte noch nie die Geduld verloren, wenn er sie zu der Verabredung trug, die seit fünf Jahren ein wichtiger Teil ihres Lebens war.

Der Pfad wurde jetzt immer schmaler und steiler und beanspruchte Laurentias ganze Aufmerksamkeit, aber als die schwierigen Passagen überwunden waren, begann sie wieder nachzudenken, und sofort wurden ihre Gedanken unwiderstehlich von Dom angezogen. Von Dom, den Plänen, die sie verfolgte, und dem, was sie selbst erwartete.

Für den Rest ihres Lebens? Was erwartete sie eigentlich von diesem merkwürdigen Söldner? Beischlaf, Heirat, eine Familie? Einen Gefährten, einen Liebhaber? Ein so normales Leben, wie es eine Prinzessin und Thronerbin nur führen konnte? Wollte sie das?

»Ja«, flüsterte Laurentia dem Wind zu. »Ja, Dominik ist genau das, was ich will.«

Warum ausgerechnet er?

Der wahre Grund? Dom selbst. Er sah gut aus, beunruhigend gut, so gut, dass sie immer noch gegen einen Fluchtimpuls ankämpfen musste, sobald sie ihn sah. Sie hatte ihre Lektion gelernt. Gut aussehende Männer waren kalt.

Aber die Aura der Gefahr, die ihn umgab und Laurentia abwechselnd ängstigte und faszinierte, beruhigte sie in diesem Punkt. Dieser Mann hing leidenschaftlich an … ja, an was? Sie wusste es nicht, sie wollte es gern herausfinden, aber seine Art, sich zu bewegen, sein durchdringender Blick, die Anmut seiner Gesten, dies alles bewies ihr, dass er liebte, hasste, *fühlte.* Dom würde nie unter Gefühlskälte leiden wie Beaumont, und genau das wollte Laurentia. Sie wollte einen Mann, der das Leben kennen gelernt hatte, mit seinen Freuden und seinen Sorgen, dem Hass und … der Liebe.

Dom begehrte sie. Sie hatte den Beweis an seinem Körper gespürt, hatte seine erregenden Küsse herausgefordert. Auch sie wollte so leidenschaftlich und intensiv empfinden wie er. Er war der richtige Mann, es ihr beizubringen. Daran zweifelte Laurentia keinen Augenblick.

Am wichtigsten aber war, dass sie ihm nach der gestrigen Rettung vertraute.

Weit entfernt bliesen die Jäger in ihre Hörner. Die Jagd war zu Ende.

Ja, bald würde Dom hier sein, böse, weil sie ihm entkommen war, und der Himmel mochte wissen, wie er sich an ihr rächen würde. Sie errötete, als sie sich an seine Küsse erinnerte.

Dom … Laurentia nestelte an dem weißen seidenen Schultertuch, das sie um ihren Nacken drapiert hatte, und steckte es in den tiefen Ausschnitt ihrer geknöpften Jacke.

Der Pfad stieg wieder an, wand sich um Findlinge, die die Höhe und Form von Heuhaufen hatten. Mit jedem Atemzug sog Laurentia den würzigen Pinienduft ein, der so frisch und scharf war, dass er fast schmerzhaft in ihre Lungen drang. Sterlings Hufe wirbelten kleine Staubwolken auf, und sie konnte das Geplätscher des Baches in der Nähe des kleinen Landhauses hören. Laurentia hielt an, damit Sterling trinken konnte, und als er seinen Durst gelöscht hatte, hob er den Kopf und stellte die Ohren auf.

Hinter sich hörte sie jetzt das schwache, regelmäßige Klappern von Hufen.

Dom hatte sie gefunden.

Es war an der Zeit, Dulcies unmoralische Ratschläge in die Tat umzusetzen.

Laurentias Herz pochte, und ihre Knie zitterten so heftig, als würde Dom sie zu Fuß durch die Wildnis jagen und nicht zivilisiert auf einem Pferd hinter ihr herreiten, keine zwei Stunden vom Palast entfernt. Ihre Fantasie gaukelte ihr Bilder vor: wie er sie fing, zu Boden riss …

Ärgerlicherweise passte das Bild eines unbarmherzigen Jägers nur zu gut auf ihn.

Laurentia berührte wieder das Seidentuch um ihren Hals und schluckte. Vielleicht war es für eine jungfräuliche Witwe doch unklug, sich derart herausfordernd zu verhalten.

Sie war sicher, dass die Geräusche, die sie vernahm, von Dom stammten. In der kurzen Zeit, die sie ihn kannte, hatten sich ihre Instinkte ganz auf ihn eingestellt. Sie würdigte das Landhaus kaum eines Blickes, sie wusste genau, dass sie einen weißen, hübschen, quadratischen Bau erblicken würde, eine Treppe, die zur Eingangstür hinaufführte, und geschlossene Fensterläden. Der Bote war noch nicht angekommen, und das war auch gut so. Genau, wie sie es geplant hatte.

Durch den engen Rock behindert, saß Laurentia nicht ganz so anmutig wie gewöhnlich ab. Sie glitt seitlich aus dem Damensattel und landete etwas unsanft auf dem Boden. Sie band Sterling an einem Ast fest, nahm die Pistole und trat hinter einen hohen Brombeerbusch, der neben den Ställen wuchs. Durch die herabhängenden Zweige sah sie Dom heranreiten.

Er bemerkte sofort den Wallach und das kleine Landhaus unter den Bäumen, und während er sich umsah, betrachtete Laurentia ihn.

Obwohl man ihm das Pferd auf Anweisung ihres Vaters erst gestern zugeteilt hatte, saß er mühelos im Sattel des schwarzen Hengstes, eines der besten Pferde des königlichen Gestüts.

Dom war ein Mann, der sein Reittier auch ohne Zügel beherrschte. Obwohl Oscuro von ungestümem Temperament war, hingen die Zügel nachlässig zwischen Doms Fingern.

Er war ein Mann, der auch eine Frau beherrschen würde, und Laurentia war hin und her gerissen zwischen Furcht und Erregung. Sie hatte es gewollt und geplant, aber dennoch konnte keine Frau im vollen Besitz ihres Verstandes einem erzürnten Dom gegenübertreten, ohne um ihre Sicherheit zu fürchten.

Im Augenblick konnte sie sich nicht einmal erinnern, warum sie ihn überhaupt hierher gelockt hatte.

Während sie plötzlich fühlte, wie Unsicherheit in ihr aufstieg, hörte sie Doms Stimme. »Sie können herauskommen, Euer Hoheit.« Dabei blickte er geradewegs auf den Brombeerbusch.

18

Laurentia konnte und wollte nicht zulassen, dass Dom ihre Unsicherheit bemerkte, als sie jetzt hinter dem Busch hervortrat. Sie rief sich Dulcies Instruktionen ins Gedächtnis und schenkte Dom ein verführerisches Lächeln. »Ich wusste, Sie würden mich finden.«

»Immer und überall.« Er grinste sie an, aber die Art und Weise, in der sich seine Lippen jetzt kräuselten, war alles andere als freundlich. »Vergessen Sie das niemals.«

Er *war* wütend. Genau, wie Laurentia erwartet hatte. Sie hatte geglaubt, es mit ihm aufnehmen zu können, aber als er sich jetzt aus dem Sattel schwang, war ihr Mund wie ausgedörrt, und sie brachte nicht mehr als ein zittriges Lächeln zustande.

Statt zu ihr zu kommen, trat Dom zum Kopf seines Pferdes. Sein leichtes Hinken war unverkennbar, und Laurentia hasste die Woge der Erleichterung, die sie durchströmte. Sie brachte das Zittern ihrer Lippen unter Kontrolle und begann, die Rolle einer richtigen Gastgeberin zu spielen, die den geladenen Gast begrüßt. »Hier gibt es keine Diener. Wir müssen unsere Pferde selbst versorgen.«

»Natürlich.« Sein Blick blieb an der Pistole hängen, die Laurentia immer noch umklammerte. »Immer noch nicht leichtsinnig, wie ich sehe.«

»Niemals.« Hoffte sie jedenfalls.

Dom ergriff Oscuros Halfter und fragte mit einem Blick auf das Landhaus: »Wo sind wir *hier*?«

»*Hier* ist meine Zuflucht.« Entschlossen schritt sie an Dom vorbei, als habe sie volles Vertrauen, dass er sie nicht packen würde. Er hielt sich wirklich zurück, aber aus seinem

Blick sprach sowohl unterdrückter Zorn als auch das stillschweigende Versprechen, es ihr mit gleicher Münze heimzuzahlen. »Papa hat es für meine Mutter bauen lassen. Nachdem mein … nachdem Beaumont starb, hielt es mein Vater für angemessen, dass ich einen Ort hätte, wo ich ungestört sein konnte.« Laurentia schob die Pistole in die Satteltasche zurück, band Sterling los und führte ihn zum Stall.

Dom folgte ihr. »Wozu braucht eine Prinzessin einen Ort, an dem sie ungestört sein kann?«

Sie zögerte, aber noch war es zu früh, ihm die ganze Wahrheit zu sagen. Sie hatte die harte Schule der Diskretion hinter sich. Leichthin erwiderte sie: »Hier kann ich mich ungestört kratzen, wenn's mich juckt.«

»Ach so.« Seine Stimme war voll unfreiwilliger Erheiterung. »Das erinnert mich an den Abend auf der Terrasse. Ich meine, dort einen gewissen Neid auf die Tatsache gespürt zu haben, dass Männer sich kratzen können, wann es ihnen passt.«

»Oh.« Musste er sie unbedingt daran erinnern, wie albern sie sich vor zwei Tagen aufgeführt hatte? »Das habe ich gesagt?«

»Dafür, dass Sie sich später als eine äußerst unnahbare Prinzessin entpuppten, haben Sie eine ganze Menge gesagt.«

Seine Stimme klang ganz nah, und als sie sich umdrehte, sah sie, dass er ihr zu den Ställen folgte. Er hob den Riegel an, der die Türen verschloss, und öffnete die Torflügel weit. Abgestandene Luft schlug ihnen entgegen, aber Laurentia führte Sterling, ohne abzuwarten, nach drinnen. Der schattige, dämmerige Stall würde sie vor Doms durchdringendem Blick schützen.

Als sie an ihm vorbeiging, nahm er plötzlich ihre Hand, und sie sah ihn an. »Sagen Sie nur im Dunkeln, was Sie fühlen?«

»Ja.« Laurentias Kehle war mit einem Mal viel zu eng und vor Angst wie zugeschnürt. Sie räusperte sich und dachte die ganze Zeit: *Er hält meine Hand*. Und: *Er streichelt mich,* als Dom mit dem Daumen über das bemerkenswert empfindliche Innere ihrer Hand strich. »Ja, nur im Dunkeln.«

Er beugte sich zu ihr und legte die Lippen auf ihre Fingerknöchel. Ließ sie einfach dort für einen sehr langen Augenblick. Es war kein Kuss. Man hatte ihr schon oft die Hand geküsst. Diese Berührung war viel genussvoller, wie das Appetithäppchen als Auftakt zu einem Schlemmermenü.

Dann bewegten sich seine Lippen, öffneten sich und kosteten ihren Finger wie ein Feinschmecker. Er schloss die Augen, und die langen Wimpern beschatteten die Wangen. Eine Locke fiel ihm in die Stirn, und die ganze Szene, gespielt vor einer Stalltür oben auf einem Berg, hätte lächerlich wirken können.

Stattdessen trieb die Romantik des Augenblicks Laurentia Tränen in die Augen.

Seine Lippen, seine Zunge fuhren langsam zu ihren Fingerspitzen hoch, und sein Mund schloss sich darum. Er drehte ihre Hand und richtete sich langsam auf, während er an ihrer Haut saugte, als sei sie betörend wie Cognac.

»Dom«, sagte Laurentia mit schwacher Stimme. »Ich glaube nicht …«

Da biss er zu. Ein kurzer, heftiger Biss.

Sie entriss ihm ihre Hand, legte schützend die andere Hand darüber, starrte ihn an und fragte sich, ob er verrückt war, sie zu beißen … und ob sie wahnsinnig war, dabei eine bebende Erregung zu spüren.

Er lächelte sie an, ganz Versprechen und Verführung, und bemerkte so angelegentlich, als sei nichts Ungehöriges geschehen: »Im Stall ist es dunkel.«

Laurentia hatte keine Ahnung, wovon er sprach. Sie hatte die größte Mühe, sich auf ihren eigenen Namen zu besinnen.

Mit lockerem und geschmeidigem Gang, der ihren Blick fesselte, schlenderte Dom zu Oscuro zurück. »Dort können Sie mir alles erzählen. Alles, was Sie wollen.«

Während er Oscuro um sie herumführte, drang die Bedeutung seiner Worte durch ihre Benommenheit. Aufgewühlt folgte sie ihm in den dunklen Stall. »Nein«, sagte Laurentia, und ihre Stimme hatte einen abscheulich wimmernden Ton.

Sie verabscheute sich noch mehr, als Dom sagte: »Sie haben Ihr Pferd vergessen.«

Aber Sterling war ein kluges Tier, und als sie sich umdrehte, um ihn zu holen, stand er bereits hinter ihr. »Habe ich nicht.« Sie packte die Zügel.

»Ich sehe es.« Dom summte leise vor sich hin, als er die Tür zu einer der beiden Boxen öffnete und Oscuro hineinführte. »Gibt es hier Streu?«

»Auf dem Heuboden.« Laurentia löste das Band unter ihrem Kinn, nahm den Hut ab und hängte ihn an einen Nagel.

»Wollen Sie hinaufgehen, es zusammenharken und herunterwerfen, oder soll ich das erledigen?«

»Tun Sie das bitte. Mein Rock ist zu eng.« Laurentia führte Sterling in die zweite Box und nahm ihm alle vier Satteltaschen ab. Mit vor Anstrengung verzerrtem Gesicht warf sie sie nacheinander in den Gang.

»Wer kümmert sich sonst darum?«

»Ich selbst.« Sie löste den Sattelgurt.

Dom legte die Arme über die hölzerne Trennwand zwischen den beiden Boxen und sagte in ungläubigem Ton: »Sie kommen also wirklich allein hierher.«

»Genau.«

»Seine Majestät hat da keine Bedenken?«

Laurentia packte den schweren Sattel mit beiden Händen und legte ihn ächzend auf den Boden. »Ich würde niemals etwas tun, was Seiner Majestät Anlass zu unnötigen Sorgen geben könnte.«

Dom grübelte über diesen Satz nach. »Also ist er nicht völlig einverstanden, hat aber auch nicht so heftig protestiert, dass Sie nachgegeben haben.«

Da es noch andere Gründe für diesen Zufluchtsort gab als nur ihr eigennütziges Verlangen nach Einsamkeit, schwieg sie, während sie den Sattel zu dem niedrigen Holzgestell zerrte und hochwuchtete. Das Gestell, das Laurentia selbst gezimmert hatte, schwankte auf zwei ungleichen Beinen. Bretter und Nägel waren ein Rätsel für die Prinzessin, aber sie war dennoch stolz auf ihre Arbeit.

Dom schwieg. Er beobachtete sie, während sein Gesicht und seine Gestalt im Schatten lagen. Laurentia hatte keine Ahnung, was er wohl von einer Prinzessin halten mochte, die ihr Pferd selbst versorgte. Sie war sich nicht einmal sicher, ob er ihr glaubte. Vielleicht beobachtete er sie so genau, um ihre Geschicklichkeit auf die Probe zu stellen. Eines aber wusste sie ganz sicher: Lieber würde sie Doms Fragen über das Haus und alles, was sie hier tat, beantworten, als darüber zu reden, *was sie wirklich wollte*.

Als das Schweigen drückend wurde, sagte Dom: »Seine Majestät gesteht Ihnen also einige Freiheiten zu. Sogar, wenn sich Entführer in der Gegend herumtreiben?«

Sie ließ ihn kaum ausreden. »Er traut mir zu, dass ich auf mich selbst aufpasse.«

»Ihre kleine Spielzeugpistole wird Ihnen gegen eine ganze Bande von Entführern nicht viel helfen.«

»Ich habe ja Sie.«

Laurentia hätte sich auf die Zunge beißen können, als Dom sagte: »Das haben Sie in der Tat.«

Als sie bemerkte, dass er immer noch dekorativ an der Holzwand lehnte, fragte sie säuerlich: »Soll ich *Ihr* Pferd auch absatteln?«

Dom lachte beifällig. »Kleines Biest.« Damit verschwand er in der Box, und einen Augenblick später landete sein Jackett auf einem Pfosten.

Was bedeutete, dass er nur noch ein Hemd trug. Was wiederum bedeutete, dass Doms Schultern, die Laurentia so bewunderte, nur noch von feiner, weißer Baumwolle bedeckt waren. Unwillkürlich blieb sie regungslos stehen und wartete, ob er vielleicht auch noch andere Kleidungsstücke ablegen und über den Pfosten werfen würde. Das Hemd, oder womöglich gar die Hose.

Laurentia schloss die Augen. Sie musste unbedingt verhindern, dass ihr solche Jungmädchenphantasien in die Quere kamen. Schon jetzt plagten sie derartige Gedanken viel zu häufig, und eine Frau konnte nicht für immer von Tagträumen leben. Irgendwann mussten die vagen Umrisse mit entschlossenen Pinselstrichen ausgefüllt werden.

Es erwies sich jedoch als unmöglich, ihre abschweifenden Gedanken zu kontrollieren, als Dom die Leiter zum Heuboden hinaufkletterte. Ihre Augen hatten sich nur zu gut auf das Dämmerlicht eingestellt, und sie schluckte mehrfach, als sie ihn beobachtete.

War er sich darüber im Klaren, welche Wirkung seine leichte Kleidung auf sie ausübte? Natürlich nicht. Nicht einmal Dom hätte sich vorstellen können, welche Träume der Prinzessin sich um seine Oberschenkel und breiten Schultern rankten. Sie überlegte, welche Farbe die Haut seiner Schultern haben mochte, sehnte sich danach, einen Blick auf die angespannten Muskeln seiner Oberschenkel zu erhaschen, und zu überprüfen, ob – Laurentia holte tief Luft – Dulcie gelogen hatte, als sie die mächtigen Ausdehnungen beschrieb, die sich bisweilen an gewissen Stellen des männlichen Körpers bemerkbar machten.

Laurentia war selbst davon überrascht, wie verdorben ihre eigenen Gedanken waren, denn hatte Weltrude ihr nicht oft genug erklärt, dass es sich für ordentliche Frauen von selbst verbat, Mutmaßungen über den Körper ehrbarer Männer anzustellen? Damit hatte Weltrude zweifellos gemeint, dass Laurentia sich nicht vorstellen dürfe, wie Dom ohne Kleider aussah. Aber Dom war weder ehrbar noch ein Gentleman, und unglückseligerweise sah sich auch Laurentia außerstande, Weltrudes hohen Ansprüche in puncto tadelloser Moral zu genügen.

Ihre Träumerei wurde von einem Heustapel unterbrochen, der auf sie herabfiel, und mit grimmiger Entschlossenheit stapfte Laurentia zur gegenüberliegenden Wand und versuchte, den Fensterriegel zu öffnen. Als es ihr schließlich gelang, blieb sie einen Augenblick in der frischen Brise stehen und wartete auf Abkühlung.

Das Problem war nur, dass sie einfach nicht so lange warten konnte. Dom würde bald genügend Heu zusammengeharkt haben und herunterkommen, und nach allem, was sie gesagt hatte, wollte sie nicht, dass er sie für eine verwöhnte Prinzessin hielt, die erwartete, dass er die Arbeit allein erledigte. Laurentia konnte auch zupacken, und daran sollte er nicht zweifeln.

Sie wandte sich vom Fenster ab und begann, Körner aus dem Futterkasten in den Trog zu schaufeln. Sie suchte Bürste und Kardätsche zum Striegeln ihres Pferdes, ging zu Sterling und redete leise auf ihn ein, während sie das Zaumzeug abnahm und die Hufe auskratzte. Sie zog sich einen Stuhl heran und begann, das mächtige Tier mit festen Bürstenstrichen zu bearbeiten.

Sie hörte Dom die Leiter hinabsteigen. Er warf Einstreu in Sterlings und Oscuros Boxen und stapelte das restliche Heu im hinteren Teil des Stalles. »Für später«, sagte er.

Gelegentlich warf Laurentia einen kurzen Blick zu ihm hinüber, stellte fest, dass er gewandt mit der Heugabel umzugehen verstand, fragte sich, ob es wohl irgendetwas gab, worin er nicht geschickt war, und errötete über ihre eigenen kühnen Gedanken.

Für Laurentia hatte die Realität begonnen. Sie selbst hatte es so gewollt. Sie wollte diese Vertrautheit, und es gab nichts mehr, was sie jetzt noch aufhalten konnte, nicht einmal ihr mädchenhaftes Zaudern.

Nachdem Dom das Heu verteilt hatte, ging er zurück in Oscuros Box. Sie konnte ihn nicht mehr sehen, hörte aber, wie er den Sattel abnahm, die Bürsten zusammensuchte und sein Pferd mit der gleichen Sorgfalt zu striegeln begann, die er …

Nein. Daran wollte sie jetzt besser nicht denken.

Die gleichmäßigen, kreisenden Bewegungen der Kardätsche, das unablässige Striegeln und die kameradschaftliche Stille entspannten Laurentia ebenso wie Sterling. Sie hatte Sterlings Kopf und Hals fertig gebürstet und kletterte auf den Stuhl, um seinen Rücken zu bearbeiten. Dann trat sie wieder auf den mit Stroh bedeckten Boden und striegelte Sterlings Flanken. In der Box daneben behandelte Dom sein Pferd auf die gleiche Weise. Sie vermutete, dass er als Erster fertig sein würde. Schließlich war er erfahrener und größer als sie.

Auch Dom bereitete die Arbeit offenbar Vergnügen, denn er begann, zu summen, erst ohne bestimmte Melodie und dann einen neuen Walzer, den Laurentia noch nie gehört hatte.

»Wer hat das komponiert?«, fragte sie, ohne sich darüber im Klaren zu sein, was die Zufriedenheit in ihrer Stimme verriet.

»Johann Strauss. Es war der letzte Schrei, als wir in Wien waren.«

Sofort wurde Laurentia von Neugier und unsinniger Eifersucht geplagt. »Wir?«

»Meine Truppe. Meine Söldner.«

Sie war überrascht. Dom hatte seine Truppe bereits erwähnt, aber der Eindruck eines Ausgestoßenen, den er erweckte, war so stark, dass sie es bereits wieder vergessen hatte. »Was ist mit ihnen passiert?«, fragte sie.

»Sie sind tot.«

»Oh.« Laurentia glaubte nicht, dass Dom so gefühllos war, wie er vorgab, sondern dass er seine wahre Natur vor ihr verbergen wollte.

Das konnte sie verstehen. Leute, die man zu oft betrogen hatte, wurden vorsichtig. Auch für Laurentia würde es leichter sein, ihren Körper zu entblößen als ihre Gedanken. Doch wenn sie füreinander nicht mehr waren als zwei Körper, dann hätte sie sich ebenso gut für Francis entscheiden können.

In einem so munteren Ton, dass sogar Sterling die Ohren aufstellte, begann Laurentia zu plaudern. »Ich würde sehr gerne etwas über Ihre Abenteuer hören, aber ich glaube, Sie würden zuerst lieber etwas über mich erfahren, und ich habe nichts dagegen.« *Fast nichts.* »Was würden Sie gerne wissen?«

Nervös wartete Laurentia auf Doms Frage.

Stattdessen erkundigte er sich nur: »Sind Sie fertig?«

Nach den letzten Strichen über Sterlings Beine legte sie die Bürsten auf das Regal. »Ja.« Sterling war trocken, sauber und zufrieden, und Laurentia empfand wie immer Genugtuung, wenn sie mit ihrer eigenen Arbeit zufrieden war.

»Ist Ihnen denn nicht warm?«

Laurentia hielt völlig überrascht mitten im Aufrichten inne. »Wie bitte?«

Wieder legte er die Arme auf die Wand zwischen den beiden Boxen. Sie waren nackt, da er die Ärmel bis zum Ellbogen aufgerollt hatte, und sie sah das dunkle Haar auf seinen muskulösen Unterarmen und die vielen Narben, die ein unregelmäßiges weißes Muster auf der gebräunten Haut hinterlassen hatten.

Dom richtete seinen Blick auf sie. »Das ist harte Arbeit, und Sie sind so eingeschnürt wie das geklaute Hühnchen eines Söldners. Ihnen ist ganz bestimmt warm.«

Langsam richtete Laurentia sich zu ihrer vollen Höhe auf, die in diesem Fall nicht annähernd hoch genug war.

Solange sie beschäftigt war, hatte sie es nicht bemerkt, aber als Dom sie jetzt ansah, war ihr mehr als nur warm. Ihr war heiß.

Außerdem war sie eine Prinzessin, die persönliche Kommentare nicht gewöhnt war und nicht wusste, wie sie damit umgehen sollte. Laurentia war sich so gut wie sicher, dass dieser Kommentar sogar noch über das Persönliche hinausging und schon als familiär bezeichnet werden konnte.

Genau das, was sie gewollt hatte, beruhigte sie sich. Völlige Vertrautheit, nicht nur in Worten.

Sie sah Dom direkt in die Augen. »Mir *ist* warm.«

Er blickte sie mit seinem routinierten Lächeln an. »Kommen Sie her und lassen Sie mich Ihnen helfen.«

Dieses selbstgefällige, zuvorkommende Lächeln widerstrebte Laurentia. Er hatte es gewiss hundertmal eingesetzt, um eine Frau zu verführen. Aber sie hatte keinen Grund, sich zu beklagen. Sie wusste auch nicht, wie sie ihm begreiflich machen sollte, dass es ihr lieber war, wenn er ehrlich war, selbst dann, wenn er es nur vorgab. Also trat sie aus Sterlings Box und traf Dom im Gang.

Die Sonne stand jetzt direkt über ihnen, und die Berge schienen sich dem Glanz ihrer Strahlen hinzugeben. Zufrieden fressend standen die Pferde in ihren Boxen. Der schattige Stall glich einer abgegrenzten, von tiefem Schweigen erfüllten Welt, als die Prinzessin und der Söldner einander in die Augen blickten.

Laurentia machte gleich in der ersten Sekunde eine interessante Feststellung. Wenn sie einander so nahe waren, zählte es nicht mehr, dass Dom lächelte wie ein Zauberkünstler, der im Begriff war, einen Kartentrick vorzuführen. Ihr Herz pochte laut, und ihre Brust hob und senkte sich in schnellen, kurzen Atemzügen.

»Dieses Tuch ist wirklich sehr hübsch.« Dom berührte den Stoff mit seinem langen Zeigefinger. »Aber im Augenblick kommen Sie auch ohne Tuch aus. Wollen wir Sie davon befreien?«

Laurentia gestattete es mit einem Nicken.

Das war in Ordnung. Schließlich war auch Dom bereits halb entkleidet. Sein Hemdzipfel hing aus der Hose, und er hatte den Kragen abgenommen. Er löste das Tuch um ihren Nacken, und durch den leicht geöffneten Ausschnitt seines Hemdes konnte Laurentia das dichte, schwarze Haar auf seiner Brust sehen, aber wie aufmerksam sie auch spähte, sie konnte nicht erkennen, wie weit die Behaarung reichte.

Sie durfte nicht so offensichtlich starren. Schnell blickte sie zu ihm auf und sah, wie er mit ungespielter Belustigung lächelte, bereit zur Verführung.

Seine Hände, breit, stark, erprobt, griffen nach dem Seidenstoff. Laurentia blickte ihn unverwandt an, während er das Tuch langsam an einem Ende aus dem Ausschnitt ihrer Jacke zog. Seine Augen wurden schmal, als die bloße Haut ihres Dekolletés zu sehen war.

Diesen Schock überstand nicht einmal Doms routiniertes Lächeln. Seine Wangen sackten herab, und Laurentia sah, wie er schluckte. Er hielt einen Augenblick inne und zog dann eilig das restliche Tuch in seiner ganzen Länge von ihrem Hals. Die Jacke war so tief ausgeschnitten, dass sie Laurentias Brüste, die durch den engen Schnitt hochgedrückt wurden, nur knapp bedeckte. Brust und Schultern waren Doms Blick ausgeliefert, ein zarter Rüschenbesatz aus Seide bildete den einzigen Schutz.

Dom stand vollkommen still. Er starrte sie unverhohlen an, ohne die Raffinesse des geübten Verführers. Er zog rau und tief die Luft durch die Zähne. Der Schal flatterte zu Boden. »Mädchen, was tragen Sie unter diesem Reitkostüm?«

Sie hatte ihn überrascht, und es gelang ihr nicht, den Triumph in ihrer Stimme zu unterdrücken, als sie antwortete: »So wenig wie möglich.«

Er legte ihr eine Hand unter das Kinn, sah ihr in die Augen und sagte langsam: »Sie wissen gar nicht, was Sie angerichtet haben.«

Plötzlich wurde der Griff seiner Finger fester, er schlang den freien Arm um Laurentias Taille und zog sie zu sich hoch, bis sie auf den Zehen stand. Er hielt ihr Gesicht fest, als er sie küsste, ein Kuss ohne Zärtlichkeit oder Zurückhaltung. Ja, der Verführer war verschwunden. Jetzt hielt sie der Söldner in seinen Armen, wild und ungezähmt.

Er war der Mann, den sie wollte.

Er öffnete ihren Mund mit seinem, eroberte sie mit seiner Zunge, presste seine Hüften gegen ihre.

Sie ließ es geschehen, drängte sich an ihn, sog die Hitze und Leidenschaft eines außer Kontrolle geratenen Mannes ein. Verschwommen dachte Laurentia, dass Dulcie Recht gehabt hatte: Jener Teil seines Körpers, der sich gegen sie presste, war viel größer als vorher. Sie hatte die Stelle zu oft betrachtet, um sich zu irren. Er hatte offenbar die Absicht, dieses Körperteil in sie hineinzustecken. Daran gab es keinen Zweifel, als er seine Hand gegen ihr Hinterteil drückte und zwischen ihre Beine einzudringen versuchte, woran ihn allerdings ihr enger Rock hinderte.

Er riss seinen Mund von ihrem los und stieß ein so heftiges »Verdammt noch mal!« aus, dass seine Enttäuschung auch Laurentia bis in die Knochen durchdrang. Ohne sie loszulassen, schob er sie rückwärts in Richtung auf ein ungewisses Ziel. Als ihre Sohlen ausglitten, ließ er sie in seinen Armen zurücksinken.

Sie fiel in einen Strohhaufen, und Dom landete auf ihr. Er war schwerer, als sie erwartet hatte, umgab sie mit seinem Geruch, seinem Gewicht, seiner Größe. Ihre Hand glitt über seine Brust zu seinen Schultern … diesen Schultern. Sie bewegten sich unter ihren Fingern, genauso breit und stark, wie sie es sich ausgemalt hatte, und die Muskeln zeichneten sich deutlich unter dem dünnen Stoff des Hemdes ab.

Er rückte sie unter sich zurecht, umschlang ihre Beine mit seinen. Er beugte sich über ihren Mund und küsste sie erneut mit hastigem Ungestüm. »Das hätten Sie nicht tun dürfen«, sagte er und schob sie mit einem Arm so weit an den Rand des Strohhaufens, dass ihr Kopf zurückfiel. Laurentias Hals und Brust lagen entblößt vor seinen Augen, und er knurrte wie ein Wolf vor einem Festmahl.

Als er seine Lippen auf ihren Hals presste, waren sie jedoch sanft, geöffnet, seine Zunge ein Vorbote der Lust. Er saugte heftig an der zarten Haut, besänftigte dann den Schmerz und lachte leise, so leise. »Ich habe Sie gezeichnet, Euer Hoheit.«

Laurentia begriff nicht, was er damit meinte. Sie wusste nur, dass sein Mund weiter hinabwanderte und mit jedem Kuss, mit jeder Berührung, sehnte sie sich nach mehr. Ihre Brustwarzen richteten sich auf, warteten auf ihn und seinen Mund. Sie stieß ein kehliges Stöhnen aus, einen Laut, den sie noch nie zuvor von sich gegeben hatte, und hob erstaunt den Kopf.

Auch Dom hatte den Kopf gehoben, und seine Augen glitzerten. Er betrachtete sie und lächelte. Diesmal war es ein echtes Lächeln. »Singen Sie noch einmal für mich, süße Prinzessin.« Seine freie Hand wanderte über ihre Brust, berührte und liebkoste sie mit sicheren Strichen, die Laurentia durch Samt und Baumwolle direkt auf der Haut spüren konnte. Ihre Nerven versagten, ihr Kopf sank willenlos zurück, und sie stöhnte erneut auf.

»Wunderschön.« Er beugte sich über sie, aber jetzt berührte sein Mund nicht die bloße Haut, sondern blieb dort, wo Laurentia es sich wünschte. Sein Atem wärmte ihre Brustwarzen durch den Stoff ihrer Kleidung … und dann nicht mehr durch den Stoff.

Laurentia grub ihre Finger in seine Schulter und schrie »Dom!«, aber der Name klang nicht lauter als ein Flüstern.

Dom hatte ihr Oberteil aufgeknöpft, die weiche Seide und dünne Baumwolle ihres Hemdchens beiseite geschoben und marterte sie jetzt. Die barbarischen Küsse auf ihren Mund hatten sich in sanftere Küsse auf ihren Busen verwandelt. Es kümmerte ihn nicht, dass noch kein Mann sie je dort berührt hatte. Er kannte keine Gnade mehr. Er saugte an ihren Brustspitzen, bis sie sich steil aufreckten. Seine Zähne glitten über ihre Haut, Drohung und Versprechen zugleich.

Erregung. Dies war höchste Erregung.

Sie war gespannt, bereit, sie wand sich unter seinem Körper, die Hände krampfhaft in sein Haar vergraben, versuchte gleichzeitig, ihm zu entfliehen und näher zu kommen …

Er glitt jetzt von ihr herunter und legte sich neben sie. Seine Hand wanderte tiefer, strich über den flachen Hügel zwischen ihren Beinen. Der Druck, den er auf diese Stelle ausübte, fühlte sich richtig an, fügte der Wirklichkeit der körperlichen Liebe einen neuen Pinselstrich hinzu, brachte sie dazu, sich zu winden und in leises, kurzes, wiederholtes Stöhnen auszubrechen. Dom versuchte, ihr die Beine zu spreizen, aber der enge Rock, den sie heute Morgen so wagemutig angezogen hatte, vereitelte wieder seine Bemühungen. Er stieß einen wilden Fluch aus. Laurentia wäre vor lauter Enttäuschung beinahe in Tränen ausgebrochen.

Dom fuhr mit den Fingern durch ihr Haar, zog Haarklammern heraus und warf sie beiseite. Er hielt ihren Kopf fest und blickte sie so durchdringend an, dass sie gezwungen war, die Augen zu öffnen und seinen Blick zu erwidern.

»Tragen Sie von jetzt an immer all Ihre Kleider«, befahl er. »Ziehen Sie nicht einfach irgendein Kleidungsstück aus.«

»Möchten Sie das wirklich?«

»Nein.« Er betrachtete ihre Brüste. Ein Busen war entblößt und der braune Samt überall dort zerdrückt, wo seine Hand sie berührt hatte. »Nein, ich will Sie nackt, aber nicht in einem Stall, nicht beim ersten Mal, nicht mit Ihnen.« Er holte Luft, und für einen Augenblick war das unaufrichtige Lächeln wieder da, das Laurentia so verabscheute. »Und nicht mit mir, da können Sie verdammt sicher sein.«

Bedenken. Francis hatte Bedenken gehabt. Ein unehelich geborener Söldner hatte Bedenken. »Warum gerate ich immer an Männer, die Bedenken haben?«

Doms Lächeln verschwand. »Ist Ihnen das schon häufiger passiert« – seine Fingerknöchel strichen leicht über ihre Brustwarze –, »Euer Hoheit?«

»Nein.« Enttäuscht schlug sie seine Hand weg, rollte zur Seite und setzte sich auf. »Nur gestern mit Ihnen. Francis habe ich nie so weit bekommen.«

Dom geriet immer mehr in Zorn, und seine Lippen wurden schmal. »Vielleicht hat es Ihnen noch niemand gesagt, Euer Hoheit, aber es ist schlechter Stil, mit einem neuen Liebhaber über seine Vorgänger zu reden.«

Der Rausch war verflogen. Laurentia war plötzlich gereizt und missmutig, das Stroh juckte unerträglich. »Francis war niemals mein Liebhaber.« Sie zog sich die Träger des Hemdchens über die Schultern und begann, ihre Jacke zuzuknöpfen.

»Gut.« Dom ließ seine Hand über ihren Rücken gleiten, um die Strohhalme zu entfernen. »Wenn es Gerechtigkeit in der Welt gäbe, dann wäre ich Ihr erster und letzter Liebhaber.«

Laurentia erstarrte.

Dom nahm offenbar an, dass sie vor ihm andere Liebhaber gehabt hatte. Das musste er ja annehmen; schließlich hatte sie eine Ehe hinter sich. Seine Vermutung wäre selbst dann berechtigt, wenn das nicht der Fall gewesen wäre. Sie war bereits fünfundzwanzig Jahre alt, und ihr Benehmen aufgrund ihrer gesellschaftlichen Stellung liebenswürdig und gesetzt.

Doms Hand auf ihrem Rücken brachte sie so zum Zittern, dass sie Mühe hatte, die Knöpfe zu schließen.

Aber sie war noch unschuldig, und Dulcie sagte, dass zwischen den ersten Versuchen einer Jungfrau und den raffinierten Verführungskünsten einer erfahrenen Frau Welten lägen. Dulcie fand, dass eine Frau es ihrem Liebhaber nicht verschweigen sollte, wenn er der Erste war, damit er Rücksicht darauf nehmen konnte. Laurentia musste Dom die Wahrheit gestehen.

Sie drehte sich um, bis sie Dom direkt ansah, und stellte fest, dass er in den Anblick ihres losen Haares versunken war, das er mit den Fingern kämmte. »Dom, Sie *werden* mein erster Liebhaber sein.«

Er nahm einige Strähnen und vergrub das Gesicht darin. »Ja.«

Während er sich vorbeugte, konnte sie der Versuchung nicht widerstehen, mit den Fingerspitzen über seine Ohrmuschel zu streichen. »So will ich es auch.«

»Ich will es auch.« Irgendwie waren seine Lippen zu ihrer Wange gewandert, und er küsste sie sanft. »Ich will es so, wie Sie es haben wollen.«

»Dann ist es ja gut.« Laurentia genoss Doms sanfte Zärtlichkeit nach so viel Leidenschaft, und was er sagte, gefiel ihr ebenfalls.

Aber gleichzeitig hatte sie das unbestimmte Gefühl, als habe er ihr überhaupt nicht zugehört.

Dom schlang einen Arm um ihre Taille. »Da Sie mich aus diesem Grund hierher gebracht haben, schlage ich vor, dass wir jetzt ins Haus gehen.«

»Ja.«

»Und zu Ende bringen, was wir begonnen haben.«

»Nein.«

Dom wich überrascht zurück, aber er hatte versprochen, sich nach ihren Wünschen zu richten. Und …

»Zuerst möchte ich reden.«

19

Reden. Typisch Frau. Sie wollte reden.

Während Laurentia zufrieden und mit hausfraulicher Geschäftigkeit in dem kleinen Zimmer hantierte, stand Dom in der Tür. Er war so erregt, dass er kaum gehen konnte. Wie auch, wenn es ihm einfach nicht gelang, die Augen von ihr abzuwenden?

Genauso, wie sie es geplant hatte. Sie hätte ebenso gut ein Höllenfeuer unter seinen Fußsohlen entzünden können, statt so hin und her zu laufen, hübsch wie sie war, mit dem langen Haar, das ihr offen über den Rücken fiel, den langen Wimpern, dem koketten Lächeln, das ihre Lippen umspielte – und ohne dieses verdammte Halstuch. Die sanfte Kurve ihrer Brust war bezaubernd, die cremefarbene Haut ohne eine Sommersprosse, aber das hatte er bereits gestern Abend festgestellt. Die Abendkleider der Frauen waren in dieser Hinsicht recht offenherzig, und der tiefe Ausschnitt am Kleid der Prinzessin hatte ihm den erfreulichen Anblick nicht vorenthalten.

Sobald eine Frau aber nicht die vorgeschriebene Unterwäsche trug, zog ein Mann daraus den Schluss, dass alle Kleider abgelegt werden konnten, ja, abgelegt werden sollten, und zwar so schnell wie möglich. Niemals seit Menschengedenken hatte ein Mann feststellen müssen, dass eine Frau, die unzureichend gekleidet war, gedacht hatte: *Wir sollten uns jetzt unterhalten.*

Reden. Nun gut, wenn sie es wünschte, würde er reden. Aber sobald sie mit Reden fertig waren, würde er sie zu diesem leeren Bett dort in der Ecke führen und sie so lange lieben, bis *sie* nicht mehr gehen konnte. Er stemmte die Hand gegen den Türrahmen. Irgendwo in der Welt musste es doch Gerechtigkeit geben. Er konnte vorher nicht laufen und sie nicht danach.

Laurentia, damit beschäftigt, Lebensmittel aus ihren Satteltaschen in den Schrank zu räumen, hielt plötzlich mitten in ihrer Tätigkeit inne. »Sie sehen so unbehaglich aus. Wollen Sie sich nicht setzen?«

»Ich stehe lieber.« Es war seine eigene Schuld. Er hätte sie sich einfach im Stall vornehmen sollen, aber er hatte schon an zu vielen Plätzen Unzucht getrieben, um nicht zu wissen, dass dieser lausige Heuhaufen weder hoch noch sorgfältig genug gestapelt worden war, um ihr königliches Hinterteil im entscheidenden Moment zu schützen. Frauen hatten manchmal komische Ansichten über Strohhalme, die sie in den Hintern piekten. Natürlich, er hätte sie auf sich setzen können, aber manchmal hatte auch Dom komische Ansichten über piekende Strohhalme.

Was noch wichtiger war – beim ersten Mal mit Laurentia wollte er oben liegen, bei Gott. Normalerweise spielte das keine Rolle, aber diesmal war es wichtig. O ja, diesmal war es wichtig!

Also hatte er sich im Stall wie ein wahrer Gentleman verhalten und sich Einhalt geboten, und das war nun der Dank für so viel Edelmut. Sie wollte *reden*.

Mit einem spitzbübischen Lächeln trat Laurentia jetzt vor ihn. »Sie können hereinkommen. Sie müssen nicht an der Tür herumlungern wie ein Hund, der Angst hat, getreten zu werden.«

Sie nahm seine Hand zwischen ihre Hände, hielt sie fest, hob sie an die Lippen und drückte sanfte, zärtliche Küsse auf seine Knöchel. Die Geste war so natürlich, dass *er* der Prinz hätte sein können und *sie* die unehelich Geborene.

»Ich bin nur um Ihretwillen in dieses Haus gekommen«, sagte sie.

Um seinetwillen? »Warum?«

»Hauptsächlich um Ihretwillen.«

Eine überflüssige Berichtigung, fand Dom.

»Ich wollte, dass Sie sehen, was mir am Herzen liegt. Um zu wissen, ob es Ihnen auch gefällt.«

Er sah sich in dem voll gestopften Raum um. Sie hatte die Fensterläden geöffnet, das Sonnenlicht strömte herein, und er konnte nichts entdecken, was ihn begeistert hätte. Der Kamin nahm fast die gesamte Breite einer Wand ein, ein riesiges Ungeheuer, dessen Rachen gewaltige Mengen von Holzscheiten aufnehmen konnte. Die plumpen, abgerundeten Steine, die sich in Doppelsäulen neben der eisernen Feuerstelle erhoben, sahen aus, als kämen sie aus einem Flussbett. Die Feuerstelle war ziemlich primitiv, es gab einen Haken für den Kochtopf, und zwischen den Steinen hatte sich alter Mörtel gelöst und lag dort wie Kies.

»Wer hackt denn das Holz?«, fragte Dom, der harte Arbeit auf sich zukommen sah.

»Das lässt Papa mich nicht selbst erledigen. Jedenfalls nicht, wenn ich allein hier bin. Er machte sich Sorgen, ob ich mit der Axt geschickt umzugehen verstehe, und ich muss zugeben, dass ich nicht besonders gut im Hantieren mit scharfen Klingen bin.«

Entsetzt nahm Dom jetzt ihre Hand zwischen seine Hände, während er versuchte, ihre Worte zu begreifen. »Wollen Sie damit sagen, dass Sie selbst versucht haben, Holz zu hacken?«

»Nein.«

»Gut.«

»Ich konnte die Axt nicht hochheben.«

Es nützte Dom nichts, sich zu sagen, dass sie vor ihm stand, einigermaßen vernünftig und in Sicherheit. Unbarmherzig beschworen seine Gedanken ihr Bild herauf, wie sie die Axt über den Kopf schwang und …

Laurentia prustete heraus. »Sie sehen genau aus wie Papa, als ich es ihm erzählte.«

Ja, Dom hatte volles Verständnis für die Angst ihres Vaters. Der Gedanke, dass Ruby auf ihren kleinen Füßen ahnungslos in eine Gefahr tappen konnte, war ihm entsetzlich, und er hätte sie am liebsten nie aus den Augen gelassen. Laurentias Vater empfand wahrscheinlich dasselbe für seine Tochter. König Jerome würde sich bestimmt auch wie ein gemeiner Verbrecher fühlen, wenn er eines Tages erfuhr, dass er Laurentia in Lebensgefahr gebracht hatte, weil er Dom als ihren Leibwächter eingestellt hatte.

Aber Dom war der richtige Mann, wenn es darum ging, die Entführer abzuschrecken, wer immer sie auch sein mochten. Es war eine schwere Aufgabe, die Prinzessin zu beschützen, das würde Dom König Jerome erklären … nach seinem Verrat.

Er blickte auf Laurentia. Er hatte noch niemals falsches Spiel mit einer Geliebten getrieben. Nicht einmal mit einer königlichen Geliebten.

Aber er hatte auch noch nie einen Auftraggeber hintergangen. Es ging um seine Ehre. Brat brauchte Sicherheit und Geborgenheit. Es ging um Rubys Zukunft. Laurentia zählte nicht, wenn es um diese drei Verpflichtungen ging.

Laurentia war ausschließlich an seinem Körper interessiert, nur daran, dass er ein erfahrener Liebhaber war. Das durfte er nie vergessen.

»Die schweren Hausarbeiten erledigt ein Ehepaar, das schon seit Generationen im Dienst unserer Familie steht«, erklärte Laurentia. »Minnie und Roy stapeln das Heu auf dem Boden und im Schuppen. Sie haben gestern mit den beiden gesprochen, erinnern Sie sich?«

Dom erinnerte sich genau und begriff jetzt auch, warum das alte Ehepaar so offen seine Meinung geäußert hatte.

»Papa schloss das Haus, als Mama starb, und außer Minnie und Roy weiß niemand, dass ich hierher komme.«

»Selbst wenn jemand das Haus aus Zufall fände, würde er es schwerlich für eine königliche Bleibe halten«, erwiderte Dom trocken.

In einer Ecke stand das Bett; der grobe hölzerne Rahmen war mit einem Haken an der Wand befestigt, und die Matratze lag auf geflochtenen Seilen. Die Matratze war nichts als ein großer, flacher, leerer Sack, den Laurentia bereits zur Eingangstür gezerrt hatte. Sie wolle frisches Stroh einfüllen, hatte sie gesagt. Dom hatte das zuerst für die indirekte Aufforderung gehalten, dass er sich darum kümmern sollte. Vielleicht war es das auch, aber er begriff langsam, dass die Prinzessin vieles allein erledigen konnte und es schon oft getan hatte.

Immer noch hielten sie sich wie Liebende an den Händen, und Laurentia zog ihn ins Zimmer. »Mein Vater hat diesen Schrank für meine Mutter gebaut, und sie hat ihn dekoriert. Ist er nicht hübsch?«

Bei dem Vorratsschrank, der einer Ecke des Zimmers zur Zierde gereichte, handelte es sich um ein etwas gefährlich aussehendes Möbelstück. Dom hatte den Eindruck, als sei die dekorative Schnitzerei von Nagetieren ausgeführt worden, aber er hätte nicht im Traum daran gedacht, Laurentias Entzücken zu mindern. »Wunderschön. Hat Seine Majestät auch den Tisch gezimmert?«

»Und die Stühle.«

Das erklärte einiges, zum Beispiel, warum der eine Stuhl auf ungleichen Beinen wackelte, und warum sich einem Splitter in die Arme bohrten, sobald man sie auf den Tisch stützte.

Aber verglichen mit den groben Stühlen und der beinlosen Sitzgelegenheit mitten auf dem Boden machte der Tisch einen ganz ordentlichen Eindruck. »Wofür ist das?« Dom wies auf die geschlossene Tür an der Rückwand des Hauses.

Laurentia grinste selbstzufrieden. Dann ging sie zu der Tür, öffnete sie mit einer schwungvollen Bewegung und bedeutete ihm, ihr zu folgen.

Bezaubert von ihrem Lächeln und dem Funkeln ihrer Augen, ging Dom zu ihr hinüber, während seine Stiefel auf dem Holzfußboden dröhnten. Wieder forderte sie ihn auf, hinauszutreten, und er gehorchte und stand auf der Veranda, die über die abschüssige Bergflanke hing wie der Horst eines Adlers.

Die Veranda war ungefähr vier Meter breit und genauso lang wie das kleine Haus. Das überhängende Dach spendete Schatten, die Stützpfeiler bohrten sich in den steil abfallenden Hang unterhalb des Hauses. Doms Atem stockte, als er in die Baumkronen blickte, in denen die Vogelnester zum Anfassen nah waren. Rote Eichhörnchen hüpften von Ast zu Ast. Leise knarrend schwankten die Pinien in der sanften Brise.

Von so viel Schönheit überwältigt, trat Dom an die weiß gekalkte Brüstung und stützte sich darauf. Neben dem Haus stürzte der Bach in ein felsiges Bett, fügte dem Zwitschern der Vögel seine eigene Melodie hinzu und floss weiter unten, dort, wo der Hügel flacher wurde, mit einem anderen Bach zusammen talabwärts. Dom ließ den Blick über die Berge schweifen, die sich blau in der Ferne erhoben. Dahinter, in der Kluft zwischen zwei Bergen, lag azurfarben und dunstig das Mittelmeer.

Dom sog die würzige Bergluft tief in die Lungen, wie berauscht von dieser Schönheit, die an die Überreste seiner armseligen, verfluchten Seele rührte. Auf Reisen hatte er viele schöne Landschaften gesehen, aber keine davon hatte ihn mit solcher Ehrfurcht erfüllt. Kein Ort hatte ihn innerlich berührt, seit man ihn aus Sereminien verstoßen hatte, aber dieses Landhaus summte vor Ruhe, Frieden und dem Gefühl, dass hier irgendwann irgendjemand sehr glücklich gewesen war und dass jemand hier eines Tages wieder ebenso glücklich sein würde.

»Gefällt es Ihnen?« Laurentias Stimme klang keineswegs zaghaft, sondern ruhig und entzückt darüber, ihm ihren ureigensten Besitz zeigen zu können.

»Ja.« Dom nickte, verzaubert von der Pracht. »Ich verstehe, warum Sie hierher kommen.«

»Ich wusste, Sie würden mich verstehen.« Laurentia trat neben ihn, legte ihm den Arm um die Taille und lehnte den Kopf gegen seinen Arm. »Es ist mein ganz persönliches Baumhaus.«

Er richtete sein Augenmerk von der Ferne auf die unmittelbare Nähe. Sie berührte ihn, aber es war keine wollüstige Berührung. Sie lehnte sich gegen ihn, wie er es schon bei Hunderten von Frauen gesehen hatte, die sich gegen ihre Männer lehnten, behaglich und schutzsuchend, für einen Augenblick der Gemeinsamkeit oder um auszuruhen. Die Vertraulichkeit der Geste traf ihn unvorbereitet, und er, der Mann, der aus allem seinen Vorteil zu schlagen verstand, musste feststellen, dass er nicht in der Lage war, etwas anderes zu tun, als stocksteif stehen zu bleiben.

Offensichtlich wollte sie genau das. Für einen langen Augenblick schmiegte sie sich mit allen Anzeichen von Zufriedenheit an ihn. Eine Zufriedenheit, die er hätte teilen können, wenn Laurentia nicht die Prinzessin und Gegenstand seines Auftrages gewesen wäre.

Dann rieb sie ihren Kopf an seinem Arm wie ein zahmes Kätzchen und trat zurück. »Wir können die Stühle auf die Veranda stellen.« Sie faltete die Hände hinter dem Rücken und blickte in die Ferne. »Wenn Sie wollen, können wir hier draußen schlafen. Es wird kalt in den Bergen, aber wir haben viele Decken, und die Kälte hält die Mücken fern, und die Sterne sind so schön …«

Dom stellte fest, dass sie nervös war. Nervös, weil sie etwas so Vertrauliches vorschlug? Als könnte er ihr Angebot zurückweisen.

Aber vielleicht hatte jemand sie zurückgewiesen. Er drehte sich um, setzte sich auf die Brüstung und blickte sie an. Im Stall hatte sie gesagt, er sei ihr erster Liebhaber. Er hatte auf kaum etwas anderes geachtet als auf ihre Brust, hübsch und rosig, aber an diese Worte erinnerte er sich deutlich.

Dom nahm an, sie habe ihm damit sagen wollen, dass sie noch nie Befriedigung gefunden habe und dass es seine Aufgabe sei, ihr diese Befriedigung zu verschaffen. Das wollte er nur zu gern, aber trotzdem wunderte er sich über Laurentia. Sie strömte über vor Leidenschaft. Welcher Mann hätte bei ihr versagen sollen? »Sie müssen mir alles über Ihren Ehemann erzählen.«

Die aufgeregte Röte wich aus ihren Wangen. »Das möchte ich nicht.«

»Sie wollten doch reden.«

»Hierüber.« Sie wies auf die Aussicht hinter ihm. »Und über Sie. Ich kenne Sie kaum.«

Doms Freude an der Schönheit ringsum verging jäh. Warum mussten Frauen immer ihre Nase in die Lebensgeschichten anderer Leute stecken? Wurde die Tatsache, dass sie ihn erwählt hatte, in Laurentias Augen moralisch weniger verwerflich, wenn sie sich einreden konnte, sie seien Freunde? »Ich bin es nicht wert, dass man über mich spricht.«

20

Laurentia blickte Dom nach, der steifbeinig wie eine Wildkatze auf der Pirsch ins Haus ging. Sie hatte ihn verärgert. Er wollte nicht über sich sprechen, und das konnte sie verstehen. Er war ein Söldner, ein Beruf, den kein Mann wählen würde, der mit seinem Leben zufrieden war. Nur die Verzweifelten zogen aus, um für Fremde zu kämpfen und in der Ferne zu sterben. Trotzdem wollte Laurentia etwas über Doms Vergangenheit wissen. Wie ein unstillbarer Hunger nagte das heftige Verlangen in ihr, Doms Geheimnisse kennen zu lernen, seine Wunden zu heilen und seinen Zorn zu besänftigen.

Dulcie hätte mit ihm geschlafen, ohne seinen Namen zu kennen. Laurentia wollte ein Teil von Doms Leben sein.

Laurentia schüttelte den Kopf über ihre eigene Torheit und folgte Dom ins Innere des Hauses. Die Matratze war verschwunden, und die Hintertür stand offen. Laurentia musste sich eingestehen, dass sie froh war, dass Dom diese Aufgabe übernommen hatte. Es erschien ihr wie ein Zeichen von häuslichem Interesse, als sei die Wildkatze bereit, sich von ihr zähmen zu lassen.

Laurentia verließ sich ganz auf ihren weiblichen Instinkt –

schließlich entsprang sie einer langen Ahnenreihe von Frauen – und machte sich daran, diesen rauen Mann mit dem Leben zu versöhnen.

Sie schob die Stühle auf die Terrasse und stellte sie nebeneinander in die Mitte der Veranda. Sie holte auch die Schaukel und befestigte sie an den in die Decke eingelassenen Ketten. Sie versetzte der Schaukel einen Stoß und stellte sich vor, wie Dom darauf saß und sich in die Tage seiner Kindheit zurückversetzt fühlte.

Das Haus war in der Nähe eines Baches erbaut worden. Bevor dieser Bach als Wasserfall zu Tal stürzte, sammelte sich das Wasser in einem natürlichen Becken, das man auf König Jeromes Anordnung zu einem kleinen Teich erweitert hatte. Mit dem Eimer in der Hand ging Laurentia zur Wasserstelle. Sie schleppte den gefüllten Eimer wieder ins Haus und wischte den Staub vom Tisch. Sie bereitete alles für das Abendessen vor. Der Koch hatte ihr ein kaltes, mit Rosmarin und Knoblauch gewürztes, gegrilltes Hähnchen eingepackt, knuspriges Brot und Olivenöl, frische Erdbeeren und Kleehonig sowie eine Flasche Rotwein. Er hatte auch den Käse nicht vergessen, aber Laurentia wollte ihn lieber für später aufheben und den Zwieback für morgen früh. Laurentia konnte sich mühelos die Kommentare des Küchenpersonals vorstellen, als sie um diese Lebensmittel gebeten hatte. Vermutungen, die gewiss ebenso vulgär wie hoffnungsvoll gewesen waren – und die allesamt Wirklichkeit werden würden.

Dom war immer noch nicht zurückgekehrt, und Laurentia, die alles für ihn vorbereitet hatte, fragte sich, ob sie es noch riskieren sollte, ein schnelles Bad zu nehmen. Warum eigentlich nicht?

Sie musste sich nur ein wenig beeilen. Sie zog ein Leintuch

und Waschzeug aus dem Schrank, kramte die Haarbürste aus der Satteltasche und ging zur Hintertür. Aus dem Stall ertönte ein Fluchen, nicht eines, das durch einen unvermittelten Schmerz hervorgerufen worden war, sondern jenes monotone, leise Fluchen, dem sich Männer aus unerklärlichen Gründen bisweilen hinzugeben pflegten. Vielleicht fluchte Dom über das widerspenstige Stroh oder die unhandliche Matratze. Es spielte auch keine Rolle, solange er nur beschäftigt war.

Der Teich war von faustgroßen Steinen umsäumt und der Boden des Beckens mit feinem Kies bedeckt. König Jerome war das Beste gerade gut genug für seine Frau gewesen. Laurentia kniete sich auf einen breiten, flachen Stein, der aus der Erde ragte, und tauchte den Waschlappen in das kühle Wasser. Tatkräftig machte sie sich an die Arbeit, und schließlich war jeder Zentimeter ihres Körpers, abgesehen von den Partien, die Leibchen und Stiefel bedeckten, gereinigt und getrocknet.

Dom war immer noch nicht zu sehen, und es blieb Laurentia Zeit, sich hinzusetzen und ihr Haar auszuschütteln. Strohhalme hatten sich in den Locken verfangen, und sie machte sich mit Bürste und Fingern an die Arbeit. Aber sie war eine Prinzessin, und für gewöhnlich kämmte eine der Kammerjungfern ihr Haar; zudem war sie bei ihren Aufenthalten hier bisher noch nie in einem Zustand völliger Selbstvergessenheit im Stall herumgerollt. Während sie ihr Haar ordnete, benutzte sie die unruhige Oberfläche des Wassers als Spiegel. Die Kratzer im Gesicht, die sie sich gestern eingehandelt hatte, heilten, aber Laurentia jammerte beim Bürsten leise vor sich hin.

Manchmal fand sie es herrlich, reich und verwöhnt zu sein. Sie lernte nur ungern etwas Neues. Abgesehen von Diplomatie und Staatsgeschäften, fiel es ihr schwer, sich neue Fähigkeiten anzueignen, da sie fürchtete, dumm zu erscheinen.

Jetzt aber war sie hier, um etwas von Dom zu lernen. Laurentia fühlte sich wieder wie ein kleines Mädchen, das vor einem Schwimmlehrer und einem weitaus tieferen Becken als diesem Teich stand. Nur zu gut erinnerte sie sich an ihr verängstigtes Kreischen. Damals wollte sie nicht schwimmen lernen, aber ihr Vater hatte darauf bestanden und war sogar so weit gegangen, sie zu fragen, ob sie ein Feigling sei.

Das hatte Laurentias Kreischen noch verstärkt, aber schließlich war sie doch ins Wasser gegangen. Zuerst hatte sie den großen Zeh in das Becken gesteckt, ihn quiekend wieder herausgezogen und sich über das kalte Wasser beschwert. Dann hatte sie sich an den Rand des Beckens gesetzt, mit den Füßen im Wasser geplanscht und sie wieder zurückgezogen. Endlich, nachdem sie sich eine Stunde lang in ihre Angst hineingesteigert hatte, war sie ins Wasser gesprungen – und hatte sich ganz darauf verlassen müssen, dass ihr Schwimmlehrer sie rechtzeitig vor dem Ertrinken retten und das Wasser sie tragen würde.

Nun lag die Schwierigkeit darin, dass Dom gleichzeitig Lehrer und Wasser war.

Aber sie würde einfach die Zähne zusammenbeißen und die Liebe erlernen, ganz gleich, ob es ihrem jungfräulichen Körper gefiel oder nicht.

»Euer Hoheit?« Dom stand an der Hintertür und rief nach ihr. Er hörte sich nicht besonders glücklich an.

»Hier bin ich, Dom«, erwiderte sie.

Er folgte ihrem Ruf und bog plötzlich mit einem Messer in der Hand um die Ecke des Hauses. Als er Laurentia erblickte, schob er das Messer wieder in den Stiefel und bedachte sie mit einem finsteren Blick.

Das Auffüllen der Matratze hatte seine Laune offenbar nicht gehoben.

Entschlossen lächelte Laurentia ihn an und schwang die Bürste. »Sie können Haare aufstecken und lösen. Können Sie sie auch entwirren?«

Er marschierte zu ihr herüber. »Ich muss immer wissen, wo Sie sind.«

»Sie haben den Entführer doch gestern gefangen«, wandte sie ein.

»Einen davon.« Dom legte ihr die Hände auf die Schultern. »Und heute Morgen war er tot.«

»Was?« Laurentia wirbelte so schnell herum, dass Doms Hände von ihren Schultern glitten. »Er kann nicht tot sein.«

»Ich versichere Ihnen, er ist tot, Euer Hoheit. Jemand hat ihn vergiftet.«

»Wie ist dieser Jemand in den Palast gelangt, und …« Sie hielt mitten im Satz inne. Sie kannte die Antwort. »Der Verräter sitzt im Palast.«

Er löste die Bürste aus ihrer festen Umklammerung. »Wer ist es?«

Ja, wer mochte es sein? »Im Palast arbeiten viele Leute.« Sie presste die Fingerspitzen gegen die Stirn. »Viele davon gehen in der Küche ein und aus. Die Köche, Butler, die Bratenwender, das Dienstpersonal. In den Verliesen gibt es Wachen.«

»Haben Sie niemanden im Verdacht?«

»Wenn ich einen Verdacht hätte, dann säße derjenige bereits hinter Schloss und Riegel.«

»Seine Majestät äußerte genau dasselbe, als ich ihn fragte.«

Also hatte Dom ihren Vater bereits unterrichtet. »Hat Ihnen Seine Majestät erzählt, was vor« – Laurentia holte tief Luft – »fünf Jahren geschehen ist?«

Dom blickte sie forschend an. »Nein. Was denn?«
Sie seufzte. »Ich weiß nicht.«
»Was wollen Sie damit sagen? Gerade haben Sie doch noch behauptet …«
»Nun, damals ist einiges passiert, aber zur gleichen Zeit starb mein Mann, und ich … ich konnte nicht …« Wie immer schnürten Schuldgefühle Laurentias Kehle zu. Dom wartete geduldig, während sie schluckte und um Selbstbeherrschung rang. »Ich bemerkte die tiefgreifenden Veränderungen nicht sofort. Mein Vater war plötzlich viel verschlossener, und er entwickelte besondere Pläne für alle Notsituationen, in die unser Königreich geraten könnte. Er zog mich mehr als früher ins Vertrauen. Zuerst dachte ich, er wolle mich damit nur von meinem Kummer ablenken. Erst später bemerkte ich, dass viele seiner früheren Vertrauensleute verschwunden waren, und es gab Gerüchte, man habe sie ins Exil abgeschoben. Mein Vater schaffte sich eine Leibwache und eine Armee an. Und er brauchte mich an seiner Seite.«
Dom ließ vorsichtig die Bürste durch die Strähnen gleiten, die ihr Gesicht einrahmten. Er blickte sie voller – war es Bewunderung? – an. »Sie sind eine sehr kluge und schöne Prinzessin.«
Laurentia strahlte. Sie konnte einfach nicht anders.
Dom drehte sie um und begann, ihr Haar mit sanften Strichen zu bürsten. »Also … wir haben es offenbar mit mehr als nur einem Entführer zu tun. Und jetzt ist auch Mord im Spiel«, sagte er. »Geben Sie mir Ihr Wort darauf, nicht einfach zu verschwinden.«
»Ja«, versprach Laurentia. »Sie werden immer wissen, wo ich bin.«
Seltsam, dass es einen Unterschied machte, ob die Kammerjungfer ihr das Haar bürstete oder Dom. Zum Beispiel

brach ihre Kammerjungfer nicht in wildes Fluchen aus, wenn ihr Haar sich verfilzt hatte. Sie ließ auch nicht nach jedem Bürstenstrich die Hand über ihren Schopf gleiten. Die Vögel zwitscherten, der Bach murmelte, die Luft roch nach Erde und Pinien. Laurentia schloss die Augen und genoss jeden Fluch und jede Zärtlichkeit.

Schließlich hörte Dom auf zu bürsten, legte ihr die Hand unters Kinn und bog ihren Kopf zurück. »Sie werden doch nicht etwa einschlafen?«

Ohne die Augen zu öffnen, murmelte sie: »Keineswegs.«

Dom beugte sich hinab und küsste sie kurz und zärtlich auf die Lippen. »Ich gehe ins Haus und esse etwas.«

Sie schlug die Augen auf, und er lächelte sie an. Dann verschwand die Heiterkeit plötzlich aus seinen Zügen. »Wenn ich Sie anschaue, dann sehe ich ein unberührtes Land, das erobert und besetzt werden will. Was könnte Ihrer Meinung nach der Grund dafür sein, Euer Hoheit?«

Doms Finger lagen an ihrer Kehle. Bei seinen Worten war es Laurentia, als würde ihr Blut schneller fließen und ihr Herz heftiger pochen. »Typische Söldnergedanken«, erwiderte sie kraftlos.

»Ja.« Er strich zärtlich über ihren Hals und presste dann die flache Hand auf Laurentias Brust direkt über dem Herzen. »Das muss es wohl sein.«

Wenn Dom sich über sie beugte und nur Augen für sie hatte, hätte Laurentia eine Arie anstimmen, eine Pirouette drehen oder in grundloses Lachen ausbrechen können. Sie schenkte ihm ein verschwenderisches Lächeln und streckte die Hand aus. »Dann wollen wir Sie jetzt füttern.«

Dom lächelte sie an. Lächelte sie wirklich an. Sie begriff plötzlich, dass sie auf seinem Gesicht zum ersten Mal echte Zufriedenheit sah.

»Kommen Sie, Prinzessin.« Dom ergriff ihre Hand und führte sie zum Haus. Während sie gingen, umschlang er ihre Finger und hörte nicht auf zu lächeln.

Dies war der Augenblick, für den sie geboren worden war.

Laurentia reichte ihm sein Abendessen, neckte ihn, flirtete mit ihm, genau wie Dulcie es ihr geraten hatte, nur dass ihr Lächeln und ihre Berührungen sich jetzt wie von selbst ergaben. Dom schien bezaubert zu sein. Mehr als einmal war er kurz vor einem echten Lächeln – und sie hätte es so gerne noch einmal gesehen.

Als sie die Mahlzeit beendet hatten, schickte sie ihn auf die Veranda, räumte auf und eilte dann zu ihm. Dom lehnte an einer Säule der Brüstung und betrachtete die Landschaft, als könne er seinen Augen nicht trauen. Laurentia verstand ihn gut. Manchmal konnte sie es selbst nicht glauben, und dabei war sie schon oft hier gewesen. Sie trat neben ihn und legte die Hand in seine Armbeuge.

»Ist es nicht herrlich?«, wollte sie wissen.

»Wunderschön.« Dom presste den Arm über ihrer Hand zusammen. »Und es gehört Ihnen.«

»Es gehört mir.«

Mit einem echten Lächeln blickte er auf Laurentia hinunter. »Wenn Sie den Besitzerstolz in Ihrer Stimme hören könnten!«

»Warum nicht?« Sie war wirklich stolz auf Bertinierre. »Von hier aus kann ich mein Königreich sehen, jeden Winkel davon, bis zum Meer, dessen atemberaubendes Panorama sich vor mir ausbreitet.«

»Sie lieben Bertinierre.«

»Selbstverständlich. Wer würde es nicht lieben?« Sie lachte. »Gefällt es Ihnen etwa nicht?«

Doms Blick schweifte in die Ferne. Er beantwortete ihre

Frage nicht sofort, und als er schließlich sprach, schien ihm das Eingeständnis nicht leicht zu fallen. »Ja. Ja, der Blick gefällt mir. Von hier oben erinnert er mich fast an …«

Laurentia hielt die Luft an. Er war kurz davor, etwas von seinem Leben preiszugeben, fast gegen seinen eigenen Willen, und sie wollte es unbedingt hören. Sie wollte jedes kleine Stückchen von ihm, das sie bekommen konnte.

»Wenn dort hinten nicht das Meer läge, dann würde ich dieses Land für Baminien halten.«

Sie atmete aus. Na also. Er hatte es ausgesprochen. »Wir *haben* eine gemeinsame Grenze mit … mit Sereminien, wie man es jetzt nennt. Diese Berge sind ein Teil der Pyrenäen. Die Straßen werden nicht häufig benutzt, aber wenn Sie von hier aus nach Nordwesten reiten, sind Sie in weniger als einem Tag in Sereminien.« Erdkundeunterricht! Sie musste sich etwas Besseres einfallen lassen. »Vermissen Sie Ihre Heimat?«

Dom zuckte die Achseln. »Ich war seit zwölf Jahren nicht mehr dort. Ich habe mich daran gewöhnt, immer unterwegs zu sein.«

»Das bedeutet nicht, dass Sie es nicht vermissen.« Wieder blieb er die Antwort schuldig und schwieg so ausdauernd, dass Laurentia sich fragte, ob sie die unsichtbare Grenze, die er um sich errichtet hatte, übertreten hatte und sich zurückziehen musste.

Aber während sie noch fieberhaft nach einem neuen, harmloseren Gesprächsgegenstand suchte, antwortete er doch. »Meistens habe ich es nicht vermisst. Ich hatte ja meine Freunde, meine Söldner, sie kamen alle aus Baminien. Es gab Schlachten. Geld. Aber als ich meine Freunde im Krieg verlor, verschwand jener Puffer, den ich zwischen mich und meine Vergangenheit gelegt hatte … und ich wäre gern nach Hause zurückgekehrt.« Verachtung mischte sich plötzlich in den sehnsüchtigen Klang seiner Stimme. »Wäre gern heimgekrochen wie ein verletzter Hund.«

»Natürlich wollten Sie nach Hause.« Laurentia erschien das ganz selbstverständlich. »Wo soll man denn sonst hingehen, wenn man verletzt worden ist?«

Dom drehte sich so schnell zu ihr um, dass sie einen Schritt zurückwich. »Sie verstehen mich nicht. Sie – ja, Sie würden nach Hause gehen. Für Sie bedeutet zu Hause Vater, Nahrung, Wärme, Liebe. Für mich bedeutet Baminien nichts als Qual. *Wissen* Sie, wer ich bin?«

»Der Sohn des Königs.«

»Nicht der einzige Sohn. Der alte Judas hat angeblich Dutzende von Frauen geliebt, vier davon haben ihm Kinder geschenkt. Danior ist sein einziger rechtmäßiger Sohn, und um die anderen beiden hat man sich anständig gekümmert.«

»Warum nicht auch um Sie?«

»Ich wurde kurz vor der Revolution von 1796 gezeugt.« Dom lächelte, aber es war kein echtes Lächeln. Er kräuselte nur die Lippen. »Die Königin, die offizielle Gemahlin meines Vaters, wurde getötet, bevor meine Mutter sie um Hilfe bitten konnte.«

Laurentia war sich nicht sicher, ob sie die restliche Geschichte hören wollte. Sie ahnte, dass die entsetzlichen Ereignisse von damals sie bis in ihre Träume verfolgen würden. Aber sie durfte jetzt nicht aufhören, sie musste einfach herausfinden, was Dom zu jenem tapferen, grausamen, harten Mann gemacht hatte, den sie gestern kennen gelernt hatte. »Was geschah mit Ihrer Mutter?«

»Als mein Vater herausfand, dass sie schwanger war, setzte er sie vor die Tür. Die Revolution war in vollem Gang. Meine Mutter floh in die Stadt, ich weiß nicht, wie. Wenn ich daran denke …« Er ballte die Hände so fest zu Fäusten, dass die Knöchel weiß hervortraten. Auch wenn Dom es noch so sehr wollte, er konnte nichts an einer Vergangenheit ändern, die vor seiner Geburt stattgefunden hatte. »Sogar nach all den Jahren im Bordell war meine Mutter immer noch eine hübsche Frau. Zierlich, genau wie Sie, mit einem Lächeln, das ich verehrt habe.«

Ein Bordell. Laurentia spürte einen Kloß in ihrer Kehle und schluckte. Das also war die einzige Zuflucht, die Doms Mutter in ihrer Not gefunden hatte. Laurentia konnte sich dieses grausame Schicksal nicht einmal vorstellen. Gezwungen zu sein, den eigenen Körper wieder und wieder an Fremde zu verkaufen. Und Dom hatte zugesehen.

»Deswegen wollte sie mich nicht weggeben«, sagte Dom. »Den Männern gefiel ihr Lächeln, ihre Figur, und die alte Nutte, der das Bordell gehörte, wollte sie nicht gehen lassen.«

»Wären Sie in einem Waisenhaus nicht besser aufgehoben gewesen?«, fragte Laurentia zaghaft.

»Die Revolution trieb das Land in eine Hungersnot, und Waisen waren Freiwild.« Dom ließ die angespannten Schultern kreisen. »Besonders der Sohn des Königs, dem alle die Schuld an der Notlage gaben.«

»Wie konnten die Leute wissen, dass Sie der Sohn des Königs waren?«

»Mama hat es stolz verkündet. Sie liebte ihn immer noch, verdammt« – Liebe und Zorn lagen auf seinem Gesicht im Widerstreit –, »also hat sie es allen gesagt, und alle wussten genau, dass ich der einzige zurückgewiesene Sohn des Königs war.«

Laurentia fand keine Worte, um Dom zu trösten. Was konnte man schon sagen, um den Kummer eines erwachsenen Kindes zu lindern? Ihr fiel nichts ein, und sie nahm seine Hand. Seine Finger schlossen sich mit viel zu festem Griff um ihre, aber Laurentia wusste, dass er es nicht bemerkte und nichts wahrnahm außer seinem Zorn.

»Ich habe meinen Vater niemals kennen gelernt. Er wurde zusammen mit der Königin umgebracht, aber sobald ich in den Spiegel sehe, sehe ich ihn. Ich bin ihm wie aus dem Gesicht geschnitten. Ich bin auch meinen Brüdern wie aus dem Gesicht geschnitten. Ich sehe aus wie ein typischer Leon.«

Zur königlichen Familie zu gehören ... ja, das verstand Laurentia nur zu gut. »Alle verspotteten Sie, gaben Ihnen die Schuld an ihren Nöten und beneideten Sie um Ihre Abstammung.«

Dom blickte sie an. »Sind Sie Hellseherin, Euer Hoheit?«

Seine Stimme war voller Feindseligkeit. Der Abgrund zwischen legitimen und illegitimen Sprösslingen klaffte so tief, dass auch die aufrichtigsten Gefühle ihn nicht zu überbrücken vermochten. Trotzdem antwortete Laurentia und belohnte sein Eingeständnis mit einem vertraulichen Bekenntnis. »Manchmal denken Leute, die mich nur flüchtig kennen, ich sei nicht besonders klug. Sie machen sich auf hinterhältige Weise über mich lustig, als begriffe ich ihre Bösartigkeit nicht, oder sie hassen mich, weil sie denken, ich sei etwas Besseres als sie selbst.« Laurentia wurde rot, als sie an die groben Späße dachte. »*Die Leute* denken das.«

Dom legte den Kopf schief und betrachtete sie aufmerksam und weniger feindselig. »Ich hätte niemals gedacht, dass wir das gemeinsam hätten. Haben Sie auch alle zusammengeschlagen, die Sie verspotteten?«

»Nein, aber ich hätte es gern getan.« Hastig fügte sie hinzu: »Nicht, dass ich Ihre unglückliche Kindheit herunterspielen will.«

»Das habe ich auch nicht angenommen.«

Laurentia begriff, dass sie ihn mitten in seinen Erinnerungen unterbrochen hatte. Das war nicht ihre Absicht gewesen, aber sie wollte ihn auch nicht dazu zwingen, sich an seine entsetzliche Jugend zu erinnern.

Ihre Sorgen erwiesen sich als überflüssig.

Dom schob die Gedanken an sein unglückliches Leben von sich, rückte ein Stück von Laurentia ab und erzählte seine Geschichte kalt und ungerührt zu Ende. »Meine Mutter wurde krank. Man ließ mich arbeiten, ich musste den Frauen zu Diensten sein. Dann starb meine Mutter, und ich verließ die Stadt.« Ein verschlagenes Lächeln umspielte seine Lippen, als er jetzt zum letzten und schrecklichsten Teil seiner Erzählung überging. »Ich wurde zum Anführer der Revolution. Ich wollte meinen Bruder aus dem Weg räumen. Aber ich versagte.« Er verschränkte die Arme über der Brust und wartete auf Laurentias Reaktion.

War sie schockiert? Entsetzt? Ja, aber nicht, weil er eine Revolution gegen die königliche Familie Sereminiens angeführt hatte. Laurentia empfand tiefes Mitgefühl für die Not des jungen Dom. Er hatte seine Mutter geliebt, das Leben, zu dem sie gezwungen worden war, gehasst und genau gewusst, was sie alles für ihren Sohn aufgegeben hatte. Dom wurde von diesen Erinnerungen heimgesucht, Erinnerungen, deren Schrecken Laurentias Vorstellungskraft überstieg. »Was haben Sie dann gemacht?«

»Ich zog mit meiner Truppe los, und wir verdingten uns als Söldner.«

»Wie sind die anderen ums Leben gekommen?«

»Ich habe mich in irgendeinem dummen kleinen Krieg für die falsche Seite entschieden, und meine Männer …« Dom schwieg plötzlich. Diese Wunde war noch zu frisch. Es gelang ihm nicht, sich von seinem Kummer und seinen Schuldgefühlen zu distanzieren.

»Sind alle getötet worden?«

»Brat hat als einziges Mitglied der Truppe überlebt.«

»Wo befindet Brat sich jetzt?«

»Treibt sich in den Gasthäusern und am Hafen herum, um mehr über die Entführer herauszufinden.« Dom drehte sich um und blickte über die Baumkronen, aber Laurentia glaubte nicht, dass er in diesem Augenblick die Schönheit von Bertinierre wahrnahm. Sie vermutete, dass er nichts als Leichen auf einem Schlachtfeld sah. »Ich vermisse meine Männer, die Kameradschaft, die Witze. Wir haben so viel gemeinsam erlebt und so viel Zeit miteinander verbracht, dass wir einander ohne viel Worte verstanden. Ich bin schuld an ihrem Tod, und ich muss es … irgendwie wieder gutmachen. Ich muss etwas Gutes tun, um ihr Andenken zu retten.«

Dom war voller Schmerz und Entschlossenheit, und Laurentia respektierte seine Entschiedenheit. »Was Sie auch tun mögen, ich bin sicher, es wird das Richtige sein.«

Ohne Vorwarnung fauchte Dom sie wie eine Wildkatze an. »Sie sind wirklich nicht *besonders* klug. Ich tue niemals das Richtige. Ich bin Dominik von Baminien. Wohin ich auch gehe, ich hinterlasse eine Spur von Tod und Blut.«

»Das war früher einmal«, korrigierte Laurentia. »Sie sind genau wie Ihre Mutter. Sie tat, was sie tun musste. Auch Sie haben getan, was Sie tun mussten.«

»Was sind Sie doch für eine verständnisvolle Prinzessin«, höhnte Dom.

Laurentia fühlte, wie er wieder in Wut geriet, auch wenn sie nicht die leiseste Ahnung hatte, warum. »Nein, Sie täuschen sich. Ich könnte Sie niemals verstehen. Ich habe niemals Erfahrungen gemacht, die sich mit Ihren vergleichen ließen.«

Ihre Zärtlichkeit stachelte seinen Zorn an. Laurentia erkannte es an dem Glitzern in seinen Augen und an der Art, wie er sie jetzt Besitz ergreifend in die Arme nahm. »Sind Sie jetzt zufrieden, Euer Hoheit? Sie haben mich zum *Reden* gebracht.«

»Zufrieden ist nicht ganz …«

»Jetzt werde ich mich jener anderen Aufgabe zuwenden, deren Erfüllung Sie von mir verlangen.« Dom beugte sich so dicht über Laurentia, dass sie seinen Atem auf ihrem Gesicht spürte. »Ich werde Sie küssen.«

»Wenn Sie nicht wollen …«

Er drückte den Mund auf ihre Lippen wie ein echter Söldner, unerschrocken und ohne Mitgefühl. Er öffnete Laurentia mit seiner Zunge, drang in sie ein, küsste sie, bis sie atemlos und halb von Sinnen war. Als sie die Fingernägel in seine Schultern grub, riss er sich plötzlich von ihr los und blickte sie durchdringend an, während er sie fest im Arm hielt. »Sie haben einen guten Kandidaten für Ihr Lager gewählt, Euer Hoheit. Ich habe im Bordell viel gelernt. Ich kann Ihnen mit meinen Händen und meinem Mund Vergnügen bereiten.« Er nahm ihre Hand und legte sie zwischen seine Beine. »Und hiermit.«

Eine anständige Frau wäre von diesen Worten schockiert gewesen. Laurentia aber war neugierig. Sie erforschte seine Länge, versuchte herauszubekommen, was seine Hose verbarg.

Aber bevor sie ihren Wissensdurst stillen konnte, riss Dom ihre Finger weg. »Verdammt, Laurentia, wenn Sie so weitermachen, ist nichts mehr übrig, um Ihre Wünsche zu befriedigen.«

Das verstand sie jetzt wirklich nicht.

»Euer Hoheit.« Er hielt immer noch ihre Handgelenke umklammert und küsste die Finger mit spöttischer Ehrerbietung. »Sie sind nicht die erste Prinzessin, die in meinen Armen liegt. Es gab andere. Eine war neugierig auf die Liebeskünste eines Söldners. Eine andere nahm an, ich sei grob und hastig. Sie hatte die Liebe bisher nur so gekannt und Gefallen daran gefunden, aber ich habe sie eines Besseren belehrt. Ich führte diese Frauen ins Reich der Leidenschaft, und sie brachten mir Raffinesse bei. Sie machten mich zu jenem Mann, der einfach auf Ihrem Ball erscheinen und den anderen Bewerbern weismachen konnte, der Auserwählte zu sein.«

Falls Dom wirklich glaubte, er könnte sie mit diesen verächtlichen Sätzen dazu bringen, ihn zu hassen, war er ein Narr. Laurentia hatte ihren eigenen Kopf. »Geben Sie mir die Namen«, erwiderte sie. »Ich werde mich schriftlich bei ihnen bedanken.«

Er musterte sie. »Bei wem?«

»Nun, bei diesen anderen Prinzessinnen, die Ihnen das Küssen beigebracht haben.«

Laurentia zweifelte nicht daran, dass es ihr gelungen war, Dom zu überraschen. Er stieß ein langes, leises Lachen aus, das tief aus seinem Inneren zu kommen schien, und flüsterte: »Ich kann mich nicht einmal an ihre Namen erinnern.«

»Werden Sie meinen Namen auch vergessen?«

Laurentias Ärger schien ihn mehr zu besänftigen als ihr Mitgefühl. Er lockerte den Griff, hielt sie zärtlich fest. »Nein«, gab er zurück. »Ich fürchte, Ihr Name ist in mein Herz eingegraben.«

Laurentia glaubte ihm nicht. In Doms Herzen war nur der alte Überlebensdrang eingegraben und der Wille, das Unrecht an seinen gefallenen Kameraden wieder gutzumachen. Aber wenn es ihr gelang, ihn lange genug an sich zu binden, konnten sie vielleicht gemeinsam ein Denkmal errichten, das dem Andenken seiner toten Freunde würdig war, und vielleicht würde er dann auch Laurentias Namen und sie selbst in Ehren halten.

Dom beugte sich erneut über sie und begann, sie zu küssen.

Plötzlich hustete jemand an der Tür.

21

Dom reagierte mit dem blitzschnellen Instinkt eines kaltblütigen Kämpfers. Er stieß Laurentia gegen eine Säule und schleuderte den Stuhl aus dem Weg. Er warf einen kurzen Blick in die verstörten, dunkelbraunen Augen eines weiblichen Gesichts, während er die Fremde gegen die Wand drückte und ihr das Messer an die Kehle setzte.

»Geben Sie sich zu erkennen!«, knurrte er heiser.

»Dom, nein!« Er hörte Laurentia herbeieilen. Ihre hohen Absätze klapperten auf dem Holzfußboden. »Das ist meine Botin.«

Dom ließ das Mädchen jedoch nicht los, sondern starrte unverwandt in ihre furchtsamen Augen, während er der Prinzessin antwortete. »Sie haben mir nicht mitgeteilt, dass Sie Besuch erwarten.«

»Dann sage ich es Ihnen jetzt.« Laurentia zerrte an Doms Arm, den er gegen die Kehle des Mädchens drückte. »Lassen Sie sie los. Himmel noch mal, Dom, sie ist eine Frau.«

»Ich habe genügend Frauen gesehen, die einen Mann ebenso schnell verstümmeln, wie sie ihm ein Hemd nähen.« Trotzdem war Dom überzeugt, dass Laurentia die Wahrheit sagte. Warum hätte sie lügen sollen? Außerdem, und das gab den Ausschlag, war das Bauernmädchen, das er fest hielt, einfach, jung und ihr Gesicht kalkweiß vor Angst. Langsam lockerte er seinen Griff und fragte: »Wer ist sie?«

»Sie heißt Rosabel und hat eine solche Behandlung nicht verdient.« Laurentia zerrte energisch an Doms Schulter. »Lassen Sie sie augenblicklich los!«

Der Befehlston in ihrer Stimme war unüberhörbar. Laurentia konnte sich wie eine richtige Prinzessin benehmen, wenn sie wollte. Dom gab das Mädchen frei, forderte aber eine Erklärung. »Wozu brauchen Sie eine Botin?«

Laurentia strafte ihn mit königlicher Nichtbeachtung. Sie legte den Arm um Rosabels Schultern und führte sie ins Haus. »Du musst etwas trinken«, sagte sie besänftigend. »Er hat dich furchtbar erschreckt.«

»Wer *ist* dieser Mann?«, fragte Rosabel.

Dom stapfte hinter den beiden her, gereizt, weil Laurentia zuerst Rosabels und nicht seine Frage beantwortet hatte.

»Er ist mein Leibwächter«, erklärte Laurentia.

»Er ist neu«, sagte Rosabel.

Während Laurentia die Botin zu einem Stuhl geleitete, lehnte sich Dom gegen den wackeligen Tisch und blickte Rosabel finster an.

Sie erwiderte den Blick ebenso finster. Sie trug schlichte, bäuerliche, dunkle Kleidung. Ihr Verhalten erinnerte Dom unbestimmt an etwas, das er sich noch nicht erklären konnte. Eines aber wusste er ganz genau: Es gefiel dem Mädchen überhaupt nicht, dass er sie gewaltsam festgehalten hatte.

Laurentia reichte Rosabel jetzt eine Kelle mit Wasser. Während das Mädchen trank, ging sie zu dem Schrank mit Vorräten und stöberte darin herum. »Wie war die Reise?«

»Gut.« Rosabel warf Dom einen erbosten Blick zu. »Bis ich hier ankam.«

Plötzlich wusste Dom, woran sie ihn erinnerte: Rosabel

hatte genau dieselbe herausfordernde Art wie Brat in ihrer Jugendzeit, die jede Aufgabe bewältigt, jedes waghalsige Unternehmen auf sich genommen und alles getan hatte, um einem gewöhnlichen Leben zu entfliehen.

»Es tut mir Leid.« Laurentia stellte ein herzhaftes Mahl auf den Tisch. »Er ist in Wirklichkeit ganz harmlos.«

Dom begriff nicht sofort, dass er selbst damit gemeint war, aber als ihm die Erkenntnis dämmerte, hatte er plötzlich restlos genug von dem Geschwätz. Während das Mädchen ihren Stuhl an den Tisch schob und sich wie eine halb verhungerte Landstreicherin über das Essen hermachte, packte Dom die geschäftig herumeilende Laurentia am Arm und fragte zum letzten Mal: »Wer ist sie?«

»Und wer sind *Sie*?«, wollte Rosabel wissen. »Sie sehen genauso aus wie König Danior.«

Dom wich zurück. Plötzlich wusste er, wieso ihm dieses Mädchen bekannt vorkam. Es war dieser Ausdruck in ihren Augen … »Sie sind aus Seraphinien.«

»Sereminien«, verbesserte Rosabel. »Niemand bezeichnet sich mehr als Seraphinier oder Baminier, abgesehen von denjenigen, die zu alt sind, um sich an den neuen Namen zu gewöhnen.« Das Mädchen, das nach Doms Schätzung achtzehn Jahre alt sein mochte, musterte ihn mit einem beleidigenden Blick. »Also, wer sind *Sie*?«

Dom beugte sich angriffslustig vor, nur zu gern bereit, sie mit seiner Antwort in Angst und Schrecken zu versetzen: »Ich bin Dominik von Baminien.«

Einen Augenblick lang starrte Rosabel ihn verdutzt an. Dann bog sie den Kopf zurück und brach in lautes Lachen aus. »Dominik von Baminien ist tot.«

Dom fuhr überrascht zurück. Tot? Dominik von Baminien war nicht tot. Er war die Geißel der Zwei Königreiche.

»So wie Sie aussehen, müssen Sie ein Verwandter der Leons sein«, fuhr Rosabel fort. »Aber versuchen Sie nicht, mir irgendwelchen Unsinn über Dominik aufzutischen, um mich einzuschüchtern. Ich habe zwar schon von ihm gehört, aber diese Masche lässt mich völlig kalt.«

Dom hörte Laurentia in ein Kichern ausbrechen, das sie sofort zu unterdrücken versuchte. Er wagte nicht, sie anzusehen. Gerade eben hatte man ihn an seine eigene Sterblichkeit erinnert und ihm damit einen Schlag versetzt.

»Hast du das Paket dabei?«, fragte Laurentia Rosabel, nachdem sie sich wieder im Griff hatte.

Misstrauisch blickte Rosabel auf Dom, bevor sie mit dem Kopf in Richtung zur Tür wies. »Es liegt am üblichen Platz.«

Wieder ging Laurentia zum Vorratsschrank und zog einen großen Rucksack aus dem untersten Regal. Er war aus schwarzem Wollstoff und konnte mit Schlaufen an den Schultern befestigt werden. Sie schleppte das schwere Gepäckstück zum Tisch und stellte es neben Rosabel.

Ein erdiger, vage bekannter Geruch nach Minze, an dessen Herkunft Dom sich vergebens zu erinnern suchte, stieg ihm in die Nase.

»Ich habe hier alles Nötige für deine Rückreise.«

»Sie will *das* alles zurücktragen?« Dom musterte das knochige Mädchen. »Sie ist mit einem Pony unterwegs, nicht wahr?«

Nicht im Mindesten beleidigt, grinste Rosabel ihn an. »Ein Pony wäre zu auffällig. Ich habe einen alten Esel.« Sie wuchtete den Sack mit beiden Händen hoch.

Dom beobachtete, wie die Muskeln ihrer Oberarme spielten. Wäre er immer noch Söldner, hätte er Rosabel ohne Zögern in seine Truppe aufgenommen.

»Eine gute Ernte«, sagte sie zu Laurentia.

»Sehr gut.« Laurentia warf einen Blick auf Dom. Offenbar rechnete sie damit, dass er Fragen stellen würde.

Dom hütete sich jedoch, vor der kleinen, vorlauten Rosabel seine Unwissenheit preiszugeben.

»Komm in zwei Wochen wieder«, fuhr Laurentia fort. »Dann gibt es noch mehr davon.«

Sie redeten in einer Art Geheimsprache, die Dom nicht verstand und die ihn wütend machte.

»Wie Sie befehlen, Euer Hoheit.« Als sich Rosabel jetzt erhob, knickste sie tief vor Laurentia. Anscheinend hatte sie durchaus Manieren.

Die Prinzessin machte sich eilig daran, ihr beim Schultern des Rucksacks behilflich zu sein, und Dom, der Rosabel nicht helfen wollte, unterstützte Laurentia. Sanft, aber bestimmt schob er sie beiseite und hob den Rucksack auf den Rücken des Mädchens. Der Geruch nach Minze und Erde wurde kräftiger und erinnerte ihn an die Wälder von Baminien, an die Kräuter, die dort wuchsen …

Als Rosabel ihn jedoch ein letztes Mal musterte und verächtlich »Dominik von Baminien« schnaubte, verflogen diese Erinnerungen.

Nicht ohne eine gewisse Erleichterung beobachtete Dom, wie Rosabel zur Tür hinausstapfte. »Wenn die jungen Mädchen in Sereminien heutzutage alle so schlecht erzogen sind« – er achtete peinlich genau darauf, den korrekten Namen zu wählen, damit er sich nicht wieder anhörte wie ein vorsintflutlicher Greis –, »dann geht es steil bergab mit diesem Land, seit ich weggegangen bin.«

»Wie alt sind Sie, Dom?«, fragte Laurentia in munterem Ton.

Warum wollte sie das jetzt wissen? »Dreiunddreißig.«

»Sie hören sich an, als wären Sie mindestens achtzig Jahre alt.« Laurentia räumte das Geschirr, das Rosabel hinterlassen hatte, vom Tisch, aber Dom unterbrach ihre Beschäftigung mit einer Frage. »Aus welchem Grund war das Mädchen hier? Was wird hier gespielt?«

Laurentia zögerte und musterte Doms Gesicht prüfend, als könne sie in seinen Zügen auch seinen Charakter erkennen. Schließlich nickte sie entschlossen, ergriff seine Hand und führte ihn auf die Veranda zurück. Sie wies auf den Stuhl, auf dem er eben noch gesessen hatte.

Dom rückte ihn zurecht und ließ sich langsam auf der harten Sitzfläche nieder, ohne die Augen von ihr abzuwenden.

Laurentia, die ihn ebenso aufmerksam beobachtete, setzte sich auf die breite Brüstung. »Sagt Ihnen der Name *Mentha nobilis* etwas?«

»Nein, ich ...« Dom hielt jäh in seiner Antwort inne. Der Geruch des Rucksacks.

Der Geruch im Wald.

Dom trat auf die Pflanze. Einer seiner Mitstreiter packte ihn am Arm und riss ihn weg.

»Das ist ein böses Omen, Hauptmann«, sagte er.

»Was?«, fragte Dom.

Der Mann wandte seinen Blick von Dom ab. »Wenn man auf das königliche Kreuzlabkraut tritt.«

Königliches Kreuzlabkraut. Ein weiterer törichter Aberglaube der königlichen Familien von Baminien und Seraphinien. Dom hob den Stiefel an und bohrte ihn tief in die weiche, moosartige Pflanze. Herausfordernd musterte er den Mann.

Dieser erbleichte, wich zurück und flüsterte erschrocken: »Das bringt Unglück, Hauptmann, Unglück.«

Mentha nobilis. Königliches Kreuzlabkraut. Dom hatte

nicht an Omen und Schicksal geglaubt, aber er hatte trotzdem eine Niederlage einstecken müssen.

»*Mentha nobilis*«, wiederholte er nachdenklich, »ist eine Pflanze, die nur in höheren Regionen wächst, an wenigen abgelegenen Plätzen Sereminiens. Man sagt, es sei ein Heilmittel für Menschen und Pflanzen.«

Sie lächelte ihn an wie eine Lehrerin, die mit der Antwort ihres Schülers zufrieden ist. »Genau. Getrocknet ist das Kraut sehr leicht und sehr wirkungsvoll. In Sereminien ist es Tradition, die getrockneten Blätter auf das Getreide zu streuen, besonders auf die Gerste. Diese Pflanze verhindert insbesondere den Brand – und sie gedeiht zufällig besonders gut in Bertinierre.«

Langsam begriff Dom, wagte aber noch nicht, es zu glauben. »In Sereminien wächst die Pflanze wild.«

»In Sereminien ist es nicht gelungen, diese Pflanze zu kultivieren. In Bertinierre ist es möglich. *Mentha nobilis* ist unbeständig, aber offenbar enthält der Boden in Bertinierre eine Substanz, die die Pflanze gedeihen lässt. Wir haben eine sehr befriedigende Übereinkunft mit König Danior und Königin Evangelina getroffen. Wir bauen das Kraut an, sie bezahlen uns dafür, und der Ertrag ihrer Ernten hat sich seither verdoppelt.«

Sofort verstand Dom die Bedeutung des Abkommens. »Sie kaufen die Pflanze nur in Bertinierre?«

»Direkt nachdem König Danior und Königin Evangelina den Thron bestiegen hatten, war ihr Land in katastrophalem Zustand.« Laurentia maß ihn mit offenem Blick. »Wie *Sie* wissen.«

Dom antwortete mit kurzem Nicken.

»Papa *gab* ihnen alles, was wir an *Mentha nobilis* hatten, und das war nicht viel. Wir selbst hatten kaum Verwendung dafür. Unser Getreide wurde nicht vom Brand befallen. Ein paar Exzentriker tranken es als Tee.«

»Es schmeckt wie Erde.«

»Haben Sie es jemals versucht?«

»Meine Mutter zwang mich, es zu trinken, wenn ich krank war.«

Laurentia lächelte ihn viel zu lange an. »Sie muss Sie sehr geliebt haben.«

»Ja.« Ja, Dom wusste es, aber die Liebe seiner Mutter hatte ihn weder vor Verachtung noch vor Armut oder Erniedrigung bewahren können. Er hatte sich selbst retten müssen – und er war zu spät gekommen, um seine Mutter zu retten. Das hatte Dom sich nie verziehen. Wäre er doch nur ein wenig schneller erwachsen geworden. »Erzählen Sie mir von dem Kraut.«

»Nach fünf Jahren unterbreitete die königliche Familie von Sereminien meinem Vater einen Vorschlag. Sie würden uns gut dafür bezahlen, wenn wir das königliche Kreuzlabkraut, das wir ernteten, ausschließlich an sie verkauften. Sie ihrerseits würden dafür ausschließlich bei uns kaufen. Mit Hilfe der Pflanze produzierten sie einen Überschuss an Getreide, den sie verkaufen und dadurch ihre Schatzkammern wieder füllen konnten.« Laurentia straffte die Schultern und hob stolz das Kinn. »Und unsere Schatzkammern sind ebenfalls gefüllt.«

»Warum weiß nicht jedermann darüber Bescheid?«

»Alles geht ganz unauffällig vor sich. Die Bauern ernten die Pflanze und trocknen sie. Die Abgesandten des Königs holen sie ab, und abgesehen von wenigen Eingeweihten weiß niemand um die Wichtigkeit der Sache.«

»Warum die Geheimniskrämerei?« Als wüsste Dom das nicht selbst.

»Unsere Beziehungen zu anderen benachbarten Staaten sind nicht so freundschaftlich wie unsere Beziehungen zu Sereminien. Durch die Geheimhaltung wollen wir lediglich Missverständnisse verhindern.« Laurentia beugte sich vor. »Sie verstehen gewiss die Bedeutung dieses Abkommens, nicht wahr? Es gibt nur drei Menschen in Bertinierre, die darüber Bescheid wissen. Drei Leute, und jetzt auch noch Sie.«

Dom begriff die Bedeutung voll und ganz. *Mentha nobilis*, eine ganz gewöhnliche, nach Erde schmeckende Pflanze, war die Quelle des Reichtums von Bertinierre. Dom war hier, um diese Quelle zu erforschen. Eine dumme kleine Pflanze genügte, um zwei Staaten reich zu machen. Kein Wunder, dass de Emmerich nicht dahinter gekommen war. Der Erfolg lag in der Einfachheit und Heimlichkeit, mit der das Geschäft abgewickelt wurde, sodass die meisten Menschen nichts von dieser Transaktion wussten. Am liebsten hätte Dom laut gelacht.

Aber dann erstarrte er, als ihn mit einem Schlag eine andere Erkenntnis traf. Laurentia hatte ihm das Geheimnis, um dessentwillen er gekommen war, freiwillig anvertraut. Er hatte sie nicht erst verführen müssen, sondern sie hatte es ihm einfach erzählt, nur, weil er einen Entführer niedergeschlagen hatte, der sich als so dumm herausstellte, dass er nicht einmal genug Verstand hatte, um als Gefangener in den Verliesen des Königs zu überleben.

Brat, Gott schütze sie, hatte auf das Offensichtliche hingewiesen. De Emmerich hatte die Entführer auf die Prinzessin angesetzt und gleichzeitig Dom angeheuert. De Emmerich traute keinem über den Weg. Also hatte er einen der Diener oder Boten im Palast überreden müssen, zum Verräter zu werden. Die Vergiftung des Entführers war der Beweis dafür. Dom, der wusste, dass jemand im Palast ein falsches

Spiel trieb, hatte alle mit prüfendem Blick unter die Lupe genommen.

Francis, Comte de Radcote, wurde von seinem maßlosen Ehrgeiz getrieben. Weltrude … manche glaubten, eine Frau könne niemals so boshaft sein, aber Dom wusste es besser. Gerade Frauen waren häufig besonders hinterhältig, und Weltrude, die niemals schön und jetzt auch nicht mehr jung war und deren Einfluss obendrein von Tag zu Tag schwand, hatte allen Grund, Laurentia zu hassen. Dulcet, Gräfin von Sempere … sie war die Vertraute der Prinzessin, und das machte sie besonders gefährlich.

»Wer ist der Dritte, der noch von diesem Geheimnis weiß?«, fragte Dom und hoffte, Laurentia in diesem vertraulichen Moment die Wahrheit entlocken zu können.

Mit einer vagen Geste ließ Laurentia seine Frage unbeantwortet. »Das ist jetzt unwichtig. Wichtig ist nur, was ich gestern begriffen habe, als Sie mich retteten. Erst in diesem Augenblick erkannte ich, dass Sie ein Ehrenmann sind, der sein Wort darauf gegeben hat, mich zu schützen und mit seinem Leben zu verteidigen. Sie sind adliger als manche, deren Stammbaum sich bis ins letzte Jahrtausend zurückverfolgen lässt. Sie sind ein besserer Mann als diese aufgeblasenen Windbeutel, die nicht einmal wissen, was das Wort Loyalität bedeutet. Und ich möchte gerne, dass Sie wissen« – Laurentias Stimme schwankte, und ihre Augen füllten sich mit Tränen –, »wie viel das für eine Prinzessin bedeutet.«

Sie hatte ihn dazu gebracht, zu reden, hatte ihm die Geschichte seiner Kindheit entlockt, hatte geduldig zugehört, als er von seiner Mutter erzählte und auf welche Weise sie den Lebensunterhalt für sich und ihr Kind verdient hatte. Sie hatte zugehört, als er von sich selbst berichtete, was für ein empfindsamer kleiner Kerl er gewesen war, von seinen Erniedrigungen und jenen Hassgefühlen der anderen ihm gegenüber, die seinen eigenen Hass nur noch geschürt hatten.

Laurentia hatte ihn weder verspottet noch ausgelacht. Nein, sie hatte ihn hierher geführt, um ihm die tiefsten Geheimnisse von Bertinierre anzuvertrauen, und nichts an seiner Beichte hatte sie von diesem Entschluss abgebracht.

Dumme, unselige Frau. Was wollte sie eigentlich, wollte sie ihn dazu bringen, sie zu lieben?

Dom zuckte so heftig zurück, dass er mit dem Kopf gegen die Stuhllehne schlug.

Zum Teufel, nein. Er liebte sie nicht.

Was hätte das auch geändert? Ihm blieb keine Wahl. Er musste das Geheimnis an de Emmerich weitergeben.

Dom blickte Laurentia an, zierlich, ernst, von Enttäuschungen gezeichnet und durch und durch großzügig.

Dom liebte Laurentia nicht, aber hier, über ganz Bertinierre blickend, legte er ein Gelübde ab. Er würde zurückkommen.

Er würde alles versuchen, um den Schmerz, den er Laurentia zufügen musste, zu lindern. Bevor er aber ging, würde er sie besitzen und seinen Anspruch auf sie einlösen.

Laurentia wusste nicht, was sie von Doms Reaktion halten sollte. Als sie Dom die Wahrheit gesagt hatte, war sie nicht sicher gewesen, was sie erwartet hatte, aber dieser stumme Rückzug in sich selbst war eine Überraschung. Vorsichtig ließ sie sich auf dem Stuhl neben seinem nieder, und in gemeinsamem Schweigen saßen sie da, warteten und warteten … worauf eigentlich?

Laurentia hatte keine Ahnung. Sie hätte Dom gern gefragt, woran er dachte, oder ihn wortreich in seinem Schweigen bestärkt, aber er saß einfach da, den Kopf gegen die Lehne gestützt, so bewegungslos, dass sie sah, wie seine Brust sich hob und senkte. Wären seine Augen nicht offen gewesen, hätte man meinen können, er schliefe. Er starrte in die Baumkronen, als könne er die Zukunft an der sanften Brise ablesen, die sie hin und her wiegte. Doms Benehmen erinnerte Laurentia an ihren Vater, wenn er als Richter dem königlichen Gericht vorzusitzen hatte.

Ja, Dom benahm sich wie ein Mann, der gerade eine wichtige Entscheidung traf.

Wie ein Mann, der gerade eine wichtige Entscheidung getroffen hatte.

Mit einem Mal bewegte er sich wieder und fragte, ohne sie anzusehen: »Gibt es noch andere Geheimnisse, die Sie mir anvertrauen möchten?«

»Nein«, erwiderte Laurentia leise. »Nein, das ist das einzige Geheimnis, das ich kenne.«

»Dann«, sagte er, »ziehen Sie sich aus.«

22

Die dünne Bergluft musste ihr den Verstand benebelt haben, dachte Laurentia. »Was haben Sie eben gesagt?«

Beiläufig – nein, eher weltmännisch – drehte Dom den Kopf und blickte sie an. Seine klaren blauen Augen glühten so heiß wie Kohlen. »Ziehen Sie sich aus.«

Laurentias Atem stockte.

Da plauderte Dom auch schon angelegentlich weiter: »Seit Sie mir gesagt haben, dass Sie kein Hemd tragen, kann ich an nichts anderes denken als an Ihre nackte Haut unter der Jacke. Das hatten Sie doch beabsichtigt, oder täusche ich mich?«

»Beabsichtigt ist vielleicht ein bisschen übertrieben«, erwiderte Laurentia mit dünner Stimme.

Mit einer Hand strich Dom langsam und sinnlich über das glatte Holz der Lehne. »Welches Wort erscheint Ihnen denn angemessener, Euer Hoheit?«

»Vielleicht ›gehofft‹?« Laurentia hatte sich einfach nicht vorstellen können, dass Dom mit so unverhohlener Wollust reagieren würde.

Sonderbarerweise empfand sie keinerlei Furcht. Wie Lavamassen einem Vulkan, entquollen Dom Wellen ungezügelter roher Begierde, und sie wollte am Rand dieses Vulkans tanzen, knapp außerhalb der Gefahrenzone. Und vielleicht, wenn sie nur lange genug tanzte, würde sie sich am Ende auch von dem glühenden Strom überrollen lassen …

Sie legte die Hand an den obersten Knopf und schob ihn durch das Knopfloch. Hielt inne. »Ich ziehe mich aus, wenn Sie sich auch ausziehen.«

»Lassen Sie die Spielchen«, sagte Dom so leise, dass Laurentia ihn kaum hören konnte, und mit einem so drohenden Unterton, dass sie es nicht wagte, den Blick zu heben. »Ich kann kaum noch an mich halten. Sobald ich aus meiner Hose steige, Prinzessin, ist Ihre Zeit abgelaufen.«

Doms Worte trafen sie wie Pfeile mitten ins Herz.

Nein, nicht ins Herz, sondern tiefer. Sie spürte, wie sich Hitze in ihrem Schoß ausbreitete, spürte ein Verlangen, sie wollte ihn *jetzt* – und fürchtete ihn im selben Augenblick. Wie dumm von ihr, sich zu fürchten, aber dies war Doms ureigenstes Refugium, und Laurentia war nichts als eine schwache Frau. Eine verliebte Frau.

Benommen starrte sie auf Dom. Verliebt. Sie liebte Dominik von Baminien oder Sereminien oder aus welchem Land er auch kommen mochte. Deswegen hatte sie ihn hierher geführt und ihm das Geheimnis anvertraut, mit dem Bertinierre stand und fiel. Deswegen hatte sie ihm vertraut, und ein vermeintlicher Entführungsversuch hatte ihr als Beweis für Doms Vertrauenswürdigkeit ausgereicht. Deswegen hatte sie ihn als Liebhaber gewählt. Sie liebte ihn. Alle anderen Bewerber verblassten im Vergleich zu diesem rauen, gefährlichen, echten Mann namens Dom. Sie liebte ihn.

»Sehen Sie mich nicht so fassungslos und furchtsam an.« Dom löste die Hand von der Lehne und strich mit dem Daumen über Laurentias Wange. »Nichts kann *Sie* in Angst versetzen, o Prinzessin von Bertinierre. Sie sind die tapferste Frau, die ich in meinem Leben kennen gelernt habe.«

»Nein, das bin ich nicht.« Laurentia konnte es nicht ertragen, dass er sie für tapfer hielt, wo sie doch die meiste Zeit ihres Lebens nur vor sich hin vegetiert hatte. Sie wagte es nicht, ihm zu sagen, dass sie plötzlich ihre Liebe zu ihm entdeckt hatte. »Ich sorge nur dafür, dass niemand merkt, wenn ich mich fürchte.«

Dom stieß ein leises, tiefes Lachen aus. »Genau das ist ja Tapferkeit, Euer Hoheit. Aber bei mir brauchen Sie nicht tapfer zu sein. Ich schwöre, dass ich Ihnen nicht wehtun werde. Ich muss dies hier nicht tun, aber schließlich stehe ich in Ihrer Schuld. Nur … ich begehre Sie zu sehr, um alles nach Ihrem Kopf gehen zu lassen. Ab jetzt wird gemacht, was ich sage.« Sein schwieliger Daumen kratzte über ihr Kinn. »Also, ziehen Sie sich aus.«

Eigentlich war es gar nicht schwer, die Knöpfe an ihrer Jacke durch die Knopflöcher zu schieben. Aber schließlich benutzte sie auch beide Hände dafür und beobachtete mit höchster Konzentration die Bewegung ihrer eigenen Finger.

Als sie die Knöpfe schließlich geöffnet hatte, hielt sie inne, um Atem zu schöpfen – und hörte Dom gleichfalls nach Luft schnappen. Er blickte so durchdringend in die Schatten unter ihrer Jacke, als könne er den spärlichen Stoff, der ihre Haut noch bedeckte, mit den Augen versengen.

Warum war sie nur so schüchtern? Er hatte im Stall doch bereits eine ihrer Brüste entblößt, aber das hatte *er* getan, in der Hitze der Leidenschaft. Dies … war auch Leidenschaft, aber eine andere Art Leidenschaft, langsamer, kontrollierter, von fast schmerzhafter Intensität.

»Ziehen Sie's aus.«

Die Ärmel der Jacke waren eng, besonders an den Handgelenken, und für gewöhnlich half ihr eine Kammerjungfer beim Ausziehen. Ein einziger Blick auf Dom überzeugte Laurentia, dass er ihr ganz bestimmt nicht helfen würde. Sie musste sich hinstellen, die Arme nach hinten strecken, den einen Ärmel mit der anderen Hand herunterziehen …

»Sehen Sie mich an«, befahl Dom. Als Laurentia zögerte, wiederholte er mit einer Stimme wie ein Peitschenhieb. »Sie sollen mich ansehen!«

Sie wirbelte auf dem Absatz herum und funkelte ihn böse an. Verdammter Kerl! Für wen hielt er sich eigentlich?

Er beantwortete ihre Frage, ohne dass sie sie laut aussprechen musste. »Ich bin Ihr Liebhaber.«

Die Saiten ihres Herzens vibrierten.

»Und ich will, dass Sie mich ansehen.«

Sie sah ihn bereits an. Ihn, ihren Liebhaber. Er hatte es gesagt, also musste es wahr sein. Laurentia war klug genug, um zu wissen, dass das allein noch keine Liebeserklärung war, aber sie war die Prinzessin eines wohlhabenden Königreichs. Sie konnte ihn bestechen, damit er bei ihr blieb, ihn durch ihre Leidenschaft zum Bleiben bewegen, und vielleicht würden eines Tages alle jene großen, gefährlichen Gefühle, die sie in ihm spürte, mit ihren eigenen verschmelzen.

Vielleicht aber auch nicht, flüsterte eine kalte Stimme in Laurentia. Die leidigen alten Erfahrungen.

Vor denen sie jedoch die Ohren verschloss. In Doms Gesellschaft fühlte sie sich stark, unbesiegbar und von der Überzeugung durchdrungen, dass nichts unmöglich war.

»Ziehen Sie Ihre Jacke aus.«

Er hielt sie für tapfer. Sie wäre doch eine Närrin, wenn sie ihn jetzt enttäuschen würde. Wieder streckte Laurentia eine Hand nach hinten, ergriff den anderen Ärmel und zerrte. Die Jacke öffnete sich und gab den Blick auf die zarte Seidenborte ihres Hemdchens frei.

Dom beobachtete sie erbarmungslos, während seine Finger unablässig über die Lehne strichen.

Sie hatte sich aus dem Ärmel gearbeitet und zögerte. Der andere Ärmel umschloss noch Arm und Schulter. Sie musste ihn gleichfalls herunterziehen. Gab es Regeln zu beachten, wenn man sich vor einem Mann entkleidete?

Sie beobachtete die Bewegungen seiner langen Finger mit den spitz zulaufenden Kuppen. Sie wollte diese Finger auf ihrem Körper spüren. In einem plötzlichen Anfall von Mut zog Laurentia die Jacke aus und ließ sie zu Boden fallen.

Doms Blick wanderte tiefer. Er bewegte die Finger nicht mehr. Er saß da, ohne sich zu rühren, wie ein Gott, den das ungehörige Betragen einer seiner Nymphen überraschte.

Verlangend wanderte sein Blick wieder an Laurentias Beinen hoch, über ihre Hüften und Brüste und verweilte dort. Mit einer Stimme, so voll und warm wie sonnendurchfluteter Sand, sagte Dom: »Ich kann die rosigen Brustspitzen durch Ihr weißes Hemdchen sehen. Sie haben sich aufgerichtet, und Sie zittern schon jetzt, als hätte ich sie mit meinen

Händen berührt oder mit meinem Mund an ihnen gesogen. Denken Sie nur, wie Sie erst stöhnen werden, wenn wir einander wirklich berühren, wenn sich unsere Körper aneinander reiben, hier, auf der Veranda.«

»Auf der Veranda?« Laurentia sah sich benommen um. Zum ersten Mal kam es ihr in den Sinn, wie sehr sie hier den Blicken anderer ausgesetzt waren. Wenn sie sich die körperliche Liebe vorgestellt hatte, hatte sie bisher immer nur an dunkle, abgeschlossene Orte gedacht, die so sicher waren wie ein Schoß. Aber Dom hatte ihr etwas befohlen, und sie hatte begonnen sich auszukleiden, ohne auch nur einen Gedanken daran zu verschwenden, dass man sie womöglich beobachten könnte.

Wieder las er ihre Gedanken mit wenig schmeichelhafter Präzision. »Die Vögel zwitschern, die Eichhörnchen keckern, aber keine *Menschenseele* kann Sie hier sehen. Schauen Sie nur, Laurentia« – er machte eine weit ausholende Bewegung, und wie hypnotisiert folgten Laurentias Augen dem Schwung seines Armes –, »der Boden unter uns schwebt über der Tiefe, nichts als Luft und Himmel befinden sich zwischen uns und der Ewigkeit. Hier oben ist es fast so, als befänden wir uns in einem Baumhaus, hier können wir tun, was uns gefällt. Wir können lachen, uns lieben, und ich kann Sie auf alle Arten besitzen, die ich kenne.« Seine Lider sanken herab, und er sah plötzlich eher satt statt hungrig aus. »Und das sind nicht wenige.«

»Dulcie hat mir nur von einer einzigen erzählt.«

Doms Mundwinkel zuckte leicht, als müsste er an sich halten, um nicht zu lachen. »Dulcie hat Ihnen was vorgemacht. Im Augenblick will ich nur Ihren nackten Körper sehen. Ziehen Sie sich endlich aus.«

Der Rock war seitlich geknöpft, und wieder musste Laurentia die Knöpfe öffnen. Sie dachte nicht daran, dass sie darunter nur ein knielanges Hemd und seidene Strümpfe trug, die mit Strumpfbändern an ihrem Oberschenkel befestigt waren. Sie dachte nicht einmal daran, dass Dom ohne den Rock … alles sehen konnte. Sie hätte sich jeden Tag vor einem Mann ausziehen können, so einfach war die Sache.

Bis sich ihre Stiefel am Rockbund verfingen, als sie den Rock mit dem Fuß wegschieben wollte.

Laurentia blickte mit gerunzelter Stirn auf die Stiefel. Sie saßen so eng, dass sie sie unmöglich allein ausziehen konnte. Daran hatte sie heute Morgen nicht gedacht, als sie sich voller Hintergedanken angekleidet hatte. Die Vorstellung, sich nur mit einem Hemd bekleidet zu bücken und mühsam ihre Schuhe abzustreifen, erschien ihr jetzt ebenso würdelos wie ungehörig.

Aber sie hatte nicht mit Doms Hilfsbereitschaft gerechnet. »Lassen Sie mich helfen.« Geschmeidig erhob er sich aus dem Stuhl, ein vollendeter Kavalier im Königreich der Verführung, und tat, was sie wollte.

Er legte seine Hände auf ihre – auf ihre Stiefel, wo sie seine Berührung durch das Leder nicht spüren konnte.

Das war nicht genug. Damit konnte Laurentia sich nicht zufrieden geben. Sie funkelte ihn wütend an, aber er kniete mit gesenktem Kopf vor ihr.

Wenn er den Kopf jetzt heben würde, was sollte sie dann sagen? *Nein, ich will, dass du mich berührst?*

So viel Mut besaß Laurentia nicht.

Fingerfertig knöpfte Dom einen Stiefel auf. »Wie gut, dass Sie hohe Absätze tragen.« Er hob sanft ihren Fuß hoch.

Sie schwankte. »Warum? Weil ich dadurch größer wirke?«

»Nein, Sie gefallen mir so wie Sie sind. Aber diese spitzen Absätze können nützlich sein, wenn irgendein Lump Sie hinterrücks angreift. Wenn Sie den Absatz kräftig genug in seinen Spann stoßen, können Sie seinen Fuß durchbohren.«

»Dom!« Der bloße Gedanke an eine solche Gewalttätigkeit entsetzte Laurentia.

»Sie brauchen sich nur im richtigen Augenblick daran zu erinnern.«

Laurentia, die das Gleichgewicht zu verlieren drohte, hielt sich schnell an seiner Schulter fest, berührte *ihn* mit *ihren* Händen. Während er ihr den Schuh auszog, spannten sich seine Muskeln unter ihrem Griff und gaben ihr einen Vorgeschmack darauf, wie es sein würde, wenn auch er seine Kleider ausgezogen hatte und sie nebeneinander liegen würden.

Unruhig blickte sich Laurentia auf der Terrasse um. Dulcie hatte gesagt, dass man sich hinlegen musste, wenn man sich lieben wollte, und das Bett war zwar vorbereitet, aber es stand weit weg in der Ecke. Wenn sie schon kaum noch stehen konnte, während Dom ihr die Stiefel auszog – er war gerade mit dem zweiten beschäftigt –, dann war es wohl vermessen, anzunehmen, sie würde es bis zum Bett schaffen.

Das hatte Dom schlecht geplant.

Er hatte jetzt die Hand um ihren seidenbestrumpften Knöchel gelegt und ließ sie bis zu Laurentias Wade gleiten. All ihre Gedanken waren mit einem Mal wie weggewischt. Er strich über ihr Knie, und alles verschwamm vor ihren Augen. Er löste das Strumpfband am Oberschenkel, berührte mit den Fingerknöcheln die nackte Haut, und sie hatte plötzlich ein taubes Gefühl in den Fingern.

Aber was war schon dabei, wenn ihre fünf Sinne nicht mehr einwandfrei funktionierten? Das köstliche Prickeln, das seine Finger auf ihrer Haut auslösten, als er jetzt ihren Strumpf herunterrollte, war es wert. Sie berührten ihre Kniekehlen, strichen über die weiße, empfindliche Haut, glitten immer tiefer und tiefer, bis zu Laurentias Fuß. Doms Finger verharrten auf den zarten Knöcheln, strichen sanft über den gewölbten Spann. Sie lächelte und machte Anstalten, den Fuß zurückzuziehen, aber die Berührung löste weniger einen Kitzel als ein Lustgefühl in ihr aus.

Sie wusste, was er als Nächstes tun würde. Er würde seine Hand am anderen Bein hochwandern lassen, um ihr den zweiten Strumpf auszuziehen.

Nur ... genau das tat er nicht. »Jetzt«, sagte er, »ziehen Sie den anderen Strumpf aus.«

»Oh.« Sie versuchte sich zu erinnern, wie das ging.

»Hier.« Dom klopfte einladend auf den Sitz des Stuhls. »Stellen Sie Ihren Fuß hier hoch.«

Wenn sie das tat, war sie gezwungen, ihr Hemd zurückzuschieben, um das Strumpfband zu lösen, und obwohl Laurentia sich immer darüber im Klaren gewesen war, dass man sich ohne Höschen ungeschützt den Blicken anderer aussetzte, würde sie in dieser Stellung seinen Blicken ... noch mehr ausgesetzt sein.

»Laurentia, Sie sollen den Fuß auf den Stuhl stellen.«

Sie stand regungslos, war entschlossen, Nein zu diesem Vorschlag zu sagen, wollte ihre Autorität wieder herstellen und Dom zu dem Eingeständnis zwingen, dass er sie nicht dazu bringen konnte, alles zu tun, was er wollte. Aber obwohl sie zögerte, erkannte Laurentia, dass es nur ihre Schüchternheit war, die sie zurückhielt.

Er wusste es. Dieser Mann kannte die Frauen, kannte *sie* viel zu gut für ihren Seelenfrieden. »Laurentia.« Dom legte seine warme, schwielige, geschickte Hand auf ihre Wade. »Ich bin der Mann, den Sie haben wollen. Sie haben mich unter allen Bewerbern ausgesucht, und das war richtig.« Seine Hand glitt zu ihrem Knie, nicht weit genug, und wieder zurück.

»Ich kann Ihnen Wonnen bereiten, von denen Sie bis jetzt noch nicht einmal etwas geahnt haben. Bevor ich mit Ihnen fertig bin, haben Sie schon hundertmal vor Lust geschrien.« Seine Hand glitt zur Mitte ihres Oberschenkels, immer noch nicht weit genug, und wieder zurück.

»Aber ich begehre Sie leidenschaftlich. Sie sehen mich an und denken: *Er sitzt zu meinen Füßen und er kann*« – Dom lächelte verschlagen – »*alles sehen*. Das stimmt. Ich kann durch den Stoff sehen. Haben Sie das gewusst?«

Betäubt vor Erwartung schüttelte Laurentia den Kopf.

»Das Licht scheint hindurch. Ich sehe jede Kurve Ihres Körpers. Ich sehe Ihre wunderbaren Brüste, die Vertiefung Ihres Nabels, und dies …«

Seine Hand wand sich hoch, bis er das Haar zwischen ihren Beinen berührte. Obwohl er es nur leicht berührte, konnte Laurentia ein leises Wimmern nicht unterdrücken. Mit angehaltenem Atem wartete sie, hoffte …

Langsam, ganz langsam glitt seine Hand wieder abwärts zu ihrem Fußknöchel. »Ich will, dass Sie Ihren Fuß hoch stellen« – er legte die andere Hand auf den Stuhl – »und ich will, dass Sie Ihren Strumpf ausziehen. Das ist alles. Nur dieses eine Mal möchte ich, dass Sie alles tun, was ich Ihnen sage. Wollen Sie mir diesen Wunsch nicht erfüllen?«

»Ich gebe wahrscheinlich ein schlechtes Beispiel, wenn ich Ihnen in allem gehorche.« Sehr vorsichtig stellte Laurentia ihren Fuß auf den Stuhl. Nicht etwa, um einen Rest an Würde zu bewahren, o nein, sondern nur, weil sie nicht das Gleichgewicht verlieren wollte, und das erforderte ihre ganze Konzentration.

»Das stimmt. Gib einem Söldner ein Ei, und er will das ganze verdammte Hühnchen.«

Laurentia hob den Saum ihres Hemds, legte ihn über das

Strumpfband und strich ihn sorgfältig glatt. Neben sich hörte sie Dom tief und stoßweise atmen. Sie löste das Band und ließ es zu Boden fallen. Dann machte sie sich daran, den Strumpf auszuziehen. Eigentlich eine einfache Sache, nur, dass ihre Finger mit einem Mal so steif und ungeschickt waren. Das Seidenmaterial erwies sich als widerspenstig, ihr Bein schien plötzlich endlos lang. Noch niemals hatte ein Mann neben Laurentia gekniet, ihre Knöchel umfasst und dabei ihre Beine und noch einiges mehr betrachtet. Als sie sich nach vorn beugte, um ihre Strümpfe über die Wade zu rollen, blickte sie vorsichtig auf Dom hinunter ... und erstarrte.

Er betrachtete nicht ihre Beine. Er blickte zwischen ihre Beine.

Er *konnte* alles sehen, nicht durch das Hemd, sondern von unten. Nach seinem angespannten, erfreuten Gesichtsausdruck zu urteilen, gefiel es ihm, alles zu sehen, hatte er *geplant*, alles zu sehen.

Diese Entdeckung erregte sie, und diese Erregung fand sie erschreckend. Was für eine Frau war sie nur, dass sie Vergnügen daran fand, wenn der Blick eines Mannes auf jener Stelle ihres Körpers ruhte, die verborgen bleiben sollte?

»Dom?«

Dom blickte weder auf, noch sagte er etwas Beruhigendes. Er wusste genau, dass sie ihn ertappt hatte, so, wie er es beabsichtigt hatte. Mit unverändertem Gesichtsausdruck legte er die Hände auf Laurentias Hüften und drehte sie zu sich herum. Sie versuchte, den Fuß auf den Boden zu stellen, aber blitzschnell hielt er ihr Knie fest. Einen Fuß auf dem Boden, den anderen auf dem Stuhl, blickte sie ihn an, so entblößt und verletzlich, dass sie vor Schock, Furcht und atemloser Erwartung, die er so geschickt geschürt hatte, fast verging.

Dom schob ihr das Hemdchen über die Taille und betrachtete sie erneut. Er stand so still, dass man ihn für eine Statue hätte halten können, wäre nicht das Heben und Senken seiner Brust gewesen.

Er legte den Kopf schräg und blickte in Laurentias Augen. Jetzt verbarg er nichts mehr vor ihr. Er zeigte sich ihr als der Mann, der er war: Söldner, Kämpfer, ein Bastard in jeder Beziehung. Er war weder gut noch freundlich, aber er war der Mann, den sie wollte.

Es tat beinahe weh, ihn anzulächeln, und Laurentia wusste, dass ihre Lippen dabei verräterisch zitterten, aber er verstand ihre wortlose Botschaft. Sie hatte gehofft, Doms Gesicht würde sich aufhellen, aber seine feierliche Schwermut schien eher noch zuzunehmen. Rasch wandte er den dunklen Kopf und küsste erst Laurentias Standbein direkt auf den Puls an der Innenseite ihres Oberschenkels. Dann ... dann küsste er den Oberschenkel ihres angehobenen Beins, ein bisschen näher an jener Stelle, die noch kein Mann je berührt hatte.

Aber das wusste er natürlich nicht. Laurentia ahnte, dass er sie nicht verstanden hatte, als sie ihm gestand, er sei ihr erster Liebhaber. Bei seiner bewegten Vergangenheit wusste er vielleicht nicht einmal, was das Wort Jungfrau zu bedeuten hatte. Aber es war ihr wichtig, dass Dom ihr Zeit genug ließ, um sich an die neuen Gefühle zu gewöhnen, die er in ihr weckte.

Andererseits konnte sie sich auch nicht beklagen, dass er sie zur Eile antrieb. Diese Verführung war völlig anders als die Küsse, die sie im Stall ausgetauscht hatten. Dies hier war langsam, zärtlich, verspielt. Und es war viel gründlicher als alles, was sie sich in ihren kühnsten Träumen vorgestellt hatte.

Dom küsste sie erneut auf den Schenkel und öffnete dabei

die Lippen. Er drückte seinen Ellbogen gegen Laurentias Knie und strich mit den Fingern über das Haarbüschel zwischen ihren Beinen.

»Laurentia«, murmelte er, die Lippen dicht an ihrer Haut. »Weißt du, was ich jetzt tun werde?«

»Nein.« Plötzlich begriff sie. »Ja!« Sie versuchte, einen Schritt zu machen.

Aber auch das hatte Dom vorausgesehen. Blitzschnell schob er seinen Arm durch ihre Beine, umfasste ihr Hinterteil und machte es ihr unmöglich, sich zu bewegen.

»Dom!« Sie grub die Hand in sein Haar, aber das brachte ihn nur dazu, sich tiefer in ihr zu vergraben und den Kopf an ihren Beinen zu reiben wie eine große Katze. »Du kannst doch nicht …«

»Im Gegenteil«, lachte er heiser, »*du* kannst mich nicht aufhalten.«

Seine Finger öffneten sie, entblößten sie. Er küsste die zarte Innenhaut. Er fand die empfindsamste Stelle und leckte mit der flachen Zunge darüber wie eine Katze. Keuchend krallte sie sich in sein Haar, nicht um ihn wegzustoßen, sondern um sich auf ihn zu stützen.

Hatte er denn gar keine Hemmungen? Glaubte er vielleicht, dass sie keine hatte?

Er saugte an ihr, saugte sie tief in seinen Mund, während seine Hand die Pforte zu ihrem Inneren erforschte. Immer wieder und wieder kreisten seine Finger darum, drohend, verheißend, während seine Lippen, sein Atem und seine Zunge sie an den Rand des Wahnsinns brachten. Ihr Gesicht brannte, ihre Brüste spannten sich, ihre Zehen krümmten sich. Er unterwarf sie diesen Wonnen, bis sie versuchte, ihn von sich wegzuschieben. Dann lenkte er sie ab – indem er seinen Finger tief in sie hineinstieß.

Sie krümmte sich wollüstig und warf den Kopf zurück. Die Muskeln im Inneren ihres Körpers zuckten, versuchten, ihn tiefer aufzunehmen, bis er seinen Mund von ihr löste. »Mein Gott!« Langsam zog er seinen Finger aus ihr zurück. Dann erhob er sich mit einer schnellen, mühelosen Bewegung und gewährte Laurentia einen kurzen, beängstigenden Blick auf einen Mann, dessen Gesicht von nacktem, maßlosem Verlangen gezeichnet war. Er schloss sie fest in seine Arme und drehte sie schnell in Richtung Bett.

Laurentia versuchte zu gehen.

Sie war aber offenbar nicht schnell genug für ihn, denn er hob sie von hinten hoch und trug sie. Seine Hände umklammerten ihre Brust so fest, als würde sie Widerstand leisten.

Doch das tat sie nicht. Laurentia war viel zu entgeistert, um zu kämpfen oder zu protestieren. Dom legte sie mitten auf die Decken und drückte sie so fest aufs Bett, dass die mit Stroh gefüllte Matratze protestierend in ihren Ohren knisterte. Ohne sie loszulassen, sagte er: »Beweg dich nicht.«

Laurentia hielt es für unwahrscheinlich, dass sie sich überhaupt noch bewegen konnte.

Sich aufrecht hinstellend, streifte Dom das Hemd über den Kopf und entblößte Muskeln und Narben, Brusthaar und einen muskulösen Bauch. Seine Hände glitten zu den Knöpfen an der Hose. Er öffnete sie rasch, ein Mann, getrieben von seinen Bedürfnissen.

Ein Mann … Sein steifes Glied schnellte vor, und während Laurentias Lippen sich lautlos bewegten, stockte ihr der Atem. »O nein.« Von plötzlichem jungfräulichen Entsetzen erfüllt, versuchte sie, auf den Knien zur entfernten Seite der Matratze zu rutschen.

Dom packte sie am Knöchel. »Nein, Süße, keine Chance.« Er zog sie zu sich und erwischte den Saum ihres Hemdchens.

Wie eine Ertrinkende ein Stück Holz, umklammerte Laurentia die Decken. Kein Wunder, dass sie ihn durch seine Kleider gespürt hatte. Er war viel zu groß. »Wir können das nicht machen. Ich verbiete es.« Für eine Frau am Rande der Hysterie klang ihre Stimme bemerkenswert fest, fand Laurentia.

Aber sie hätte sich die Worte sparen können. Dom schenkte ihnen nicht die geringste Beachtung. Er warf Laurentia einfach wieder in die Mitte des Bettes und legte sie so zurecht, dass sich seine Knie zwischen ihren befanden. Ihr Hemdchen war über die Taille hoch gerutscht. Als Laurentia versuchte, mit ihrem freien Fuß nach Dom zu treten, hielt er ihn fest und drückte ihr die Beine auseinander.

Er näherte sich ihr so unaufhaltsam wie eine Armee, und als er sich langsam auf sie legte, stellte sie fest, dass aller Mut sie verlassen hatte. Unruhig irrten ihre Hände über seine Arme. Sie schob ihn nicht weg, zog ihn aber auch nicht zu sich heran. Tränen stiegen ihr plötzlich in die Augen und eine vereinzelte rann über ihre Wange. »Dom, bitte.«

Er blieb für einen Moment auf ihr liegen, schwerer, als sie erwartet hatte. Er küsste ihre Wange, ihr Ohr, leckte ihr die Tränenspur von der Schläfe. »Ich tue dir nicht weh, Laurentia.« Seine Stimme hallte in der Brust, die so fest gegen ihre gepresst war, und wider besseres Wissen übte der tiefe Ton eine beruhigende Wirkung auf Laurentia aus. »Ich habe versprochen, dir Vergnügen zu bereiten, und das werde ich auch tun. Jetzt.«

Er hatte eine Hand in ihrem Haar. Die andere … wo war eigentlich die andere? Zwischen ihren Körpern, öffnete sie, fand sie erneut, drang in sie ein und entlockte ihr Feuchtigkeit, die nicht versiegen wollte. Irgendwie hatte ihr Körper nicht begriffen, dass Laurentia ihren Entschluss geändert hatte. Sie stöhnte, als sein Daumen über die Stelle strich, die seine Zunge vorhin berührt hatte, stöhnte noch mehr, als er es ein zweites Mal tat. Sie sagte: »Dom, hör auf«, aber zu ihrem größten Ärger hatte ihre Stimme den gewohnten, autoritären Klang verloren. Sie klang sehnsüchtig und … wollüstig.

Sein Finger zog sich langsam aus ihr zurück. Er ersetzte ihn durch sein Schwert, schockierend, groß, viel zu intim.

Dom musste ihr entsetztes Schnappen nach Luft gehört haben, oder vielleicht hatte er es gespürt, so, wie sie vorhin seine Worte gespürt hatte. Sie waren einander so nahe, dass Laurentia nicht wusste, wo sie selbst aufhörte und wo Dom anfing.

Seine Hand in ihrem Haar bewegte sich langsam und besänftigend. »Wie kannst du nur denken, ich wollte dir wehtun? Ich will dich glücklich machen.«

Weiter unten war die erbarmungslose Invasion in vollem Gang, erleichtert durch die Bereitschaft ihres Körpers. Doms Worte hätten sie beruhigen sollen, aber sie wand sich unter seinem durchdringenden Blick. Er beobachtete jeden Gesichtsausdruck, jede neue Gefühlsregung, die sich einen Weg an die Oberfläche bahnte. Er wollte wissen, wie sie empfand, wollte ihre Leidenschaft beobachten, und er wollte sich maßlos, rückhaltlos, in ihr verströmen.

Warum verstand sie ihn so gut?

Warum konnte er ihre tiefsten Gedanken lesen, noch bevor Laurentia sie selbst verstanden hatte?

Er war einfach zu groß! Das alles war viel zu persönlich. Ihre Gefühle drohten, sie zu überwältigen, sie wollte sich verstecken, bis sie diese neuen Empfindungen und rohen Instinkte, die sie so verwirrten, verstanden hatte. Aber sobald sie den Kopf zur Seite wandte, nahm Dom ihr Kinn und drehte ihr Gesicht wieder zu sich herum. Seine klaren, blauen Augen beobachteten sie auch dann noch, wenn sein Körper auf ihren Körper hörte.

Nach dem ersten Versuch zog er sich kurz zurück. »Entspann dich. Ich weiß, es ist schon lange her, aber wenn du deine Muskeln entspannst, ist es viel einfacher für dich.«

»Ich kann nicht.« Aber ihr Körper war der Verbündete seines Körpers, und allmählich, während der erste Schmerz nachließ, lockerten sich ihre Muskeln und gaben nach.

Dom nahm ihre Hände und legte sie um seinen Nacken, zwang sie dazu, ihn zu umarmen, während er sich voranschob, unbarmherzig wie ein heranmarschierender Söldner.

Das Gefühl der Fülle wuchs. Ihre Finger bewegten sich unruhig in seinem Haar, zogen daran. Sie stellte fest, dass sie die Beine um seine Hüften gelegt hatte, auf der Suche nach Erleichterung oder Befriedigung oder ... irgendetwas. Er packte ihre Knie und faltete sie um seine Taille, während er noch tiefer in sie eindrang.

Etwas in ihr riss, ein rascher Schmerz, der ihr die Unschuld raubte.

Dom verharrte bewegungslos. Alles um sie verstummte. Die Welt schien stillzustehen. Es gab nur noch Dom und Laurentia, die sich in die Augen blickten, die Körper ineinander verschlungen.

Das Wort kam leise von seinen Lippen, Erkenntnis und Ehrfurcht mischten sich darin. »Jungfrau«, sagte er.

Endlich hatte er verstanden. Endlich.

Laurentia hob ihm die Hüften entgegen, nahm ihn ganz in sich auf, bis in die Tiefe ihres Schoßes. Ihre Muskeln krampften sich zusammen und entspannten sich wieder, hielten Dom gefangen.

Sie nahm sein Gesicht zwischen ihre Hände, hielt ihn, so

wie er sie hielt, und sagte mit der Stimme einer Prinzessin und der einer sehnsüchtigen Frau: »Dominik, ich liebe dich. Heirate mich.«

23

Dom blickte fassungslos auf Laurentia, die Prinzessin des Königreiches Bertinierre, die unter ihm lag, ihm ausgeliefert.

So hatte er es gern. Die Krönung jeder königlichen Verführung, wenn die Prinzessin in seinen Armen zu einer ganz gewöhnlichen Frau wurde, die sich dem erfahrenen Liebhaber Dom hingab. Diese Prinzessin hier … sie hatte sich nicht kampflos geschlagen gegeben, sondern versucht, sich vor ihm zu verstecken und ihre Wollust so lange zu unterdrücken, bis er sie schließlich unter sich gezogen und gezwungen hatte, zu reagieren. Dieses Machtgefühl hätte jeden Mann berauscht, aber für den unehelichen Sohn des Königs war es der Himmel auf Erden. Dominik hatte der unwissenden Prinzessin die Leidenschaft beigebracht.

Durch diesen Dienst rechtfertigte er sich selbst und seinen Vertrauensbruch.

Dom starrte in die glänzenden, grünen Augen, in denen noch Tränen schwammen. Er fühlte den Schlag ihres Herzens gegen seine Brust pochen. In ihr mischte sich die Feuchtigkeit der Leidenschaft mit jungfräulichem Blut. Ihre Muskeln zitterten noch vom Schock des Eindringens. Tief in sich, im Innersten ihres Schoßes, erwartete sie seinen Samen.

Obwohl er sie nicht verstanden hatte, hatte sie ihm ihre Jungfräulichkeit geschenkt. Ihre Jungfräulichkeit, ihre Liebe, und, wenn er nur zustimmte, auch ihre Treue.

Rache? Herrschaft? Dom wusste nicht einmal mehr, warum er das jemals gewollt hatte.

Leidenschaft. Besitzgier. Sie bestimmten jetzt so ausschließlich sein Handeln, als hätte es niemals andere Gründe gegeben.

Mit einer Stimme, die er kaum als seine eigene erkannte, sagte Dom: »Euer Hoheit meinen das hoffentlich ernst, denn von jetzt an werden Sie mir niemals mehr entkommen.«

Er presste sich tief in sie.

Laurentias Augen weiteten sich. »Du würdest es tun?«

Er zog sich ein wenig aus ihr zurück. »Heiraten? Mit dem größten Vergnügen, Euer Hoheit. Während ich Euer Hoheit hiermit das größte Vergnügen bereite.« Er beugte sich zu ihr und küsste Laurentias bebende Lippen.

Langsam drang er wieder tiefer in sie ein und spürte, wie Laurentia sich gegen den neuerlichen Vorstoß stemmte. »Nein«, flüsterte Dom, »entspann dich.«

Sie *musste* sich einfach entspannen. Der Weg war glatt und eng. Dom hatte den ersten Schock überwunden, und das Verlangen stieg so mächtig in ihm auf, dass er wusste, er würde das erste Mal seit *seinem* ersten Mal die Kontrolle über sich verlieren.

Er wollte ihr nicht wehtun. Bitte, lieber Gott, er wollte ihr nicht wehtun, deswegen musste sie sich endlich entspannen.

Er zog sich zurück und stieß zu.

Ihre Augen weiteten sich, dann schloss sie die zitternden Lider.

Wieder.

Ihre Beine bewegten sich unter ihm, ruhelos, unbewusst.

Wieder.

Sie biss sich auf die Lippen. Er küsste sie zärtlich.

Wieder.

Im instinktiven Rhythmus der Liebe hob sie ihm ihre Hüften entgegen.

Doms Beherrschung brach zusammen. Er legte die Hand unter sie und drückte ihre Hüften hoch, hielt sie im richtigen Winkel. Nicht, um es ihr leichter zu machen, sondern weil er in ihr sein wollte. Jetzt. In diesem Augenblick.

Laurentia stöhnte. Kämpfte sie noch gegen ihn an? Sie grub die Fingernägel in seine Haut. Wehrte sie sich? Dom wusste es nicht. Es war ihm gleichgültig. Sie gehörte ihm. Er würde sie besitzen. Und wenn er damit fertig war – würde er sie wieder besitzen.

Tief in Laurentias Körper spürte er, wie ihre Muskeln nachgaben, ihn zu halten versuchten.

Sie schlang die Beine um seine Taille, reckte die Arme über den Kopf. Ihre Hände hatten sich in die Decke gekrallt, rissen daran, und während sie aufschrie, erkannte er in ihrem Gesicht den süßen Ausdruck völliger Selbstvergessenheit.

Er hatte es geschafft. Er hatte es geschafft!

Auf einer Woge des Triumphes drang er tief in sie ein und verströmte sich zuckend in ihr.

Laurentia hatte angenommen, Dom würde sich jetzt, nachdem es geschehen war, neben sie legen. Er hob auch wirklich seinen Körper an, aber nur so weit, um jenen durchdringenden Schmerz zu lindern, der durch sein Gewicht und … sie wusste nicht, wodurch noch, verursacht worden war. Durch die ungestümen Bewegungen, vermutete sie. Er machte jedenfalls keinen besorgten Eindruck über das, was in ihr geschehen war. Er blieb in ihr, wenn auch in geringerer Größe, und durch die geschlossenen Lider konnte sie die intensive Konzentration spüren, mit der er sie ansah.

»Hast du das ernst gemeint?«, fragte er.

Eine berechtigte Frage, fand sie. Wie viele andere Frauen mochte es noch geben, die in einem solchen Augenblick eine Heirat vorschlugen? »Ich möchte, dass du mich heiratest.«

»Nein, das andere.«

Vorsichtig öffnete Laurentia die Augen. Er sah genauso aus, wie sie es sich vorgestellt hatte, düster, zornig, fordernd, und sofort verlor Laurentia den Faden. »Was?«, fragte sie verwirrt.

»Was du zuerst gesagt hast. Vor dem Antrag.«

»Oh.« Er brachte es nicht einmal fertig, das Wort auszusprechen, stellte sie fest. »Dass ich dich liebe? Ja. Das war ernst gemeint.«

Ihre Antwort schien ihn zu besänftigen, und er legte seine Stirn auf ihre. »Gott sei Dank. Ich dachte schon, die Schwellung wäre mir aufs Gehirn geschlagen.«

Laurentia konnte nicht anders. Obwohl er ihre Liebeserklärung nicht erwidert hatte und sie daran zweifelte, dass er wusste, was Liebe war, brachte er sie zum Lachen, und sie kicherte.

Er beobachtete sie und lächelte ebenfalls, wenn auch verhaltener. Vorsichtig zog er sich aus ihr zurück, legte sich neben sie, schloss ihre Beine und zog ihr das Hemd herunter. Dann rutschte er an den Rand der Matratze, und sie hörte, wie seine Stiefel mit dumpfem Poltern zu Boden fielen, als er sie jetzt endlich auszog. Er erhob sich. Statt seine Hose anzuziehen, wie sie gehofft hatte, zog er sie aus und verließ dann die Hütte. Sein leichtes Hinken war unverkennbar. Während er hinausging, stellte Laurentia fest, dass ihr Blick wie gebannt auf seinem nackten Hinterteil ruhte.

Zuerst hatte sie sich am Anblick seiner Schultern berauscht. Langsam schien ihre Besessenheit tiefer zu wandern.

Sie hoffte, dass es dann ein Ende damit haben würde, und fragte sich, wie wohl seine Füße aussahen.

Kurz darauf kam Dom wieder zurück. Er trug einen Eimer und hielt eine Hand voll Handtücher an die Brust gepresst. Laurentia, die es nicht wagte, den Blick zu senken, schaute unverwandt in sein Gesicht.

Er stand jetzt über ihr und lächelte sie an. »Jetzt ist es ein bisschen spät, die Schüchterne zu spielen«, sagte er. »Du kannst ebenso gut den ganzen Adam betrachten.«

Laurentia funkelte ihn wütend an. Obwohl sie es nicht wollte, wanderte ihr Blick wie von selbst nach unten. Alles unterhalb von Doms Taille sah jetzt ganz anders aus. Nicht halb so furchterregend, wenn man einmal außer Acht ließ, dass sich Teile seines Körpers wie durch Zauberkraft vergrößern konnten. Sein sehniger Körper, auf dem sich jeder Muskel abzeichnete, hätte auch abenteuerlustigere Frauen als Laurentia beunruhigt. Eine Narbe aus Doms Söldnertagen wand sich lang und gezackt über seine Hüfte.

Dom stellte den Eimer auf den Boden und ließ die Handtücher aufs Bett fallen. Er stützte ein Knie auf die Matratze, tauchte das Handtuch in den Eimer und wrang es aus. »Du hast es mir erzählt«, sagte er.

Sie beobachtete ihn mit einer gewissen Unruhe, bis ihr überfordertes Gehirn endlich verstand, wovon er redete. »Dass ich noch Jungfrau bin, meinst du.«

Dom beugte sich über sie und zog ihr den Saum des Hemdchens aus den verkrampften Händen. »Ich habe es nicht verstanden.«

Was hatte er vor? *So etwas* konnte er doch nicht tun. »Ich weiß.«

»Spreiz die Beine, du Unschuldslamm. Das hier wird dir helfen.«

Laurentia blickte auf das nasse Tuch in Doms Hand. »Nein.«

»Es wäre natürlich *noch* besser, wenn ich dich zum Teich hinaustrage …«, überlegte Dom laut.

Sie zog sich ein Kissen über das Gesicht und war fest entschlossen, es erst wieder wegzunehmen, wenn sie nicht mehr so rot war. Mit anderen Worten, niemals.

»Laurentia?«

Sie öffnete die Beine um eine Winzigkeit.

Dom presste das nasse Tuch dazwischen. »Ich hatte Angst, dir wehzutun.«

»Ja«, murmelte Laurentia in das Kissen. Er hatte Recht. Natürlich. Das kühle Tuch linderte den stechenden Schmerz. »Aber was du vorhin gemacht hast … es war so viel … nun, du hattest mir Vergnügen versprochen, und …« Sie linste vorsichtig unter dem Kissen hervor.

Er hatte die Augen halb geschlossen, während er ihrer gestammelten Erklärung lauschte, und lächelte wieder leicht. »Du brauchst keine Angst zu haben, dass ich dir noch einmal wehtue.« Er ließ das Tuch in den Eimer fallen und schob das Hemdchen zurück.

»Dom«, stöhnte sie und drückte sich das Kissen fest auf die Augen.

Er achtete nicht auf ihre Qual, sondern nahm das Kissen von ihrem Gesicht und zog ihr das Hemd über den Kopf. Sofort riss Laurentia das Kissen wieder an sich, hielt es vors Gesicht, und hoffte, dass die glatte Baumwolle ihre heißen Wangen kühlte.

Tiefe Stille herrschte, eine Stille, die Laurentia so neugierig machte, dass sie erneut unter dem Kissen hervorspähte.

Dom betrachtete sie. Sein Blick wanderte über ihre Schultern, die Brüste, die schmale Taille und die runden Hüften.

Laurentia konnte nur mit Mühe atmen. Sie wollte, dass ihm das, was er sah, gefiel.

»Vollkommen«, sagte Dom. »Und es gehört mir.«

Dann streckte er die Hand aus, und sein Finger glitt wie kühles Wasser über ihr Schlüsselbein, zeichnete die Rundung ihrer Brust nach, wanderte weiter zu ihren Hüften. »Bis morgen früh werden wir nicht noch einmal versuchen, die Matratze tanzen zu lassen …«

Was für Ausdrücke er benutzte!

»Und auch später nur dann, wenn du keine Schmerzen hast.«

Seine Stimme hörte sich sachlich an, aber Laurentia bemerkte, wie seine Finger zitterten. Er berührte ihre Brustwarze, umkreiste sie mit einem Finger, bis sie sich hochreckte und jenes Gefühl in ihr auslöste, das sich bis tief in ihren Bauch ausbreitete.

Dann hob er sie an, zog die Bettdecke weg und legte sie auf das Betttuch. »Inzwischen …« Er wrang das Tuch ein zweites Mal aus, öffnete ihre Beine und wusch sie überall. Überall!

Laurentia quiekte und setzte zu einem schwachen Protest an, aber bevor sie sprechen konnte, warf er das Tuch beiseite und legte seinen Kopf zwischen ihre Beine.

Und diesmal erzeugte er jenes überwältigende, unglaubliche Gefühl mit seinem Mund, genau, wie er es ihr versprochen hatte.

24

Als Laurentia erwachte, war es fast Abend. Obwohl die Sonne bereits untergegangen war, fiel noch dämmeriges Licht durch die Fenster. Alles war von einem goldenen Glanz umflossen, der genau zu ihrer Stimmung passte. Vorsichtig setzte sie sich auf, strich sich das Haar aus dem Gesicht und lauschte ohne sonderliches Interesse dem Protest ihrer Muskeln. Besser, jeder einzelne Knochen in ihrem Körper schmerzte, als noch einen Tag länger ohne die neuen Erkenntnisse gelebt zu haben.

Sie war aufgewacht, weil sie Doms Herzschlag nicht mehr an ihrem Ohr gehört hatte. Sie tastete im Bett nach ihm, stellte fest, dass sein Kissen noch warm war, und rief: »Dom?«

Sofort kam er zur Tür herein. Er hielt einen Becher in der Hand, und die Satteltasche baumelte an seinem Arm.

Falls er sie wieder waschen wollte, würde sie energisch protestieren. Oder vielleicht auch nicht.

Dom war immer noch nackt, und diesmal war Laurentia nicht mehr so schüchtern. Sie betrachtete seinen muskulösen Körper, nahm den Anblick seiner schlanken, kräftigen und doch anmutigen Gestalt in sich auf. Überall waren Narben von unterschiedlichster Größe und Herkunft zu sehen, besonders viele auf Armen und Brust. Die hässliche Narbe, die in seine Hüfte einschnitt. Seine Brust war von schwarzem Haar bedeckt, das sich bis zu seinen Lenden ausbreitete und um sein Geschlecht wuchs, das sich jetzt unter ihren Augen bewegte.

Laurentia begriff plötzlich, das allein ihr Blick ihn erregte. Darin glichen sie sich.

»Es ist völlig zwecklos, mich auf diese Art anzusehen. Ich bin entschlossen, die Ruhe meiner jungfräulichen Prinzessin heute Nacht nicht zu stören. Außerdem« – Dom stellte den Becher und die Satteltaschen neben das Bett auf den Boden – »möchte ich jetzt *reden.*«

Laurentia schloss aus seinem amüsierten Gesichtsausdruck, dass er damit auf etwas anspielte, aber sie wusste beim besten Willen nicht, worauf. »Wir können reden«, stimmte sie vorsichtig zu. »Aber ist dir nicht kalt?« Jetzt, wo die Sonne untergegangen war, frischte es in den Bergen auf, und sie war froh über die vielen Decken.

»Mir ist immer warm.« Er hob die Decke an, schlüpfte neben sie und legte seine kalten Füße an ihre Beine.

Sie quietschte und schob ihn weg.

Er lachte und zog sie an sich.

Alles war so natürlich, als seien sie schon seit Jahren Liebende, aber diese Natürlichkeit hatte auch etwas Seltsames. Sie waren sich erst vor drei Tagen begegnet und kannten einander schon so gut, als hätten sie ihr ganzes Leben gemeinsam verbracht. Sie hatte alles entdeckt, was für sie zählte; aber sie wussten noch nichts voneinander.

Dom hob das Gefäß hoch und stellte es zwischen sich und Laurentia ab. »Der Käse, den du mitgebracht hast, stinkt wie eine alte Soldatensocke.«

Kühle Luft kroch unter die Decke. Laurentia schlang die Arme um Doms Taille und fröstelte.

»Erzähl mir bloß nicht, du seist einer von den Männern, die sich bei Käse anstellen.«

Er kramte in seiner Satteltasche und zog ein Hemd heraus. »Ich weigere mich, verdorbenen Käse in mich hineinzustopfen. Ich habe in meinem Leben schon genug ekelhaftes Zeug essen müssen.«

»Zum Beispiel Eier?«, fragte Laurentia hinterhältig, in Erinnerung an ihr gemeinsames Frühstück.

Mit einem Ruck drehte sich Dom zu ihr um. »Du hast es also gewusst!«

Sie lachte und beschränkte ihre Antwort auf ein unverbindliches: »Hm.«

»Dafür ist es jetzt zu spät.« Mit diesen Worten legte Dom Laurentia sein Hemd um die Schultern. »Ich habe dich gefangen.«

»Ich habe mich fangen lassen«, verbesserte sie und schlüpfte dankbar in die Ärmel.

»Und du wirst auch gefangen bleiben.«

Dom hatte leichthin gesprochen, aber der Unterton in seiner Stimme war Laurentia nicht entgangen. Eine Woge fürsorglicher Gefühle durchströmte sie. Der arme Mann konnte immer noch nicht fassen, dass sie sich ihm freiwillig hingegeben hatte. Sie tastete unter der Decke nach seiner Hand und drückte sie. »Es gibt nichts, was meine Meinung je wieder ändern könnte.«

»Das würde ich auch gar nicht zulassen«, erwiderte Dom glatt. »Hier hast du deinen stinkigen Käse. Ich habe Brot geschnitten und diese braunen Dinger mitgebracht.«

»Braune Dinger?« Laurentia erinnerte sich nicht, dass man ihr etwas Derartiges eingepackt hatte, und die Dämmerung hatte sich inzwischen rasch ausgebreitet. Sie konnte nicht erkennen, was Dom mitgebracht hatte.

»Getrocknete Äpfel.«

»Magst du keine getrockneten Äpfel?«

»Ich *esse* alles. Ich *mag* Fleisch.« Er steckte sich einen Apfel in den Mund und kaute. »Morgen gehe ich auf die Jagd.«

»Morgen?«, wiederholte Laurentia überrascht. »Ich dachte, wir würden morgen nach Omnia aufbrechen.«

»Nein. Wir bleiben noch einen Tag hier. Das sind unsere Flitterwochen. Du sollst wissen, wen du dir zum Mann genommen hast.«

Doms Wunsch, zu bleiben, schien Laurentia ein Zeichen von Unsicherheit, aber er hörte sich so entschieden an, dass sie fast gegen ihren Willen sagte: »Bevor wir wieder zu meinen Freiern zurückkehren, meinst du.«

»Deine Freier.« Dom schüttelte den Kopf. »Kein einziger davon hat dich wirklich interessiert.«

»Nein, aber …«

»Iss lieber.« Er brach ein Stück Käse ab, hielt es ihr an die Lippen und wartete, bis sie den Mund öffnete. »Du wirst deine Kraft noch brauchen.« Er fütterte sie abwechselnd mit Äpfeln, Brot und Käse, und als ihr Interesse am Essen erlahmte, sagte er: »Eines wüsste ich zu gern: Warum warst du noch Jungfrau?«

Laurentia zuckte von dem Bissen zurück, den er ihr hinhielt.

Unbeirrt bot er ihr ein Stück Brot an.

Laurentias Appetit war mit einem Mal verschwunden, und sie schob seine Hand zurück. Sie würde ihm nur in knappen Worten davon erzählen, beschloss sie. Alles andere wäre Gejammer, und Prinzessinnen pflegten nicht zu jammern. Insbesondere dann nicht, wenn der Sturm der Leidenschaft und Hingabe bereits ihre Gefühle aufgewühlt hatte. »In der Familie meines Mannes hat es mehrere Fälle von Wahnsinn gegeben. Seine Majestät glaubte, dass Beaumont mich ausschließlich deshalb geheiratet hatte, um sich eine gesicherte Position zu verschaffen, und dass er mein Bett mied, um keine weiteren … gequälten Seelen in die Welt zu setzen.«

»War Beaumont auch eine dieser gequälten Seelen?«

Mit jeder Minute senkte sich die Nacht tiefer herab. Laurentia war froh darüber. Sie wollte nicht, dass Dom ihr Gesicht sehen konnte. »Er hatte Anfälle von Demenz.«

Dom strich mit dem Finger nachdenklich über den Becher, und setzte ihn auf dem Boden ab, damit er nicht mehr zwischen ihnen stand. »Warum ließ Seine Majestät die Heirat dann überhaupt zu?«

»Papa wusste nichts davon. Er hatte jemanden nach England gesandt, um Erkundigungen über Beaumonts Familiengeschichte einzuholen, und der Bote kam mit der Nachricht zurück, dass Beaumont tatsächlich der letzte Spross eines alten Adelsgeschlechts sei. Alles, was Beaumont uns erzählt hatte, entsprach der Wahrheit. Er hat uns nur vieles verschwiegen.«

»Seine Majestät hat seine Tochter doch sicher nicht auf der Grundlage von derartig dürftigen Beweisen mit einem Fremden verheiratet.«

Laurentia konnte ein zärtliches, wenn auch leicht gereiztes Lächeln nicht unterdrücken. »Ich liebe Seine Majestät und würde niemals schlecht über ihn reden, aber in einer Hinsicht ist er unverbesserlich. Er denkt, weil er der König ist, kann er einen Mann nach dem bloßen Augenschein beurteilen.«

Mit harter Stimme sagte Dom: »Ja, darin täuscht er sich ganz gewiss.«

Kratzbürstig nahm Laurentia sofort ihren Vater in Schutz. »Dieses Problem scheint unter dem männlichen Geschlecht insgesamt verbreitet zu sein.«

»Und unter Königen.«

Darauf wusste Laurentia keine Antwort. Sie verstand auch nicht, warum Dom so angriffslustig reagierte.

»Beaumont sah gut aus«, stellte Dom fest.

Er hörte sich so überzeugt an, dass vor Laurentias geistigem Auge Beaumonts Bild erschien – blond, nobel, gewandt und elegant. »Woher weißt du das? Hast du dich erkundigt?«

»Ich habe nur Euer Hoheit gefragt.« Dom klang keineswegs ärgerlich, obwohl ihre Frage reichlich unvermittelt und unhöflich war. »Aber als du mich zum ersten Mal gesehen hast, gefiel dir mein Gesicht nicht.«

»Also haben andere Frauen dein Gesicht immer geliebt«, schlussfolgerte Laurentia. »Habe ich es mir so deutlich anmerken lassen?«

Dom hob ihre Hand an seinen Mund und küsste jeden einzelnen Knöchel. »Du bist ein grenzenloses Mysterium für mich.«

Sie entzog ihm hastig ihre Hand. »Machst du dich über mich lustig?«

»Nein.« Dom ergriff erneut ihre Hand und hielt sie fest in seiner. »Ich habe keine Ahnung, was eine Prinzessin von deiner Intelligenz und Erfahrung veranlassen könnte, mich zu wählen.«

Sie holte tief Luft, um die Frage in aller Ausführlichkeit zu beantworten.

Stattdessen fragte Dom: »Hat er dich geschlagen?«

Laurentia wusste genau, dass er das leise Zittern ihrer Finger in seiner Hand spürte, also straffte sie entschlossen die Schultern und erwiderte mit ihrer offiziellsten Stimme: »Du wolltest wissen, warum ich noch Jungfrau war. Ich habe es dir gesagt. Ich kann keinerlei Nutzen darin erkennen, diese Unterhaltung weiterzuführen.«

»Ich habe *dir* alles über meine Mutter erzählt.«

Laurentias Körper verkrampfte sich immer mehr, während sie zum Fenster hinausstarrte und hoffte, ja, betete, Dom möge das Gespräch beenden.

»Ich habe dir erzählt, wer ich war und wer ich bin. Glaubst du nicht, ich möchte dasselbe auch von dir wissen?«

Laurentia zog die Knie an die Brust.

Dom hatte ihre Hand freigegeben und war unter die Bettdecke geschlüpft. »Hast du ihm auch einen Heiratsantrag gemacht?« Er legte sich zurück und verschränkte die Arme unter dem Kopf.

Auch Laurentia hätte sich hinlegen und unter der Bettdecke zusammenrollen sollen, aber sie zog es vor, Dom von oben zu betrachten. In diesem Augenblick größer zu sein, war ein strategischer Vorteil. »Nein. Er hielt bei Papa um meine Hand an, und als dieser ihm seinen Segen gegeben hatte, machte Beaumont mir einen Heiratsantrag, auf den Knien, in einer Laube im Park.«

»Das kränkt mich. Ich bin nicht in den Genuss einer so romantischen Szene gekommen.«

Sein aufgesetzter Humor half Laurentia, sich zu entspannen – aber nur ein wenig – und zu überlegen – aber nur kurz. Dom mochte witzeln und zulassen, dass ihr Kopf seinen überragte, aber er würde sie so lange ausfragen, bis er alles erfahren hatte. »Ich habe die Szene so arrangiert, wie sie dir meiner Meinung nach am besten gefallen würde.«

Er nahm ihre Hand und legte sie auf seinen Brustkorb. »Da haben Euer Hoheit wieder einmal großen Scharfsinn bewiesen.«

Sein Brusthaar kräuselte sich unter ihrer Hand, sein Herz pochte, und sein warmer Körper löste in ihr den Wunsch aus, sich an ihn zu schmiegen und ihn darum zu bitten, dass er ihre Erinnerungen vertrieb.

Aber das war unmöglich. »Beaumont hat mich nicht geschlagen, er war nur …« Laurentia hielt einen Augenblick inne, atmete ein und versuchte, die krampfhafte Enge in ihrer Brust zu lösen. »Bei unserer Heirat war ich erst sechzehn und Beaumont vierundzwanzig. Ich dachte, ich sei in ihn verliebt. Wir reisten zu einem meiner Landhäuser, und in der ersten Nacht ... kam er einfach nicht zu mir. Ich wartete und wartete, und schließlich ging ich zu ihm.« Noch die Erinnerung färbte ihre Wangen tiefrot. »Er schlief. Am nächsten Morgen war ich ... Er war freundlich. Aber ich war sechzehn und wollte es genau wissen. Ich glaube, zuerst wollte er mich nicht unbedingt verletzen, aber ich war die Prinzessin und forderte meine Rechte als seine Ehefrau. Und er sagte ... er sagte ...«

»Dass du an allem schuld seist.« Dom klang ganz ruhig, und er presste seine Hand auf ihre, um ihr zu zeigen, wie gern er sie trösten wollte.

»Ja!« Mit einer zärtlichen Bewegung strich sie über sein Brusthaar. »Wie kannst du ...«

»Wenn er dir die Wahrheit gesagt hätte, hätten du und dein Vater versucht, die Ehe zu annullieren. Du bist schließlich die Thronfolgerin. Du musst Nachkommen zur Welt bringen, und nicht einmal die Kirche hätte dir das abgesprochen.«

Dom reagierte so logisch. Die Klarheit seiner Gedanken besänftigte Laurentia. Beaumont erschien ihr plötzlich weniger wahnsinnig als eiskalt berechnend. Ja, auch sie hatte längst die Ursachen für Beaumonts Verhalten begriffen, aber es beruhigte sie jetzt, dass Dom die Schlussfolgerung zog, Beaumont habe bewusst ihre jugendliche Unsicherheit ausgenutzt.

»Was hat er dir denn statt der Wahrheit erzählt?«, fragte Dom.

»Nun, zuerst, dass ich noch zu jung sei. Dann ...« Laurentia hasste dieses Gespräch. Es weckte die Erinnerung an jene Tage, als ihre Welt aus den Fugen geriet und ein paar geschickt formulierte Sätze ihren Seelenfrieden zerstörten. »Ich gebe zu, dass ich früher verwöhnt war, und noch als junges Mädchen hatte ich ständig Wutanfälle.«

»Wusste Beaumont darüber Bescheid?«

»So lange wir noch nicht verheiratet waren, sagte er immer, er fände mein Temperament faszinierend.«

Dom schnaubte wütend.

»Aber als ich ihm sagte, er solle seinen Pflichten nachkommen, weigerte er sich. Er sagte, dass niemand mich haben wolle. Er sagte, der einzige Grund, warum mir ein junger Mann je den Hof gemacht habe, sei der, dass ich eine reiche Prinzessin sei, und er selbst habe aus den gleichen Motiven gehandelt. Er sagte, er habe mich einzig und allein aus diesem Grund geheiratet, und niemand könne ihn dazu zwingen, mit einer so grenzenlos verwöhnten und unattraktiven Frau wie mir das Bett zu teilen.«

»Milord Spinnkopf hat ja eine ganze Menge gesagt.«

Laurentia erinnerte sich an jedes Wort, an jede Einzelheit jener Unterhaltung. Es gelang ihr einfach nicht, dieses schreckliche Gespräch zu vergessen. »Während er sprach, geriet er in immer größere Aufregung. Er machte mir Angst, und ich wollte nach Hause zu meinem Vater, aber Beaumont lachte mich aus. Er sagte, Papa würde mir niemals glauben, ich sei eine junge Braut und eine Frau, und alle Männer wüssten, dass Frauen hysterisch seien. Er sagte, ich sei nur ein dummes Mädchen.« Laurentia bemerkte plötzlich, dass sie ihre Finger in Doms Haare gekrallt hatte.

Vorsichtig nahm Dom ihre Hand und löste ihr die Finger.

»Beaumont sagte, er und Papa seien gute Freunde. Was ja auch zutraf. Das war einer der Gründe, warum Papa mit der Heirat einverstanden war. Sie tranken gemeinsam, jagten gemeinsam und waren Kameraden.«

»Ganz gleich, was du tust, dein Vater würde dich niemals im Stich lassen.«

»Ich weiß.« Jetzt wusste sie es, obwohl sie inzwischen auch erfahren hatte, dass man die Liebe auf keine allzu harte Bewährungsprobe stellen durfte. »Aber Beaumont mischte in seine Lügen genau das richtige Maß an Wahrheit. Ich wusste selbst, wie verwöhnt ich war. Weltrude hatte es mir oft genug gesagt. Ich wusste auch, dass ich zu hitzig war. Ich zerbrach mitunter sogar Geschirr. Ich muss dich warnen, dass ich das immer noch tue.«

»Du kannst jederzeit Vasen nach mir werfen.« Dom klang amüsiert. »Ich bin ein guter Fänger. Nicht nur auf eine Art.«

»Und obendrein so bescheiden.« Sie mochte seinen Humor, war aber immer noch zu angespannt, um zu lächeln. »Ich hielt mich nicht für dumm, aber Beaumont sagte, es sei kein Zeichen von Klugheit, Latein im Original zu lesen oder den Ertrag pro Hektar zu berechnen, sondern ein Zeichen von zu viel Gelehrsamkeit.«

»Ich wette, er selbst konnte kein Latein lesen.«

»Nein, aber daran dachte ich damals nicht.«

»Also hast du deinem Vater nichts gesagt.«

»Ich habe niemandem davon erzählt. Mein eigener Mann, der mit unzähligen Frauen in ganz Europa geschlafen hatte, weigerte sich, mich zu berühren.« Die nächtliche Kälte kroch jetzt durch Doms Hemd, und Laurentia fröstelte. »Ich hoffte, er würde nachgeben. Ich hoffte, wenn es nur dunkel genug wäre oder ich die richtigen Kleider trüge oder die richtigen Dinge sagte … aber nichts half.«

»Prinzessin, nicht dass du glaubst, ich würde mich an deinem Unglück weiden«, Dom hob die Hände und zog Laurentias Kopf an seine Brust, »aber soweit es mich betrifft, in diesem Augenblick bin ich froh darüber.«

Laurentia presste die Nase gegen Doms Brust und atmete seinen Geruch ein. Er war wirklich, er war hier, und sie liebte ihn dafür, dass sie nirgendwo anders sein wollte als in seinen Armen. »Beaumont konnte sehr nett sein, wenn ich ihn nicht bedrängte.«

Dom legte den Arm um sie und zog sie dicht an seinen warmen Körper. »Ich schwöre, dass ich es niemals bedrängen nennen werde, wenn du mir an die Wäsche gehst.«

Laurentia kicherte. Doms Humor und seine Wärme entspannten sie. »Wir wahrten den Schein, aber dann begannen die Dienstboten zu tuscheln, weil wir kein gemeinsames Schlafzimmer hatten. Außerdem wurde ich nicht schwanger, und mein Vater begann, unangenehme Fragen zu stellen.«

Dom ließ die Finger durch ihr Haar gleiten. »Du hast alles abgestritten.«

»*Darüber* hätte ich doch mit ihm nicht reden können.«

»Nein. Natürlich nicht.« Dom hörte sich an, als könne er ihre Verlegenheit gut begreifen.

»Beaumonts Ausbrüche wurden allmählich immer auffälliger, und ohne dass ich es wusste, setzte Papa einen Spitzel auf uns an.« Dom strich mit der Hand in langsamen Kreisen über Laurentias Rücken, und sie dehnte sich wie eine Katze. »Es war Chariton.«

Dom hielt in seiner Bewegung inne. »Wer ist Chariton?«

»Chariton ist unser Freund, unser Diener. Vielleicht erinnerst du dich … er war der Mann, der Gloria half, Montys Rippen zu verbinden.«

»Du hast mich ihm nicht vorgestellt.«

»Chariton zieht es vor, im Hintergrund zu bleiben. Er sagt, das erleichtere seine Arbeit.«

»Seine Arbeit?«, fragte Dom, und in seiner Stimme schwang ein scharfer Unterton.

Ohne Zögern setzte Laurentia zu einer Erklärung an. Sie hätte voraussehen sollen, dass Dom Bescheid wissen wollte. »Er stellt Nachforschungen für uns an, wenn es nötig ist, und er ist mein Leibwächter.«

»Warum ist er jetzt nicht dein Leibwächter?«

Sie hörte, wie sein Herz schneller zu schlagen begann. »Weil du gekommen bist, und Papa dich mochte und außerdem verstanden hatte, dass ich dich auch mochte, obwohl ich es nicht zugeben wollte. Ich glaube – nein, ich weiß es genau –, Papa wollte gerne Amor spielen.«

»Wo ist Chariton jetzt?«, bohrte Dom weiter.

»Papa hat ihn losgeschickt, um Erkundigungen über den Entführungsversuch einzuziehen. Chariton wird sich in Omnia umhören, ob jemand darüber gesprochen hat. Chariton hat überall im Hafen und in den Gasthöfen seine Kontakte.«

»Ich frage mich, ob er dabei Brat kennen gelernt hat«, sagte Dom.

»Stimmt. Du hast gesagt, Brat sucht auch nach Hinweisen.« Laurentia legte die Hand auf Doms Brust neben ihrer Wange. »Glaubst du, die beiden haben sich schon kennen gelernt?«

»Vermutlich.« Doms Herz schlug wieder langsamer, pochte kräftig und gleichmäßig unter ihrem Ohr. »Chariton hat also herausgefunden, dass du noch Jungfrau bist.«

»Er hatte den Verdacht. Und Papa ebenfalls. Ich glaube, auch Weltrude hat sich ihren Teil gedacht. Und natürlich stellte das gesamte Königreich Mutmaßungen an.«

»Es ist schwer, wenn man genau weiß, dass die Leute hinter dem eigenen Rücken reden, sobald man das Haus verlässt«, sagte Dom, als habe er selbst diese Erfahrung allzu häufig gemacht. »Erzähl mir noch die Geschichte von diesem Mistkerl, den du da geheiratet hast, zu Ende.«

Laurentia gefiel es, wenn Dom über Beaumont so sprach, als sei dieser nichts weiter als ein böser Geist, den man mit der richtigen Zauberformel wieder in die Hölle zurückbefördern konnte, der er entstammte. Plötzlich war Beaumont auch in ihren eigenen Augen nicht mehr als eine Fußnote im Text ihres Lebens. »Papa ließ noch einmal Erkundigungen in England einziehen und fand heraus, dass Beaumonts gesamte Familie wahnsinnig gewesen war. Die einzige überlebende Tante war in Bedlam untergebracht, und keine Adelsfamilie in England hätte jemals ihre Tochter in Beaumonts Hände gegeben. Sein Vater hatte Beaumonts Mutter in einem Wutanfall umgebracht.«

Dom zog scharf die Luft ein.

»Beaumont war aus England auf den Kontinent geflohen und suchte nach einer Frau, die nichts von seiner Vergangenheit wusste. Sobald Papa die Wahrheit erfuhr, musste Beaumont in Bertinierres Armee eintreten, und dabei ist er gestorben.«

»Wie denn?«

Laurentia zögerte. »Das hat man mir nie genau erzählt.«

»Das hat man dir nie genau erzählt?«, fragte Dom ungläubig.

»Papa beharrte darauf, dass er bei einem Jagdunfall ums Leben kam, aber Chariton sagte, er sei auf der Terrasse gestorben. Ich hätte vielleicht auf der Wahrheit bestehen sollen …«

»Aber man hatte dir schon so oft Wahrheiten gesagt, die sich hinterher als abscheuliche Lügen herausstellten, dass du Angst hattest, zu fragen.«

Dom hatte die seltene Gabe, seelische Qualen zu verstehen, vielleicht, weil auch er auch schon oft ähnliche Qualen erlitten hatte. »Ja, und ich fühlte mich …«

»Schuldig. Weil du einen wahnsinnigen Nichtsnutz geheiratet hast und ihn durch deine Liebe nicht retten konntest. Du hast ihn nicht geliebt.«

Laurentia wollte den Kopf heben, aber er drückte ihn auf seine Brust und umschlang sie fest mit den Armen.

»Nun gut, Hoheit, ich habe mir alles genau angehört, was du gesagt hast, und hier ist die Wahrheit. Dein Hanswurst von einem Ehemann hat dich als Werkzeug benutzt, und als du ihn damit konfrontiert hast, hat er dich zerstört. Er war ein skrupelloses Stück Dreck, und ich will nie wieder hören, dass du versuchst, sein Verhalten zu entschuldigen.«

»Er war ja nur auf der Suche nach einem ruhigen Hafen, wo er …«

»In aller Ruhe wahnsinnig werden konnte?« Dom stieß ein verächtliches Schnauben aus. »So etwas tun aufrechte Männer nicht. Sie nehmen sich kein unschuldiges Mädchen und verletzen es auf die niedrigste Weise, nur um die eigene Haut zu retten. Er war krank. Er war schwach. Er hat dich nicht verdient.«

Laurentia wusste, dass Dom diesen Worten nichts mehr hinzuzufügen hatte. Er sagte seine Meinung, und sie sollte zuhören. Aber Neugier trieb sie zu der Frage: »Was hättest du an seiner Stelle getan, wenn du gespürt hättest, wie der Wahnsinn über dich kommt?«

»Ich wäre in einem Boot aufs Meer gerudert, und wenn Sturm und Regen auf mich niedergegangen wären, dann hätte ich so lange gegen sie gekämpft, bis ich mir sicher gewesen wäre, dass ich gegen niemand anders als Gott selbst verloren habe.«

Laurentia wusste, dass Dom die Wahrheit sprach. Er hätte sich niemals vom Wahnsinn überwältigen lassen. Er hätte sein Schicksal in die eigene Hand genommen und wäre den selbstgewählten Tod gestorben.

»Ich möchte nicht mehr hören, dass du dich dafür entschuldigst, verwöhnt, hochnäsig und jähzornig zu sein.« Um seine Worte zu bekräftigen, bohrte er einen Finger in ihren Rücken. »Du bist die Kronprinzessin von Bertinierre. Die Verantwortung, die du trägst, würde jeder schwächeren Frau das Rückgrat brechen, und sogar – obwohl ich das abstreiten werde, falls du es jemals wiederholst – die meisten Männer sind Schwächlinge und würden unter dieser Last zusammenbrechen.«

»Ich weiß. Deswegen darf ich Schiffe taufen, Waisenhäuser besuchen und hierher kommen, um unsere Ware abzuliefern. Ich bin eine *tüchtige* Prinzessin.«

»Glaub mir, mein Liebling, du bist auch eine *tüchtige* Frau.«

Seine Stimme klang so warm und belustigt, dass Laurentia in einer Mischung aus Erwartung und Erregung die Knie zusammenpresste.

Sie hatte ihn glücklich gemacht.

Er hatte sie in Ekstase versetzt.

Wenn sie schlau vorging, konnte sie ihn vielleicht irgendwie davon überzeugen, dass es zu lange dauerte, bis zum Morgen zu warten.

»Dein Vater hat ebenfalls viel Temperament, das habe ich festgestellt, als ich ihm von dem Tod des Entführers berichtete. Aber ihm hat man nie Vorhaltungen gemacht, wenn er Vasen zerschmetterte. Wärst du ein Mann, dann würde man es dir auch nicht vorwerfen.«

»Männer können sich kratzen, wenn's ihnen passt«, murmelte Laurentia.

»Ja ja, ihr Frauen habt ein schweres Los.« Dom rollte sich auf eine Art über sie, die sie inzwischen schon kannte. »Oder wie denkst du darüber?«

Laurentias Schmerzen waren durch den Schlaf gelindert worden. Die Nachtluft umfächelte ihre Nase, die Sterne funkelten am nachtblauen Himmel, die Decken waren wie ein warmes Nest, und in diesem Nest lag ein Mann, ihr Mann. Er begehrte sie. »Ich glaube, ich sehe die Morgendämmerung.«

Sie ließ ihre Hand an seinem Körper entlanggleiten und fand seine Erektion.

Dom fuhr zusammen und keuchte auf, als sie die Finger darum schloss. »Scheint noch früh zu sein.«

Die Größe ließ sie einen Moment innehalten, aber die Neugier trieb sie dazu, die seidige Haut, die Wölbungen und Adern zu erforschen. »Hörst du nicht, wie die Vögel ›Guten Morgen‹ zwitschern?«

»Im Augenblick ist mein Gehör nicht besonders gut.«

Laurentia berauschte sich an der Macht, die sie in Händen hielt. »Dann musst du mir eben vertrauen.«

»Das tue ich, Laurentia.« Er küsste sie mit jener aufrichtigen Leidenschaft, die ihr Herz erobert hatte. »Vertraust du mir?«

»Mit dir zusammen zu sein, ist seit Jahren das Erste, was ich« – sie hielt den Atem an, als sein Atem ihre Brust streifte – »freiwillig getan und es nicht … nein …«

Dom hob den Kopf. »Nicht was?«

»Nicht durchdacht habe.« Sie konnte nur sprechen, wenn er sie nicht berührte. »Du bist mein einziger Augenblick der Leidenschaft.«

»Dein einziger? Nur einer?«

Sie ließ den Finger um sein Ohr kreisen. »Bis jetzt.«

»Aber vertraust du mir auch?« Er legte ihr die Hand auf die Lippen. »Sag nur ›Ja‹.« Er gab ihren Mund frei.

»Ja.«

»In diesem Fall«, sagte er und legte sich zwischen ihre Beine, »sind wir so gut wie verheiratet.«

Aber als der Morgen anbrach und Laurentia erwachte, war Doms Kissen kalt und er selbst verschwunden.

25

Dom entgingen die Spuren nicht. Eine Armee war offenbar in der vergangenen Woche auf diesem Weg marschiert. Der Waldpfad war von vielen Füßen ausgetreten, eine Tabakspfeife lag zerschmettert neben einem Felsen, Eichhörnchen, die man zum Spaß von den Bäumen geschossen hatte, bedeckten den Boden. Die Streitkräfte von Pollardinien hatten sich in den Bergen über Omnia zusammengezogen und warteten nun auf die Gelegenheit, Bertinierre anzugreifen und zu erobern. Sie warteten nur noch auf die nötigen Informationen. Informationen, die Dom ihnen liefern würde.

Marcel de Emmerich hatte ein besonderes Talent zum Spionieren und für alle Arten heimlicher Geschäfte. Er hatte Dom dafür bezahlt, diese Fakten in Erfahrung zu bringen.

Nein, Dom wollte ehrlich sein – er selbst hatte eine Bezahlung dafür akzeptiert, dass er die Fakten beschaffte. Vor nicht einmal einem Monat hatte er diese Übereinkunft mit de Emmerich getroffen und damals seine Handlung als unehrenhaft, aber unumgänglich eingeschätzt. Schließlich hätte er durch seinen Verrat nur einer Prinzessin geschadet, eine jener verhassten Adligen, die derselben Klasse entstammte wie sein Lump von einem Vater.

Dann hatte Dom Laurentia kennen gelernt. Sie entpuppte sich als eine temperamentvolle Frau voller Intelligenz, Schönheit und loyaler Gesinnung. Sie war mehr, als Dom sich je erhofft hatte, besitzen zu können … und sie hatte ihm vertraut. Er hatte sie nicht einmal verführen müssen, um ihr Geheimnis zu erfahren. Laurentia hatte es ihm einfach erzählt. Sie hatte ihm alles gegeben und ihm ein Leben an ihrer Seite angeboten.

Dom wünschte sich dieses Leben, nicht um der Macht, des Ansehens oder Reichtums willen. Er wollte es, weil es Laurentia irgendwie gelungen war, dass er sich mit ihr verbunden fühlte. Wäre Dom ein unehrlicher Mann gewesen, so hätte er gesagt, sie habe ihn durch Fleischeslust an sich gebunden. Aber Dom hatte schon viele Frauen gehabt, und er hatte noch niemals dieses Gefühl von … ja, von was?… von Verantwortung, vermutete er, empfunden. Es hing allein mit Laurentia zusammen, dass er diese enge Bindung spürte. Mit Prinzessin Laurentia, ihrer Aufrichtigkeit, ihrer Verletzbarkeit und ihrem Charme. Es war ganz offensichtlich, dass sie zu ihm gehörte.

Jetzt aber musste er sich von ihr trennen, weil er ein Geschäft mit dem Teufel abgeschlossen hatte.

Oscuro scheute, als sie um die Biegung ritten, und auch Dom zuckte zurück. Drei männliche Leichen in zerfetzter Kleidung baumelten an einem kräftigen Ast. Man hatte sie aufgehängt und den Geiern zum Fraß überlassen. Waren es Jäger, die zufällig unter die Soldaten geraten waren und so die ersten Opfer der Invasion wurden? Oder Soldaten aus de Emmerichs Armee, die ihr aufmüpfiges Verhalten mit dem Tod gebüßt hatten? In jedem Fall hatte de Emmerich durch dieses kaltblütige Vorgehen seine wahre Natur gezeigt, und Oscuro musste nicht angetrieben werden, um so schnell wie möglich an den Toten vorbeizupreschen.

Manch einer, darunter auch Dom selbst, war vielleicht der Ansicht, er sei keinen Deut besser als de Emmerich, da er seine eigenen Prinzipien über die Sicherheit seiner Geliebten stellte.

Andererseits, welcher Mann hätte sein Wort gegeben, den Lohn in Empfang genommen und seine Arbeit nicht bis zu Ende erledigt? Er war Dominik von Sereminien. Er war ein Söldner, dessen Dienste begehrt waren, weil er niemals die Seiten wechselte, niemals seinen Auftraggeber betrog, niemals vor Hindernissen, seien sie auch noch so unüberwindbar, zurückschreckte. Dom war sein ganzes Leben lang Söldner gewesen und hatte vieles getan, was andere verschmähten, aber er war immer stolz auf seine Ehre gewesen. Diese Ehre bildete den Grundpfeiler seines Charakters, und sein Ehrgefühl hatte auch ihn hierher, an das pollardinische Kriegslager, geführt, wo er das Geheimnis, Bertinierre – und die Prinzessin – den Fängen des Unmenschen de Emmerich ausliefern würde.

Sonst verlor er das Geld, das Ruby gehörte … und obendrein noch seine eigene Seele.

Dom hatte seine Prinzessin nach viel zu kurzer Zeit verlassen. Gegen seinen Willen. Er hatte geplant, bei ihr zu bleiben und ihre Leidenschaft so lange anzufachen, dass sie, wenn sie die Wahrheit erfuhr, bereits so maßlos in ihn verliebt war, dass Dom für immer in ihre Seele eingebrannt wäre.

Aber sie hatte ihm von Chariton erzählt, der den Entführungsversuch aufklären sollte. Wenn Chariton wirklich so tüchtig war, wie Laurentia behauptete – und vorausgesetzt, er war nicht der Verräter –, dann würde er Brat aufstöbern, sie aushorchen und Doms Betrug aufdecken.

Das konnte Dom nicht zulassen. Besser, er brachte seine

schreckliche Aufgabe selbst zu Ende, als dem Schicksal seinen Lauf zu lassen. Gäbe es doch nur einen Ausweg aus diesem Zwiespalt. Wäre doch nur …

Abrupt lenkte Dom Oscuro auf einen Seitenpfad. Er band das Tier fest an einen Baum, dass es vom Hauptweg aus nicht zu sehen war, zog seinen schwarzen Umhang aus den maßgefertigten Satteltaschen und warf ihn über die Schultern. Dann richtete er den Blick in die Kronen der hoch gewachsenen Pinien, kam sich so dumm vor wie noch nie in seinem Leben und rief: »Gott?«

Seine Stimme hallte sonderbar in der Stille wider, und Dom errötete. Wahrscheinlich entsprach dieser lockere Umgang mit einer unbekannten Gottheit nicht den üblichen Gepflogenheiten. Seit dem Tod seiner Mutter hatte Dom noch nie einen derartigen Versuch unternommen. Er hatte alle Fragen selbst beantwortet. Aber jetzt wusste Dom zum ersten Mal nicht mehr weiter, also räusperte er sich und wiederholte: »Gott? Ich brauche ein Zeichen. Eine Frau und ein Krieg wiegen meine Treue gegenüber Ruby und meine Pflicht, so wie … so wie ich sie verstehe, nicht auf, aber trotzdem weiß ich nicht, ob ich das Richtige tue. Wenn du mir sagen würdest, was ich tun soll, wäre ich dankbar.« Das war ein etwas plötzliches Ende, also fügte er hinzu: »Amen.«

Dom hatte keine Ahnung, was er jetzt tun sollte. Warten, aber wie lange? Vermutlich war Gott gerade beschäftigt, aber Dom roch den Rauch der Lagerfeuer, und demnach musste sich das pollardinische Lager ganz in der Nähe befinden. Bald würden ihn die Wachposten entdecken. Bekam er nicht binnen kurzem ein Zeichen, so blieb ihm nichts anderes übrig, als zum Zelt des Königs zu gehen und die Aufgabe, für die man ihn bezahlt hatte, zu Ende zu bringen – und das würde ihn vermutlich das Leben kosten.

Zur Hölle damit. Wenn alle Nachteile auf seiner Seite waren, musste er wahrscheinlich ohnehin sterben. Im Grunde konnte er ebenso gut aufhören, die Entscheidung hinauszuschieben, und die Sache stattdessen hinter sich bringen. Gott würde sich gewiss niemals mit einem Mann wie Dom abgeben.

Er arbeitete sich durchs Gebüsch zum Weg zurück, und gerade als er ins Freie treten wollte, hörte er das Klingeln von Pferdegeschirr. Weltrude ritt aus dem Lager.

Sie lächelte das Lächeln einer Verräterin und Mörderin, und plötzlich ging Dom ein Licht auf. Weltrude hatte ein Motiv, ihre Herrin zu betrügen. Sie war im Palast eine Autorität. Sie hatte veranlassen können, dass der Gefangene vergiftet wurde, ohne selbst in Verdacht zu geraten. Irgendwie war es ihr gelungen, an dieselben Informationen wie Dom zu kommen. Dom konnte die Prinzessin gar nicht mehr betrügen. Er kam zu spät. Weltrude hatte ihre Herrin bereits verraten.

Dom hatte um ein Zeichen gebeten. Hier war es. Er blickte zu den Baumkronen hoch und sagte: »Danke.«

Aber es gab immer noch das Geld, das ihm zustand, und außerdem etwas noch Wichtigeres: Laurentias Sicherheit.

Mit schnellen Schritten näherte sich Dom dem Lager.

Der Marschbefehl war noch nicht erteilt worden. Auf der großen Lichtung, die de Emmerich als Standort ausgewählt hatte, lungerten Soldaten, Zwangsrekruten und allerlei Gesindel, das der Armee zu folgen pflegte, untätig herum. Ein Wachsoldat hielt Dom an der Vorpostenlinie an, aber als er sagte, er habe Nachrichten für de Emmerich, wurde er ins Lager durchgelassen.

Als Dom an den Söldnern vorbeikam, die rund ums Lagerfeuer saßen, hörte er, wie sie seinen Namen riefen.

»Dom!« Toti, der Söldner, grinste mit gespielter Wiedersehensfreude, als er seinen alten Rivalen erkannte. »Wofür haben sie dich denn angeheuert? Wollen die sich selbst eine Niederlage beibringen?«

Die anderen Söldner brachen in Gelächter aus und stießen sich gegenseitig die Ellbogen in die Rippen.

Dom stimmte nicht in das Lachen ein. Er blickte Toti unverwandt an, und dessen Grinsen verschwand allmählich. Doms strengem Blick hatte er noch niemals standgehalten.

Als Toti die Augen niederschlug, wies Dom auf das Lager ringsum. »Sieht aus, als plant hier jemand einen Krieg.«

»Bist du neidisch?«, erkundigte sich Toti und stocherte mit dem verkohlten Ende eines Stocks im Feuer.

»Nein.« Nicht, wenn de Emmerich die billigsten, unzuverlässigsten Söldner nahm, die er bekommen konnte. »Ich habe noch eine letzte Aufgabe zu erledigen, dann muss ich weiter.«

Totis struppiger Schnurrbart sackte nach unten. »Hast du denn dafür genug Geld?«

»Noch nicht.«

Toti warf einen Blick auf Doms Kleidung, die von dem achtstündigen Ritt durchgeschwitzt, aber unverkennbar elegant und teuer war. Sein breites, grobes Gesicht schien noch länger zu werden. Aber er protzte: »Wenn wir erst in Bertinierre sind, dann wird es reiche Beute geben.«

Wieder ließ Dom seinen Blick schweifen und betrachtete die Männer, aus denen Pollardiniens Armee bestand – allesamt Amateure. »Immerhin habt ihr wackere Mitstreiter.«

Die Männer rund um das Lagerfeuer gaben alle möglichen, wenig schmeichelhaften Geräusche von sich.

Schließlich spuckte Toti auf den Boden. »Das sind doch bloß Bauerntrampel.«

»Das ist immer so. Die armen Teufel. Für die wird es nichts weiter geben als ein kaltes Grab fern der Heimat.« Dom sah Toti direkt an. »Und für dich auch. Ich habe ein schlechtes Gefühl bei diesem Angriff. Du nicht?«

Toti machte rasch ein Zeichen, um sich vor dem bösen Blick zu schützen. »Sag so was nicht, Dom. Das bringt Unglück.«

»Es bringt die Wahrheit ans Licht«, gab Dom zurück. »Wie lange seid ihr jetzt hier?«

»Eine Woche.«

»Eine Woche? Und ihr sitzt nur herum und stochert mit Stöcken im Feuer? Warum trainiert ihr nicht?«

»Nicht nötig«, grummelte Toti.

»Ein kaltes Grab«, wiederholte Dom. »Wann werdet ihr losmarschieren?«

Toti brach den Stock entzwei und warf ihn in die Flammen. »Du weißt doch, wie es ist. Wenn wir den Befehl bekommen.«

»An dieser Sache ist etwas faul.«

Toti zuckte die Achseln und warf einen vielsagenden Blick auf das große blaue Zelt mit den vielen Flaggen auf der Spitze, das in der Mitte des Lagers aufgeschlagen war.

Dom wusste, warum keiner der Männer es wagte, sich zu beschweren. Sie rochen nach Angst. Das ganze Lager roch nach Angst. Es war die Angst der Bauern, die man gezwungen hatte, ihre Familien zu verlassen, die der Söldner, die sich über den vor ihnen liegenden Kampf im Unklaren waren, die der Gefolgsleute, die versuchten, noch rechtzeitig aus der Falle zu entkommen. Keiner von ihnen wagte es, aufzumucken, denn de Emmerich griff hart durch.

Bei den Gehängten hatte es sich um Deserteure gehandelt. Diese Männer waren keines sanften Todes gestorben.

»Ist das dort de Emmerichs Zelt?«, erkundigte sich Dom.

Düsteres Nicken.

»Das Zelt des Königs«, verbesserte Toti.

»Genau dahin gehe ich jetzt.« Dom schritt weiter, während sich hinter ihm entsetztes Schweigen ausbreitete.

Er spürte die Blicke der Männer im Rücken und achtete peinlich darauf, nicht zu hinken, obwohl das Reiten besonders schmerzhaft für seine Hüfte war. Aber er wollte keine Schwäche zeigen. Nicht vor diesen lebenden Leichen.

Als Dom das Zelt erreichte, hatte man de Emmerich offenbar schon von seiner Ankunft unterrichtet, denn der Posten hob schweigend das Tuch vor dem Eingang und trat beiseite.

Das Zelt war so hoch, dass Dom sich beim Eintreten nicht einmal bücken musste. Die Sonne beschien die seidenen Wände und tauchte das riesige Feldbett des Königs, die Kisten und die Verzierungen der Waffen in kräftiges Blau. Ein Mann saß hinter dem polierten Holztisch, ein zweiter stand daneben. Es handelte sich um König Humphrey und de Emmerich. Wie alles im Zelt hatten auch ihre Gesichter eine bläuliche Farbe angenommen, und beide waren gefährlich, jeder auf seine eigene Weise. Aber man hatte Dom nicht mit einer scharfen Klinge begrüßt, also brauchte de Emmerich noch eine Bestätigung der Information.

Ostentativ lockerte Dom sein eigenes Messer. »De Emmerich, Sie haben versucht, mich zu hintergehen.«

De Emmerich lächelte verschlagen. »Worauf spielst du an, junger Dom?«

»Sie haben versucht, meine Prinzessin zu entführen.«

De Emmerich horchte auf. »Deine Prinzessin.«

»*Meine* Prinzessin. Das war ein schwerer Fehler.« Dom schlenderte gemächlich durch das Zelt und bohrte dann seine Klinge mit einer blitzschnellen Bewegung bis zum Heft in den Tisch.

Der König von Pollardinien, dieser Einfaltspinsel, zuckte nicht einmal zusammen. Er saß einfach da und beobachtete mit runden, leeren Augen, was vor sich ging.

»Was haben Sie sich dabei gedacht?«, fragte Dom herrisch.

»Ich war mir nicht so sicher, ob es dir gelingen würde, sie zu verführen.« De Emmerich grinste breit. »Aber offensichtlich hast du Erfolg gehabt.«

Entsetzt und fasziniert zugleich starrte Dom wie gebannt auf de Emmerichs Zähne, die mit einem Mal perfekt waren. Manchmal ersetzten Ärzte einen faulen Zahn durch einen gesunden, der von einer Leiche stammte. Dom hätte schwören können, dass de Emmerich einen ganzen Mund voller Leichenzähne zur Schau trug.

»Also wollten Sie die Prinzessin überwältigen und foltern?« Dom hob die Stimme. Ein königlicher Wachposten steckte den Kopf durch den Eingang, und Dom befahl in barschem Ton: »Schickt ihn raus und sagt ihm, dass er draußen bleiben soll.«

De Emmerichs Lächeln verschwand. Er mochte es nicht, wenn ein einfacher Söldner ihm Befehle erteilte, aber bevor Dom die geheime Quelle von Bertinierres Reichtum noch nicht preisgegeben hatte und damit bestätigte, was Weltrude ihm vor einer halben Stunde erzählt hatte, konnte er ihm schwerlich das Messer in den Leib stoßen – und das wusste Dom ganz genau.

»Marcel …«, jammerte der König.

Abwesend tätschelte de Emmerich den Kopf Seiner Majestät. »Schon in Ordnung, Humphrey. Der wird mir nichts tun.« Er schnippte mit dem Finger in Richtung Wache. »Raus. Und bleibt von der Tür weg.«

Dom glaubte nicht, dass die Wache den Befehl befolgen würde. Nicht einmal eine Minute lang. Jeder Mann in diesem Lager hatte nur ein Ziel – seine nackte Haut zu retten. Der Mann würde gewiss an der Zeltwand lauschen. Dom war es gleichgültig. Je mehr Leute von der Niederlage, die ein Söldner de Emmerich beigebracht hatte, Wind bekamen, desto mehr würden an ihm zweifeln und den Versuch machen, zu desertieren. »Und nun zu unserem Problem, de Emmerich. Sie bekommen die Information, die ich Ihnen versprochen habe. ›Bekommen‹ ist vielleicht nicht ganz das richtige Wort. Ich werde Ihnen diese Information *verkaufen.* Anschließend werden Sie in Bertinierre einmarschieren, das Land erobern und aussaugen.«

»Willst du es mir vielleicht verbieten?«

»Ich will Ihnen damit nur sagen, dass ich mir über Ihre Absicht, meiner Prinzessin Schaden zuzufügen, im Klaren bin. Im Augenblick ist es mir daher ziemlich egal, ob ich unsere Abmachung einhalte. Ich würde Ihnen mit dem gleichen Vergnügen die Kehle durchschneiden.«

Endlich zeigte de Emmerich, aus welchem Holz er geschnitzt war. Er riss das Messer aus dem Ärmel, und es zischte so nahe an Doms Ohr vorbei, dass dieser ein leises Pfeifen vernahm. »An meine Kehle musst du erst mal kommen.«

Eine Klinge weniger. »Es passt mir nicht, dass Sie versucht haben, mich zu betrügen. Wenn Sie mir einen Auftrag geben, müssen Sie sich heraushalten und die Sache mir überlassen.«

Doms Gleichmut war nicht nach de Emmerichs Geschmack, und hasserfüllt erwiderte er: »Du warst in letzter Zeit nicht besonders erfolgreich.«

»Wenn Sie eine Frau erst zusammenschlagen müssen, um sie in Ihr Bett zu bekommen, heißt das noch nicht, dass auch ich gezwungen bin, zu solchen Mitteln zu greifen.«

König Humphrey gluckste vergnügt. »Was er da sagt, stimmt. Ich muss sie nicht schlagen. Frauen mögen mich.«

Dom richtete den Blick auf die königliche Marionette. »Dann verraten Sie mir doch, wo das Geld ist, Euer Majestät.«

»Es ist …« König Humphrey machte Anstalten, auf eine der Kisten zu zeigen, aus der Seide und Juwelen quollen.

De Emmerich schlug ihm auf die Hand.

Der König schlug so kräftig zurück, dass de Emmerich taumelte.

Der darauffolgende Moment angespannter Stille gewährte Dom einen guten Einblick in das Kräfteverhältnis zwischen den beiden Männern. Lässig, als seien derartige Zwischenfälle an der Tagesordnung, sagte er: »Ich nehme das Geld, verrate Ihnen das Geheimnis, und wir sind alle drei glücklich und zufrieden.«

De Emmerich konnte es einfach nicht fassen, dass er der Verlierer sein sollte. Ein übertriebenes Lächeln verzerrte seine Gesichtszüge zu einer grotesken Fratze. »Ich habe niemals wirklich an dir gezweifelt, lieber Dominik. Geh und nimm dir deinen Lohn.«

Dom ließ sich nicht zweimal bitten. Die Stelle zwischen seinen Schulterblättern prickelte vor Anspannung, aber de Emmerich war noch nicht fertig mit seinen Spielchen. Dom drehte beiden Männern den Rücken zu und ging zu der Kiste hinüber. Er wühlte darin herum, zog schließlich einen Lederbeutel hervor und hielt ihn hoch. »Fühlt sich nicht an wie fünfundzwanzigtausend pollardinische Kronen.«

»Habe ich etwa fünfundzwanzig gesagt?« In gespielter Nachdenklichkeit klopfte de Emmerich mit dem Finger gegen die Lippen. »Ich dachte, ich hätte zehntausend gesagt.«

»Nein.« Dom spähte in den Beutel. Münzen. Eine ganze Menge Münzen. Vielleicht zehntausend Kronen. Er öffnete die linke, geräumige Geheimtasche im Innenfutter seines

Umhangs und schüttete den Inhalt des Beutels vorsichtig hinein, damit die Säume nicht ausrissen. Dann griff Dom ein zweites Mal in die Kiste und packte wieder einen Beutel. »Und dazu noch ein Bonus von zehntausend.«

König Humphrey wimmerte, aber de Emmerich brachte ihn zum Schweigen, indem er ihm die Hand auf die Schulter legte und ein paar Worte ins Ohr flüsterte.

Dom öffnete die rechte Geheimtasche und füllte sie ebenfalls. »Und noch ein Beutel ... verdammt, das scheint der letzte zu sein.« Er hielt einen dritten Lederbeutel hoch. »Wovon wollen Sie eigentlich die Söldner bezahlen?«

»Mit dem Schatz von Bertinierre«, erwiderte de Emmerich. »Also, wie lautet das Geheimnis?«

Dom trat wieder an den Tisch, riss sein Messer aus der Holzplatte und verriet, ohne zu zögern, seine Prinzessin und ihr Königreich.

Nachdem er damit seiner Ehre als Söldner genügt und seine Pflicht gegenüber Ruby erfüllt hatte, sagte er: »An Ihrer Stelle würde ich das Messer lieber nicht ziehen, de Emmerich.«

De Emmerich hielt bereits ein langes, glänzendes Messer wurfbereit in der Hand. »Warum nicht? Ich kannte das Geheimnis schon. Du hast mir nichts Neues erzählt.«

Gelassen fuhr Dom fort: »Wenn Sie mich töten, wird König Humphrey niemals den Diamanten von Pollardinien zurückerhalten.«

Die Klinge in de Emmerichs Fingern zitterte.

»Der Diamant von Pollardinien?«, rief König Humphrey mit schriller Stimme und fasste sich suchend an die Brust.

»Was weißt du denn über diesen Diamanten?«, fragte de Emmerich.

»Beispielsweise weiß ich, wo er ist.« Weder Doms Stimme

noch seinem Blick war die geringste Unruhe anzumerken. Die Hand, die am Abzug der Pistole lag, verbarg er im Futter seines Umhangs.

König Humphrey quiekte erneut und riss sein Hemd auf.

Interessiert beobachtete ihn Dom. Er wusste genau, dass der König nicht finden würde, was er suchte.

König Humphrey zog hastig den Lederriemen samt Beutel unter dem Korsett hervor. »Er ist hier.« Seine Finger kramten fieberhaft in dem Beutel. »Ich kann ihn spüren.« Er öffnete das Säckchen und entleerte es auf dem Tisch. Ein kleiner, geschliffener Kristallstein fiel heraus.

Draußen erklangen die Stimmen der Söldner.

Die Luft im Zelt pulsierte bei der Machtprobe der beiden Widersacher.

De Emmerich stieß das Messer wieder zurück in die Scheide.

Dom versenkte die Pistole im Halfter.

De Emmerich riss den Kristall an sich. »Quarz.« Er schleuderte den Stein auf den Tisch zurück und umrundete zornbebend den Tisch. »Verdammt, du aussätziger Bastard, was hast du mit dem Diamanten gemacht?« Mit gebleckten, weißen Zähnen kam er immer dichter auf Dom zu.

Aber Dom wich nicht zurück.

Etwa einen halben Meter von Dom entfernt blieb de Emmerich stehen. Sie wussten beide, dass er Dom im Kampf nicht gewachsen war.

Dom beobachtete, wie de Emmerich, dem seine körperliche Unterlegenheit plötzlich bewusst wurde, nach seinem Messer tastete. Dom schwang den Beutel mit Gold und versetzte damit der tastenden Hand einen Hieb, der kräftig genug war, um sie zu brechen. Dann packte er de Emmerichs Handgelenk und verdrehte es.

Als de Emmerich in die Knie sank, legte ihm Dom die Lippen dicht ans Ohr. »Ich habe mir einfach die Freiheit herausgenommen, selbst für meine Sicherheit zu sorgen. Dieser Diamant ist die Garantie für die Sicherheit meiner Prinzessin. Nach dem Umsturz werde ich euch den Diamanten zurückgeben, sobald die Prinzessin sich in meiner Obhut befindet.« Er verdrehte das Gelenk so weit, dass de Emmerich wimmerte. »Unverletzt. Keine Vergewaltigung, keine Folter, nicht die kleinste Schramme. Verstanden?«

De Emmerich nickte.

Unerbittlich verdrehte Dom die Hand weiter. »Haben Sie mich verstanden?«

»Ja!«

Dom ließ ihn los und richtete sich auf. Er verneigte sich schwungvoll und sagte: »Schlafen Sie unbesorgt, Euer Majestät. Das Nachthemd steht Ihnen übrigens ausgezeichnet.«

Diesmal verließ er das Zelt, ohne sich umzudrehen.

Rasch durchquerte er das Lager. Er wollte zu seinem Pferd zurück und blieb nicht einmal stehen, als die Söldner ihm etwas zuriefen. »Ich an deiner Stelle würde von hier verschwinden«, sagte Dom im Vorbeigehen zu Toti. »Dieser Krieg steht unter einem Unstern.«

Laurentia wartete vierundzwanzig Stunden auf Dom. Ein entsetzlicher Tag. Eine kalte, schlaflose Nacht.

Schließlich begrub sie ihre Hoffnungen und Träume und stellte sich der Verzweiflung, die ihr ständiger Begleiter zu sein schien. Er kam nicht mehr zurück. Er hatte niemals wirklich bei ihr bleiben wollen. Nicht einmal die Aussicht auf ein sorgloses Leben als Begleiter der Kronprinzessin von Bertinierre hatte diesen Lump dazu bringen können, sie zu heiraten.

Schlimmer noch, mit ihrer unseligen Leidenschaft hatte sie das gesamte Königreich in Gefahr gebracht.

Als Laurentia diese Erkenntnis dämmerte, ritt sie, so schnell sie konnte, nach Omnia zurück. Als sie den Palast betrat, war er fast menschenleer. Die Bewerber waren abgereist. Die Hofdamen hatten sich zurückgezogen. Nur ein paar Dienstboten drückten sich sorgenvoll flüsternd auf den langen Fluren herum. Laurentias Schritte hallten auf dem polierten Boden, als sie den langen Korridor entlangrannte, den Blick fest auf die Bibliothek ihres Vaters gerichtet. Sie hatte die Tür fast erreicht. Sie war beinahe angekommen … als eine knochige Hand sie am Arm packte und zurückriss.

Laurentia wirbelte herum und starrte in Weltrudes Gesicht.

»Schreiten.« Weltrude überragte sie um Haupteslänge, und ihre schneidende Stimme klang unnachgiebig. »Eine wahre Prinzessin rennt nicht wie ein ungezogener Fratz. Sie schreitet.«

Laurentia riss den Arm aus der Umklammerung ihrer Hofdame und rieb sich über die Druckstellen, die Weltrudes Finger hinterlassen hatten.

Weltrude wusste Bescheid. Irgendwie hatte sie erfahren, dass ihre Vorhersagen eingetroffen waren und Laurentia alles, was sie liebte, durch ihre Unbesonnenheit zerstört hatte.

Laurentia wich vor ihrer Hofdame zurück, die sie mit grimmigem Triumph musterte, drehte sich auf dem Absatz herum und legte den restlichen Weg zur Bibliothek mit gemessenen Schritten zurück.

Weltrude war unwichtig. Weltrude zählte nicht. Das Einzige, was jetzt zählte, war, zu ihrem Vater zu gehen und alles in ihrer Macht Stehende zu tun, um den Schaden zu begrenzen, den sie Bertinierre zugefügt hatte.

Niemand antwortete Laurentia, als sie klopfte. Vorsichtig öffnete sie die Tür.

Ihr Vater saß mit aschfahlem Gesicht in seinem breiten Lieblingssessel. Er hielt eine Nachricht in der Hand.

Laurentia eilte zu ihm und kniete neben ihm nieder. »Papa?«

»Die Armee von Pollardinien hält die königlichen Felder besetzt, in denen wir *Mentha nobilis* anbauen. Wenn ich mich nicht ergebe, werden sie Bertinierre zerstören. Wenn ich mich weigere, als Marionettenkönig zu regieren, um mein Volk ruhig zu halten, werden sie dich umbringen.«

Laurentia ergriff die zitternde Hand ihres Vaters.

»Papa, ich habe dich hintergangen. Ich habe das ganze Land betrogen. Alles ist meine Schuld.«

Die traurigen Augen ihres Vaters füllten sich mit Tränen. »Du misst dir zu viel Bedeutung bei. Du bist nicht die Einzige, die Fehler begangen hat. Du bist nicht die Einzige, die sich in jemandem getäuscht hat. Ich bin der König, und ich sage, dies ist mein Fehler.« Er legte seine Stirn an ihre und sagte gefasst: »Die Rettung von Bertinierre liegt in unseren Händen, meine Tochter, und wir werden alles dafür tun.«

26

Dom hatte damit gerechnet, dass er die Grenze von Sereminien instinktiv erkennen würde. Er hatte erwartet, ein verborgener Teil in seinem Inneren würde verkünden: *Nun hast du den Fuß in dein Vaterland gesetzt, Sohn eines Königs. Jenes Land, aus dem du durch die unglücklichen Umstände deiner Geburt einst vertrieben wurdest.*

Doch die Gipfel ragten in stummer Erhabenheit über ihm auf, der Wind jagte durch die Schluchten, die Berghöhen hüllten sich in Schweigen, und erst, als er die letzte Bergkette überwunden hatte und zu Tal ritt, erkannte er, dass er wieder einer alten Heimsuchung zum Opfer gefallen war.

Er hatte die sereminische Grenze überschritten, ohne es zu merken.

Aus dem Pfad wurde ein Weg, der schließlich in eine Straße mündete. Alle Straßen in Sereminien führten irgendwann zum Fluss, und noch bevor Dom ihn sah, hörte er das Rauschen des Wassers. Der Fluss glänzte im Sonnenlicht wie geschmolzenes Silber. Er war schön, aber die Flüsse in Bertinierre waren es nicht minder. Dom saß ab und kniete am Ufer nieder. Während er sich das Gesicht wusch, schüttelte er sich vor Kälte. Die Flüsse in Bertinierre waren auch nicht so eiskalt, dass sie einen Mann zum Zittern brachten.

Nein, anders als er erwartet hatte, verspürte er keinen Jubel über seine Rückkehr nach Sereminien. Er war nur von einem einzigen Drang erfüllt: Er musste wieder in Bertinierre sein, bevor der Krieg Laurentia in Gefahr brachte.

»Hallo da drüben«, grüßte eine männliche Stimme.

Mit der geschmeidigen Bewegung eines Söldners, dessen Rücken ungedeckt ist, drehte Dom sich um.

Es war kein Mann, der dort stand, sondern ein Junge, nicht älter als sechzehn Jahre. Er stützte sich auf eine Harke und musterte Dom forschend. »Ich kenne Sie nicht.« Er wies auf Oscuro, den Dom an einem Baum festgebunden hatte. »Sie stammen wohl nicht von hier.«

Dom musste sich eingestehen, dass die Worte des Jungen der Wahrheit entsprachen. Er stammte nicht von hier. Er war schon seit langer Zeit nicht mehr in Sereminien gewesen. »Nein.«

»Ich bin mir jedenfalls ganz sicher, dass ich dieses Pferd noch nie gesehen habe.« Der Bursche verbarg nicht mehr länger, wem sein wirkliches Interesse galt. »Ein schönes Tier.«

»Ja.« Dom erhob sich. »Ich komme aus Bertinierre.«

»Wirklich?« Die Augen des Jungen begannen zu funkeln, und Oscuro war sofort vergessen. »Man sagt, dort wären Kämpfe im Gang.«

»Das stimmt.«

Der Junge stützte sich noch schwerer auf seine Harke. »Ich wünschte, ich wäre auch dort. Hier passiert nie was.«

Dom blickte an dem Jungen vorbei auf die Gerstenfelder. Das Land war fruchtbar, jeder Getreidehalm zollte der Umsicht König Daniors und den Vorteilen eines langen Friedens Tribut. Und dieser dumme Junge beklagte sich.

»Wie heißt du, mein Sohn?«, fragte Dom.

»Gregor.«

»Nun, Gregor, früher war hier mehr los. Hast du nie davon gehört, wie König Damion kämpfen musste, um auf den Thron zu kommen?«

»Gegen den bösen Dominik«, leierte der Junge herunter. »Ja, davon habe ich gehört. Papa spricht ununterbrochen darüber, und davon, welche wichtige Rolle er dabei gespielt hat, indem er den Prinz und die Prinzessin rettete. Aber das ist schon Jahre her, ich war damals noch ein Kind, und seitdem ist hier alles ruhig. Ich glaube sowieso, dass der böse Dominik nur ein erfundener Bösewicht ist, mit dem man kleine Kinder erschreckt.«

Der erfundene Bösewicht stand da und starrte den Jungen fassungslos an. Erfunden, um Kinder zu erschrecken? War er diesem Land dreizehn Jahre fern geblieben, um bei seiner Rückkehr festzustellen, dass er nur noch als Fabelwesen existierte? Bei der heiligen Leopolda, das Mädchen Rosabel war offenbar nicht die Einzige, die ihn für tot hielt. »Er hat wirklich existiert«, sprudelte Dom los.

»Das sagt mein Vater auch immer.« Gregor wischte sich mit dem Schürzenzipfel über das schmutzige Gesicht und verschmierte es dabei noch mehr. »Ihr beide würdet euch bestimmt gut verstehen. Los, kommen Sie doch mit, es läutet zum Abendessen.« Ohne zu zögern, lud er einen Fremden zum Abendessen ein. Ein weiterer Beweis für jahrelangen Frieden. »Sie und Papa können gemeinsam in Erinnerungen schwelgen und den Kleinen Angst einjagen.«

Dom hatte bereits seit einem Tag nichts mehr gegessen, und als guter Söldner hätte er die Mahlzeit nur zu gern angenommen. »Danke«, erwiderte er. »Ich würde die Kleinen ja gerne erschrecken, aber ich habe nicht genügend Zeit zum Essen.«

Gregor sah ihn prüfend an. »Dann haben Sie es eilig.«

»Ja. Ich muss meine Frau retten.«

Dom hatte bald begriffen, dass er nicht einmal mehr ein Fabelwesen war. Er war nur noch ein Geist, der durch die Straßen von Plaisance lief und die alten Wahrzeichen der Stadt erkannte, ohne selbst erkannt zu werden. Niemand hob die Hand zum Gruß, niemand kannte seinen Namen oder nahm von ihm Notiz.

Plaisance hatte sich kaum verändert. Die Hauptstadt der Zwei Königreiche glitzerte im Sonnenschein. Die Stadt war alt. Sie hatte sich zu beiden Seiten des Flusstales ausgebreitet und war von einem engen Straßennetz durchzogen, in dem Händler, Mönche und Adlige dicht an dicht zusammenlebten. Falls man überhaupt von einer Veränderung sprechen konnte, war Plaisance sauberer und sicherlich reicher. Die

Händler waren wohl genährt, die Kinder trugen Schuhe, und einige der Straßen wanden sich jetzt bis in die Ebene hinein oder auf die Berghänge, um die wachsende Bevölkerung der Stadt unterzubringen.

In den Straßen drängten sich die Menschen, aber niemand blickte in Doms Gesicht und rannte davon. Niemand schien ihn zu bemerken. Dom war zu einem Mann geworden, den man hier vergessen wollte. Er erinnerte die Menschen an jenen wahnwitzigen und glücklicherweise kurzen Augenblick, als die Einwohner von Plaisance ihr Königsgeschlecht stürzen wollten, um das Eintreffen einer alten Prophezeiung zu verhindern.

Als Dom jetzt dem Palast der Zwei Königreiche zustrebte, wusste er jedoch genau, wie er auf sich aufmerksam machen musste. Er ging geradewegs zum Hauptmann der königlichen Wache und bat um eine Audienz bei König Danior. Der Hauptmann war weder dumm noch allzu selbstzufrieden und hatte die Tage der Revolution nicht vergessen. Er warf einen kurzen Blick auf Dominik, an dessen Zügen das königliche Erbe deutlich abzulesen war, und wies auf das Schloss. Während Dom durch das Portal schritt, hörte er, dass der Hauptmann ihm folgte. Dom spürte fast körperlich, wie die Hand des Mannes nervös an seine Waffe fuhr.

Man führte Dom in das Amtszimmer des Ministerpräsidenten, und bereits nach wenigen Minuten erschien der Ministerpräsident höchstpersönlich.

Dom erkannte ihn auf den ersten Blick. »Victor! Bruderherz! Wie schön, dich zu sehen.«

»Verdammt.« Victor war stehen geblieben, stemmte die Hand in die Hüfte und funkelte Dom wütend an. »Ich habe wohl umsonst gehofft, der Hauptmann hätte sich getäuscht. Was machst du denn hier?«

»Vielleicht bin ich auf der Suche nach Arbeit«, antwortete Dom. »Unser Bruder, der König, scheint ja seine gesamte Verwandtschaft mit den Staatsämtern zu beglücken.«

»Noch schlimmer. Seine Majestät würde wahrscheinlich sogar dir eine Stelle verschaffen.« Victor wandte sich um und machte Anstalten, das Zimmer zu verlassen. »Komm mit«, rief er über die Schulter.

Dom beeilte sich, ihn einzuholen. »Schlamperei«, sagte er vorwurfsvoll. »Ich könnte doch eine Waffe tragen.«

Victor warf ihm einen ärgerlichen Blick zu. »Du bist schließlich nicht gekommen, um uns alle abzuschlachten. Dann wärst du schon früher hier aufgetaucht oder hättest dich wie ein Dieb hereingeschlichen. Nein, du bist hier, um die Prophezeiung der alten Frau zu erfüllen.«

Die Prophezeiung der alten Frau?

Du wirst zurückkommen und auf Knien um Einlass bitten.

Victor sah, wie Dom bei der Erinnerung zusammenzuckte, und sagte voller Genugtuung: »Ich hoffe, ich darf bleiben und zusehen.«

Aber er würde nicht auf Knien bitten, wollte Dom erwidern. Niemals würde er auf Knien bitten. Die alte Frau hatte sich geirrt.

»Ist Rosabel unverletzt aus Bertinierre zurückgekehrt?«, erkundigte sich Dom.

Victor blieb unvermittelt stehen. Er wirbelte herum und blickte Dom durchdringend an. »Du warst nicht gerade untätig, stimmt's?«

»Ist sie zurückgekehrt?«

»Ja. Ihr gefiel der Begleiter Prinzessin Laurentias nicht, und deswegen hat sie einen Geheimpfad benutzt. Dieser Mann warst du, nicht wahr?«

Dom grinste seinen Halbbruder breit an.

»Dann war sie gut beraten, vorsichtig zu sein.« Victor wandte Dom erneut den Rücken zu und marschierte weiter den Korridor entlang.

Dom folgte ihm die alten, ausgetretenen Stufen einer Treppe hinauf. Die Dekorationen des Palastes, dessentwegen er selbst einmal einen Umsturz angezettelt hatte, interessierten ihn nicht mehr. Er interessierte sich nur noch für Danior. Doms Ziel war zum Greifen nahe.

Victor pochte gegen eine schwere Eichentür und öffnete dann die Flügel. »Er *ist* es«, rief er, und bedeutete Dom mit einer Handbewegung, einzutreten.

Dom hatte damit gerechnet, zuerst in einen Vorraum oder zumindest irgendeine Art von Vorzimmer geführt zu werden. Stattdessen stand er in einem Schlafzimmer. Ein geräumiges, königliches Schlafzimmer, reich mit Gold und Silber dekoriert, dessen dämmerige Ecken von Kerzen beleuchtet wurden. Auf einer Empore stand ein Bett mit Vorhängen.

Schlimmer noch, in dem Bett lehnte sich eine Frau zurück, und ein Mann saß neben ihr. Evangeline … und Danior.

»Erzähl mir nur nicht, du seist krank«, platzte Dom heraus, der all seine schönen Pläne durchkreuzt sah. König Danior würde nicht von der Seite seiner geliebten Frau weichen, wenn sie krank war.

Aber Evangelina brach nur in perlendes Lachen aus. »Überhaupt nicht. Mir ging es noch nie besser.«

»Du musst gerade erst angekommen sein, sonst hättest du die Neuigkeit bereits gehört.« Daniors Stimme klang wie immer, nur noch kräftiger und selbstsicherer, falls das überhaupt möglich war. »Wir sind mit einer weiteren Tochter gesegnet worden.«

Danior sah so stolz aus. Abscheulich stolz, aber was war sonst noch anders?

Jetzt erst bemerkte Dom die Wiege neben dem Kamin, die eine altersgebeugte Kinderfrau mit dem Fuß hin und her schaukelte. »Darf ich einen Blick auf meine Nichte werfen?«

Danior gestattete es mit einer Geste, und Evangelina bedachte Dom mit einem so entzückten Lächeln, dass er sich fragte, ob die Geburt ihr den Verstand geraubt hatte. Ihr und Danior. Dom würde niemals einen Mann wie sich selbst in die Nähe eines hilflosen Säuglings lassen, nicht, wenn er so viel über sich wüsste wie Danior und Evangelina. Aber sie schwiegen beide, als er an die Wiege trat und die Decken zurückschlug. »Ah.« Unwillkürlich entfuhr Dom ein Seufzer. »Eine Prinzessin.« Die Kleine schlief. Ihr winziger Mund bewegte sich im Schlaf, während sie von Milch und anderen schönen Dingen träumte. Dom konnte ihre Augen nicht sehen, aber er ging jede Wette ein, dass sie blau waren. Sie hatte denselben schwarzen Schopf wie Victor … und Danior … und er selbst. Es gab keinen Zweifel, dass sie alle miteinander verwandt waren, und bald würde er selbst auch ein Kind haben, das diesem hier glich. Das wusste er ganz genau.

Er musste nur rechtzeitig wieder bei Laurentia sein.

Vorsichtig schob er eine Hand unter den Kopf des Neugeborenen, die andere unter den kleinen Körper, und hob das schlafende Mädchen an seine Brust. Sie war federleicht und doch so kostbar.

»Man sollte sie wickeln.« Das wusste er aus seiner Erfahrung mit Ruby.

»Ganz meine Meinung«, stimmte Danior zu. »Aber Evangeline will nichts davon hören.«

»Barbaren«, murmelte die Königin.

Falls Dom einmal ein eigenes Kind hätte, würde er es wickeln. Er würde es erziehen und beschützen. Dom blickte zu Danior. »Ich brauche deine Hilfe.«

Danior betrachtete ihn gedankenverloren, als erstaune ihn der Anblick seines rebellischen Bruders und seiner kleinen Tochter. »Wirklich? Was für eine Hilfe?«

Neben der Wiege erhob sich plötzlich eine krächzende Stimme und fragte: »Bist du bereit, auf die Knie zu sinken, um deine Prinzessin zu retten?«

Dom blickte auf die alte Kinderschwester hinunter und erkannte das Leuchten in ihren Augen. Es war die Nonne, die alte Heilige, die jene Prophezeiung verkündet hatte, bevor sie ihn aus Sereminien verstoßen hatte.

Dom hatte geschworen, nicht auf die Knie zu gehen, nicht vor Danior, nicht einmal hierfür, aber Laurentias Leben stand auf dem Spiel. Laurentias, das ihres gemeinsamen Kindes und … Laurentias. Er durfte jetzt keinen Fehler begehen. Auch wenn Laurentia ihm nicht vergeben würde, auch wenn sie niemals Kinder zeugen würden, selbst wenn er nie wieder eine andere Frau lieben würde – er musste Laurentia retten und ihre Welt wieder in Ordnung bringen.

Irgendwie würde er ihr Königreich für sie retten … denn er liebte sie.

Der Säugling in seinen Armen wand sich und wimmerte leise, und Dom erwiderte mit ruhiger Stimme: »Ja. Für Laurentia sinke ich auf die Knie.«

Und das tat er auch.

27

Die Zelle war klein, aber sauber und trocken, obwohl sie tiefer lag als die Straße. Laurentias Einrichtung bestand aus einem Holzstuhl mit gerader Lehne, einem Tisch, einem Metallbett mit Federmatratze und sauberen Betttüchern. Es gab nur zwei einfache, aber nahrhafte Mahlzeiten am Tag. Die pollardinische Wache behandelte sie anständig, obwohl der eine ihre Höflichkeit für Zuneigung gehalten hatte, bis sie ihn mit einem Tritt auf den Spann eines Besseren belehrte.

Das hatte Dom ihr beigebracht, aber Laurentia dachte nicht an Dom. Sie dachte an sich selbst.

Während die Tage dieser endlosen, qualvollen Woche verstrichen, lief Laurentia ruhelos in ihrer Zelle auf und ab und folgte den Fußspuren, die schon unzählige andere Gefangene vor ihr auf dem Sandsteinboden hinterlassen hatten. Aufmerksam betrachtete sie die eingeritzten Zeichnungen ihrer Vorgänger an den Wänden und dachte darüber nach, wie sie sich in den letzten fünf Jahren verändert hatte.

Vor ihrer Heirat war sie noch ein Kind gewesen, das unbedingt etwas haben wollte, ohne die Konsequenzen zu bedenken. Durch ihre Heirat hatte Laurentia sich verändert und ihren heiteren, jugendlichen Überschwang eingebüßt. Sie war gezwungen gewesen, sich zu einer neuen Persönlichkeit zu entwickeln. Aus den Stärken des Mädchens und den Erfahrungen einer Frau hatte sie die von allen geliebte Prinzessin Bertinierres geformt: stark, eigenwillig und fähig zum Regieren.

Laurentia hatte nur eine einzige Schwäche: Sie glaubte an die wahre Liebe.

Diese Schwäche hatte Dom auf den ersten Blick erkannt und sie zu seinem Vorteil genutzt. Nun gut. Aber sie war immer noch die Prinzessin von Bertinierre, und weder Dom noch seine Machenschaften noch seine Truppen würden sie zerstören. Am Ende würde sie Siegerin bleiben.

Ein verblichenes Stück Stoff hing vor dem kleinen, vergitterten Fenster hoch oben in ihrer Zelle. Nacht für Nacht hörte sie die Rufe der betrunkenen Soldaten, die ihren Sieg feierten. Gelegentlich ertönten auch Schüsse und das Trappeln eiliger Füße auf dem Pflasterstein. Die typischen Alltagsgeräusche der Händler, die ihre Waren anpriesen, und das Geplauder der Frauen auf dem Weg zum Brunnen drangen jedoch nicht bis in jenes Grab vor, das Laurentia bewohnte.

Am zweiten Tag fand sie heraus, dass sie, wenn sie den Stuhl auf den Tisch hob, hinaufkletterte und sich auf die Zehenspitzen stellte, den provisorischen Vorhang beiseite schieben und auf die Straße blicken konnte. Von da an beobachtete sie jeden Morgen die an ihrem Fenster vorbeischlurfenden Händler von Omnia und die marschierenden Stiefel der Soldaten und stellte sich vor, ihr Aufenthaltsort sei immer noch der Mittelpunkt der Stadt. Mitunter ... kam auch ein Freund vorbei, um mit ihr zu reden.

Wenn Weltrude ihr einen Besuch abstattete, balancierte Laurentia aber niemals auf dem Stuhl.

Sie kannte Weltrudes Zeitplan genau. Die einstige Hofdame hatte ihr mitgeteilt, sie würde sie jeden Nachmittag besuchen, und daran hielt sie sich auch strikt. Jeden Nachmittag verließ sie den Palast, wo sie jetzt die früheren Gemächer Laurentias bewohnte, und fuhr mit dem königlichen Landauer ins Zentrum von Omnia. Das Klirren des Schlüssels an der Tür zu jenem Flur, in dem Laurentias Zelle lag, war das Signal von Weltrudes Ankunft. Laurentia wusste genau, dass Weltrude erst noch zwei andere Türen öffnen und zwei weitere, mit aufständischen Patrioten von Bertinierre gefüllte Zellengänge, die der Invasion Widerstand geleistet hatten, durchqueren musste, ehe sie Laurentias Zelle erreicht hatte.

Zu Laurentia führte ein eigener Gang, die benachbarten Zellen waren leer. Offenbar fürchtete Weltrude, Laurentia könne selbst vom Gefängnis aus eine Gegenoffensive vorbereiten.

Nachdem sich der Schlüssel im Schloss der äußeren Tür gedreht hatte, hörte Laurentia das Murmeln der sich nähernden Garde, die die Verräterin, die jetzt Laurentias Platz eingenommen hatte, mit übertriebenen Komplimenten überhäufte. Schließlich knirschte der Schlüssel im Schloss ihrer eigenen Tür, und Weltrude trat ein.

Sieben Tage. Sieben Besuche.

Sieben Briefe.

Auch heute wurde die schwere Eichentür schwungvoll aufgestoßen, und dort stand Weltrude, lächelnd, mit tiefrot geschminkten Lippen.

Laurentia erwiderte das Lächeln. Es war ihr ein unerträglicher Gedanke, dass Weltrude merken könnte, wie unglücklich sie war. »Weltrude, treten Sie ein. Nehmen Sie Platz.« Sie wies mit einer einladenden Handbewegung auf den Stuhl, der jetzt wieder in der Mitte des Zimmers stand. »Höchst bedauerlich, dass ich nicht in der Lage bin, eine bessere Gastgeberin zu sein.«

Während die Tür hinter ihr ins Schloss fiel, sagte Weltrude: »Vielen Dank, meine Liebe. Sie müssen zugeben, dass Sie von Glück reden können, unter so angenehmen Bedingungen zu leben. Denken Sie nur einmal an die Zustände in der Bastille.«

Laurentia lächelte standhaft. Sie wusste genau, dass es sinnlos wäre, die Wahrheit hinauszuschreien – dass sie nicht hierher gehörte, dass Weltrude die Heimtücke zu einer wahren Kunst entwickelt hatte und ihre Verbrechen bald bestraft werden würden.

Unter leisem Seidengeraschel sank Weltrude auf den Stuhl und ließ Laurentia wie immer stehen. »Selbst mein eigener geliebter Vater hatte ein scheußliches Verlies. Habe ich Ihnen eigentlich schon einmal erzählt, dass auch er ein König war?«

»Ja, ich glaube, Sie haben davon gesprochen.« *Jeden Tag, mehrmals.*

»Ich wollte nur sicher sein, dass Sie es nicht vergessen haben. Auch ich war die Tochter eines Königs, eine Prinzessin im wahrsten Sinne des Wortes, aber die Diplomaten dieser Welt waren der Meinung, es sei besser, wenn die Russen das Königreich meines Vaters regierten, also gaben sie es dem Zaren, und ich war heimatlos.« Weltrude knöpfte ihre weißen Handschuhe auf, zog sie aus und strich sie in ihrem Schoß glatt. »Nach dem Tod meines Vaters musste ich allein zurechtkommen, aber ich habe überlebt, weil ich stark bin. *Ich* regiere jetzt in Bertinierre.«

»Ich dachte, das sei de Emmerichs Aufgabe.«

»Das denkt er auch, aber er taugt nur dazu, die Leute zu schinden. Darin ist er allerdings besonders gut.« Weltrude verzog ihr Gesicht in übertriebener verschwörerischer Belustigung.

So schrecklich es auch klang, Laurentia fürchtete, dass Weltrude im Wesentlichen die Wahrheit sagte. Sie kannte den eisernen Willen ihrer einstigen Hofdame. Aber sie hatte nie verstanden, worin Weltrudes Ehrgeiz bestand. In all den Jahren hatte Laurentia Weltrude als ihre Stütze betrachtet. Jetzt erkannte sie, dass sie die ganzen Jahre über voller kleinlichem Neid, Ränke und Bitterkeit gewesen war.

Aber nicht nur Laurentia beging Fehler, sondern auch Weltrude. Laurentia hatte ihren schwachen Punkt sofort erkannt – ihre weitschweifigen, anmaßenden Vertraulichkeiten. »Was macht der König von Pollardinien?«, fragte Laurentia.

»Humphrey schert sich wenig um Macht! Er wirft das Geld einfach zum Fenster hinaus.« Weltrude runzelte die Stirn. »Außerdem sucht er immer noch seinen Diamanten.« Sie klappte ihren bemalten Elfenbeinfächer auf – Laurentias Fächer – und wedelte damit vor ihrem Gesicht herum. »Dieses Zimmer ist etwas stickig, wahrscheinlich die schlechte Belüftung …«

Das sind die Flammen der Hölle, die an deinen Stiefeln lecken, Weltrude.

»…aber alles in allem ganz passend für *Sie.* Wir hätten Sie auch in die Verliese unter dem Palast stecken können, aber wir befürchteten, Ihr Vater würde es irgendwie fertig bringen, auf diesem Weg Kontakt mit Ihnen aufzunehmen.«

Laurentia faltete die Hände, stellte die Zehenspitzen auf eine unsichtbare Linie und konzentrierte sich darauf, nicht zu zappeln.

»Diese Verliese sind ziemlich dunkel und feucht. Dieser tölpelhafte Entführer, den de Emmerich angeheuert hat, starb unter höchst unerfreulichen Umständen.«

Laurentia warf einen kurzen Blick in Weltrudes zufriedenes Gesicht. »Gift ist immer eine unerfreuliche Angelegenheit.«

»Aber wie nett von Dominik, ihn dorthin zu bringen, wo ich freien Zugang zu allen Lebensmitteln hatte.« Wieder lächelte Weltrude. Roter Lippenstift haftete an ihren Zähnen.

Es verschaffte Laurentia enorme Befriedigung, Weltrude nichts davon zu sagen.

Weltrude fuhr fort: »Kein Wunder, dass er de Emmerichs Auftrag angenommen hat. Ihr Dominik war nicht besonders schlau.«

Laurentia stellte fest, dass sie Dominik am liebsten schreiend verteidigt hätte, und diese entsetzliche Vorstellung erschütterte sie für einen Augenblick. Für einen kurzen Moment ließ sie die Maske fallen, und ihre nackte Verzweiflung war unverkennbar.

Wie eine große, heimtückische Schlange hatte Weltrude sie beobachtet. Jetzt schlug sie zu. »Ja, *Ihr* Dominik. Als ich ihn sah, war mir sofort klar, dass de Emmerich den richtigen Mann ausgesucht hatte. Dominik wusste die ganze Zeit über genau, was er tat.« Übertrieben schalkhaft zeigte sie mit dem Finger auf Laurentia. »Er hat Sie nur verführt, um das Geheimnis zu erfahren.«

Darin täuschte sich Weltrude. Laurentia hatte Dom aus freien Stücken von dem Geheimnis erzählt. Nur war sie dumm genug gewesen, sich in ihn zu verlieben.

»Niemand will Sie um Ihrer selbst willen, so ein verwöhntes, unverschämtes, hitziges Weibsbild wie Sie.«

Genau, jetzt haben Sie es gesagt. Geben Sie mir meinen Brief! »Das weiß ich.«

»Gut. Nun ja.« Weltrude erhob sich. »Glauben Sie nur nicht, irgendjemand würde sich noch für Ihr Schicksal interessieren. Das Volk hasst Sie für alles, was geschehen ist. Ihr Vater lebt natürlich immer noch im Palast, aber er ist nur eine Marionette. De Emmerich sagt ihm, was er zu tun hat, und de Emmerich bekommt seine Anweisungen von mir.«

»Ich verstehe.« Der Gedanke an die Erniedrigungen, die ihr Vater zu erleiden hatte, bereitete Laurentia unerträglichen Kummer.

»Sie sollten froh sein, dass *ich* die graue Eminenz hinter de Emmerich bin.« Weltrude ging zu Laurentias Zellentür und schlug dagegen. Während der Wachposten geräuschvoll aufschloss, sagte sie: »Wenn ich nicht wäre, hätte de Emmerich Ihren Vater sofort getötet. Ich glaube, dass de Emmerich früher ein Freund ihres Vaters war und dann in Ungnade fiel.«

»Vielleicht deshalb, weil de Emmerich ein hinterlistiger Schweinehund ist?«

Laurentia stellte die Frage in einem beiläufigen Ton, der ihren brutalen Worten noch größeren Nachdruck verlieh.

»Das könnte sein.« Weltrude öffnete ihre Handtasche und zog den täglichen Brief des Königs an seine Tochter heraus. Sie legte ihn auf den Tisch und blickte Laurentia direkt in die Augen. »Aber er ist kein größerer Verräter als Sie selbst, Laurentia. Sie haben das Leben Ihres eigenen Vaters zerstört.«

Damit hatte Weltrude Recht.

Laurentia beobachtete, wie der Wachposten sich respektvoll verbeugte, als Weltrude die Zelle verließ, sah, wie sich die eiserne Tür hinter ihr schloss, hörte, wie der Schlüssel sich rasselnd drehte. Erst dann ergriff sie hastig den Brief.

Das Siegel war natürlich aufgebrochen. Aus Sicherheitsgründen, hatte Weltrude gesagt, dass sie keinen Aufstand planten.

Laurentia lächelte.

In dem Brief stand genau dasselbe wie in den vorhergehenden Tagen. König Jerome ging es gut. Er hoffte, dass seine Tochter ebenfalls wohlauf war. Sie brauchte sich keine Sorgen zu machen. Alles entwickelte sich so, wie sie es vorhergesehen hatten.

Laurentia wischte sich mit der Hand über ihre Augen, in denen plötzlich Tränen standen. Ja, der Brief beruhigte sie. Er enthielt alles, was sie wissen wollte. Aber … aber sie sehnte sich so sehr nach ihrem Vater, wollte mit ihm reden, ihn umarmen und hören, wie er ihr sagte, dass er sie liebte. In der kurzen Zeit, die ihnen geblieben war, bevor die Wachen Laurentia abgeführt hatten, hatte ihr Vater alle Schuld auf sich genommen, weil er darauf bestanden hatte, Dom als ihren

Leibwächter einzustellen. Laurentia dagegen hatte alle Schuld auf sich genommen, weil sie sich blindlings verliebt hatte. Dann hatten sie ihre unnützen Selbstbezichtigungen aufgegeben und stattdessen über ihre Pläne gesprochen. Pläne, die sie jetzt in Taten umsetzen wollten.

Laurentia nahm ihr Hin- und Herlaufen wieder auf.

Lauschend blieb sie stehen, als in einiger Entfernung auf dem Gang ein Schlüssel im Schloss gedreht wurde. Weltrude war ihre einzige Besucherin. Das Abendessen war bereits ausgeteilt worden. Außer Laurentia gab es keine anderen Gefangenen in diesem Trakt. Wozu also diese Abweichung von der Routine?

War irgendjemand dahintergekommen, was sie insgeheim plante?

Sie hörte keine Schritte, aber die massive Tür dämpfte jedes Geräusch. Mit klopfendem Herzen blieb sie stehen und wartete, während sie wie gebannt auf die Tür starrte.

Ein Schlüssel scharrte im Schloss. Dann öffnete sich die Tür.

Sie hörte Dominik von Baminien, den größten Heuchler der ganzen Welt, sagen: »Danke, Toti. Wenn du mich wieder herauslässt, gibt's einen Nachschlag.«

Der Schmerz, seine vertraute Stimme zu vernehmen, zerriss Laurentia beinahe.

Daran hatte sie niemals gedacht. Dass Dom tatsächlich die Kühnheit besitzen könnte, nach Bertinierre zu kommen, in ihre Zelle, um sie zu verhöhnen. Nein. Nicht einmal Dom hätte sie eine solche Grausamkeit zugetraut.

Laurentia trat vor und versperrte den Eingang, ohne Dom anzublicken oder auf andere Weise Notiz von ihm zu nehmen. »Toti, du hast das Wort einer Prinzessin, dass du eine Belohnung erhältst, wenn du ihn wegschaffst.«

Mit seiner breiten Gestalt drängte Dom sie in die Zelle zurück. »Verschwinde, Toti.«

Toti grinste so einfältig wie immer und schloss die Tür. Knirschend drehte sich der Schlüssel, und Laurentia war allein – mit Dom.

Sie nahm sich nicht die Zeit, nachzudenken, sie wagte es einfach nicht. Wenn sie jetzt nachdachte, würde der Mut sie verlassen. Sie blickte ihn an, hielt dem Schmerz des Wiedersehens stand und sagte: »Ich könnte dich fragen, warum du hier bist, aber ich vermute, die einzige Antwort darauf lautet, dass du mir ins Gesicht lachen willst.«

Dom, auf dessen Gesicht eines gefallenen Engels ein ungepflegter Dreitagebart spross, blickte plötzlich nicht mehr wachsam, sondern grimmig und ungeduldig. »Du kennst mich nicht besonders gut.«

»Nein, ich kenne dich überhaupt nicht.« Er zuckte zusammen. Das gefiel Laurentia.

»Doch, du *kennst* mich«, widersprach er. »Im biblischen Sinne.«

Sie hätte wissen müssen, dass er ihr nicht einmal den Sieg in einem Wortgefecht gönnen würde. Er würde in seinem Angriff vor nichts zurückschrecken, würde die Mauer einfach niederreißen, indem er sie an ihr eigenes idiotisches Verhalten erinnerte, und sie dann wieder verlassen, zutiefst verletzt und hilflos.

Aber das würde Laurentia nicht zulassen. Wenn sie nachts unter Tränen erwachte, würde er nichts davon erfahren.

»Ja.« Sie nickte abwägend. »Dieser Teil hat mir ganz gut gefallen. Ich glaube, du bist ein guter Liebhaber.«

Dom, der ihre Zelle zufrieden gemustert hatte, blickte sie ungläubig an. »Das glaubst du nur?«

»Vielleicht ist es deiner Aufmerksamkeit entgangen, aber

seit du weggegangen bist, war es mir unmöglich, andere Männer in dieser Hinsicht zu prüfen.« Sie wies auf die karge Zelle. »Meine Möglichkeiten sind zurzeit leider begrenzt.«

»Also hat dich niemand angerührt.«

Seit ihrem letzten Treffen hatte Dom die Kleider gewechselt. Vorausgesetzt, man mochte Leder, sah er in seinen schwarzen Lederhosen und der schwarzen Weste recht elegant aus. Laurentia hätte schwören können, dass sein schwarzes Hemd mit den schmalen Ärmeln und dem eng anliegenden Kragen aus Seide war. Falls er ein Jackett getragen hatte, so hatte er es außerhalb der Zelle abgelegt. Laurentia erkannte nur seine schweren schwarzen Stiefel wieder.

Im ersten Augenblick wollte sie fragen, wohin er in diesem sonderbaren Aufzug gehen wollte. Dann beschloss sie, dass es ohnehin keine Rolle für sie spielte. »Hier kommt niemand her.«

Dom nickte. »Ich habe de Emmerich befohlen, dass sie dir keinesfalls wehtun dürfen.«

Eine jähe Gefühlsaufwallung ließ Laurentias Atem stocken. Seltsam, wie sehr es sie berührte, dass Dom seine Schuld so offen eingestand. Sie war sich darüber im Klaren, dass sie für ihn nur Mittel zum Zweck gewesen war. Sie hatte begriffen, wie dumm ihr Verhalten gewesen war, aber dass er jetzt zugab, alles gewusst und ihre Gefangennahme geplant zu haben, dass er mit de Emmerich über sie gesprochen und die Prinzessin von Bertinierre zum allgemeinen Gespött gemacht hatte … »Wie nett von dir«, erwiderte sie.

Dom musterte sie und beäugte finster das schlichte, kurzärmelige Baumwollkleid, das Weltrude ihr zugestanden hatte. »Ich bin nicht hergekommen, um mich über dich lustig zu machen. Ich bin hier, um dir zu helfen.«

Laurentia stieß ein verächtliches Schnauben aus, das Weltrude mit Sicherheit missfallen hätte, aber alles, was Weltrude sie bisher gelehrt hatte, galt jetzt nicht mehr. »Helfen? Wobei? Um mich darauf vorzubereiten, dass ich den Rest meines Lebens im Gefängnis verbringen darf? Oder auf meinen Tod? Willst du mich erwürgen? Mir das Genick brechen?«

Dom trat langsam auf sie zu, pirschte sich gleichsam an sie heran und trieb sie durch seine Entschlossenheit immer weiter in die Enge. »Du wirst hier nicht sterben.«

Laurentia wich zurück, trat zur Seite und achtete peinlich genau darauf, sich in keine Ecke drängen zu lassen. »Vielleicht nicht hier in dieser Zelle, aber wenn dein de Emmerich sich erst einmal durchgesetzt hat, wahrscheinlich an einem Galgen auf dem Marktplatz von Omnia.«

»Hör mir jetzt endlich zu.« Dom packte sie fest bei den Schultern. »Dazu wird es nicht kommen.«

Sie empfand immer noch dieselben Gefühle bei seiner Berührung. Was sie von ihm wusste, zählte nicht mehr, auch nicht, dass er sie hintergangen hatte. Wärme stieg in ihr auf, ihr Herz pochte unregelmäßig, jedes einzelne Haar, jeder Zentimeter ihres Körper sehnte sich danach, sich mit ihm zu vereinigen.

Laurentia durchfuhr ein Ruck, als sie plötzlich verstand, warum Dom gekommen war. »Ist das ein Teil deiner Belohnung?«, fragte sie heiser. »Noch bin ich nicht völlig gebrochen, also hat man Dominik von Baminien geschickt, um mich fertig zu machen? Oder bekommst du zusätzlich Geld dafür, dass du Kinder und Frauen quälst?«

Doms Augen wurden zu schmalen Schlitzen.

»Diesen Blick kenne ich.« Sie wies mit dem Finger auf sein Gesicht. »Er bedeutet, dass du in Kürze die Geduld verlierst.

Oder auch nicht. Vielleicht bedeutet er auch nur, dass du mir *vorspielst*, du würdest gleich die Geduld verlieren. So, wie du mir *vorgespielt* hast, du würdest mich begehren und wie du mir *vorgespielt* hast, ich könnte dir vertrauen, mir *vorgespielt* hast ...«

Dom presste Laurentias ausgestreckten Finger, bevor er sie am Handgelenk packte und an sich riss. »Ich begehre dich.« Er schob ihre andere Hand beiseite. »Du kannst mir vertrauen.« Er umfasste ihre Taille und zog sie dicht an sich. »Und ich verliere wirklich gleich die Geduld.«

Doms Körper und sein Geruch brachten Laurentia noch mehr auf. Sie wollte nach ihm schlagen, ihn erniedrigen. »Glaubst du vielleicht, ich hätte Angst? Vor deinem Zorn? Unter deinem Schutz habe ich, Prinzessin von Bertinierre, meinem Land und meiner Familie das Schlimmste angetan. Es gibt nichts auf der Welt, wovor ich mich noch fürchte, und ich fürchte mich ganz gewiss nicht mehr vor dir.«

Mit übertriebener, schier unerschöpflicher Geduld fragte Dom: »Du willst mir einfach nicht zuhören, stimmt's?«

Seine Geduld und altväterliche Beherrschtheit lösten bei Laurentia einen rasenden Wutanfall aus. »Ich habe mich mit Beaumont zum Narren gemacht. Ich habe mich mit dir zum Narren gemacht. Aber ein drittes Mal wird das nicht passieren, Dom.«

Dom hielt sie fest. Hielt sie einfach nur fest und sah sie an. Seine Augen glühten wie Kohlen. »Du hast gesagt, du liebst mich.«

Sieg, koste es, was es wolle. Er war schonungslos, würde jede ihrer Schwächen so lange gegen sie ausspielen, bis sie zusammenbrach.

Nun gut. Besser als je zuvor verstand Laurentia jetzt, was Krieg wirklich bedeutete. Auch sie hatte ihre Waffen.

»Ich habe vieles gesagt. Ich meinte es in diesem Augenblick auch so. Aber seither ist ein ganzes Leben vergangen.« Sie packte plötzlich sein Haar, riss seinen Kopf zurück und trat ihn dann, so kräftig sie nur konnte, mit dem Stiefelabsatz auf den Spann.

Dom ließ sie los und griff nach seinem Fuß.

Laurentia zog sich schnell außer Reichweite zurück. »Liebe vergeht, Dom, wenn man über sie lacht, und du hast in jedem Augenblick über mich gelacht, den wir zusammen waren.«

28

Dom dankte seinem Schöpfer für die festen Lederstiefel, die ihn vor einem gebrochenen Fußknochen bewahrt hatten.

Er blickte auf Laurentia, die mit dem Rücken an der Tür lehnte und keinen Hehl aus ihrer Zufriedenheit machte. Er dankte Gott ein zweites Mal für etwas anderes.

»Euer Hoheit haben leider etwas außer Acht gelassen.«

Laurentia war klug genug, bei diesem beiläufigen Ton aufmerksam aufzuhorchen. »Was wäre das?«, fragte sie vorsichtig.

Dom setzte den Fuß auf den Boden und stampfte mehrmals prüfend auf, um sich zu vergewissern, dass er unverletzt war. »Wir sind eingeschlossen.«

Er sah, wie sich ihre Brust in einem schnellen Atemzug hob.

»Sie haben soeben versucht, den skrupellosen Söldner und Bastard zu verletzen, der Ihre Jungfräulichkeit geraubt hat und sich davonschlich, während Sie schliefen …«

»Und der mich betrogen hat.« Laurentia presste sich schutzsuchend gegen die Tür, gab ihre herausfordernde Haltung aber nicht auf.

»Der Sie betrogen hat«, wiederholte Dom. »Erinnern Sie sich noch an den Ratschlag, den ich Ihnen nach dem zweiten Entführungsversuch erteilte, Hoheit?«

Mit der flachen Hand schlug Laurentia gleichmäßig gegen die Tür.

O ja, und ob sie sich erinnerte. Das war nicht zu übersehen. »Verletzen Sie einen Mann niemals so leicht, dass er darüber nur in Wut gerät. Sie müssen ihn schachmatt setzen, Hoheit, denn ein zorniger Mann ist nur schwer zu bändigen. Erinnern Sie sich auch noch an meinen zweiten Rat, Euer Hoheit?«

Laurentia ballte die Fäuste und trommelte gegen die Tür, ohne Dom dabei den Rücken zuzuwenden.

Gut. Sie war klug genug, um sich Sorgen zu machen. Sie war tapfer genug, ihm die Stirn zu bieten. Sie hatte keine Angst vor ihm. Auch das war gut.

Außerdem war sie immer noch außer sich vor Wut.

Was Dom betraf, hatte er damit kein Problem. Schließlich war er ebenso wütend. Sie hatte gesagt, dass sie ihn liebte. Er liebte sie, so viel hatte er inzwischen herausgefunden. Aber, zum Teufel noch mal, sie musste ihm einfach vertrauen.

Er zischte durch die zusammengebissenen Zähne: »Ich habe Ihnen auch gesagt, Euer Hoheit, dass Sie die Beine in die Hand nehmen sollen, wenn Sie den Mann fürs Erste unschädlich gemacht haben. Nun, Hoheit, hier können Sie nicht weglaufen. Wir befinden uns in einer winzigen Zelle, und niemand kann Sie hören.«

»Toti wird Sie herauslassen.«

»Toti wird mich nicht herauslassen.« Das wusste Dom so

sicher wie den Namen seines Vaters. »Ich bin absichtlich direkt in de Emmerichs Falle gelaufen, und er wird mich erst gehen lassen, wenn ich ihm den Pollardinischen Diamanten ausgehändigt habe.«

Laurentia hörte auf, die Tür mit den Fäusten zu bearbeiten, und starrte Dom ungläubig an. »Den Pollardinischen Diamanten? Wie sind Sie dazu gekommen?«

»Ich habe mir erlaubt, ihn dem schlafenden König abzunehmen und als Pfand zu behalten. Ein Pfand, das ich jetzt einzulösen beabsichtige.« Dom lächelte sie mit falscher Leutseligkeit an, sank auf den schmalen Stuhl und zerrte sich die Stiefel von den Füßen. »Euer Hoheit, Sie sitzen hier mit mir fest.«

»Wa-was haben Sie vor?«

Als wüsste Laurentia das nicht. »Ich habe gerade die trübseligste Woche meines Lebens hinter mir«, erwiderte Dom. »Eigentlich hatte ich vorgehabt, zwei volle Tage und Nächte mit Ihnen zu verbringen und Sie in jeder Hinsicht davon zu überzeugen, dass Sie die Frau meiner Träume sind. Dass Sie zu mir gehören, jetzt und für immer. Aber ich musste Sie früher verlassen, denn Sie hatten mir von Chariton erzählt, und ich wusste genau, wenn ich nicht verschwand, würde er in Kürze vor der Tür stehen und Ihnen die Wahrheit über mich erzählen, und dann könnte ich niemals meinen Auftrag erledigen. Und wer möchte schließlich seine Karriere im Gefängnis beenden, nicht wahr, Euer Hoheit?«

Laurentia stieß ein bitteres Lachen aus. »Das dürften nicht viele sein.«

Er funkelte sie böse an und zog seine Weste aus. »Also machte ich mich schnell auf den Weg, gönnte dem armen Oscuro kaum eine Verschnaufpause und versuchte, die Armee von Pollardinien ausfindig zu machen, aber ich kam,

Gott sei Dank, zu spät, und wäre dabei fast um meinen Lohn geprellt und umgebracht worden.«

»Ich frage mich, was für Sie wichtiger war.«

»Dann schlug ich mich so schnell wie möglich nach Sereminien durch.«

»Sereminien?« Laurentia blinzelte überrascht.

Dom weidete sich an ihrem Erstaunen. »Sereminien, meine frühere Heimat. Dort musste ich feststellen, dass nur die Gewinner Geschichte schreiben, und der Gewinner war nun einmal mein Bruder, der König. Ich war ein Niemand, ein Wurm, den er mit seinem Absatz zerquetscht hatte.«

»Wenn das nur so wäre!«

Laurentia hielt ihn also nicht für einen Wurm. Dom beschloss, das als Pluspunkt zu werten. »Aber ich habe meine Aufgabe dort erledigt. Das dauerte ein paar Tage. Sie brauchten meinen Rat, wie man Bertinierre am besten erobert …«

Mit aufrichtigem Entsetzen starrte Laurentia ihn an. »Sie haben *noch* eine Armee auf uns gehetzt?«

Dieses verdammte Weibsbild! In Rekordzeit arbeitete sich Dom aus seinem Hemd und begann, sich aus der Hose zu schälen. »Aber als ich damit fertig war, sprang ich auf Oscuros Rücken und ritt, so schnell ich konnte, nach Omnia zurück.«

»Sie haben den König von Sereminien dazu aufgefordert«, Laurentias Stimme klang sonderbar hohl, »in unser Land einzudringen?«

»Als ich in Omnia ankam, habe ich mich als Erstes nach Ihnen erkundigt.« Dom deutete mit dem Zeigefinger auf Laurentia, um seinen Worten größeren Nachdruck zu verleihen. »Nicht nach Brat und nicht nach Ruby, sondern nur nach Ihnen. Ich habe in der ganzen Woche an nichts anderes denken können als an Sie. Ihnen allein galt meine Sorge. Ich wollte nichts anderes als Sie. Prinzessin Laurentia, die mich liebte. Prinzessin Laurentia, die mich heiraten wollte.«

Laurentia wandte Dom den Rücken zu, schlug gegen die Tür und brüllte: »Toti, mach sofort die Tür auf. Toti!«

Endlich war ihr ein Licht aufgegangen.

Dom schleuderte seine Hose über die restlichen, am Boden verstreuten Kleidungsstücke und marschierte entschlossen und splitternackt auf Laurentia zu. »Prinzessin Laurentia, wir haben einen Schwur abgelegt, ob Sie es nun zugeben wollen oder nicht, und ich werde Ihnen, verdammt noch mal, beibringen, dass man sich an seine Schwüre zu halten hat.« Es wäre für Dom ein Leichtes gewesen, Laurentia hinterrücks hochzuheben, aber er wollte sich keinesfalls die Gelegenheit entgehen lassen, ihr eigenhändig das Kleid aufzuknöpfen.

Als Laurentia begriff, was Dom vorhatte, versuchte sie, sich umzudrehen, aber Dom verfügte über große Erfahrung im Umgang mit sich sträubenden Frauen – viele der adligen Damen sträubten sich gerne zum Schein –, und Laurentias Wut trübte ihren Verstand. Hätte sie sich einfach zu Boden fallen lassen, hätte sie vielleicht eine Chance gehabt, aber mit ihrem Gezappel wurde Dom problemlos fertig, indem er sie mit einem Arm festhielt.

»Sobald ich hier herauskomme«, schäumte sie in königlicher Wut, »werde ich Sie auspeitschen lassen wie einen Ackergaul.«

»Da habe ich eine bessere Idee.« Geschickt hatte ihr Dom inzwischen das Kleid aufgeknöpft und trat jetzt zurück. Genau wie er es vorausgesehen hatte, wirbelte Laurentia so ungestüm herum, dass ihr das Kleid von den Schultern rutschte.

Sie versuchte, es festzuhalten, während es an ihren Armen hing. Das Hemdchen, das darunter zum Vorschein kam, hätte nicht einfacher sein können: keine Seide, keine Schmucklitzen, nichts als reine, weiße, durchscheinend dünne Baumwolle und darunter – nichts.

Wie Dom gehofft hatte. »Sie tragen nie ein Korsett, nicht wahr? Das gefällt mir an einer Frau.« Mit diesen Worten zog Dom die Pistole aus dem Halfter an seiner Hüfte.

»Im Gefängnis? Hier kann mich doch niemand sehen!« Sie hatte ihm geantwortet, aber ihr Blick glitt unruhig zwischen dem hitzigen, hochgradig erregten Dom und dessen Pistole hin und her.

»Mich kann auch niemand hier sehen.« Dom war halb von Sinnen vor Begierde. Am liebsten hätte er Laurentia einfach nur hochgehoben und sich in ihr vergraben, aber zuerst musste er ihr noch etwas beweisen. »Niemand wird je erfahren, was sich heute Nacht zwischen uns abspielt.«

»Heute Nacht?« Laurentia blickte zum Fenster hoch. Die Frühlingssonne schien immer noch aus dem Westen.

Dom überprüfte die Pistole. Sie war geladen. Er trat auf Laurentia zu, die in Richtung Tür zurückwich. Er nahm ihre Hand und legte ihre Finger um die Waffe. »Ich bin entschlossen, Sie zu besitzen. Es gibt nur eine Möglichkeit, mich aufzuhalten.«

Laurentia starrte auf seine Hand und auf die Pistole, die sie plötzlich, ohne es zu wollen, in den Fingern hielt. »Welche denn?«

»Sie müssen mich erschießen.«

Langsam hob sie den Blick zu seinen Augen.

Mit einer einladenden Geste sagte Dom: »Los, machen Sie schon. Die Wachen können uns nicht hören. Diese Zelle ist zu weit entfernt, und in den letzten Tagen ist so viel geschossen worden, dass man auf der Straße nicht einmal aufhorchen wird. Was mich angeht, ich werde Sie nicht aufhalten.« Herausfordernd grinste er sie an.

Noch im selben Augenblick begriff er, dass dieses Grinsen ein Fehler gewesen war, denn Laurentia richtete sich plötzlich kerzengerade auf. Ihr Kleid sank zu Boden. Sie trat von der Tür weg und erwiderte sein Lächeln. Es war kein freundliches Lächeln.

»Haben Sie eine Zigarre?«, fragte sie.

»Eine Zigarre?« Zufällig hatte Dom Zigarren bei sich. Als Danior festgestellt hatte, dass er sie gerne mochte, hatte er ihm eine ganze Schachtel geschenkt. »Warum?«

»Geben Sie mir eine.«

Dom hatte keine Ahnung, was Laurentia plante, aber er wusste schon jetzt, dass es ihm missfallen würde. Er tastete suchend in seiner Weste und zog eine Zigarre aus der Innentasche.

Laurentia machte eine Geste mit der Pistole. »Nehmen Sie die Zigarre in den Mund, und treten Sie an die Wand zurück.«

Dom wich bis an die hintere Wand der Zelle zurück, nicht annähernd weit genug. Welcher Teufel hatte ihn geritten, als er glaubte, Laurentia unbedingt etwas beweisen zu müssen? Sie war wütend auf ihn, und sogar Dom selbst empfand diese Wut als berechtigt, aber das zornige Funkeln ihrer Augen verriet ihm, dass er sie durch seine Provokation noch mehr aufgebracht hatte.

»Nehmen Sie die Zigarre in den Mund und drehen Sie sich zur Seite«, befahl Laurentia.

»Aber wenn ich mich zur Seite drehe ...« Unglücklicherweise war Dom immer noch äußerst erregt.

»Sie haben sich eine Probe meiner Schießkunst gewünscht.« Laurentia lächelte unverändert. »Ich werde Ihnen jetzt die Zigarre aus dem Mund schießen.«

Dieses Lächeln würde Dom nachts in seinen Albträumen heimsuchen. »Mit Pistolen ist es besonders schwer, ein bestimmtes Ziel anzuvisieren, und in derartigen Kunststückchen haben Sie sich noch nie geübt.«

»Ich schätze, dann werden Sie mir einfach vertrauen müssen, nicht wahr?«

Gott hatte seine Gebete bereits beim letzten Mal erhört. Wäre es zu selbstsüchtig, Gott jetzt ein zweites Mal um seine eigene Sicherheit zu bitten? Verdiente er es überhaupt, dass seine Gebete erhört wurden? Dom steckte sich die Zigarre zwischen die Zähne – glücklicherweise hatte Danior eine Vorliebe für lange Zigarren – und drehte sich zur Seite. Aus den Augenwinkeln blickte er auf Laurentia. Mit einem konzentrierten Gesichtsausdruck hob sie die Waffe mit beiden Händen hoch.

Wie unter Zwang, ohne dass er es wollte, begann Dom zu beten.

»Ich rate Ihnen, Ihre Ohren zu bedecken«, sagte Laurentia. »Es wird laut.«

Es waren aber nicht die Ohren, die er bedeckte.

Dom wappnete sich innerlich und schloss die Augen.

Die Explosion zerriss die Zigarre in tausend Fetzen.

Aber solange er noch lebendig genug war, um das zu merken, kümmerte es ihn wenig. Abgeplatzte Gipsstücke fielen ihm ins Gesicht. Seine Ohren klingelten. Dom öffnete die Augen und blickte auf die Wand. Rauch kräuselte sich aus dem Einschlagsloch, das die Kugel hinterlassen hatte. Zum zweiten Mal in seinem Leben hob Dom die Augen zum Himmel. »Hab Dank, o Herr.«

Dann wandte er sich um und blickte Laurentia an. Er

wollte sprechen, stellte aber fest, dass er zuerst ein paarmal schlucken musste. »Nette kleine Schießübung, Prinzessin.«

»Ja.« Laurentia ging zum Tisch und legte die Pistole darauf ab. »Sie haben mich vor zwei Wahlmöglichkeiten gestellt: Entweder, ich erschieße Sie, oder ich schlafe mit Ihnen. Ich habe eine dritte Wahl getroffen. Versuchen Sie nie mehr, mich in die Enge zu treiben.«

Was für eine stolze Frau! Die Arroganz der Adligen hatte Dom noch nie Bewunderung abgenötigt, aber Laurentias Hochmut war mehr als berechtigt. Und sie gehörte ihm. Vor lauter Glück gelang es Dom nur mühsam, sich zu beherrschen. Als hätte er nie den leisesten Zweifel daran gehabt, dass sie ihr Ziel vielleicht verfehlen könnte, trat er leicht schwankend ein paar Schritte auf sie zu. Er wollte sie zwingen, den Tatsachen ins Auge zu blicken. »Und was jetzt? Ich bin immer noch am Leben, und wir sind immer noch allein.«

Sie hob ihr Hemd, löste das Band, das ihr einfaches, weißes Höschen in der Taille hielt, und ließ es zu Boden sinken. Dom erhaschte einen allzu kurzen Blick auf ihren Körper, die runden Hüften und das präzise schwarze Dreieck aus Haaren. Dann, noch ehe er sich mit einem tiefen Atemzug von seinem Schock hätte erholen können, ließ Laurentia den Saum des Hemdchens wieder fallen. Sie stieg aus dem Kleid, das immer noch zu ihren Füßen lag, und trat mit nichts als einem bodenlangen, bäuerlich einfachen Hemd bekleidet dicht an Dom heran. Mit beiden Händen versetzte sie Dom einen Stoß, und er taumelte rückwärts. Als seine Beine gegen den Stuhl stießen, packte Laurentia ihn am Arm. » Sie werden mich weder zu etwas zwingen noch mich verführen. Wenn wir miteinander schlafen, dann nur so, wie ich es will.«

Dom wusste nicht, ob er kichern oder sich ducken sollte. Er tat jedoch weder das eine noch das andere, sondern plumpste unsanft auf den Stuhl, als sie ihm einen weiteren Stoß gegen die Schulter versetzte.

Laurentias Brüste befanden sich genau auf Doms Augenhöhe. Sie atmete heftig.

Vor einer Woche hatte er diese wundervollen Brüste einen herrlichen Tag und eine herrliche Nacht lang bewundert und berührt, und seit dieser Zeit hatte er davon geträumt. Von ihrer Größe, Form und Schwere; von der zarten, samtigen Haut, den empfindlichen, in makellosem Zartrosa gefärbten Brustspitzen, die wie geschaffen für seinen Mund waren, und von Laurentias Körper unter ihm, den Schauer überrieselten, wenn Dom daran saugte. Jetzt hoben und senkten sich diese Brüste in so vollendetem Gleichmaß, dass er nichts anderes wollte, als wieder an ihnen zu saugen, aber als er die Hand ausstreckte, schlug Laurentia sie weg wie eine lästige Fliege.

»Wie ich es will«, befahl sie barsch.

Laurentia lüpfte ihr Hemd, platzierte übertrieben geziert die Füße zu beiden Seiten von Dom und schob sich über ihm in Position. Sie war nicht groß, die Stellung unbequem und doch … sie war für ihn geöffnet, und sein Schwanz reckte sich, bewegte sich, versuchte, sie zu erreichen, verzweifelt und voller Begierde. Wenn er nicht bald in ihr war, würde er wahnsinnig werden vor Lust, und sie hätte vollendete Rache an ihm genommen.

Enttäuschte Erwartung trieb Schweißtropfen auf Doms Stirn, während er Laurentia vorsichtig von hinten umfasste. Ganz auf ihr langsames Näherrücken konzentriert, wehrte sie seinen Vorstoß nicht ab, bemerkte es nicht einmal, als er ihren Hemdsaum ergriff, ihn langsam nach oben schob und dort festhielt, während er die andere Hand auf ihren Hintern legte, um sie zu stützen.

Ihre Muskeln spannten sich unter seiner Hand, und sie

warf ihm einen Blick voller Wut zu. Oder Leidenschaft. Oder … egal, Hauptsache, sie hatte keine weiteren Einwände.

»Euer Hoheit.« Doms Stimme klang so belegt, dass er sich räuspern musste. »Ihr Einverständnis vorausgesetzt, würde ich Sie gern ein wenig unterstützen.«

Laurentias vorgerecktes Kinn, fest und königlich, senkte sich zu einem kaum wahrnehmbaren Nicken.

Das genügte.

Die Wärme ihrer runden Hinterbacken hatte ihn in der letzten Woche wie ein Quälgeist verfolgt. Er hatte sich ihnen nicht hingebungsvoll genug gewidmet, als Gelegenheit dazu gewesen war, hatte nicht den glücklichen Einfall gehabt, sie einer genaueren Prüfung zu unterziehen, sie zu beobachten und sich ihre wunderbare, weibliche Kraft unauslöschlich einzuprägen.

Auch jetzt konnte er nur davon träumen, welches Paradies sich zwischen diesen Backen verbergen mochte.

Aber Dom war Söldner. Er verstand nichts vom Träumen. Er wusste nur, wie er das bekam, was er haben wollte.

Langsam senkte sich Laurentia über ihn, aber sie war fast noch Jungfrau. Der Weg war eng, beinah verschlossen für ihn. Wie zufällig streifte ihn ihr Venushügel mit einer schnellen, kaum wahrnehmbaren Berührung, die ihn mit den Zähnen knirschen ließ.

»Wenn Sie gestatten …« Doms Finger glitt in Laurentia hinein, fand sie, öffnete sie.

Bei der ersten Berührung hielt Laurentia inne. Mit halb geschlossenen Augen hörte sie auf zu atmen.

Diesen Ausdruck hatte Dom während jenes Tages und jener Nacht bereits gesehen. Die Sehnsucht darin verriet ihm die Wahrheit. Sie wollte ihn. Sogar jetzt, nach allem, was er ihr angetan hatte, wollte sie ihn, und ihre Wut konnte es nicht verbergen.

Er stand kurz vor einem Triumph, aber erst musste er in ihr sein. Er musste sie von neuem besitzen. Dann erst würde er wissen, dass sie sein war. »Laurentia«, flüsterte er, während er sie öffnete.

Sie blickte ihn an, leckte sich die Unterlippe und befeuchtete die geschürzten Lippen.

Doms Eingeweide zogen sich zusammen. Dieser Mund. Er hatte diesen Mund jeden Tag beobachtet, den sie gemeinsam verbracht hatten, hatte beim Reden, Lächeln und Essen den Blick nicht davon abwenden können. Jetzt wollte er nichts anderes mehr, als diesen sanften, rosa Lippen mit verschwenderischen Liebkosungen zu huldigen. Er hatte sich ihren Geschmack vorgestellt, daran gedacht, wie ihre Zungen miteinander spielten, wie er ihr den Atem raubte und ihr dafür seinen gab, bis sie eins wären, erfüllt von der gleichen Ungeduld.

Das alles hatte er bereits getan, und jetzt wollte er nichts anderes, als es noch einmal zu wiederholen.

»Euer Hoheit.« Doms Lippen teilten sich und versuchten, sich Laurentias Mund zu nähern.

Laurentia wich zurück. »Wie ich es will.« Sie nahm seine Wangen zwischen ihre Hände und bog seinen Kopf hoch. Dann presste sie ihre Lippen auf Doms Mund, und diesmal war sie es, die ihn öffnete, ihn mit ihrer Zunge erforschte, seine Gedanken mit Empfindungen von Feuchtigkeit, Wärme, Körpern und Bewegungen erfüllte ... Er musste in sie eindringen.

Weiter unten erkundete er sie mit seinem Finger, während er ihr leises Stöhnen auf den Lippen schmeckte. Sie war bereit. Er war es schon seit einer Ewigkeit. Dom zog langsam seinen Finger aus ihr zurück und drückte sie nach unten. Der schiere Kontakt mit ihr, geöffnet und sich langsam über ihm zurechtrückend, ließ seine Hüften nach oben schnellen.

Er war in ihr. Wenn er doch nur vollständig in ihr sein könnte, wenn sie doch nur jeden Zentimeter von ihm umschließen würde, käme alles wieder ins Lot. Sie würde sich daran erinnern, wessen Frau sie war, und sie würde noch einmal beteuern, dass sie ihn liebte.

Sie musste noch einmal sagen, dass sie ihn liebte.

Laurentia zog sich aus dem Kuss zurück. Sie legte die Hände auf seine Schultern und blickte ihm durchdringend in die Augen.

Und schob sich gebieterisch wieder nach oben.

Nicht die ganze Länge, aber so weit, dass er sie packte und sie gewaltsam nach unten zu drücken versuchte.

»Wie ich es will«, sagte sie und sank genießerisch herab, bevor Dom ein zweites Mal Gewalt anwenden musste. Aber nicht die ganze Länge.

Ihre Füße blieben fest auf dem Boden. Sie hatte noch Kontrolle über sich. Vielleicht wollte sie sich rächen.

Allein ihre langsamen Bewegungen waren schon wie eine Rache. Aber – o Gott – als sie jetzt ihren Körper wieder anhob, drehte sie die Hüfte ein wenig, und die Reibung in ihr war so köstlich, dass Dom Tränen in die Augen stiegen.

Und warum? Konnte es sein, dass sie genauso von ihrer Wut und ihrer Enttäuschung angetrieben wurde wie er selbst? Waren die einsamen Nächte zu lang und ihre Angst zu übermächtig gewesen?

Sie lehnte sich gegen ihn, strich mit ihrem Körper an seinem entlang, während sie sich langsam hob und wieder senkte. Mit jedem Mal drang er ein wenig tiefer in sie ein, aber nie war es tief genug.

Ihre Brustwarzen rieben über seinen Brustkorb. Der Stoff

zwischen ihnen drückte gegen sein Brusthaar. Dom wollte ihr das Hemd ausziehen, jedes Hindernis zwischen ihren Körpern beseitigen, diese Marter endlich in reinen Genuss verwandeln … aber er wagte einfach nicht, die Hände von ihren Pobacken zu nehmen. Seine einzige Hoffnung bestand darin, dass sie bald ermüden und ihm die Oberhand überlassen würde, sodass er wieder und wieder in sie hineinstoßen konnte …

»Nimm mich ganz.« Er begann zu betteln. Er könnte Gewalt anwenden, natürlich hätte er das tun können. Aber sein Sinn für Gerechtigkeit ließ es nicht zu. Sie hatte jedes Recht, ihn so zu quälen, wie er sie gequält hatte.

Aber das hier war einfach unerträglich. Seine Hoden spannten sich gegen seinen Körper, er bettelte um Erlösung, doch sie folterte ihn weiter … folterte ihn ohne Gnade. »Bitte, Liebling, bitte, Euer Hoheit. O bitte.«

»Liebling, Euer Hoheit«, wiederholte sie genüsslich. »Das gefällt mir.«

Sie war immer noch in der Lage, deutlich zu sprechen, während sie Dom bereits dazu gebracht hatte, zu brabbeln wie ein Kind. Er beging aber nicht den Fehler, zu glauben, alles ließe sie kalt. Während sie sich über ihm hob und senkte, fühlte er, wie ihr Körper sich zusammenzog, wie sie das Reiben ihrer Brust an seinem Körper erregte. Es fehlte nichts als eine kleine Ermutigung, und sie würde sich leise stöhnend in seinen Armen winden, sich immer weiter anspannen, während er seinen Orgasmus niederkämpfte, um ihren zu erlauben.

Dom wusste, wie man eine Frau mit einer einzigen Zärtlichkeit zum Höhepunkt brachte. Man hatte ihn gelehrt, einer Frau Genuss zu verschaffen, der sie über das rein Körperliche ins Reich der Sinnlichkeit führte.

Jetzt endlich verstand er, wozu. Seine Dienstjahre hatten

einen höheren Sinn gehabt. Das Schicksal hatte ihn auf Laurentia vorbereitet.

Also berührte er sie. Er ließ die Hand über ihren Schenkel gleiten, umfasste ihn und berührte sacht die empfindliche Stelle zwischen ihren Beinen.

Laurentia bog sich zurück, wogte hoch wie eine Welle. Diese eine Berührung wäre schon ausreichend gewesen, aber um ihretwillen wollte Dom noch weiter gehen. Er streichelte sie mit kurzen, rhythmischen, ermutigenden Bewegungen. Mit jeder Berührung geriet sie tiefer in den Sog der Lust und verlor nach und nach die Kontrolle. Die Laute, die Dom so anbetungswürdig fand, lösten sich aus ihrer Kehle, leise, ungeschult, primitiv. Ihre Züge verwandelten sich in das klassische, zeitlose Gesicht der Liebe. Jede Berührung entführte sie weiter in die Lust. Sie spannte sich an, sehnte sich nach Erlösung, zog sich immer enger um ihn zusammen.

Laurentia war jetzt wild vor Begierde, forderte wortlos, dass Dom ihr Befriedigung verschaffte, und er gehorchte mit ungezügelter Freude.

Sobald ihr Körper überwältigt war und sie sich am Ziel wähnte, entführte er sie in noch tiefere Lust.

Laurentia grub die Nägel in seine Schultern und stieß seinen Namen aus: »Dom!« Dann erschauerte sie und zuckte wie eine lebendige Flamme in seinen Armen.

Dom ertrug es nicht mehr länger, sich zurückzuhalten.

Gebieterisch riss er jetzt die Herrschaft an sich. Er umklammerte ihre Hüften, stand auf und drückte sich tief in sie hinein.

Laurentia schrie erneut auf und umklammerte ihn mit Beinen und Armen. Mit drei langen Schritten hatte Dom die Tür erreicht. Er presste ihren Rücken gegen die glatte Oberfläche und hielt sie dort zwischen seinen Beinen fest. Genau wie er es vorausgesehen hatte, brachte der plötzliche Kontrast zwischen dem kühlen Holz und der Hitze ihrer Körper Laurentia für einen langen Augenblick zur Besinnung.

Sie blickte ihm in die Augen.

Mit seiner sanftesten Stimme sagte Dom: »*Wie ich es will.*«

Dom glitt langsam in den Schlaf hinüber, als er plötzlich Laurentias zuckende Schultern spürte. Zuerst hielt er es für einen Albtraum, aber sie lagen in dem engen Bett so dicht nebeneinander, dass er bald seinen Irrtum erkannte.

Sie weinte. Ihr Kopf lag auf seinem Arm, ihre Tränen rannen über seine Haut und tropften aufs Kissen.

Er schob sich vorsichtig über sie und flüsterte: »Was ist denn, mein tapferes Mädchen?«

»Ich liebe dich«, erwiderte sie.

Dom erfüllte plötzlich eine so gewaltige Erleichterung, dass er sich einen Augenblick lang unerträglich verletzbar vorkam. Nach Ansicht aller Gelehrten sollte die Liebe einem Mann doch ein Gefühl der Sicherheit verleihen und nicht sein Herz beim Geräusch eines Schluchzens zu einem Knoten zusammenziehen. »Ich weiß.«

»Du verstehst mich nicht.« Laurentia atmete zitternd ein. »Ich will nicht. Ich will nicht, und es ist fast stärker, als ich ertragen kann.«

29

Beim Erwachen spürte Dom, dass Laurentia nicht mehr neben ihm lag. Er streckte sich und stellte fest, dass der gestrige Tag schmerzliche Nachwirkungen hinterlassen hatte.

Aber das geschah ihm nur recht. Sie waren wieder zusammen und hatten sich eine Nacht lang geliebt: Wie sie es wollte, wie er es wollte, wie sie es wollte. Jetzt war der Zeitpunkt gekommen, Laurentia in alles einzuweihen, was er getan hatte, und ihr die Gründe für sein Verhalten zu erklären. Jetzt würde sie ihm zuhören.

Dom öffnete die Augen und blickte sich nach Laurentia um.

Dann musterte er den Raum ein zweites Mal.

Schließlich setzte er sich auf und blickte fassungslos um sich. Er beugte sich über die Bettkante und hielt wie ein Dummkopf unter dem Bett nach Laurentia Ausschau.

Ohne daran zu denken, dass er nackt war, sprang er auf die Füße und rannte zur Tür. Sie war verschlossen. Er warf einen Blick zum Fenster. Es war ebenfalls verriegelt. Nichts in dieser Zelle hatte sich verändert.

Nur Laurentia war verschwunden.

Wie hatte sie das fertig gebracht? Hölle und Teufel, wie war sie hier herausgekommen?

In aller Eile raffte Dom seine Kleidungsstücke zusammen, streifte sie hastig über und unterzog anschließend die Zelle einer gründlichen Überprüfung. Auf der Suche nach einem geheimen Ausgang klopfte er alle Wände ab und verschob sogar das Bett.

Aber er konnte nichts finden.

Schließlich rückte er den Tisch an die Außenwand, stellte den Stuhl darauf und kletterte hinauf. Er hielt den Atem an, als er auf dem improvisierten Gerüst balancierte und sich aufrichtete: Die Möbel, die auf dem Boden einen stabilen Eindruck gemacht hatten, schienen mit einem Mal bedenklich zerbrechlich. Aber sie trugen ihn, während er den Vorhang beiseite schob und die Gitter vor dem winzigen Fenster umklammerte. Dom konnte nur hoffen, dass dieser wacklige Turm weiterhin robust genug sein würde, sein Gewicht zu tragen. Dann begriff er plötzlich, dass Laurentia nicht auf diesem Weg geflohen sein konnte. Sie hätte niemals alle Möbel aufeinander türmen können, ohne ihn zu wecken. So tief schlief Dom nicht. Selbst wenn er in die Knie ging, streifte sein Kopf noch die Zellendecke, aber für die kleine zierliche Prinzessin war es unmöglich, sich hier am Fenster hochzuziehen und hinauszuschlüpfen. Einfach unmöglich.

Für Dom hingegen war es die einzige Fluchtmöglichkeit. Das Gitter war mit einem glänzenden Riegel verschlossen. Trotzdem drehte er daran. Nichts rührte sich. Er rüttelte an den Stäben, was aber nur dazu führte, dass er beinahe das Gleichgewicht verlor.

Der untere Teil des Fensters befand sich genau auf Straßenhöhe, und als er hinausspähte, stellte er fest, dass er Einblick in eine Seitengasse hatte. Es waren nicht viele Menschen zu sehen, aber Händler und Hausfrauen eilten geschäftig vorbei, manche direkt vor seiner Nase, andere auf der gegenüberliegenden Straßenseite. Gemächlich rumpelte ein Ochsenkarren über das Kopfsteinpflaster. Wenn Dom sich den Hals verrenkte, konnte er bis zum Ende der Straße sehen. Dort drückten sich müßige Wachposten herum, und Dom erkannte an ihrer Körperhaltung, dass sie ihrer Pflicht nur äußerst gelangweilt nachkamen.

Verdammt, er selbst hatte veranlasst, dass schon bald eine ganze Armee in Bertinierre einmarschieren würde. Er musste um jeden Preis aus dieser Zelle heraus, um mit Danior zu sprechen.

Dom begann zu brüllen: »Hilfe! Ich stecke hier unten, helft mir raus! Hilfe, kommt schon, ich muss unbedingt hier heraus! Hilfe!«

Niemand schenkte ihm auch nur die geringste Beachtung, die meisten Vorübergehenden schienen ihre Schritte eher noch zu beschleunigen. Die Wachen grinsten, blieben aber auf ihren Posten.

»Hilfe!«, schrie Dom.

Jemand in einem braunen, selbst geschneiderten Kleid blieb vor seiner Nase stehen, und Dom schnappte nach dem Saum. »Gute Frau, ich brauche Hilfe.«

Die Fremde kniete vor dem Fenster nieder und schaute hinein. »Das würde ich auch sagen.«

»Brat.« Erleichtert lehnte Dom die Stirn gegen die kühlen Gitterstäbe und blickte in ihr schmales, belustigtes, hochwillkommenes Gesicht. »Wo ist Ruby?«

»In Sicherheit.«

»Kannst du mich hier herausholen?«

»Vielleicht.«

Dom hob den Kopf. Brat benahm sich sonderbar. »Was willst du damit sagen, vielleicht?«

»Du hast alles verpfuscht, Dom.«

»Nicht schon wieder.« Er funkelte sie wütend an. »Ich habe das Geld für Ruby.«

»Nicht für Ruby«, verbesserte ihn Brat. »Für dich. Und um diesen Preis hast du ein ganzes Land zerstört.«

»Dieses Land ist nicht zerstört«, fuhr Dom sie an. »Es hat nur ein wenig Schaden genommen, und den werde ich schon wieder in Ordnung bringen.«

»Glaubst du, man kann ein entzweites Land zusammenkleben wie eine zerbrochene Vase?« Brat legte die Hände auf die Knie, als habe sie vor, noch länger vor diesem Fenster zu verweilen. »Da ist ja Ruby schon klüger als du.«

Dom warf einen prüfenden Blick auf die Wachen. Sie ließen eine Flasche kreisen und lachten. »Du übertreibst.«

»Wo ist dann die Prinzessin?«

»Sie ist geflohen.«

»Ohne dich?«

»Spiel nicht die Neunmalkluge.« *Ohne dich.* Düster hallte der Satz in Dom nach. *Ohne dich.* Ohne auch nur einen Blick zurückzuwerfen, hatte Laurentia ihn verlassen.

»Sie ist geflohen«, wiederholte er. Wie? Er musterte Brat eindringlich. »Du kennst sie anscheinend ziemlich gut.«

»O ja. Die Prinzessin und ich unterhalten uns jeden Tag.«

Dom fühlte sich einen Augenblick lang unbehaglich. Er fragte sich, was Laurentia wohl gedacht haben mochte, als sie entdeckte, dass Doms einziger Söldner ausgerechnet jene Frau war, die sie bereits kennen gelernt hatte und zu der sie so freundlich gewesen war. Wusste sie auch schon über den Unfall mit dem Karren Bescheid? Noch nie zuvor war Dom von seinen eigenen Lügen eingeholt worden, dafür war er immer zu schnell weitergezogen.

Aber das war jetzt alles nebensächlich. Nur noch eines zählte. »Dann weißt du also, wie sie hier herausgekommen ist?«

Brat schenkte ihm ein bezauberndes Lächeln.

Dom richtete sich auf und schlug mit dem Kopf gegen die Decke. »Verflucht!« Er rieb sich den Schädel, aber der Stoß hatte seine Gedanken in Bewegung gebracht. »Dieser Chariton hat dich aufgespürt.«

»Schon vor Tagen, Dom.«

»Also hilft *er* Prinzessin Laurentia?« Doms Stimme hob sich ungläubig. Prinzessin Laurentia zog es vor, sich von einem anderen beistehen zu lassen?

»Frag lieber, wie die Prinzessin sich selbst hilft. Sie hat von ihrer Zelle aus einen Aufstand organisiert.«

»Aufstand?« Zweifelnd blickte Dom zurück in die karge

Zelle. Von hier aus hatte Laurentia einen Aufstand organisiert? Warum hatte sie ihm nichts davon erzählt?

Der militärische Stratege in Dom gewann die Oberhand. »Wie? Wann? Erstatte mir Bericht.«

Wie immer reagierte Brat emotionslos und effizient auf die Stimme ihres Befehlshabers. »Vor fünf Jahren heckten der König und die Prinzessin einen Plan für den Fall aus, dass ihr Land überfallen werden sollte, und in der letzten Woche haben sie diesen Plan in die Tat umgesetzt. Durch dieses Fenster hat die Prinzessin Nachrichten empfangen, und die Briefe ihres Vaters waren in einer Geheimsprache abgefasst. Der König ist aus dem Palast geflohen. Die Prinzessin ist auf ihren Befehlsposten gebracht worden.«

»Ist sie dort in Sicherheit?«

»Nur, wenn die Rückeroberung des Königreichs gelingt.«

Sie *würde* gelingen. Dom selbst hatte es versprochen. »Noch heute Abend wird die sereminische Armee hier eintreffen. Brat, ich muss unbedingt hier heraus.«

Brat kroch aus der Reichweite von Doms Arm und musterte ihn nachdenklich. »War die Prinzessin froh darüber, dich zu sehen?«

»Nein. Sie war wütend.« Wenn Brat bereits mit Laurentia gesprochen hatte, wusste sie ohnehin Bescheid. »Aber es ist mir gelungen, sie umzustimmen.«

»Und deswegen hat sie sich auch aus dem Staub gemacht und dich eingeschlossen in dieser Zelle zurückgelassen.«

Brat, die gute alte Brat, war wirklich nicht wiederzuerkennen. Sie stellte sein Urteil in Frage. Sie durchschaute Doms Täuschungsmanöver. Das verletzte, rebellische Mädchen war plötzlich erwachsen geworden, und diese Veränderung passte Dom überhaupt nicht. »Kannst du mir hier heraushelfen oder nicht?«

»Erst muss ich noch ein paar Dinge los werden, Dominik.«

Stöhnend ließ er seinen Kopf gegen das Gitter sinken. »Aber doch nicht jetzt!«

Sie packte ihn beim Schopf und zog seinen Kopf so weit hoch, bis sie ihm in die Augen blicken konnte. »Sonst hörst du mir ja doch nicht zu.« Sie schüttelte ihn. »Ihre Hoheit liebt dich.«

»Ich weiß. Sie hat es mir gesagt.« Dom verschwieg Brat Laurentias folgende Worte.

Aber Brat war sowieso schon im Bilde. »Aber sie hasst sich selbst dafür.«

»Das hat sie dir erzählt?«

»Nein, ich spüre es auch so. Glaubst du vielleicht, ich habe all die Jahre voller Kämpfe und Leidenschaft durchgemacht, ohne etwas über die Gefühle einer Frau zu wissen? Und ich bin vergewaltigt worden, Dom, ich kenne mich aus mit Verbitterung und Scham.«

»Ich habe sie nicht vergewaltigt!«

»Nein, aber du hast sie dazu gebracht, ihre Selbstachtung zu verlieren. Das ist noch viel schlimmer. Dom, die Liebe sollte einen Menschen stolz machen, und ich weiß genau, dass eine Frau stolz darauf sein *könnte*, dich zu lieben.«

Darauf hatte Dom dieselbe Antwort parat wie bei jedem anderen Vorwurf. »Ich bin unehelich geboren, und ich bin Söldner.«

Brat machte eine heftige Bewegung mit der Hand, als wolle sie seine Verteidigung in der Luft zerfetzen. »Komm mir bloß nicht mit diesem unsinnigen Geschwätz. Ich weiß genau, wer du bist. Ich bin in all den Jahren nicht einem Bastard und Söldner gefolgt, sondern dem Mann, den ich hinter dieser Fassade erkannte. Einem Ehrenmann, der seine Leute beschützte, einem wahren Anführer.«

»Du wirfst mir also vor, dass ich nach Ausflüchten suche.« Brat wusste genau, wie sie ihn fertig machen konnte. Dom hasste Drückeberger, die keine Verantwortung übernehmen wollten.

»Ich sage ja nur, dass du immer dann darauf pochst, Bastard und Söldner zu sein, wenn du jemanden verletzen willst.«

»Ich habe Laurentia niemals verletzt.«

»Ach nein?« Brat erhob sich. »Ich muss jetzt gehen. Die Wachen sind misstrauisch geworden.«

Sie ging davon und ließ einen fassungslosen Dom zurück, der auf das Pflaster starrte.

Laurentia verletzen? Er hatte sie nicht verletzt. Sie war wütend gewesen, weiter nichts.

Aber wenn das stimmte, warum hatte sie dann geweint?

Die Wachen schlenderten vorbei, ohne ihn eines Wortes zu würdigen, machten kehrt und gingen wieder auf ihren Posten zurück. Dom umklammerte die Gitterstäbe und versuchte, seine Gedanken zu ordnen.

»Ich habe ihr gesagt, dass ich sie liebe«, murmelte er der nicht mehr anwesenden Brat zu.

Das hatte er natürlich nicht getan. Aber er hatte es gedacht. So etwas sprachen Männer nicht aus. *Ich liebe dich*. Das hatte er noch nie einen Mann sagen hören. Er selbst hatte es zu niemandem mehr gesagt, seit seine Mutter gestorben war.

Aber er hatte es gedacht, und es war ihm ernst damit. »Sind Frauen angeblich nicht besonders intuitiv bei diesem Kram?«, beschwerte er sich bei einem unsichtbaren Gegenüber.

Der Stuhl unter seinen Füßen wackelte.

Dom umklammerte die Stäbe und blickte nach unten. Dort

stand Brat. Sie hatte den Schlüssel in der Hand und ein verschmitztes Lächeln auf dem Gesicht. »Kommst du jetzt endlich, oder willst du den ganzen Tag an diesem Gitter kleben?«

30

Gut gelaunt, rußgeschwärzt, erschöpft, übermütig, rotäugig, triumphierend und blutbeschmiert scharten sich zwei Dutzend Männer und Frauen um das Podium, auf dem der Thron des Königs stand. Sie waren die neuen Helden und Heldinnen von Bertinierre. Sie waren hier, um ihren Sieg zu feiern, die Schwere ihrer Verwundungen zu vergleichen und ihre Abenteuer auszutauschen. Vor allem aber waren sie gekommen, um die Mitglieder der königlichen Familie zu bestaunen, die nicht minder schmutzig und erschöpft aussahen als ihre Untertanen.

Laurentia wusste genau, wie sich die vierundzwanzig Männer und Frauen fühlten. Sie hatte sie ebenfalls sehen wollen.

Sie hatte alle sehen wollen, außer … aber auch Dom hatte sich seinen Platz unter ihnen verdient. Den Berichten zufolge war er wie ein Wirbelsturm durch die Stadt gefegt. Er hatte Pollardiniens drittklassige Söldner zur Flucht überredet und die sereminische Armee König Daniors strategisch platziert. Der zwei Tage währende Kampf war kurz und brutal gewesen, aber jetzt, mit Anbruch des neuen Tages, saß König Jerome wieder unangefochten in seinem Palast auf dem Thron.

Nur … ohne Doms Mitwirkung wäre dies niemals gelungen.

Und ohne Laurentias Mitwirkung hätten sich all diese Ereignisse gar nicht erst abgespielt.

Nur wenige kannten die ganze Wahrheit. Man erzählte sich, dass König Jerome sich ergeben hatte, nachdem seine Tochter in Gefangenschaft geraten war. Das hielt ihm niemand vor, ganz besonders nicht, da er sich sein Königreich so schnell wieder zurückerobert hatte.

Laurentia kannte die Wahrheit. Dom ebenfalls. Das gemeinsame Wissen um seinen Verrat und ihre Leichtgläubigkeit verband sie auch jetzt gegen ihren Willen mit ihm.

Sie hatte ihm einen Heiratsantrag gemacht.

Laurentia tastete nach der Hand ihres Vaters.

Dom war fest entschlossen, sie zurückzuerobern.

Beruhigend tätschelte König Jerome die Finger seiner Tochter. Auch ohne Worte wusste er genau, was sie dachte. »Hör auf, dir Vorwürfe zu machen. Ich bin genauso an allem schuld wie du. Ich habe dich ihm ja geradezu in die Arme getrieben. Und letzten Endes war es doch kein so schrecklicher Fehler, oder?«

»Was willst du damit sagen?«, fragte Laurentia entsetzt.

»Der Mann, der seine Feinde kennt, kann sich glücklich schätzen, und in diesem Augenblick wird König Humphrey, um dessen Hals ein Diamant an einer Schnur hängt, nach Pollardinien eskortiert. Glücklich der Mann, der auch seine Verbündeten kennt.« Bei diesen Worten nickte er König Danior zu, der sich mit Dom unterhielt. »Wir wissen, wer unsere treuesten Freunde sind.« Er wies auf die vom Pulverrauch geschwärzte Dulcie und auf Francis, verbunden und geschient. Auf Chariton und Gloria – Brat, wie Dom sie zu nennen pflegte – und Ruby, die durch den Audienzsaal tappte, ohne sich von dessen Pracht einschüchtern zu lassen. Auf Minnie und Roy, alt und mit krummen Rücken, loyal wie immer. Und auf die anderen, adlig oder nicht, reich oder arm, die ihr Leben für ihr Land aufs Spiel gesetzt hatten. »Unsere Leute haben für uns gekämpft und gewonnen.« Durch die geöffneten Fenster vernahm Laurentia die nicht enden wollenden Hochrufe vor dem Palast.

Sie blinzelte, um ihre Tränen zu verbergen. Der Zorn, der sie in der letzten Woche aufrechtgehalten hatte, war im Feuer des Aufstandes verglüht.

Doch Aufrichtigkeit sich selbst gegenüber zwang sie zum Nachdenken, zwang sie, zuzugeben, dass ihr Zorn nicht durch die Aufregungen der Revolte verflogen war, sondern in der Zeit, die sie im Gefängnis verbracht hatte – der Zeit mit Dom. Ihre Gefühle waren gnadenlos bloßgelegt worden, und jetzt musste sie der Wahrheit ins Auge sehen. Der Wahrheit über Dom. Der Wahrheit über sich selbst. Sie wusste genau, wie schmerzlich das sein würde.

Laurentia stellte fest, dass Dom sie beobachtete. Er hatte Ruby hochgehoben und hielt sie in den Armen. Seine zusammengezogenen Augenbrauen verrieten Ungeduld, während er Laurentia anblickte.

Sie fürchtete, dass er unter Missachtung des Protokolls jeden Augenblick zu ihr auf das Podium klettern würde, wenn sie nicht sofort ihre Tränen trocknete.

»Papa«, flüsterte sie. »Lass uns mit der Zeremonie beginnen.«

König Jerome drückte noch einmal Laurentias Hand, bevor er sie losließ und sich erhob. Die Unterhaltungen verstummten, und die Versammelten reihten sich nebeneinander vor dem Podium auf. König Jerome begann: »Meine lieben Freunde, weder ich noch meine Tochter, Prinzessin Laurentia, werden jemals in der Lage sein, das volle Ausmaß unserer Dankbarkeit für Ihre Hilfe bei der Rückeroberung unseres Königreiches in Worte zu fassen. Aber wir wollen und können Ihnen die höchste und würdigste Ehre erweisen, die Bertinierre hat: Es ist die Verleihung des Kreuzes des heiligen Simon.«

Laurentia ergriff die Orden und das Schwert des Königs und trat neben ihren Vater.

»Zuerst, als Zeichen unserer tief empfundenen Hochachtung, überreichen wir den Orden unserem benachbarten Monarchen, König Danior von Sereminien.«

König Danior neigte den Kopf, während König Jerome ihm den Orden an einem Band um den Hals legte. Die beiden Herrscher umarmten einander und wechselten im Flüsterton einige Worte. Dann drehten sie sich beide zu Laurentia um.

Laurentia erwiderte den Blick.

Obwohl ihre Ähnlichkeit unverkennbar war, würde sie die beiden Brüder nie verwechseln. Jenes Feuer in Dom, das Laurentia so faszinierte, loderte nur schwach in Danior. Dennoch musterte er sie jetzt mit einer Art Besitzerstolz, und Laurentias Wangen färbten sich langsam rot. Sie fragte sich, was Dom seinem Bruder wohl erzählt haben mochte.

König Jerome räusperte sich. Hastig reichte sie ihm das Schwert. Langsam trat jeder Einzelne vor, den Laurentia aufgerufen hatte.

Francis kniete vor dem König, der seine Schultern mit dem Schwert berührte. Laurentia legte ihm das Kreuz um den Hals und umarmte ihn steif.

Dulcie war vor dem König niedergesunken und wurde auf die gleiche Weise geehrt. Als Laurentia ihr das Kreuz um den Hals legte, wurde sie in einer begeisterten Umarmung halb erstickt und hörte Dulcie flüstern: »Na, hast du die Laken mit ihm zerknüllt?«

Chariton kniete nieder und wurde mit einem neuen, eigens für ihn ersonnenen Adelstitel geehrt, während Minnie, seine Mutter, sich gerührt die Augen wischte und laut schniefte.

Dann war die Reihe an Charitons Eltern, vorzutreten und ihre Orden in Empfang zu nehmen. Als Laurentia sie umarmte, bedankte sie sich für die Sorgfalt, mit der sie sich um ihr kleines Landhaus kümmerten.

Dom hatte Ruby an Brat weitergereicht, und Gloria hielt die Hand ihres Kindes, als sie den Orden entgegennahm. Laurentia umarmte alle beide besonders herzlich. Was hätte sie auch anderes tun können? Während der letzten Woche war Gloria ihr eine große Stütze gewesen, und Laurentia würde ihr das niemals vergessen.

Auch die anderen wurden nach und nach mit einem Schwertschlag geehrt und empfingen anschließend Orden und Umarmung.

Zum Schluss war nur noch Dom übrig, der geduldig wartete, die Hände locker an die Seiten gelegt. Mit geschmeidiger Anmut schlenderte er zum Thron, während Laurentia dachte: *Das ist einfach unerhört.*

Es war unerhört, dass er sie benutzt, betrogen und verführt hatte und dass sie ihn trotz allem immer noch begehrte. Diese blinde Leidenschaft bewies besser als alles andere, dass sie noch nicht die nötige Reife besaß, um Bertinierre zu regieren. Wahre Herrscher verliebten sich nicht so töricht, träumten nicht von einem hübschen Gesicht, würden niemals auch nur erwägen, die schweren Aufgaben, die vor ihnen lagen, zusammen mit einem hinterlistigen Teufel in Angriff zu nehmen, der eine Schwäche dafür hatte, sich in den verschiedensten Kostümierungen zu zeigen.

Dom kniete jetzt vor ihrem Vater, und Laurentia glaubte zu bemerken, dass er König Jerome mit gespannter Wachsamkeit beobachtete. Sie warf ihrem Vater einen Blick zu. Es kam ihr merkwürdig vor, dass er Dom mit genau demselben Lächeln bedachte wie seine talentiertesten Gegner im Fechtkampf.

Grinsend und mit verschränkten Armen stand Danior da. Die anderen hatten sich rund um den Thron verteilt, um das Geschehen besser verfolgen zu können, während die Frauen einander verschwörerische Blicke zuwarfen.

»Dominik von Sereminien«, sagte König Jerome in besonders feierlichem Ton, »ich werde niemals vergessen, was Sie mir oder meiner Tochter angetan haben.«

Auch die Ausdrucksweise ihres Vaters war merkwürdig, stellte Laurentia fest.

»Ich werde Sie jetzt dafür belohnen.« König Jerome berührte seine Schulter, aber während er das Schwert schwankend hob, streifte es einen Augenblick Doms Kopf. Blut sickerte aus seinem Ohr.

Dom legte schützend eine Hand über die Wunde.

Laurentia keuchte und schlug die Hand vor den Mund. »Papa!«

»Es tut mir schrecklich Leid.« König Jerome klang nicht sonderlich zerknirscht. »Das Schwert ist mir aus der Hand gerutscht. Nun, lassen Sie mich die Zeremonie trotzdem beenden.«

Dom legte den Kopf schief, bog ihn so weit wie möglich von der unverletzten anderen Schulter weg. Er schloss die Augen, als erwarte er einen Hieb.

König Jerome berührte die andere Schulter. Aber wieder zitterte das Schwert, ritzte Doms Kehle und hinterließ einen langen Kratzer, aus dem Blut quoll.

»Wie furchtbar ungeschickt von mir!« Beiläufig wischte König Jerome die Klinge ab. »Wahrscheinlich haben mich diese Anstrengungen doch ermüdet. Dafür haben Sie doch gewiss Verständnis, nicht wahr?«

»Aber selbstverständlich.« Dom erhob sich etwas steifbeinig, zog ein Taschentuch hervor und presste es auf sein Ohr. Auf der anderen Seite tropfte Blut in seinen Kragen.

»Laurentia, er blutet«, wandte sich König Jerome an seine Tochter. »Hast du Verbandszeug dabei?«

»Obwohl ich einen Großteil der Nacht damit verbracht habe, im Krankenhaus zu helfen«, erwiderte Laurentia säuerlich, »habe ich seltsamerweise nicht daran gedacht, mir die Taschen mit Verbandszeug vollzustopfen. Ich wusste ja nicht, dass du Dom verletzen würdest.« Dem Grinsen ringsum entnahm Laurentia unschwer, dass alle anderen sehr wohl davon gewusst hatten.

Sie hätte ihren Vater liebend gerne mit Vorwürfen überschüttet, aber Dom stand einfach nur da und blutete.

»Hier. Da ist ein Verband.« König Jerome reichte ihr ein sauberes, weißes Baumwolltuch. »Leg ihn an.«

Laurentia kam es nicht in den Sinn, dass jemand anders diese Aufgabe ebenso gut erledigen oder dass Dom sich selbst die Wunden verbinden könnte. Sie drehte sich einfach um – und stellte fest, dass er sich direkt vor ihr aufgebaut hatte. Laurentia stand immer noch auf dem Podium und Dom unterhalb davon auf dem Boden. Beider Augen waren auf gleicher Höhe, was Laurentia gar nicht behagte. Aber Dom wandte nur den Kopf ab und entblößte seine Kehle. Laurentia faltete das Tuch, das ihr Vater so verdächtig schnell zur Hand gehabt hatte, und presste es auf die Wunde.

Laurentia hob den Blick. Aller Augen ruhten mit unverhohlener Neugier auf ihr und Dom. Es war ihr nicht neu, dass die Menschen in Kriegszeiten ihre Hemmungen viel schneller fallen ließen als sonst.

»Ich weiß nicht, warum er das getan hat«, murmelte sie in Doms Ohr.

Dom blickte sie an. »Ich schon.«

Sie standen so dicht beieinander, dass Doms Atem ihr Gesicht streifte. Sie sah, wie sich seine Pupillen weiteten, während er sie anblickte. Sie hätte ihn küssen können ... »Warum?«

»Er hatte einige gute Gründe«, erwiderte Dom lakonisch. »Zum einen, weil ich ihn und sein Land verraten habe. Dann habe ich seine Tochter verführt und sie anschließend zum Weinen gebracht.«

Zu Laurentias Entsetzen stiegen ihr schon wieder Tränen in die Augen.

Dom hob die Hand, wagte aber nicht, sie zu berühren. Ihre gesenkten Stimmen konnten nicht über die Dramatik der Szene hinwegtäuschen. »O Liebes, bitte weine nicht. Nur nicht weinen. Dann fühle ich mich wie der letzte Mistkerl.«

»Du *bist* ein Mistkerl.« Laurentia schluckte, schluckte ein zweites Mal noch kräftiger und bemühte sich um königliche Haltung. Sie widmete ihre ganze Aufmerksamkeit Doms Verband. »Wenn ich einen Leinenstreifen hätte, würde ich ihn um deinen Hals wickeln – und ganz fest zuziehen.«

Dom lächelte und verströmte wieder jene Anziehungskraft, die Laurentia schon am ersten Abend so betört hatte. »Würde es dir dann besser gehen?«

Sollte er doch so betörend sein, wie er wollte. Das übte nicht mehr die geringste Wirkung auf sie aus. Nicht auf Laurentia, so viel stand fest. »Nein.«

Entschlossen packte Dom jetzt ihre Arme und schüttelte sie. »Laurentia, wir müssen reden.«

Ein Wutanfall brachte ihre Tränen zum Versiegen. »Wir haben schon viel zu viel geredet.«

Sie hatte, ohne es zu merken, die Stimme erhoben, und leise Heiterkeit machte sich unter den Anwesenden breit.

Laurentia kümmerte es nicht.

»Wir sind noch nicht miteinander fertig.« Auch Dom sprach unwillkürlich lauter. »Du hast gesagt, dass du mich liebst. Du wolltest, dass ich dich heirate.«

Die Zuhörer schnappten nach Luft.

»... und ich schwöre bei diesem Orden, dass wir ...«

»Die Gefangenen sind da«, verkündete König Jerome.

Laurentia und Dom drehten sich um und blickten den König an.

Dieser hatte sich ebenfalls umgewandt und wies auf die Wachen im hinteren Teil des Thronsaals. »De Emmerich und Weltrude erwarten ihr Urteil.«

Obwohl er direkt vor Laurentia stand, schien Dom ihre Anwesenheit plötzlich völlig vergessen zu haben.

Er blickte wie gebannt auf de Emmerich und Weltrude. Auch sie sahen schmutzig und erschöpft aus, aber sie gingen aufrecht und ohne Fesseln, umgeben von Wachen in ihrer steifen, traditionellen, etwas plumpen Uniform, bis an die Zähne bewaffnet mit Lanzen – und Messern.

Hölle und Teufel, König Jerome hatte offenbar keine Ahnung, welches Risiko er einging, wenn er ein so hinterhältiges Schwein wie de Emmerich in einen Saal führen ließ, in dem sich unbescholtene Bürger befanden.

Und Laurentia.

Brat packte Ruby und wich zurück. Chariton und Danior nahmen eine wachsame Haltung ein.

Alle anderen wähnten sich in Sicherheit und blieben sorglos stehen. De Emmerich hatte alles verloren. Wenn dieser Mann schon gefährlich war, solange er noch Macht besaß, würde er sich als Verlierer wie ein reißender Wolf gebärden.

Dom zog sein Messer aus dem Ärmel und stürzte vor.

Plötzlich brach ein Tumult aus. De Emmerich zerrte Weltrude vor sich und brachte die Wachposten aus dem Gleichgewicht. Behindert durch ihre Halskrausen und Lanzen, versuchten die Wachen neben ihm zu reagieren. Bevor sie wussten, wie ihnen geschah, hatte de Emmerich bereits zwei Messer an sich gerissen. Frauen schrien, und Männer brüllten, als de Emmerich um sich schlug und sich Raum verschaffte. Er stürzte zum Thron, zielte mit dem Messer auf das Podium – da schleuderte Dom ihm sein eigenes Messer entgegen.

Zu spät. De Emmerichs Klinge zischte bereits durch die Luft.

Doms Klinge aber drang tief in die Brust des Angreifers.

Dom hatte zu spät reagiert. Er wirbelte herum, voller Angst, welcher Anblick ihn erwartete – und sah Laurentia auf dem Boden liegen, über ihr König Jerome. De Emmerichs Klinge stak zitternd tief im Holz des Thrones.

Dom fühlte, wie sein Herz von neuem zu schlagen begann.

Weltrudes Kreischen durchbrach die verängstigte Stille. »Ich habe es nicht getan.«

Ruby brach in heftiges Weinen aus. Die Wachen trampelten rücksichtslos über Weltrude und de Emmerichs zuckende Körper hinweg. Stimmengewirr, in dem sich Entsetzen und Erleichterung mischte, erhob sich.

Danior klopfte Dom auf die Schulter. »Der König und seine Tochter haben sich gegenseitig zu Boden gerissen.« Er warf einen Blick in den Thronsaal. »Sie waren nicht die Einzigen.«

Überall lagen Paare, die sich schutzsuchend zu Boden geworfen hatten. Mühsam erhoben sich Charitons Eltern. Chariton und Brat versuchten, Ruby zu beruhigen. Francis und Dulcie … lagen sich in den Armen und küssten sich so hemmungslos wie Teenager, die zum ersten Mal entdecken, dass sie sich verliebt haben.

Dom marschierte zum Podium. Er wollte Laurentia auf die Beine helfen und endlich ein paar Dinge klarstellen.

König Jerome vertrat ihm den Weg. Dom versuchte auszuweichen, aber der König packte Doms seidene Hemdbrust mit der Faust.

Dom blickte ihn an.

Ohne zu lächeln, erwiderte der König den Blick. »Kommen Sie mit mir, Dominik. Es gibt noch einiges, was ich Ihnen zu sagen habe.«

Hinter dem Schreibtisch des Königs war eine Emaillekrone befestigt, das Symbol des Königreiches. Der Schreibtisch war alt und aus schön gemasertem, auf Hochglanz poliertem Eichenholz. Ein meisterhafter Handwerker hatte ein mächtiges Szepter und eine Krone in die Vorderseite des Tisches geschnitzt. König Jeromes Eichenholzstuhl war dazu passend angefertigt worden; in die hohe Rückenlehne war eine Krone geschnitzt, die über dem Haupt des Herrschers zu schweben schien.

König Jerome saß am Schreibtisch und unterzeichnete Papiere. Absichtlich ignorierte er Dom so lange, bis dieser sich innerlich wand und bereit war, seine Schuld einzugestehen. Zum ersten Mal trat Dom dem Vater eines Mädchens gegenüber, das er verführt hatte. Sonderbar, wie das den fähigen, starken Söldner zu einem unterwürfigen Burschen machte.

Genau, wie König Jerome es geplant hatte. Dom erkannte den überlegenen Taktiker in ihm.

Schließlich hatte der König die letzte Unterschrift auf ein Schriftstück gesetzt, Sand darüber gestreut und es beiseite geschoben. Er faltete die Hände, musterte Dom von Kopf bis Fuß, und falls man irgendeinen Schluss aus seinem Gesichtsausdruck ziehen konnte, schien ihn der Anblick keineswegs zu beeindrucken.

»Nun, junger Mann, was haben Sie mir zu sagen?«

Worüber? Was sagte ein angehender Heiratskandidat zu dem Vater seiner Angebeteten? Insbesondere dann, wenn die Hochzeitsnacht bereits vollzogen worden war?

Dom schluckte, während die Wunden an Ohr und Kehle klopften und er eigentlich nichts anderes wollte, als Laurentia zu suchen. »Euer Majestät ...«

»Ach, wissen Sie« – König Jerome ergriff den Federkiel und drehte ihn verspielt –, »als ich erkennen musste, welches Fiasko Laurentias letzte Ehe in Wirklichkeit war ... Ich vermute, Sie hat Ihnen davon erzählt?«

»Ja, aber ich muss sie jetzt unbedingt finden und –«

»Ausgezeichnet. Hat sie Ihnen auch gesagt, dass ihr letzter Ehemann ermordet wurde?«

Vor Erstaunen klappte Dom der Unterkiefer herunter.

»Ich sehe schon, das hat sie Ihnen verschwiegen.« König Jerome legte den Federkiel auf den Schreibtisch zurück. »Aber gerechterweise muss ich zugeben, dass ich es ihr nie erzählt habe. Sie hatte ohnehin schon unnötig viele Schuldgefühle gegenüber Beaumont und hätte sich vielleicht nie mehr davon befreien können, wenn sie gewusst hätte, wie er ums Leben kam.«

Dom bestand auf einer Erklärung. »Er wurde ermordet?«

»Um ihn von Laurentia fern zu halten, forderte ich Beaumont auf, mir Gesellschaft zu leisten. Der Mörder erwischte den falschen Mann. Ein Glücksfall für mich.«

Dom ertappte sich dabei, wie er insgeheim vervollständigte: *und für Laurentia.*

»Ja, und danach beschloss ich, alles in meiner nicht unbeträchtlichen Macht Stehende zu tun, damit ihre nächste Heirat auch zu einer wirklich feurigen Liebesheirat werden würde. Sie können sich bestimmt meinen Unmut vorstellen, als die Jahre vergingen und keine Flamme aufzüngelte, um das Feuer zu entfachen.« König Jerome lachte vergnügt. »Keine Flamme züngelte auf. Ja, das ist gut gesagt.«

Dom stimmte in das leise Lachen ein. Es schien der richtige diplomatische Schritt zu sein, und er wollte den König unbedingt ermuntern, die Geschichte zu Ende zu erzählen.

»Also plante ich die Geburtstagsfeier in großem Stil und fand in Ihnen jenen leidenschaftlichen Mann, den ich mir für mein kleines Mädchen immer erhofft hatte.«

»Ich danke Ihnen, Euer Majestät.«

Ganz plötzlich schlug König Jerome einen feindseligen Ton an. »Die Leidenschaft ist heiß. Die Rache kalt. Wenn Sie Laurentia betrogen haben, um Rache zu nehmen« – er erhob sich und schlug mit der flachen Hand auf den Tisch – »werde ich Sie aus Bertinierre verbannen, und sie wird Francis heiraten.«

Dom wurde plötzlich sehr zornig. Er schlug mit der Hand auf die andere Seite des Tisches. »Nur über meine Leiche.«

Angriffslustig streckte König Jerome den Kopf vor. »Das lässt sich einrichten.«

Dom wollte den alten Mann schlagen. Den König schlagen! Für das, was er da eben laut erwogen hatte. »Sie gehört zu mir! Auch wenn ich sie selbst entführen und mit ihr bis ans Ende der Welt fliehen muss, sie wird immer zu mir gehören. Das steht ein für allemal fest.«

»Also lieben Sie Laurentia?«

»Das tue ich allerdings.«

»Oh.« König Jeromes Wut verebbte so plötzlich, als habe

sie nie existiert, und er sank in seinen Stuhl zurück. »In diesem Fall gibt es bestimmt eine Frage, die Sie an mich richten möchten?«

Dom drehte sich der Kopf. »Ich … Sie …« Er war von einem Meister seines Fachs ausgespielt worden. Er hatte es nicht anders verdient. »Euer Majestät, dürfte ich Sie um die Hand Ihrer Tochter bitten?«

»Seien Sie herzlich in unserer Familie willkommen.« König Jerome ergriff erneut den Federkiel und zog sich einen Aktenstapel heran. »Falls es Ihnen gelingt, Prinzessin Laurentia ebenfalls davon zu überzeugen.«

Dom würde es gelingen. Es musste ihm gelingen. »Mit dem größten Vergnügen, Euer Majestät. Wenn Sie mir vielleicht ihren Aufenthaltsort verraten würden?«

König Jerome blickte auf. »Sie hat sich in ihr Landhaus zurückgezogen.«

31

Chariton begleitete Laurentia zum Landhaus hinauf, sattelte Sterling ab und versorgte ihn, bevor er sich auf sein eigenes Pferd schwang, um wegzureiten.

»Danke, Chariton.« Lächelnd stand Laurentia in der Stalltür. »Ich weiß, ich sage es nicht häufig genug, aber ich schätze Sie sehr.«

»Das brauchen Sie gar nicht zu sagen.« Mit festem Griff zügelte Chariton sein nervöses Pferd. »Ich weiß es auch so. Sie behandeln mich und meine Eltern so freundlich, als gehörten wir zur königlichen Familie, und wir sind Ihnen für Ihre Großzügigkeit außerordentlich dankbar. Aus diesem

Grund, Euer Hoheit, gestatte ich mir auch ein offenes Wort. Dominik von Sereminien missfällt mir.«

Oh, das war das Letzte, was Laurentia jetzt hören wollte! Sie schüttelte den Kopf und versuchte zu sprechen, aber Chariton fuhr unbarmherzig fort.

»Meiner Ansicht nach hat er Sie nicht verdient. Aber Seine Majestät hat Gefallen an ihm gefunden, deswegen werde ich Ihnen etwas gestehen, was Dominik Ihnen niemals sagen würde.«

Laurentia wollte es eigentlich überhaupt nicht hören, aber ... »Was denn?«

»Nicht er hat Sie verraten, sondern Weltrude. Weltrude war als Erste bei de Emmerich.«

»Weltrude?« Laurentias Herz machte einen freudigen Satz. Doch ihr Glück war nur von kurzer Dauer. »Sie meinen, Weltrude hat Dom um seine Belohnung gebracht.«

»Ja.«

»Woher wissen Sie das?«

»Weltrude hat es mir während einer Unterhaltung im Gefängnis erzählt. Gloria hat die Geschichte bestätigt.«

Voller Bitterkeit fragte Laurentia: »Hat Gloria Ihnen auch erzählt, dass Dom mich betrogen hätte, wenn er Gelegenheit dazu gehabt hätte?«

»Das wissen wir nicht.«

»Aber ich weiß es.« Sie entließ ihn mit einer müden Handbewegung. »Gehen Sie zu Gloria, Chariton. Ich bin froh, dass Dom Ihnen zumindest noch wichtig genug war, um hier für ihn zu sprechen, aber die Tatsache, dass nicht er der ausschlaggebende Übeltäter war, ändert nichts.«

Es war Chariton anzusehen, wie gern er widersprochen hätte, aber nach vielsagendem Zögern verneigte er sich schließlich im Sattel. »Ich lasse Sie hier nur ungern allein zurück. Sie müssen mir versprechen, besonders vorsichtig zu sein, Euer Hoheit.«

»Ich verspreche es Ihnen.« Laurentia blickte dem davonreitenden Chariton nach und überdachte ihren närrischen Einfall, sich ausgerechnet in jenem Augenblick in ihr Landhaus zu begeben, wenn die pollardinische Armee aus dem Königreich floh und die Söldner aufs Neue nach Arbeit suchten. Aber Pollardinien lag im Osten und das Haus im Westen, und sie musste ihre Aufgabe zu Ende bringen. Aus irgendeinem Grund war das jetzt wichtiger als jede andere Aufgabe, die sie sich jemals selbst gestellt hatte.

Genau das hatte sie vorhin König Jerome erklärt, kurz bevor sie ihr zweitbestes Reitkostüm anlegte, das sich unter anderem aus einem Korsett, zahlreichen Unterröcken und ihrer gesamten Unterwäsche zusammensetzte.

Papa hatte sie verstanden, auch wenn sie nicht genauer begründet hatte, warum sie eigentlich hier sein wollte, hoch oben in den Bergen, wo die Steine von früheren, weniger verworrenen Zeiten kündeten, während die Kronen der Pinien im Wind hin und her schwankten und mit jeder Brise ein neuer Traum vorbeitrieb. Sie wusste selbst nicht recht, warum, aber sie brauchte jetzt unbedingt Ruhe, Einsamkeit und Zeit zum Nachdenken.

Damit niemand ihren Frieden störte, hatte sie zwei geladene Pistolen in ihre Satteltaschen gepackt. Zwei geladene Pistolen, mit denen sie auf jeden Eindringling zielen würde, der sich hier blicken ließ und ihre Einsamkeit störte. Eindringlinge wie … Dom.

Diesmal würde sie nicht daneben schießen. Sie wollte nicht, dass er kam. Sie wollte ihre Wunden lecken, zumindest ein wenig von ihrer Würde wiederfinden und überlegen, wie sie sich in Zukunft verhalten sollte.

Aber gleichzeitig sehnte sie sich nach ihm.

Sie presste die Stirn gegen den Türrahmen. Vielleicht war sie ja dumm.

Sie wollte, dass Dom ihr folgte, dass er vor ihr auf die Knie sank, seine Schuld eingestand und sie um Vergebung bat … damit sie ihn anschließend zurückweisen und aus dem Land werfen konnte.

Hinter ihr ließ Sterling ein verächtliches Schnauben hören, und Laurentia musste zugeben, dass er Recht hatte. Ihre Phantasien hörten sich reichlich melodramatisch an.

Langsam ging sie in den dämmerigen, nach Heu duftenden Stall und öffnete die Fensterverschläge. Frische Luft strömte herein, und sie tat einen tiefen, heilsamen Atemzug.

Das war es, was sie brauchte.

Falls Dom hier auftauchte, war es am wahrscheinlichsten, dass er sie über die Schulter warf, ins Haus schleppte und sie so lange liebte, bis sie keinen klaren Gedanken mehr fassen konnte. Warum sollte er auch nicht? Das hatte bis jetzt noch immer gewirkt.

Aber sie hatte es satt, wie ein Floß auf den Wellen hin und her geworfen zu werden.

Vielleicht gelang es ihm ja sogar, sie in der Hitze der Leidenschaft zu einem zweiten Heiratsantrag zu bringen, aber sie konnten schließlich nicht die ganze Zeit nackt bleiben. Früher oder später mussten sie doch wieder ihre Kleider anziehen und Vernunft annehmen, und Laurentia wusste genau, dass sie nicht für immer mit der unausgesprochenen Frage leben konnte … ob Dom sie wirklich liebte.

Sie rieb die schmerzende Stelle auf ihrer Brust, direkt über dem Herzen. Genau das war ihr Problem. Sie wollte Dom, aber nur, wenn er sie liebte, und selbst wenn er es sagte, würde sie ihm dann glauben?

Sie hörte seinen Ruf noch vor Oscuros Hufschlag. »Laurentia!«

Er hatte sie gefunden.

Aber nein, sie wusste es besser. Ihr Vater hatte ihn geschickt. Aus irgendeinem unerfindlichen Grund wollte ihr Vater unbedingt, dass sie Dom heiratete, und Seine Majestät konnte auf seine eigene Weise mindestens ebenso stur sein wie Laurentia.

Nun ja, sie wollte nicht pathetisch hier herumstehen, als hätte sie nur darauf gewartet, dass Dom sich dazu herabließ, aufzukreuzen. Sie hatte eine Aufgabe zu erledigen, und es war ihr völlig gleichgültig, dass er womöglich den ganzen Tag warten musste, während sie beschäftigt war. Hastig ergriff sie die Heugabel und marschierte zu dem in der Stallecke aufgeschütteten Heu.

Wieder hörte sie, wie Dom nach ihr rief.

»Ich bin hier«, brüllte sie. Ah, wie gut das tat, die Lungen zu dehnen, den Mund zu öffnen und Dom *anzuschreien.* Sie brüllte ein zweites Mal. »Im Stall.«

Dom trat in den Türrahmen, seine riesenhafte Silhouette blockierte das Sonnenlicht. Er hatte die Schultern leicht hochgezogen, und seine Hände zuckten unruhig. Laurentia fand, dass er aussah wie ein eingepferchter, wütender Stier.

Gut. Jetzt war die Reihe an *ihm,* festzustellen, welche Auswirkungen sinnlose Wut haben konnte.

Dom stapfte in den Stall und führte Oscuro am Zügel. »Ich dachte, du hättest versprochen, nicht zu verschwinden, ohne mir etwas zu sagen.«

Laurentia schob mit der Gabel den Heuhaufen beiseite, unter dem eine Falltür zum Vorschein kam. »Das war vorher.«

»Vor was?«, erkundigte sich der wutschnaubende Stier.

»Bevor *du* verschwunden bist, ohne mir ein Wort zu sagen.« Sie ließ die Heugabel fallen und packte mit beiden Händen den eisernen Ring der Falltür. »Vielleicht hätte auch ich dir ein Versprechen abnehmen sollen.«

Dom entspannte sich ein wenig. »Ich habe es dir gegeben.«

Diese Antwort quittierte Laurentia mit einem kurzen, freudlosen Lachen. »Was sind denn deine Versprechen schon wert?«

Hatte Frustration wachstumsfördernde Eigenschaften? Laurentia hätte schwören können, wie Dom vor ihren Augen größer und breiter wurde. »Meine Versprechen sind eine ganze Menge wert. Weil ich mein Versprechen gegenüber de Emmerich nicht gebrochen habe, habe ich darauf verzichtet, Prinz zu werden und ein anständiges Leben zu führen. Ich habe dadurch alle meine Träume aufgegeben.«

»Mir kommen die Tränen.« Voller Stolz auf ihre schneidende Antwort zog Laurentia mit aller Kraft an dem eisernen Ring und hievte die Falltür in die Höhe, unter der sich ein flacher Hohlraum befand.

Dom näherte sich ihr mit ausgestreckten Händen, als wolle er ihr helfen, und trat dabei ins Licht, das durch ein Fenster hereinströmte. Er trug immer noch schwarzes Leder und das Seidenhemd. Er hatte keine Zeit mit einem Bad verschwendet und war immer noch mit schwarzen Schmutzflecken und Spuren von Schießpulver bedeckt. Sein ungekämmter Schopf ragte wirr in die Höhe. Wahrscheinlich roch er nach Pferd und Schweiß. Er war so schön, dass Laurentias Körper vor Verlangen schmerzte.

Ihre Selbstsicherheit verließ sie mit einem Schlag. »Nein!«

Dom blieb stehen.

»Nein, ich kann das selbst. Ich bin stark.« Sie hatte sich aufgerichtet. Ihre Brust hob und senkte sich heftig, während sie ihn wortlos warnte, näher zu kommen.

Dom wich zurück, die Hände immer noch ausgestreckt. »Laurentia …«

Oscuro war durch den Mangel an Aufmerksamkeit und Laurentias laute Stimme unruhig geworden und stampfte mit den Hufen. »Dein Pferd«, brachte sie heraus.

Offenbar hatte Dom nicht einmal bemerkt, dass sein Pferd nervös wurde. »Was?«

»Dein Pferd ist schweißbedeckt. Du bist zu schnell geritten. Du solltest es versorgen.«

Dom warf einen Blick über die Schulter auf Oscuro. »Oh. Ja, ich …« Er ergriff die Zügel und führte den Hengst zu seiner Box. Dort rieb er ihn mit Lappen und Stroh trocken. »Ja.« Doms Stimme klang wieder ein wenig wie früher – fest und voller Selbstvertrauen. »Ich bin so schnell geritten, wie ich konnte. Hier treiben sich eine Menge Halunken herum.«

»Burschen, denen man nicht trauen kann … so wie dir.« Laurentia blickte auf ihre Hände. Ihre eleganten Reithandschuhe waren nicht für harte Arbeit geeignet, aber in der Eile hatte sie vergessen, Arbeitshandschuhe anzuziehen. Das dünne Leder war bereits durchgewetzt. Riss ihre Pechsträhne denn niemals ab? »Ich weiß genau, in welcher Gefahr ich mich befinde. Weißt du, was ich in den letzten zwei Tagen gemacht habe?«

»Du hast den Aufstand in der Stadt organisiert.« Dom ergriff die Bürsten und begann, Oscuro so kräftig zu säubern, als minderte die körperliche Anstrengung seine Anspannung. »Hast den Männern Anordnungen gegeben, was sie machen sollen, wo sie kämpfen, wen sie töten sollen …«

Laurentia hob die Schaufel auf und warf sie in die Grube. »Ich bin mir jeder Gefahr bewusst, die hier auf mich lauert.«

Er verstand die unausgesprochene Botschaft und erwiderte: »Ich bin keine Gefahr für dich.«

Laurentia hatte geglaubt, dass ihr Zorn in den Tagen des Aufstandes, der Zeit im Gefängnis, durch ihre enttäuschte Leidenschaft und schmachvolle Liebe verraucht war. Sie hatte geglaubt, die Lektion, die man ihr erteilt hatte, begriffen zu haben und von jenem unbeherrschten Aufruhr der Gefühle verschont zu bleiben. Aber allein Dom zu sehen, seine Stimme zu hören, zu wissen, was er ihr und ihrem Land angetan hatte, reichte vollauf, um maßlosen Zorn aus den verborgensten Winkeln ihrer Seele aufsteigen zu lassen. »Ach, wirklich nicht?« Sie schritt zu Oscuros Box hinüber. »Hast du mir etwa nicht so charmant den Hof gemacht, mich so tatkräftig gerettet, mir deine Geschichte mit solchem Pathos erzählt, dass ich mich zu etwas entschloss, was ich seit zehn Jahren nicht mehr getan hatte?«

»Ich habe dir die Wahrheit über meine Vergangenheit erzählt.«

»Und dann – dann hast du mich verführt. Das wäre nicht nötig gewesen. Ich hatte dir schon das wichtigste Geheimnis, das ich kenne, anvertraut. Du hattest alles, was du brauchtest, um dir deinen Lohn abzuholen.« Obwohl Laurentia direkt vor Oscuros Box stand, arbeitete Dom ungerührt weiter. Er sah sie nicht an, und Laurentia war nicht einmal sicher, ob er ihr zuhörte. Ihr bitterer Wortschwall sprudelte immer ungehemmter. »Du hättest davonreiten und mich verletzt, aber mit ungebrochenem Herzen zurücklassen können. Aber nein, du musstest mir ja meine Jungfräulichkeit nehmen, mich dazu bringen, dass ich mich in dich verliebte und dir sogar einen Heiratsantrag machte. *Dir* einen Heiratsantrag machte, weil ich so verliebt in dich war. Du warst mein Augenblick der Leidenschaft, ich schenkte dir mein Vertrauen – und wohin hat mich das geführt? In eine riesige, leere Höhle, wo ich mich ganz allein wiederfand, nackt und zitternd.«

Dom schleuderte die Bürsten in eine Ecke und stapfte auf Laurentia zu. Sie mochte wütend sein, aber Dom raste vor Zorn. Laurentia wich einen Schritt zurück.

Mit dem Finger auf sie deutend, sagte er leise und drohend: »Ja, ich habe dich verführt. Ich wusste immer, dass mir das gelingen würde. Aber ich habe dich nicht dazu *gebracht*, mich zu lieben. Wenn ich eine Frau dazu bringen könnte, glaubst du nicht, ich hätte das schon früher getan? Glaubst du wirklich, ich wäre als ausgestoßener Bastard durch die Welt gestolpert, wenn ich eine Frau dazu *bringen* könnte, mich zu lieben?« Er trat einen Schritt näher an Laurentia heran. »Du hast mir deine Liebe freiwillig *gegeben* und kannst sie nicht mehr zurückfordern.«

Zuerst war Laurentia auf ihn zugegangen, und Dom war vor ihr zurückgewichen. Jetzt war es umgekehrt. Sie zog sich bis an die knietiefe Grube zurück und packte die Schaufel.

Dom blickte sie noch einmal an und ging dann zu Oscuro zurück, ohne eine weitere Erklärung zu verlangen. Laurentia stieß die Schaufel in die Erde.

Seine heftigen Worte hatten sie erschüttert.

Alles, was sie an dem einen Tag und in der einen Nacht im Landhaus gespürt, gehört und vermutet hatte, bestätigte sich jetzt. Dom war eine verlorene Seele, ablehnend und feindselig. Er irrte durch die Welt, ohne genau zu wissen, was er suchte. So eigensinnig wie ein Kind, das ein neues Spielzeug entdeckt hat, verwies er jetzt auf ihre Liebeserklärung und stellte sich vor, dass ihre Worte galten, wenn er sie nur oft genug wiederholte. So ging es in der Liebe nicht zu, aber das wusste Dom anscheinend nicht.

Oder vielleicht wusste er es doch, und Verzweiflung war der Grund, der ihn dazu getrieben hatte, wie von Sinnen zu ihrem Landhaus zu reiten.

Wieder ertönte der gleichmäßige Strich der Bürste. »Ich dachte, du wärst wütend auf mich.«

Laurentia warf die erste Schaufel Erde auf den Boden. »Das bin ich.«

»Das weiß ich. Ich wäre an deiner Stelle auch wütend. Aber ich glaube, wenn du nur wütend wärst, könnte ich dich irgendwie herumkriegen.«

Laurentia fragte sich, wie kräftig sie mit dieser Schaufel wohl zuschlagen musste, bevor Dom zu Boden ging. » Mich *herumkriegen*?«

»Ich war mein ganzes Leben lang wütend, aber es dauert lange Zeit, bis man unversöhnlich wird. Dafür muss man schon Bastard und Königssohn sein und zusehen, wie die eigene Mutter an der Beulenpest stirbt, ehe man dreizehn Jahre alt ist.« Wäre Doms Ton nicht so nachsichtig gewesen, hätte diese Litanei wie ein Appell an Laurentias Mitgefühl gewirkt. »Du hast auch einige schlimme Erfahrungen machen müssen, Laurentia, das will ich gar nicht abstreiten. Aber du könntest dich niemals so rückhaltlos deinem Zorn hingeben. Dafür bist du einfach nicht verbittert genug.«

Was sollte sie jetzt darauf erwidern? *Danke sehr*?

»Brat hat mir etwas anderes über dich erzählt.«

Laurentia umklammerte den Griff der Schaufel. »Ich habe niemals mit Brat über uns gesprochen.«

»Das war auch gar nicht nötig. Brat hat eine große, intuitive Begabung, und ich kann dir aus Erfahrung sagen, dass sie sich nur selten täuscht.«

Laurentia wusste jetzt schon, dass sie nicht hören wollte, was als Nächstes kam.

»Sie sagt, du seist verletzt.«

Laurentia stieß die Schaufel in die Erde. »Hab mich noch nie besser gefühlt.«

»Sie sagt, du seist ein vielschichtiger Mensch, und wenn es mir gelänge, durch die Schicht von Zorn zu dringen, dann würde ich erkennen, wie sehr ich dich verletzt habe.«

Laurentia verdoppelte ihre Anstrengungen, die Erde zu lockern, aber sie konnte nur noch undeutlich sehen. Die Erde, die Schaufel und ihre Füße verschwammen durch diese ewigen Tränen, die sie in letzter Zeit ständig vergoss, aber sie würde es nicht zulassen, würde es einfach *nicht* zulassen, dass auch nur eine davon aus ihren Augen tropfte.

»Das sind Wunden, die die Zeit heilen wird.«

»Man sagt, die Zeit heile alle Wunden, aber ich bin Söldner. Ich weiß genau, was diese Redensart bedeutet.« Dom hatte sich so leise genähert, dass Laurentia ihn nicht gehört hatte. Er stand jetzt dicht vor der Grube. »Manchmal muss man warten, bis man stirbt, bevor diese Wunden heilen. Ich hätte dich aber gern jetzt.«

Er stand auf dem Stallboden. Laurentia in der Grube. Dom war größer als sie. Natürlich. Aber … »Es geht nicht immer alles nach deinem Willen.« Eine Träne fiel auf die Erde.

»Laurentia, ich liebe dich.«

Sie schaufelte eine Ladung Erde auf seine Stiefel.

»Hast du gehört, was ich gesagt habe?«

»Ja, jedes Wort.«

»Du bist nicht der erste Mensch, den ich liebe.«

Laurentia, die gerade die zweite Schaufel mit Erde auf seinen Stiefeln abladen wollte, erstarrte mitten in der Bewegung und blickte zu ihm auf.

Dom musterte sie unbarmherzig, sah ihre Erregung, die Tränen und vermutlich jede einzelne Gefühlsregung, die sich auf ihrem verwirrten Gesicht abzeichnete.

»Ich habe meine Männer geliebt«, fuhr Dom fort, »und ich

habe sie alle verloren. Ich liebe Brat wie eine Schwester. Und ich liebe Ruby.«

Laurentia erinnerte sich daran, wie er heute Morgen Ruby in die Arme genommen hatte und wie Ruby seine Umarmung erwidert hatte. »Ich weiß.«

»Als ich meine Männer verlor, als Brat und ich fast verhungert wären und Ruby in einer Höhle zur Welt kam, da schwor ich mir, irgendwie für die beiden zu sorgen. Niemand wollte mich noch als Söldner anheuern.« Dom kickte die Erde von seinem Stiefel. »Ich hatte keine Männer mehr, und außerdem eilte mir der Ruf voraus, ein Pechvogel zu sein. Als mir de Emmerich fünfundzwanzigtausend Kronen dafür bot, dich zu verführen, nahm ich das Angebot gerne an. Mit diesem Geld hätte ich zusammen mit Brat und Ruby nach Sereminien zurückkehren und dort wie ein … nun, wir hätten wie die Könige leben können.«

In größtmöglicher Entfernung von Dom sank Laurentia am Rand der Grube nieder.

»Ich wollte nach Hause. Ich glaubte, wenn ich nach Sereminien zurückkehrte, würde mein ungewisses, nagendes Verlangen nach einem geordneten, sinnvollen Leben vielleicht aufhören. Ich wusste nicht recht, was ich brauchte, aber ich hatte das Gefühl, zu verhungern.« Er hockte sich auf den Boden und zerkrümelte einen Klumpen Erde zwischen den Fingern. »Dann traf ich dich, und ich wusste sofort, wie einfach es sein würde, dir das Geheimnis von Bertinierre zu entlocken.«

Laurentia schnaubte empört. »Das klingt, als wäre ich ein offenes Buch.«

»Das warst du auch. Du sehntest dich nach allem, was ich dir bieten konnte. Abenteuer, Gefahr, Aufregung, guten … Beischlaf.«

Laurentia hätte schwören können, dass Beischlaf ihm nicht als erstes Wort in den Sinn gekommen war.

»Weißt du, ich habe niemals viel von gekrönten Häuptern gehalten«, fügte Dom unnötigerweise hinzu.

»Und ich nicht viel von Söldnern«, gab Laurentia zurück.

»Ich hatte mir nicht viel von dir versprochen. Du machtest einen offenen, großzügigen, willensstarken, intelligenten Eindruck. Für mich hieß das nur, dass diese Eigenschaften einen umso größeren Kontrast zu deiner unvermeidlichen Hinterhältigkeit bilden würden. Aber ich konnte einfach keine schlechten Eigenschaften an dir entdecken.«

»Kein Wunder, dass du mich verlassen hast.« Laurentia war beinahe verlegen. »Ich habe dich gelangweilt.«

»Mich gelangweilt.« Dom stieß ein kurzes Lachen aus. »Ich habe ausreichend viel dickköpfigen Starrsinn und tollkühnen Wagemut entdeckt, der mein Interesse wach hält. Und ich entdeckte die Schichten deiner Persönlichkeit.«

»Ich habe keine Schichten!«

»Schichten«, wiederholte Dom unbeirrt, »und Geheimnisse, die nichts mit Bertinierre zu tun hatten, sondern nur mit dir, mit deiner Vergangenheit und deiner Ehe.«

»Keine Schichten«, murmelte Laurentia, denn dies hörte sich an, als sei sie eine Zwiebel.

»Also begann ich, darüber nachzudenken, wie ich meinen Auftrag erledigen und an mein Geld kommen könnte, ohne dabei Bertinierre länger als ein paar Tage in Gefahr zu bringen. Ich musste nach Sereminien zurück, wobei ich nicht mehr das Gefühl hatte, dort sei mein Zuhause, denn ich fühle mich nur da zu Hause, wo du bist.«

Laurentia wischte mit dem Ärmel über ihre Nase. Er hatte Recht, verflucht. Sie *hatte* Schichten. Mit der Schicht aus Wut wurde sie leicht fertig, man musste nur herumstampfen und schreien. Aber die andere Schicht bestand aus heftigem Schmerz, Angst, Trauer, Qual … und aus dieser Schicht kamen auch ihre Tränen. Am liebsten hätte Laurentia vergessen, dass diese Schicht überhaupt existierte.

»Meine Schwägerin, die Königin von Sereminien, riet mir, dir zu sagen, dass ich Danior auf Knien darum gebeten hätte, mit seiner Armee nach Bertinierre zu ziehen.«

Jetzt benötigte Laurentia wirklich dringend ein Taschentuch, aber wenn sie anfing, in ihrer Tasche zu kramen, und anschließend offen in Tränen ausbrach, würde es aussehen, wie … ein Eingeständnis. Sie wollte ihm einfach nicht zeigen, dass er eine *Schicht* bloßgelegt hatte. »Soll ich jetzt beeindruckt sein?« Laurentia quakte wie ein Frosch.

»Ich habe Evangelina schon gesagt, dass ich damit keinen Blumentopf bei dir gewinnen kann.« Dom ließ sich auf der anderen Seite der Grube nieder, direkt gegenüber von Laurentia, ein Mann, der so schön war, dass es ihm beinahe zum Nachteil gereichte. »Ich werde dir jetzt eine Frage stellen. Wenn du Bertinierre retten könntest, indem du mich opfern müsstest, was würdest du tun?«

Schöner, als es für Laurentia gut war. Obendrein intelligent, logisch und mit allen anderen Lastern begabt.

Sie brauchte sich gar nicht erst einzubilden, dass sie ihn täuschen konnte. Er wusste ganz genau, dass sie weinte. Entschlossen streifte sie die Handschuhe ab, zog ein Taschentuch aus dem Kleid und wischte sich das Gesicht ab. Dann sah sie ihn mit aller Aufrichtigkeit an, die sie aufbringen konnte. »Wenn es sein müsste, würde ich dir einen Apfel in den Mund stecken und dich zum Abendessen grillen.«

Er lächelte sie an, und zwei hinreißende Grübchen zeichneten sich auf seinen Wangen ab. »Und das sagst du nicht nur, weil du wütend auf mich bist?«

Laurentia hasste es, wenn man ihr Unrecht tat. »Meine erste Pflicht gilt meinem Land.«

Doms Lächeln wurde noch breiter und machte ihn noch vollendeter. »In der ziemlich ausführlichen Unterhaltung, die ich mit deinem Vater hatte, sagte er, nachdem er mir erst mit dem Hinauswurf aus Bertinierre gedroht hatte, du hättest gelernt, die Pflicht höher zu schätzen als die Leidenschaft.«

»Er hat mit dir über mich gesprochen?« Diese Vorstellung machte Laurentia gleichzeitig wütend und misstrauisch. Diese beiden Männer, die sie besser kannten als jeder andere, hatten ihre Meinungen über sie ausgetauscht? Wie unfair! Warum hatte ihr Vater das getan? »Was hielt mein Vater davon, als du ihm sagtest, dass es Weltrude war, die unser Geheimnis an de Emmerich weitergegeben hat?«

Dom runzelte ärgerlich die Stirn. »Wie, zum Teufel, hast du das denn herausgefunden? Hat Brat es dir erzählt?«

Laurentia stellte fest, welch erstaunliches Vergnügen ihr seine Verblüffung bereitete. »Das spielt jetzt keine Rolle. Was dachte Seine Majestät?«

»Ich habe es ihm nicht gesagt.«

»Warum nicht?«

»Weil es nicht wichtig ist. Ich hatte eine Abmachung. Ich war entschlossen, für Ruby ein Vermögen zu machen. Wenn Weltrude nicht gewesen wäre, hätte de Emmerich eben von mir das Geheimnis erfahren.«

Laurentia war erstaunt, als sie jetzt Charitons Worte wiederholte. »Das wissen wir nicht.«

»Doch, das wissen wir«, entgegnete Dom eigensinnig. »Wenn ich einmal eine Abmachung getroffen habe, dann stehe ich auch dazu, egal, was es für Konsequenzen hat.«

Musste er denn immer so ehrlich sein?

Dom fuhr fort: »Ich habe Seine Majestät ebenfalls auf diese Eigenheit von mir hingewiesen, und er sagte, dies mache es unwahrscheinlich, dass ich mein Heiratsgelübde brechen würde.« Wieder bedachte er Laurentia mit seinem unwiderstehlichen Lächeln. »Er hat Recht. Wenn ich dir mein Jawort gebe, dann gilt es für immer und für alles, was ich bin – für meinen Körper und für meine Seele, was auch immer das wert sein mag.«

»Mein Vater möchte unbedingt, dass ich heirate.«

»Wenn es ihm nur darum ginge, dann hätte er dich schon vor vier Jahren mit Francis verheiraten können.«

Laurentia bekam langsam Kopfschmerzen von all diesen grundgescheiten Einwänden. Sie schloss für einen Moment die Augen, und als sie die Lider wieder aufschlug, war Doms Lächeln verschwunden.

Er beugte sich vor und sagte: »Ich habe noch nie eine Frau so geliebt wie dich. Ich gebe ja zu, dass ich selbst nicht weiß, was ich da tue. Ich weiß wohl, wie ich dir Vergnügen bereiten kann, und ich weiß auch, welche Gabel man beim Essen nimmt und wie tief man sich verbeugt, aber ich habe keine Ahnung, welches Leben ein Prinzgemahl führt. Einer der Gründe, warum ich meine Abmachung mit de Emmerich unbedingt einhalten wollte, war, dass ich tatsächlich meine Vergangenheit ein für allemal hinter mir lassen, die letzte Aufgabe sauber zu Ende führen und Rubys Zukunft sichern wollte. Dann traf ich dich, und zum Teil machte ich auch aus Stolz weiter. Ich weiß natürlich, dass du meine finanzielle Unterstützung niemals brauchen wirst, aber ich wollte dir einfach beweisen, dass ich für dich sorgen kann. Auch wenn die Welt morgen in Flammen aufgeht, wirst du immer noch genug zu essen haben. Ich sorge dafür, dass du in Sicherheit bist.«

»Das weiß ich.« Etwas anderes hatte Laurentia niemals angenommen.

»Lass es uns noch einmal versuchen. Wir heiraten, und ich werde den Rest meines Lebens damit verbringen, dir Kinder zu schenken.« Dom beugte sich weit vor und hob das Kinn seiner Angebeteten mit dem Finger hoch. »Ich werde dich glücklich machen, Laurentia. Ich liebe dich von ganzem Herzen.«

Seine Worte hatten den Schmerz seines Verrates gelindert, das stand außer Frage. Aber auch wenn sie ihm vergeben konnte, vergessen konnte sie nicht. Dieses schreckliche Misstrauen würde immer zwischen ihnen stehen.

Laurentia wich zurück. »Nein.« Sie stellte sich erneut in die Grube und begann zu schaufeln. »Dom, seien wir doch ehrlich, es scheitert einfach daran, dass ich dir nicht mehr vertrauen kann.«

Dom blickte auf sie hinab. »Was tust du eigentlich?«

»Ich grabe das Geld aus, das wir von Sereminien für das königliche *Mentha nobilis* erhalten haben.« Sie warf eine Schaufel voller Erde auf den Stallboden und fügte grob hinzu: »Nachdem du diesen kleinen Krieg angezettelt hast, braucht Bertinierre Geld, um seine Schatzkammern zu füllen.«

Dom schwieg. Er saß einfach nur da, schürzte anzüglich die Lippen und blickte sie an, während er die Ellbogen aufstützte und geduldig die Hände faltete.

Es dauerte einen Augenblick, bis Laurentia begriff, einen Augenblick, um sich auszudenken, wie sie wieder aus dieser Grube herauskommen sollte, die sie sich, im wörtlichen und bildlichen Sinne, selbst gegraben hatte. Sie ließ die Hand zerstreut am Stiel der Schaufel auf und ab gleiten und beobachtete ihre Bewegung mit unangemessener Faszination. »Vermutlich denkst du jetzt, ich würde niemals das Vermögen meines Landes vor deinen Augen ausgraben, wenn ich dir nicht vertrauen würde.«

Fragend hob sich Doms Braue.

»Es könnte ja auch einen anderen Grund geben.« Nervös beobachtete Laurentia, wie Dom sich langsam erhob. »Das Geld könnte an einem ganz anderen Ort versteckt sein. Dies wäre nur ein Test von mir, um zu sehen, ob …«

»Ob ich dich über meine Schulter werfe, ins Haus trage und dich so lange liebe, bis du wieder zur Vernunft kommst?«

»Nein!«

Dieses Wort kam Laurentia allmählich immer leichter über die Lippen. Vielleicht konnte man Dom doch noch besser erziehen?

Er trat einen Schritt auf sie zu.

Vielleicht auch nicht.

Hastig stieß sie hervor: »Ich habe es satt, ständig herumgeschubst zu werden. Entführer packen mich, du packst mich, dauernd werde ich von hier nach da geschleppt wie ein Sack Zwiebeln.« Wieder Schichten. Rasch fuhr sie fort: »Ich bin eine erwachsene Frau, auf deren Schultern die Hoffnung einer ganzen Nation ruht, und in dieser Angelegenheit werde ich meine eigene Entscheidung treffen.«

Unter Doms wachsamem Blick stützte sie sich auf die Schaufel und kletterte aus der Grube. Dann warf sie die Schaufel hinein und schlenderte zur Stalltür. Dort blieb sie stehen, blickte ihn über die Schulter an und klapperte kokett mit den Wimpern. »Wer als Letzter am Haus ist, liegt unten.«

Während Laurentia losrannte und hinter sich das Stampfen seiner Stiefel hörte, dachte sie: *Ich frage mich, wie es ihm jemals gelingen soll, mir dieses Korsett auszuziehen.* Aber Dom stellte wieder einmal eindrucksvoll seinen Einfallsreichtum unter Beweis.

BLANVALET

FEUERWERK DER LEIDENSCHAFT BEI BLANVALET

Lassen Sie sich von aufregend sinnlichen Romanen betören.

K. Martin. Bei Tag und Nacht
35143

S. Cameron. Verbotenes Paradies
35086

O. Bicos. Riskantes Spiel
35120

S. Forster. Gefährliche Unschuld
35057